**Grace Burrowes**

Grace Burrowes est une autrice de romances historiques. Grande lectrice, elle a été rédactrice et éditrice, avant de devenir avocate. Elle fait partie des romancières qui ont renouvelé le genre avec ses romances pleines de sensibilité et d'émotion. Traduits dans le monde entier, ses livres ont conquis des milliers de lectrices. Autrice d'une trentaine de romans, elle a été finaliste à cinq reprises du prestigieux RITA Award et a reçu de nombreuses récompenses.

# Le traître

# DE LA MÊME AUTRICE AUX ÉDITIONS J'AI LU

*Le captif*
*Le chef du clan*

**Les lords solitaires**

1 – *Darius*
2 – *Nicolas*
3 – *Ethan*
4 – *Beckman*
5 – *Gabriel*
6 – *Gareth*
7 – *Andrew*
8 – *Douglas*
9 – *David*

**Les fiancées Windham**

1 – *Le charme caché du Highlander*
2 – *Un Écossais à Londres*
3 – *Un Gallois au cœur tendre*
4 – *Le prix d'un baiser*

**La famille Wentworth**

1 – *Condamnés à s'aimer*
2 – *Elle rêvait au bonheur*

**Les MacGregor**

1 – *Ian et Augusta*
2 – *Un Anglais en Écosse*
3 – *À l'autre bout du monde*

# GRACE BURROWES

## Le traître

*Traduit de l'anglais (États-Unis)
par Astrid Mougins*

POUR elle

Si vous souhaitez être informée en avant-première
de nos parutions et tout savoir sur vos autrices préférées,
retrouvez-nous ici :

**www.jailu.com**

Abonnez-vous à notre newsletter
et rejoignez-nous sur Facebook !

*Titre original*
THE TRAITOR

*Éditeur original*
Sourcebooks Casablanca, an imprint of Sourcebooks, Inc.

© Grace Burrowes, 2014

*Pour la traduction française*
© Éditions J'ai lu, 2016

*Je dédie ce livre à tous les enseignants
et étudiants pour qui la salle de classe
traditionnelle a été un champ de bataille.*

# 1

La balle siffla près de l'oreille de Sebastian. À deux centimètres près, elle aurait résolu tous ses problèmes. À un centimètre, elle les aurait aggravés en provoquant des dégâts considérables.

— Vous allez vous décider à mourir, oui ? cracha le lieutenant Hector Pierpont.

Il tira sa seconde balle, mais la fureur rendait ses gestes moins précis. Un chêne vénérable derrière Sebastian perdit quelques brindilles nues au champ d'honneur.

— Oh, je finirai bien par mourir, mais pas aujourd'hui, répliqua Sebastian.

C'était autant une prière qu'une promesse. Il tendit le bras et visa le revers de la veste de lord Pierpont. Officier anglais jusqu'au bout des ongles, celui-ci ne bougea pas. Il ferma les yeux et se prépara bravement à rencontrer son Créateur. Dans l'air glacé, son souffle court formait de petits nuages blancs qui sortaient de sa bouche par saccades, évoquant un halètement post-coïtal.

*Quelle comédie !* Sebastian ajusta son tir et infligea une autre blessure à un chêne innocent.

— Et vous ne mourrez pas non plus, ajouta-t-il. C'était la guerre, Pierpont. Pour l'amour des femmes de votre maison, finissons-en.

Il tira sa seconde balle en l'air pour souligner son propos, ainsi que pour s'assurer qu'il ne resterait aucune arme chargée à portée de Pierpont. Quand celui-ci rouvrit les yeux, Sebastian lut dans son regard une haine si intense qu'il ne douta pas que le lord eût préféré la mort à sa clémence et à ses sermons.

Sebastian se dirigea vers lui et déclara d'une voix suffisamment basse pour que les témoins ne puissent pas l'entendre :

— Vous n'avez rien livré. Les quelques bribes que vous m'avez jetées étaient déjà connues depuis long-temps des services secrets français. Rentrez chez vous, embrassez votre femme et faites-lui d'autres enfants, mais laissez-nous, moi et les miens, en paix. La prochaine fois, je ne tirerai pas à côté, *mon ami*[1].

Il lui donna une petite tape sur la joue, tel un sou-venir amical des coups échangés par le passé, puis tourna les talons.

— Vous ne méritez pas de respirer l'air de l'Angle-terre, St. Clair !

Sebastian lui répondit d'un simple adieu de la main. Les insultes et les malédictions n'étaient que des bagatelles pour un homme habitué depuis des années aux cris et aux cauchemars.

— *Au revoir*, Pierpont. Mes hommages à votre épouse et à vos filles.

L'ancien capitaine et sa femme avaient deux filles, deux charmantes petites demoiselles qui avaient les yeux noirs de leur père. Il fallait espérer qu'elles avaient hérité du bon sens et de l'humour de leur mère.

— Vous n'êtes qu'une ordure sans cœur.

C'était l'un des témoins de Pierpont qui venait de parler, le capitaine Anderson, un blond bien en chair et nerveux, très fier de ses magnifiques bacchantes.

---

1. En français dans le texte, comme tous les mots en italique dans le roman. (*N.d.T.*)

Il suffisait qu'on menace sa moustache pour que ce hâbleur condescendant vous chante l'endroit où sa mère cachait ses bijoux comme un rossignol au printemps.

Michael Brodie prit le revolver des mains de Sebastian, l'attrapa par le bras et l'entraîna vers les chevaux.

— Tu t'es bien amusé. À présent, suis-moi comme un gentil baron.

— En voilà une manière de parler à son maître ! Je croyais les Anglais impertinents, mais vous autres Irlandais donnez au terme une dimension que Samuel Johnson[1] n'aurait osé imaginer.

— C'est toi l'Anglais, à moins que tu n'aies oublié la raison pour laquelle cet imbécile pompeux veut te transpercer le cœur à trente pas. Grimpe en selle, baron, et je te rappelle que je ne suis qu'à moitié irlandais.

Un fait que ce cher *Michel* ne lui avait révélé que récemment.

Sebastian fit mine de vérifier les sangles de Fable tout en épiant discrètement Pierpont. Ce dernier discutait avec ses témoins. Il paraissait furieux, mais il n'écumait pas de rage. Rien dans son teint ni dans son regard n'indiquait un penchant exagéré pour la bouteille. En outre, il avait deux fillettes adorables qui avaient besoin de l'amour et de l'adoration de leur père.

Le petit incident d'aujourd'hui leur permettrait peut-être d'en profiter encore un peu.

— Tes jérémiades me donnent envie de te frapper, *Michel*. Les Anglais sont connus pour battre leurs domestiques, n'est-ce pas ? Je crois bien que je vais me comporter en authentique Anglais aujourd'hui.

---

1. Samuel Johnson (1709-1784), écrivain anglais, auteur entre autres d'un *Dictionnaire de la langue anglaise*. (*N.d.T.*)

— Si je me souviens bien, les Français se sont montrés violents avec tout le continent, sans parler de quelques régions d'Afrique et des hautes mers. Tu ne peux pas reprocher aux Anglais de corriger leurs gens de maison de temps à autre. Ça nous aide à rester vigilants.

Michael grimpa sur son cheval bai, et Sebastian sur Fable.

— Naturellement, il fallait que tu montes un cheval blanc, grommela Michael en fronçant ses sourcils d'un roux doré. Pourquoi ne pas avoir peint une cible sur ton dos et envoyé un valet prévenir tout le monde que le baron traître approchait ?

Sebastian répondit en éperonnant sa monture :

— Fable était noir comme le puits de l'enfer quand il est né. Je n'y peux rien s'il a décidé de changer de robe. Cela ne regarde que lui et son dieu. Cesse de t'inquiéter pour rien, *Michel*. Pierpont est un officier. Il ne me tirera pas dans le dos.

Michael lança un dernier regard par-dessus son épaule. Les sangs irlandais et écossais qui coulaient dans ses veines semblaient décupler son esprit de contradiction.

— Cela fait combien de duels, monsieur le baron ? Quatre ? Cinq ? L'un de ces honorables anciens officiers finira bien par te tuer, et que deviendra lady Frederica ? Penses-y la prochaine fois que Fable et moi écourtons notre nuit à cause de toi.

Il sortit une flasque de sa poche et but une bonne rasade, ce qui en disait long sur l'état de ses nerfs.

— Je suis navré, répondit Sebastian, laconique mais sincère. Ces duels ne devraient pas t'inquiéter. Ces hommes n'ont pas plus envie de me tuer que moi.

Michael ne lui proposa pas sa flasque, connaissant d'avance sa réponse.

— Tu ne les as pas tués, c'est bien là le problème. Tu as fait pire et, même s'ils ne veulent pas te tuer

– une affirmation douteuse que nous attribuerons à ton arrogance toute française –, le reste de l'Angleterre, ainsi que quelques Écossais loyaux, une poignée de Gallois oisifs et, six jours par semaine, plusieurs Irlandais non abrutis par l'alcool aimeraient te voir six pieds sous terre. Je suis au service d'un mort en sursis.

— Le mélodrame ne te va pas, répliqua Sebastian.

Il lança son cheval au petit galop avant que Michael ne lui rétorque que le mélodrame, seyant ou pas, était depuis longtemps reconnu comme un moyen socialement acceptable d'exposer des vérités douloureuses et dérangeantes.

Millicent Danforth savait d'expérience qu'il existait deux sortes de personnes âgées, comme c'était le cas de la plupart des êtres humains : les peureux et les courageux. Sa grand-mère avait appartenu à la première catégorie, réclamant sans cesse des tisanes ou du thé, demandant constamment qu'on la dorlote ou la soutienne. Telle une petite fille, elle voulait qu'on lui fasse oublier l'inéluctabilité de sa propre fin.

En revanche, lady Frederica, baronne de St. Clair, traitait sa mort comme une diversion. Elle l'utilisait pour menacer ses employés, pour la déplorer poliment auprès de ses nombreux amis et s'en servait comme d'une excuse pour son franc-parler.

— J'attends de vous que vous soyez une dame de compagnie, pas une infirmière. Vous ne m'importunerez pas pendant que je rédige ma correspondance après le petit déjeuner. Vous apparaîtrez à mes côtés lorsque je prends le landau pour une promenade au parc. Voulez-vous noter ceci ?

Milly soutint calmement l'implacable regard de son employeuse potentielle. Elle avait de petits yeux en boutons de bottine.

— Je ne vous dérangerai pas après le petit déjeuner à moins que vous ne requériez ma présence. Je vous accompagnerai lorsque vous vous promènerez au parc. Je crois pouvoir m'en souvenir sans avoir à le coucher sur le papier, milady. Quels seront mes autres devoirs ?

À l'agence de recrutement, M. Loomis avait été peu disert, lui indiquant simplement qu'elle devait se présenter à une heure incroyablement matinale pour cet entretien.

— Une dame de compagnie, ça veut dire que vous devez lui tenir compagnie ! avait-il aboyé. Vous marchez à ses côtés, vous allez chercher ce qu'elle vous demande, vous la cajolez, vous la divertissez. Allez, ouste !

À la manière dont il avait lissé nerveusement une mèche d'une noirceur suspecte sur son crâne, elle avait deviné que sa tâche serait considérablement plus complexe. Peut-être la baronne en question buvait-elle, jouait-elle, négligeait-elle de payer ses fournisseurs… Autant de problèmes que sa dame de compagnie serait chargée de régler, sans être certaine d'être payée elle-même.

— Vous dînerez avec moi et m'aiderez à supporter la présence de mon voyou de neveu, s'il daigne se joindre à nous, poursuivit la baronne. Je vous le demande : qu'y a-t-il de si appétissant dans un bifteck saignant et des pommes de terre mal cuites assaisonnées d'un peu de commérages ? Je peux lui fournir tout ceci, ainsi qu'une excellente cave. Mais non, monsieur préfère dîner à son club d'amateurs d'horticulture. Peu importe, il est suffisamment bien élevé pour ne pas vous terroriser, du moins pas plus que je ne saurais le faire. Êtes-vous certaine de ne pas avoir besoin de noter tout ceci ?

Oui, Milly en était sûre.

— Vous semblez aimer les listes, milady.

Les yeux bleus de la baronne s'illuminèrent.

— Je ne vous le fais pas dire ! confirma-t-elle en saisissant la théière. Rien ne me rend plus heureuse que de mettre de l'ordre dans les choses. Mon défunt mari disait que j'aurais dû être général. Aimez-vous l'opéra ? Je l'espère, car rien n'est plus pénible que d'assister à un opéra quand on n'en a pas le goût.

Lady Frederica se lança dans un exposé sur la dernière saison de Londres, les représentations auxquelles elle avait assisté, les chefs d'orchestre, ce qu'elle avait pensé de la musique, des décors, du public, des différents arias et duos ainsi que des chœurs. Sa conversation était comme une bourrasque, faisant claquer les battants des fenêtres, gonfler les rideaux, voler les papiers et aboyer les petits chiens.

— Vous ne buvez pas votre thé, mademoiselle Danforth.

— Je vous écoute dresser la liste de mes devoirs, milady.

La baronne reposa sa tasse sur sa soucoupe.

— Vous évaluiez la valeur de ce service à thé. La faïence est plus pratique, mais c'est si lourd ! Je préfère le Sèvres, tout comme Sebastian.

Sebastian devait être l'un de ses admirateurs. En attendant dans le vestibule que lady Frederica la reçoive, Milly avait lancé un regard aux cartes de visite amoncelées dans une coupe en cristal sur une console. La baronne avait une vie mondaine intense et comptait de nombreux gentlemen parmi ses visiteurs.

— C'est un joli service, observa-t-elle.

Il était plus que cela, et parfaitement en harmonie avec les tons pastel et lumineux du petit salon de lady Frederica. C'était un service de Sèvres ancien, en porcelaine tendre et aux couleurs ravissantes, avec des roses éclatantes, un feuillage vert pâle et un filet doré qui se détachait sur le vernis blanc.

— La porcelaine de Meissen ou de Dresde n'est pas aussi décorative, quoiqu'elle soit plus robuste, ajouta-t-elle.

La baronne déposa un croissant doré sur une assiette avec une pince en argent.

— Vous êtes donc une aristocrate qui connaît des temps difficiles ? demanda-t-elle.

Elle était une lady qui avait commis un faux pas. On ne demandait pas à une dame de compagnie de savoir que, quinze ans plus tôt, la porcelaine de Sèvres était fabriquée sans kaolin et cuite à une température basse, ce qui la rendait plus fragile, mais lui permettait d'arborer une palette de couleurs plus vaste et plus vive.

— C'était le cas de ma mère. Pour ma part, je ne suis qu'une parente pauvre qui préfère gagner sa vie plutôt que de continuer à dépendre de ses cousins.

— Ils vous ont mise à la porte, c'est cela ?

La baronne ne semblait pas apprécier le comportement de ce genre de cousins. Elle poursuivit sans attendre de réponse :

— À moins qu'ils ne se soient rendu compte que, sous cette masse de cheveux roux, vous étiez très jolie, même si les yeux marron ne sont pas à la mode en ce moment. J'espère que vous n'êtes pas d'une constitution fragile ?

Elle tendit l'assiette avec le croissant à Milly et poussa le beurrier vers elle.

— Je suis en excellente santé, répondit Milly – « du moins physiquement », ajouta-t-elle mentalement. Et je préfère qualifier mes cheveux d'auburn.

La baronne esquissa un petit sourire et se versa un peu plus de thé.

— Ces cousins vont-ils venir vous harceler jusqu'ici ?

Il aurait d'abord fallu qu'ils se donnent la peine de la chercher.

— J'en doute.

— Vous ne seriez pas mariée à l'un d'eux, par hasard ?

Milly faillit s'étrangler avec son croissant.

— Je ne suis pas mariée, milady.

— Dans ce cas, je me ferai un plaisir de scandaliser régulièrement vos oreilles innocentes. Mangez donc. Lorsque Sebastian rentrera de sa chevauchée matinale, il fondra sur ce buffet comme la onzième plaie d'Égypte. Si vous aimez le café, je vous conseille de venir vous servir avant qu'il ne descende le matin...

— La plaie d'Égypte est arrivée.

Milly sursauta et se tourna brusquement vers la voix de baryton. Devant elle se tenait... son contraire. Elle était féminine, petite (« menue », disait-on poliment), rousse avec des yeux marron. La plaie devant elle était masculine, grande, brune avec des yeux verts. Les différences ne s'arrêtaient pas là.

Le nouveau venu entra d'un pas nonchalant dans le salon. L'élégance décontractée de sa tenue de cheval laissait deviner un long séjour sur le continent. La coupe de ses vêtements était impeccable, ses mouvements d'une grâce détendue qui frisait la langueur. La dentelle de son jabot était à un cheveu d'être excessive, et l'émeraude qui scintillait dans ses profondeurs neigeuses, à la limite de l'ostentation, car les hommes portaient rarement des bijoux en plein jour, surtout pour une promenade matinale.

La onzième plaie d'Égypte ne manquait pas de panache.

Là encore, il se situait aux antipodes de Milly, qui traversait la vie au pas de course, portait les tenues les plus discrètes possibles et n'avait jamais mis les pieds en dehors de Londres et des comtés voisins.

— Ma tante, ne serait-il pas temps de faire les présentations ?

C'était donc le neveu voyou. Tout en se soumettant stoïquement à l'examen de ce dernier, Milly se dit que « voyou » était un terme affectueux plutôt incongru pour désigner l'individu qui se tenait devant elle.

— Mademoiselle Millicent Danforth, permettez-moi de vous présenter mon coquin de neveu, Sebastian, baron de St. Clair. Sebastian, voici Mlle Danforth, ma nouvelle dame de compagnie. Tu ne dois pas la terroriser avant que nous ayons fini de négocier les termes de son engagement.

— Cela va sans dire, ma tante. Je terrorise les membres de votre personnel uniquement après que vous les avez contraints à signer un contrat.

Milly ne trouva pas la plaisanterie très drôle, si c'en était une. Lady Frederica, elle, gratifia son neveu d'un sourire attendri.

— Vilain garçon ! Tu peux emporter ton assiette dans la bibliothèque pour lire ton journal en paix.

Le baron, qui n'avait rien d'un garçon, s'inclina devant Milly dans une profonde courbette, fit de même devant sa tante, puis glissa un journal sous son bras et quitta la pièce.

— Il s'est encore battu en duel.

À en croire son ton plus réprobateur qu'atterré, la baronne aurait tout aussi bien pu déclarer que son neveu avait joué aux dés dans l'écurie.

— Le pauvre ! Tous ces vaillants bouffons dont ce vieil Arthur est si fier ne lui laissent aucun répit.

Milly avait perçu une certaine tension chez St. Clair, en dépit de sa nonchalance affichée. Quel homme fallait-il être pour affronter la mort au lever du soleil puis rentrer prendre son café comme si de rien n'était ?

— Comment savez-vous qu'il s'est battu ? demanda-t-elle.

Les dames n'étaient pas censées savoir ce genre de choses, surtout les vieilles dames qui vivaient pour leur correspondance et leurs bavardages.

— Parce qu'il est triste. Les duels l'attristent toujours. Chaque fois que j'ai l'impression qu'il va mieux, un autre imbécile trouve un peu de courage, et les voilà qui s'affrontent dans un pré. Je vous assure que si les femmes dirigeaient le monde, ce serait un endroit fichtrement meilleur. Je vous ai choquée ?

— Plusieurs fois, milady.

— Parfait. Prenez donc un autre gâteau.

Milly grignota une pâtisserie farcie de crème au chocolat – le genre de luxe auquel on devait facilement prendre goût – pendant que lady Frederica s'épanchait avec enthousiasme sur les affaires de Wellington (qui d'autre pouvait être ce « vieil Arthur » ?) et de ses officiers.

Un détail concernant le baron de St. Clair s'était logé dans la conscience de Milly comme une tache sur un verre de lunettes. Il était séduisant, très séduisant même, mais froid. Lorsqu'il regardait sa vieille tante, son sourire n'atteignait pas ses yeux.

Peut-être les duels avaient-ils épuisé son stock de charme.

— ... et les dames sont *très jolies*, savez-vous ? poursuivait lady Frederica. La moitié des hommes du gouvernement ont prétendu être obligés de se rendre à Paris pour faire la paix, mais les femmes de petite vertu de Londres ont dû se serrer la ceinture jusqu'à la fin des négociations. Conclure la paix est une affaire qui demande beaucoup de vigueur, apparemment.

— Vous me choquez encore, milady.

Mais ce n'était pas en raison de ses propos grivois.

St. Clair, un baron et un pair d'Angleterre, avait parlé avec un léger accent aristocratique français.

— Excellent, conclut lady Frederica. Nous allons merveilleusement nous entendre, mademoiselle Danforth, à condition que vous ne chipotiez pas sur les termes de notre accord.

— Je ne peux pas me permettre de chipoter, milady.

La baronne l'observa par-dessus le bord de sa jolie tasse.

— Vos cousins sont-ils si odieux ?

— Très. Et parcimonieux à l'extrême.

— Mes condoléances. Prenez donc une autre pâtisserie.

Pour qu'une garnison fonctionne convenablement, elle devait être composée de divers types de soldats. Selon Sebastian, la forteresse idéale comportait une majorité de petits gradés, ni trop bons ni trop mauvais, prêts à obéir à des ordres raisonnables et possédant assez de courage pour affronter une bataille de temps à autre.

Ils formaient la base, annonçant au reste du monde qu'une guerre était en cours, et méritaient des conditions de vie aussi décentes que leur commandant pouvait les leur offrir. Ces conditions minimisaient les risques de rébellion et de sabotages et maximisaient les chances de loyauté et de bravoure.

Les femmes étaient aussi indispensables au bon fonctionnement de toute garnison. Elles étaient les plus intéressantes des fantassins, généralement bonnes pour le moral, les distractions, le linge propre, la cuisine et (détail non négligeable en temps de guerre) pour maintenir la paix parmi les troupes. Pour Sebastian, elles constituaient également les agents de renseignement les plus à même de l'aider à séparer le bon grain de l'ivraie.

Quelques brebis galeuses étaient nécessaires, cependant. Il en fallait certaines qui aient un penchant sadique, et d'autres qui préféraient servir Mammon plutôt que la France.

Les brutes constituaient le premier groupe. Elles étaient utiles pour maintenir la discipline, et plus encore pour servir d'exemple lorsqu'elles devenaient elles-mêmes indisciplinées, ce qui ne manquait jamais d'arriver.

Le second petit groupe, les traîtres-nés, était précieux pour donner de fausses informations à l'ennemi, déclencher des rumeurs au sein des troupes ou miner le moral de la population locale. Lorsque Sebastian tombait sur l'un d'eux, il cultivait soigneusement cette ressource utile.

À présent, il était temps de déterminer quel genre de soldat serait Mlle Danforth.

Elle n'était pas dans la bibliothèque, le repaire habituel des précédentes dames de compagnie de sa tante, mais dans le salon de musique, en train d'arranger un bouquet de roses.

— Bonjour, milord.

Deux mots riches d'enseignements. Sa salutation s'était accompagnée d'un léger sourire, ni vraiment superficiel ni vraiment chaleureux. Son ton s'était situé entre le dédain et le respect.

Elle était visiblement habituée à traiter avec des gens d'un rang social supérieur et avec des hommes.

— Bonjour, mademoiselle Danforth. Puis-je vous tenir compagnie un instant ?

Pour conduire un bon interrogatoire, il fallait traiter le suspect avec respect.

Elle lança un bref regard vers la porte ouverte sans interrompre son travail sur les roses. Ce n'était pas une bavarde, ce qui était intéressant. Et elle ne l'autorisait à rester que parce que les convenances étaient respectées.

— Ces roses sont très belles, si on aime le rouge, observa-t-il.

Elle n'eut aucune réaction, pas le moindre plissement de front ni même une pause dans ses mouvements. Elle piqua une longue tige de lavande dans le bouquet, puis examina le résultat.

— Je n'ai jamais compris l'attrait des roses, déclara-t-elle. Certes, ce sont de jolies fleurs, mais la plupart ne sentent rien ou si peu, et elles se fanent trop vite. En outre, elles ont des épines. Pourtant, les gens leur attribuent toutes sortes de significations ésotériques... Pourriez-vous me passer ce sécateur ?

Il le lui tendit et s'assit sur le tabouret du piano à quelques mètres de distance. Un baron anglais ne demandait pas son avis à une dame de compagnie s'il avait envie de s'asseoir et, s'il en avait envie, c'était parce que quelque chose dans sa réponse, sa franchise et son intelligence, lui plaisait.

— La lavande apporte une touche originale, remarqua-t-il.

Mlle Danforth fronça le nez. Ses sourcils, ses pommettes et son menton étaient d'une symétrie classique, et ses traits suggéraient un mélange d'origines : scandinaves, celtes ou allemandes, à en juger par sa chevelure. Son nez évoquait la Rome antique, même si son teint était trop clair pour être romain.

— Cela ne donne rien avec la lavande, conclut-elle en observant son bouquet. Mais quelqu'un l'avait jetée dans la poubelle du jardin d'hiver, une abomination que je ne supporte pas.

Sebastian ouvrit le couvercle du piano et réfléchit. Il fallait quelque chose d'inoffensif et de doux, une musique qui incitait à dévoiler son âme – l'âme de Mlle Danforth, car lui-même n'en avait plus depuis longtemps.

— Vous ne supportez pas le gaspillage ?

— Pas celui d'une plante aussi utile, répondit-elle. Son seul parfum apaise l'esprit. La lavande peut soulager la douleur d'une plaie, relever un gâteau trop fade, illuminer un jardin.

Elle avait bon goût en matière de fleurs – ce qui était aussi le cas de nombreux filous et putains, ainsi que de certains traîtres.

— Cela vous ennuie-t-il si je joue ?

Un léger faux pas de sa part. S'il ne demandait pas la permission de s'asseoir, il n'avait pas à demander celle de jouer du piano. Il commença par faire quelques gammes, surtout pour chasser le léger trouble causé par le parfum de la lavande et la vue des mains gracieuses qui manipulaient les fleurs et les feuilles.

— Puis-je vous demander qui étaient vos précédents employeurs, mademoiselle Danforth ?

Elle coupa quelques centimètres d'une tige de rose tout en répondant :

— Deux de mes tantes, milord.

Là encore, elle ne développa pas. Elle comprenait le bon tempo d'un interrogatoire. Sebastian se concentra de nouveau sur le clavier, effectuant cette fois des sixtes parallèles en *fa* majeur.

— Et comment s'appelaient vos tantes ?

— Millicent et Hyacinth Hathaway, milord.

— Habitaient-elles ici, à Londres ?

Un prisonnier avisé aurait deviné que son ton léger trahissait une patience infinie plutôt que de la courtoisie.

— À Chelsea, où l'air est plus sain.

Elle lui offrait un détail supplémentaire, un pas important – elle comprenait qu'il cherchait à en savoir plus sur elle. Il abandonna le joyeux accord en *fa* majeur (*Herr* Beethoven l'appelait l'accord pastoral) pour son préféré, le *la* bémol mineur. Du fait de l'alternance des touches noires et blanches, il requérait une plus grande pénétration du clavier et plus de dextérité. Il l'appréciait particulièrement après la tombée de la nuit.

— Pourquoi avoir accepté de travailler pour ma tante, mademoiselle Danforth ? Elle a la réputation d'être difficile dans le meilleur des cas, et la plupart des gens la jugent excentrique. Vos jours ici seront éprouvants, et vos soirées encore plus.

Mlle Danforth recula d'un pas pour observer sa composition.

— C'est le contenant qui ne va pas.

Il acheva sa gamme en douceur et, bien qu'il sût que cela ne servirait pas son enquête, lança un regard vers le bouquet.

— Je vous demande pardon ?

— Ça, dit-elle en agitant une main vers le vase.

Ce dernier était une urne aux joyeuses couleurs pastel, une pièce de la collection de Sèvres de sa tante. La scène représentait un galant penché sur la main d'une demoiselle qui minaudait. Le tableau, charmant, était entouré de guirlandes de fleurs de lis et de filets dorés.

— Il me paraît pourtant joli, répondit-il.

Sa remarque lui valut le genre de regard que les femmes réservaient aux hommes trop sots pour voir ce qui crevait les yeux. On retrouvait ce regard dans toutes les cultures et dans toutes les couches de la société, même si lui-même ne l'avait vu depuis des années que dans les yeux de sa tante.

— Quel rapport ? demanda-t-elle. C'est un vase, bien sûr qu'il est joli. Il est également trop grand, trop chargé, trop élégant et trop satisfait de lui-même. Vous voulez bien m'attraper ce pot ?

Ses réflexes de gentleman, pourtant endormis depuis longtemps, le poussèrent à se lever. Elle était douée pour cacher un ordre implicite sous une demande courtoise. Traversant la pièce, il descendit un pot en biscuit d'une étagère trop haute pour elle.

Occupée à ôter le bouquet du vase incriminé (et fort précieux), elle ne s'écarta pas plus de son chemin

24

que s'il avait été un valet. Lorsqu'il lui présenta le pot, elle se contenta de sourire.

*Trop grand, trop chargé, trop élégant et trop satisfait de lui-même.* Oh oui, elle était maligne.

— Merci, milord. Ce récipient tout simple mettra les fleurs plus en valeur.

Elle saisit une grande cruche et versa de l'eau dans le pot.

Mais à cause de ce sourire – un *coup de grâce* – plein de bienveillance, de compréhension et même de compassion pour un lord titré qui avait accédé sans hésiter à la demande d'une simple dame de compagnie, elle avait grimpé d'un point dans l'estime de Sebastian, ce qui n'était pas une bonne chose. Son intention était de la disséquer telle une orchidée sur la table d'examen, et il était temps qu'il s'y mette.

— Vous n'avez pas répondu à ma question, mademoiselle Danforth. Pourquoi avoir choisi de travailler pour ma tante ? Après tout, l'air de Londres est moins sain que celui de Chelsea.

— Les salaires sont plus élevés à Londres, milord, et votre tante n'est pas confinée dans une chambre de malade. Sa compagnie sera intéressante, et mes gages sont généreux.

Il fut soulagé d'apprendre que sa tante ne s'était pas montrée pingre.

— Ce qu'il faut à votre bouquet, c'est un peu d'organisation, observa-t-il.

Comment se faisait-il qu'elle ne s'en rende pas compte ? Il ôta le feuillage et les tiges qu'elle avait placés au hasard et recommença à zéro. D'abord le feuillage, puis quelques brins de lavande.

— L'important, c'est qu'il soit beau, riposta-t-elle. Et qu'il dégage un parfum agréable.

— L'équilibre et les bonnes proportions créent la beauté, la grâce et l'harmonie des couleurs encore plus.

Il ajouta ensuite des roses ici et là. Elle avait raison au sujet du parfum : celui de la lavande dominait, se mêlant aux odeurs des feuilles. Les roses étaient indétectables à l'odorat.

Il s'interrompit, une dernière rose à la main.

— Vous portez de la lavande, mademoiselle Danforth.

— Et vous êtes en train de composer un bouquet typiquement anglais, bien ordonné et symétrique. J'aurais pensé que...

Il était charmant de la voir enfin trébucher sur les mots. Elle fixait la dernière rose dans sa main.

— Vous auriez pensé ?

— Que votre composition serait plus... continentale, plus libre, légèrement déséquilibrée, mais d'autant plus intéressante.

Il aurait pu riposter, mais il se retint.

— Je me trouve dans une demeure anglaise et je suis un baron anglais. Je tiens à faire un bouquet anglais.

Elle lui prit la rose des mains et contempla son bouquet.

— Ici, à mon avis.

Il avait gardé la tige la plus longue pour la fin. Elle la planta au cœur de son arrangement, à l'anglaise.

— C'est parfait, mademoiselle Danforth. Et, à présent, où allez-vous placer ce bouquet ?

Elle sentait délicieusement bon. Son parfum, où dominait la lavande, lui rappelait un peu trop les étés en Provence. Un baron anglais dans une demeure anglaise n'aurait pas dû avoir la nostalgie des vieux monastères et des ciels bleus français. Il se pencha et huma les délicats épis de petites fleurs mauves.

— Votre tante souhaitait un bouquet pour votre piano. Elle m'a dit que vous jouiez souvent, et elle aimerait qu'il soit dans un endroit où vous pourriez le voir. Cela vous convient-il ?

Il ne voulait rien qui lui rappelât son passé quand il venait chercher la solitude et le réconfort à son piano.

— Non. L'eau et les instruments de musique ne font pas bon ménage.

— Dans ce cas, à vous de décider, milord.

Elle lui tendit le vase, puis commença à enlever les fragments de tiges et les feuilles qui jonchaient la table.

Il posa le bouquet sur le côté et avança d'un pas vers elle, geste qui visait à intimider cette petite jeune fille de rien du tout qui ne savait pas à qui elle avait affaire.

— Zut !

Elle porta son index gauche à sa bouche.

— Une épine ? demanda-t-il.

Elle acquiesça et examina son doigt humide en fronçant les sourcils.

— Je vous l'avais dit : le charme des roses est surfait. Je comprends qu'on les associe toujours au grand amour.

Son commentaire et son ton caustiques étaient éloquents. Il sortit un mouchoir et l'enroula autour de son index, s'assurant ainsi qu'elle ne lui filerait pas entre les doigts avant qu'il n'ait atteint son objectif.

— Le saignement cessera rapidement, mademoiselle Danforth.

— Je sais.

Leur proximité la gênait, ce qui aurait dû satisfaire Sebastian. La forme d'intimidation la plus simple était toujours physique, mais cela lui déplaisait d'utiliser sa taille et sa force masculine pour l'impressionner. Ce n'était pas fair-play, pour utiliser un terme anglais.

Pourtant, il ne recula pas, ne la lâcha pas.

— Qui était-ce ? demanda-t-il simplement.

Elle fixait leurs mains jointes d'un air contrarié, mais il discernait également autre chose dans son expression.

— Un fiancé choisi par mes cousins, et dont je ne suis pas fâchée d'être débarrassée.

Dans sa voix perçait la même tristesse qu'il lisait sur son visage.

— Je préviendrai ma tante : si un prétendant demande à vous voir, elle ne doit pas vous laisser seule avec lui, quelles que soient les flatteries ou les ruses qu'il utilise. Il faudra aussi qu'elle résiste à la tentation de jouer les marieuses. C'est l'un de ses péchés mignons.

L'émotion qu'il lut dans les yeux noisette de Mlle Danforth ressemblait fort à du chagrin.

— Merci, milord.

Les flatteries et les ruses dont elle avait déjà été victime avaient dû être douloureuses. Suffisamment pour qu'elle abandonne la vie confortable d'une dame bien née pour se réfugier dans la domesticité.

Les hommes anglais étaient de vrais butors lorsque leurs besoins les plus bas les tenaillaient, c'est-à-dire la plupart du temps.

Il déroula son mouchoir et inspecta le doigt blessé.

— Je crois que vous survivrez, conclut-il. Conservez ce mouchoir. Il est en soie et porte mon monogramme. Si vos cousins viennent vous importuner, agitez-le sous leur nez sans trop de subtilité.

Tous ceux qui vivaient dans une garnison, jusqu'aux chiens bâtards et aux chats qui chassaient les souris dans les écuries, étaient sous la responsabilité du commandant. Mais Sebastian n'avait pas encore terminé son évaluation de ce soldat-ci.

— Je le brandirai à tout-va, milord. Je vous remercie.

Il ne bougea pas et continua de l'examiner. Elle avait vraiment des yeux ravissants.

— Et si vos cousins se rendent compte de leur erreur ? demanda-t-il. Si celui qu'ils ont choisi pour vous reprend ses esprits et tente de vous courtiser de nouveau ?

Sur les traits de Mlle Danforth, le chagrin laissa la place à une rage contenue, une transformation fascinante.

— Cela ne se produira pas, milord. Et quand bien même, je ne partirais pas d'ici. Mon fian... cet homme m'a bien fait comprendre que mes défauts étaient trop prononcés pour qu'il puisse s'en accommoder, alors que votre tante m'offre un salaire décent et un environnement confortable en échange de ma simple présence. En dépit de tous ses amis et visiteurs, je crois que lady St. Clair se sent seule. On ne peut tourner le dos à une dame qui admet cela, même implicitement.

C'était un beau discours de la part d'une femme qui avait elle-même été abandonnée. Il fit mine d'examiner le bouquet quelques instants, le temps de méditer ses paroles.

— Vous pensez donc rester au service de ma tante un certain temps ?

— Elle m'a offert un emploi au moment où j'en avais grand besoin, milord, et ce, en se basant uniquement sur le peu qu'elle savait de moi. Je lui suis redevable. Rejeter la confiance qu'elle a placée en moi serait non seulement ingrat mais déraisonnable.

Elle se dirigea vers le piano et referma le couvercle sur le clavier, privant Sebastian de son parfum de lavande.

— J'admire votre pragmatisme, mademoiselle Danforth. Peut-être devrions-nous placer ce bouquet sur le rebord de la fenêtre. Les fleurs apprécieront la lumière, et les passants pourront les admirer au passage.

L'idée sembla lui plaire, à moins qu'elle n'ait eu besoin d'une excuse pour s'éloigner de lui. Sebastian ressentit une pointe d'agacement en songeant à son imbécile d'ex-fiancé. Les Anglais ne savaient pas apprécier les femmes. De leur côté, la plupart des Français les appréciaient un peu trop.

Mlle Danforth déposa le bouquet sur le rebord de la fenêtre, derrière le piano.

— Cela vous convient-il ? demanda-t-elle.

— C'est parfait. Et demandez à un valet de venir débarrasser ça, ajouta-t-il en désignant la table encombrée de débris. Je ne voudrais pas que la nouvelle dame de compagnie de ma tante se blesse de nouveau par ma faute.

Mais il la blesserait sans sourciller s'il découvrait que son jugement d'elle avait été trop optimiste.

— Permettez-moi de me retirer, mademoiselle Danforth.

Il s'inclina, et elle fit une révérence. En quittant la pièce, il remarqua qu'elle nettoyait la table en dépit de ses ordres.

Peu importait. Il avait cerné le genre de personne que sa tante avait introduit dans leur maison. Mlle Danforth était une femme dont la loyauté devait se mériter, mais qui, une fois qu'elle l'avait accordée, ne la retirait jamais sans une excellente raison. Si elle avait été un officier anglais, elle aurait donné sa vie pour ses troupes.

Pour le moment, Mlle Danforth ferait l'affaire. Quant à lui, sa prochaine mission était de se rendre dans le jardin d'hiver et de découvrir quel crétin avait jeté des lavandes dans la poubelle.

# 2

Henri Anduvoir n'aimait guère les tavernes anglaises, entre autres aspects de la perfide Albion. Il détestait l'odeur de poisson cru. Or, l'Angleterre étant bordée de côtes de toutes parts, le pays tout entier empestait le poisson, le fumier, ou un mélange putride et infernal des deux.

Il n'aimait pas non plus la calvitie naissante au sommet de son crâne. La dernière fois qu'une femme lui avait fait remarquer qu'il se dégarnissait, il l'avait giflée.

Cela n'avait été qu'une faiblesse passagère de sa part et, fort heureusement, la suite de leur brève relation avait été tout à fait satisfaisante pour elle comme pour lui.

Il n'aimait pas non plus l'incontournable plat du petit peuple anglais, qui associait un poisson d'une espèce indéfinissable, trop cuit et plein d'arêtes, à une masse de pommes de terre également trop cuites et réduites en bouillie. Il n'y avait pas la moindre sauce, pas la moindre épice pour le rendre plus intéressant.

Au moins, leur bière était acceptable et permettait de faire passer la nourriture insipide, car boire du vin avec une telle ragougnasse eût été une insulte.

Lorsque le capitaine Prentice Anderson franchit la porte, Henri trouva une nouvelle chose à ne pas aimer : l'expression sur son visage.

Anderson avait été recruté pour deux raisons. La première était que, lorsqu'il était détenu au château, il n'avait jamais vu Henri Anduvoir et ne pouvait donc établir de liens gênants. La seconde était qu'il n'était pas encombré par une folle intelligence, mais que, soldat loyal, il savait obéir aux ordres.

Était-ce parce que Anderson avait appartenu à la cavalerie ? Toujours est-il qu'il se comportait avec la finesse d'un cheval. Il s'arrêta sur le seuil, annonçant ainsi à tout le monde qu'il n'était pas un client régulier. Il lança un regard nerveux à droite, puis à gauche.

Puis il leva la main et lissa longuement sa moustache soigneusement entretenue, comme pour dire : « Notez bien ce détail de l'apparence du grand inconnu blond élégamment vêtu, au cas où un constable passant par là vous demanderait de le décrire. »

Ah, les amateurs ! Henri ne les supportait pas. Il avala une longue rasade de bière – les Anglais ne buvaient pas du bout des lèvres – et, comme il l'avait prévu, son mouvement attira l'attention d'Anderson.

Le capitaine ne se dirigea pas vers le comptoir – c'eût été trop discret ! –, mais marcha droit vers lui d'un pas lourd, suspendit son chapeau et sa cape à la patère la plus proche, histoire que tout le monde remarque bien l'excellente coupe de sa tenue de cavalier, puis tira une chaise en la faisant crisser sur le sol.

— Les nouvelles ne sont pas bonnes, annonça-t-il.

Henri lui adressa un sourire éclatant.

— Peut-être vos mauvaises nouvelles peuvent-elles attendre que la serveuse ait pris votre commande.

Anderson tripota de nouveau sa superbe moustache virile et hocha la tête.

— La bière est étonnamment bonne, ajouta Henri.

Il attira le regard de la serveuse, souleva sa chope de quelques centimètres puis inclina la tête vers le capitaine. La jeune femme acquiesça et se dirigea vers le bar. Henri se rendit compte qu'il avait commis une erreur. Un Anglais aurait braillé à travers la salle. Mais bon, un Anglais n'aurait pas eu un accent français.

— La bière anglaise est la meilleure du monde, déclara Anderson avec conviction.

Quelle subtilité de la part de ce hongre anglais au poil lustré !

— *Bien sûr.* Autrement, je n'aurais pas parcouru toute cette distance pour la goûter.

Lorsque la serveuse déposa sa chope devant Anderson, celui-ci ne lui accorda pas le moindre regard reconnaissant, ni même un merci.

— Pierpont a raté son coup, déclara-t-il. St. Clair a tiré en l'air. Encore une fois.

Effectivement, c'était une mauvaise nouvelle.

— Buvez votre bière, *mon ami.*

Il fallait caresser ce benêt dans le sens du poil. Il était encore utile, puisque Pierpont avait échoué.

— Nous ne nous attendions pas à réussir à la première ni à la deuxième tentative, ajouta-t-il. Nos gouvernements savent être patients.

Anderson fixa la mousse qui rétrécissait progressivement dans sa chope.

— Dans ce cas, trouvez quelqu'un d'autre pour vous aider, déclara-t-il. Le bruit court dans les clubs que St. Clair a déjà tiré en l'air trois fois et qu'il a même refusé de se battre lorsque le duc de Mercie l'a défié. Il leur répète à tous de rentrer chez eux auprès de leurs épouses, que la guerre est terminée.

Henri trouvait toujours ennuyeux qu'un de ses subalternes ait des problèmes de conscience, même si, en l'occurrence, Anderson ne se considérait en rien comme son subalterne.

— Je comprends qu'il vous soit difficile de voir un homme tirer en l'air lorsque sa vie est menacée, même si elle est menacée par un officier qui est en droit de le tuer. C'est tout à votre honneur, capitaine. Personne ne nie que St. Clair a du courage.

De fait, le baron avait beaucoup trop de courage, ce qui aurait pu émouvoir Henri s'il n'avait laissé sa conscience dans les confessionnaux poussiéreux de sa lointaine enfance.

Anderson se détendit légèrement, saisit sa chope puis la reposa sans avoir bu.

— Oui, c'est difficile, diablement difficile, et St. Clair a raison. La guerre est finie. Vous devriez vraiment trouver quelqu'un d'autre pour vous aider. J'ai déjà convaincu deux anciennes victimes de St. Clair de le défier. Si je suis témoin d'un autre duel, mon rôle deviendra suspect.

Cette bouffée de scrupules était fastidieuse. Anderson lui faisait penser à une maîtresse qui avait la prétention d'être courtisée et émoustillée en plus d'être payée. Henri afficha ce qu'il appelait son regard de philosophe français : expressif, compréhensif, sage et sincère – pour que ce soit efficace, il fallait avoir des yeux marron las et un nez fin. Une barbe grisonnante eût été un ajout utile, mais cela ne cadrait pas avec le besoin d'anonymat.

— Votre gouvernement vous a choisi pour travailler avec moi, capitaine, et mon gouvernement m'a désigné pour superviser les opérations. Nous avons en commun d'être des patriotes. L'Angleterre comme la France veulent se débarrasser de cette épine dans le pied qu'est *M. le baron de St. Clair*.

Anderson se passa une main sur le visage, tortilla sa moustache et fixa sa chope.

— Un dernier duel, déclara-t-il. Je verrai si je parviens à convaincre un autre ex-détenu de le défier et je trouverai d'autres hommes pour lui servir de témoins, mais ensuite, ne comptez plus sur moi. Au diable l'Angleterre et la France ! Si Dieu veut que

St. Clair survive à quatre duels et cinq défis, qui suis-je pour m'opposer au verdict du Tout-Puissant ?

Il était réconfortant de constater que la pensée de Dieu pouvait inspirer de l'humilité à un Anglais.

— Dans ce cas, nous devons sélectionner notre prochain champion avec le plus grand soin, répondit Henri. Nous avons identifié huit candidats, huit autres officiers qui ont vécu l'enfer entre les mains de St. Clair, huit hommes qui ne connaîtront plus jamais un sommeil serein et ne se sentiront plus jamais en sécurité dans les bras de leurs maîtresses. À votre avis, lequel parmi eux vise le mieux, a les nerfs les plus solides et a le plus de chances de débarrasser le monde de ce fléau qu'est St. Clair ?

Anderson but une petite gorgée de bière du bout des lèvres. Il n'avait pas attendu suffisamment longtemps, et sa fière moustache se tacha de mousse.

— Dirks et l'autre Écossais, MacHugh, dit-il.

Les Écossais étaient des sanguinaires. C'était un trait de caractère que Henri admirait chez eux, en dépit de leur goût pour le whisky. Il attribuait leur nature pugnace et leur aptitude à supporter les alcools forts au fait de devoir partager une île avec les Anglais.

Il tendit un mouchoir en lin à Anderson et fit un signe vers sa lèvre supérieure. Pendant que le capitaine tapotait délicatement sa moustache avec le carré de tissu, Henri réfléchit à plusieurs options.

— Abordez Dirks et MacHugh et voyez s'ils sont ouverts à cette idée. Nous pouvons nous permettre d'être patients, mais pas indéfiniment.

Il lança quelques pièces sur la table, y compris un petit supplément pour la serveuse, puis se leva. Il ne drapa pas son manteau autour de ses épaules avec une élégance subtile (cela aurait paru trop français), mais glissa simplement ses bras dans les manches et laissa le manteau ouvert, à l'anglaise.

Après avoir enfilé ses gants, il donna une petite tape sur l'épaule d'Anderson en guise d'adieu viril. Pour passer inaperçu dans un pays étranger, la première chose à faire était d'imiter la démarche des locaux. Henri se dirigea donc à grandes enjambées vers la porte comme s'il venait de passer un moment avec une jolie putain consciencieuse.

Ce qui était le cas.

— Vous aurez beau lancer des regards discrets vers la porte, je vous surprendrai à chaque fois. Ma tante ne se joindra pas à nous pour le petit déjeuner.

Le ton de St. Clair n'était pas vraiment accusateur. Milly l'observa par-dessus sa tarte au citron honteusement délicieuse et vit quelque chose dans son regard. De l'humour ? Un défi ?

Elle souleva la théière (encore en porcelaine de Sèvres).

— Un peu de thé, milord ?

— S'il vous plaît.

Milly remplit sa tasse et reposa la théière sans lui demander comment il voulait son thé, puis elle reprit la dégustation de sa tarte.

La pâtisserie était un plaisir pour les yeux. La pâte était d'un brun doré régulier, et la garniture encore chaude. Son parfum évoquait la richesse et l'aisance, mais son goût procurait un plaisir que le cliquetis de pièces d'argent ne pourrait jamais égaler.

— Comment allez-vous occuper votre matinée, mademoiselle Danforth ? Il semblerait que le climat anglais nous fasse une surprise rare : un ciel bleu immaculé, ou du moins un matin ensoleillé. Il vaut mieux ne pas contrarier les dieux du climat anglais.

Il saisit une tranche de bacon et en déchira un morceau avec les dents, un geste banal qu'il parvenait à rendre à la fois sauvage et élégant.

— Si vous décidez de sortir, je pense passer un peu de temps au piano. Lady St. Clair m'a dit que je pouvais utiliser le salon de musique lorsqu'elle n'avait pas besoin de moi.

Le bacon fut englouti en trois bouchées. Il s'immobilisa, sa fourchette d'œufs brouillés en suspens devant ses lèvres.

— Elle n'aura pas besoin de vous ce matin. Elle se repose… et complote. Ce soir a lieu ce qu'elles et ses amies appellent « la soirée de cartes » de lady Arbuthnot. Telles des sorcières, elles se réunissent chaque mardi qui précède la pleine lune. Elles racontent à tout le monde qu'elles jouent au whist, mais, en réalité, elles lancent des sorts aux célibataires à la mode pour toutes leurs nièces et petites-filles.

— Lady St. Clair n'a pas exercé sa magie sur vous, milord ? Vous faites pourtant partie des célibataires à la mode.

Le baron était également titré, riche et séduisant. Qu'il n'ait encore ni épouse ni héritier était en soi une énigme.

Il prit une autre bande de bacon croustillante entre deux doigts et l'examina à la lumière comme s'il contemplait une bouteille de vin ou une miniature.

— Maintenant que vous le dites, c'est étrange, en effet. Ma tante est une puissante magicienne. Elle affirme avoir du sang gitan du côté de sa mère. Et pourtant, vous me voyez assis indemne devant vous, épargné par les liens sacrés du mariage.

Il mordit dans son bacon avant d'ajouter :

— Tout comme vous.

Milly se réfugia dans sa pâtisserie, pensant qu'il devait s'agir d'une critique – car c'en était une, forcément.

Il agita sa fourchette avec un gracieux moulinet du poignet.

— Quel est votre compositeur préféré ?

— *Herr* Beethoven.

— Vous préférez un Allemand à vos gloires nationales ?

Il avait dit « vos », et non « nos ». Cela expliquait peut-être pourquoi il n'était pas marié. Il ne devait pas apprécier les beautés anglaises, et c'était sans doute réciproque. Après tout, il était grand, ténébreux et français.

Milly contempla sa tarte au citron et expliqua :

— *Herr* Beethoven sait mêler à la perfection la virtuosité technique et la passion. Dans sa musique, il ne craint pas de tempêter, de rire et de pleurer, bien qu'on affirme qu'il est sourd comme un pot.

Elle se prépara à essuyer une nouvelle plaisanterie, mais St. Clair se contenta de faire tournoyer doucement le thé dans sa tasse qu'il tenait par son anse délicate.

— Bien dit, observa-t-il simplement. Voulez-vous quelques pages de mon journal ? La rubrique mondaine, peut-être ?

Ce n'était ni une plaisanterie, ni une rebuffade, ni un défi, et pourtant sa question polie était pire que les trois réunis.

— Non, merci, milord. Pourriez-vous me passer la confiture, s'il vous plaît ?

Elle avait posé sa question sur un ton un peu trop vif, ce qui lui valut un regard appuyé par-dessus le bord du journal avant qu'il ne pousse le pot vers son assiette. C'était de la confiture de framboise, sa préférée.

— Moi aussi, j'apprécie Beethoven, déclara St. Clair en attaquant de nouveau ses œufs brouillés. Mais je dois dire que Clementi est un plaisir pour les mains et Mozart une merveilleuse friandise pour l'oreille. Encore un peu de thé, mademoiselle Danforth ?

— Oui, je vous prie.

Le problème était qu'elle n'était pas encore habituée à lui. Il descendait rarement prendre son petit déjeuner dans la salle à manger et n'avait accompagné sa tante lors de ses sorties qu'une fois depuis que Milly était entrée au service de lady Frederica, deux semaines plus tôt. Il s'était joint à elles jusqu'à Haymarket, les avait déposées devant le théâtre, puis avait poursuivi sa route pour s'occuper de ses propres affaires avant de leur renvoyer la voiture – ce qui signifiait qu'il était rentré seul à travers les rues de Londres au cœur de la nuit, à moins qu'il n'ait dormi chez sa maîtresse.

Il la servit, reposa la théière puis ajouta du sucre et du lait dans le thé de Milly.

— Que ferez-vous d'autre de votre liberté, mademoiselle Danforth ? On peut certes jouer du Beethoven durant des heures, mais autant varier les plaisirs.

Milly était consciente que lui faire la conversation pendant le petit déjeuner était le signe d'une extrême courtoisie de la part du baron. Aussi fit-elle l'effort de répondre plutôt que de commettre l'excentricité de tartiner sa tarte au citron avec de la confiture de framboise.

— Si le temps reste clément, j'irai probablement me promener au parc.

— Demandez à un valet de vous accompagner, dans ce cas. Prenez Giles. Il adore Hyde Park, mais on l'envoie faire des commissions à travers la ville à longueur de journée parce que c'est une grande brute.

Giles était un sympathique géant, et sa compagnie serait agréable. Toutefois, l'idée qu'elle ait besoin qu'on l'escorte était absurde.

Et… flatteuse.

— Bien, milord.

Il remua son thé puis reposa sa cuillère dans la soucoupe, un geste raffiné fait avec élégance et aisance.

— Et s'il pleut, mademoiselle Danforth ? Demanderez-vous qu'on fasse un feu dans la cheminée de la bibliothèque, qu'on vous apporte une tasse de chocolat chaud et vous recroquevillerez-vous sur le canapé avec l'un des romans de Mme Radcliffe ?

Son ton invitait à la confidence, ses yeux verts et graves à toutes sortes d'inepties. Il se montrait français, bien qu'il eût versé le thé comme un Anglais.

— Je ferai peut-être du dessin, milord. J'aime également les découpages, la broderie et le tricot.

Il vida sa tasse d'un trait, puis frissonna.

— Le tricot ? Vous êtes un modèle de vertu domestique, mademoiselle Danforth. Au fait, je vous autorise à étaler cette confiture sur votre tarte. Je vois à votre regard que vous en mourez d'envie.

Ce n'était pas tout à fait vrai. Elle songeait plutôt avec nostalgie à un après-midi passé dans la bibliothèque, à se délecter d'aventures romanesques.

— Bien, milord.

Sa réponse était on ne peut plus inoffensive ; pourtant, St. Clair la dévisagea en plissant les yeux.

— Vous faites du bien à ma tante, mademoiselle Danforth. Ces quinze derniers jours, elle a ri plus qu'au cours de toute la saison dernière. Elle taquine les domestiques, s'occupe moins de moi et de la liste interminable de mes défauts – de mon manque de goût pour la vie conjugale, entre autres.

Il marqua une pause et parut parvenir à une conclusion.

— En somme, elle s'inquiète moins. Je vous suis redevable, mademoiselle.

Ce n'était pas un homme d'une compagnie facile, mais il savait faire un compliment sincère. C'était si rare que Milly rougit et sentit une douce chaleur l'envahir.

— Merci, milord. Il est important de se sentir utile.

Il était également important d'avoir un toit au-dessus de sa tête et de quoi manger, deux choses que la maison St. Clair lui fournissait, ainsi qu'une petite somme non négligeable.

Tante Hyacinth avait raison. Une bonne position était nettement préférable aux miettes et aux critiques qu'elle recevait de sa propre famille.

— En effet, approuva-t-il. Si vous voulez bien m'excuser, mademoiselle... À l'instar de ma tante, je dois m'occuper de ma correspondance. J'ai eu grand plaisir à partager ce petit déjeuner en votre compagnie.

Peut-être alla-t-il jusqu'à s'incliner, mais Milly fixait le pot de confiture en s'efforçant de ne pas tenir compte de cette flatterie sans conséquence. Elle l'entendit se diriger vers la porte et tendit la main vers le pot.

— Mademoiselle Danforth ?

Elle le regarda, debout sur le seuil, grand homme élégant qui pouvait se permettre de porter un jabot et des manchettes en dentelle même en tenue de cheval.

— Oui, milord ?

— N'ayez aucun scrupule à passer un jour pluvieux dans la bibliothèque. Personne ne peut être un modèle tout le temps.

Sur ce, il disparut. Milly plongea son couteau dans la confiture tout en rêvant, encore et encore, de ce jour où elle pourrait peut-être passer l'après-midi avec Mme Radcliffe.

Un autre duel se préparait. Sebastian le pressentait, le voyait à la manière dont les membres de son club fuyaient son regard lorsqu'il les saluait depuis l'autre bout de la salle de lecture. Ils évitaient de lui parler à moins que ce ne soit absolument inévitable.

Il ne devait son appartenance à la Société de bienfaisance pour le progrès de la science agraire qu'au fait que l'administration avait été trop laxiste pour se rendre compte que Sebastian St. Clair n'était autre que le baron traître en personne. Le temps qu'elle comprenne son erreur, il avait fait une donation qu'elle ne pouvait ignorer pour sa ferme expérimentale à Chelsea.

Il avait dépensé ces fonds précieux parce qu'un homme avait besoin de la compagnie de ses semblables, même s'il ne s'agissait que d'une compagnie silencieuse et nerveuse qui ne le tolérait qu'en raison de son argent.

— Ah, te voilà !

Lady Frederica entra dans son bureau sans frapper, avec, dans le regard, cette lueur que Sebastian avait appris à redouter.

— Tu fais très intellectuel, St. Clair. Ces lunettes sont trompeuses.

— Ces lunettes me sont indispensables pour déchiffrer vos gribouillis, ma tante.

Des lignes de chiffres qu'elle avait minutieusement consignés dans les registres durant des années, en l'absence d'un mari, d'un fils, d'un neveu ou d'un petit-fils pour s'en charger.

Elle s'installa dans le fauteuil face à son bureau tel un gros moineau.

— J'en porte aussi, quand je rédige ma correspondance, mais les lunettes ne vont à personne. Nous accompagneras-tu, Mlle Danforth et moi, à la soirée musicale des Levien ?

Certainement pas.

— Quand est-ce ?

— Mardi prochain. C'est toujours le mardi qu'ont lieu les meilleures soirées. J'ai commandé de nouvelles robes pour Milly. La petite adore la musique. Il y aura un pianiste, un jeune homme célibataire qui se trouve être le fils d'un duc. Je crois qu'il pourrait faire l'affaire pour Fern, ou peut-être pour Ivy.

Certainement pas pour Iris – la malheureuse est incapable de chanter juste, ivre ou sobre.

Que Dieu vienne en aide au pauvre pianiste ! Sa tante allait lâcher sur lui toute une meute de jeunes filles à marier avant la fin de son récital.

— Malheureusement, je dois assister à une réunion du club, mardi soir. J'essaie de convaincre les membres de l'intérêt d'investir dans la culture des pêchers.

Il n'y en avait pas vraiment, en réalité. Les pêches avaient besoin d'un lieu protégé, de beaucoup de soleil, d'un hiver relativement doux, exactement les conditions offertes par la plupart des vallées de Provence, mais pas par le climat anglais.

— Des pêchers, répéta sa tante avec une moue de dédain. Tu préfères se faire reproduire des pêches plutôt que de t'occuper de ta propre succession. La guerre est terminée, Sebastian. On t'a pardonné tes erreurs. La vie continue. Tu n'étais qu'un enfant quand le petit Corse a repris ses folies. Tu ne peux pas être tenu pour responsable du fait que ta famille ait décidé de rendre visite à des parents en France au mauvais moment.

Comment faisait-on se reproduire une pêche ? Sebastian écarta cette idée et se prépara à être « le désespoir de la maison St. Clair », comme sa tante allait le qualifier dans quelques minutes. Les réprimandes de lady Frederica appuyaient souvent là où cela faisait mal.

— Je vous demande pardon.

La dame de compagnie se tenait sur le seuil du bureau, ce qui, en temps normal, eût été une vision agréable. Elle détournait l'attention de lady Frederica, qui avait moins de temps pour harceler Sebastian, et était une petite créature ravissante qui avait le charme supplémentaire de ne pas paraître trop anglaise.

— Mademoiselle Danforth, venez donc vous joindre à nous, l'invita-t-il. Ma tante s'apprête à prononcer l'un de ses sermons les plus inspirés, et une telle éloquence mérite un auditoire.

Il espérait néanmoins que lady Frederica rentrerait ses griffes et ne se répandrait pas au sujet de sa succession devant la demoiselle.

Cette dernière resta sur le seuil, se tenant d'une main au chambranle, ce qui alerta Sebastian. Ses lèvres, pleines et généralement souriantes, étaient pincées, et ses yeux...

— Venez vous asseoir, mademoiselle Danforth. Vous ne semblez pas dans votre assiette.

Sebastian ne tenait pas à la voir se décomposer. Elle n'aimerait pas qu'il assiste à son moment de faiblesse, et lui-même n'apprécierait pas d'être le témoin d'une telle scène.

— Je vais demander à un valet de vous apporter du thé, annonça-t-il. Expliquez donc à ma tante ce qui vous trouble autant. Elle voudra tout savoir.

Il prit la fuite, referma la porte derrière lui puis envoya une jeune servante descendre au pas de course dans les cuisines chercher l'inévitable thé. Plutôt qu'avec un sceptre et un globe, le roi George aurait dû diriger l'empire avec une théière et une pince à sucre.

Il s'apprêtait à demander qu'on prépare son cheval (la matinée était assez belle pour justifier une chevauchée avant et après le petit déjeuner) quand lady Frederica sortit du bureau.

— Te voilà, Sebastian. Fais préparer ton phaéton. Tu dois conduire Mlle Danforth à Chelsea.

C'était un ordre. Tante Freddy aimait donner des ordres, et il n'aimait pas en recevoir.

— Je vais plutôt faire atteler la berline, au cas où le temps changerait. Pour ma part, je dois aller...

Sa tante s'avança vers lui, les mains sur les hanches. Une réplique de Shakespeare au sujet d'une dame petite mais féroce vint à l'esprit de Sebastian.

— Elle a perdu sa seule amie, Sebastian. Sa tante, son seul soutien dans ce monde. La pauvre enfant a enterré son autre tante il n'y a pas trois mois. Elle se retrouve toute seule et ne peut compter que sur la bonté que nous lui témoignerons.

Une tante. *Merde !* Il fallait que ce soit une tante.

— John, le cocher, connaît le chemin...

Elle lui enfonça un doigt osseux et étonnamment douloureux dans le sternum.

— Tu peux parfaitement la conduire à Chelsea, Sebastian. John souffre d'une crise de goutte, et son aide a pris sa demi-journée de congé, comme les valets. Fais... venir... ton... phaéton.

Elle lui tapa encore le sternum à quatre reprises. Sebastian n'avait jamais fait subir un tel affront à un homme, mais, s'il avait encore exercé le métier d'interrogateur, il l'aurait ajouté à son répertoire de tourments.

— Cela peut peut-être attendre un jour, ma tante. D'ici demain, elle aura retrouvé sa contenance.

Surtout, le second cocher serait de retour après avoir perdu ses gages au jeu ou les avoir dépensés avec une jolie petite gourgandine.

Lady Frederica lissa son jabot.

— Lâche.

*Impitoyable matrone.*

— Vos tendres paroles sont-elles censées me faire reprendre mes esprits ?

L'adjectif qu'elle avait employé était assez injuste, à moins qu'elle ne fasse allusion à sa réticence à se donner la mort.

— Je t'en prie, Sebastian. Elle dit que si elle ne récupère pas quelques souvenirs dans la maison de sa tante, ses cousins vendront le tout. En outre, un vieux monsieur avait le béguin pour la pauvre dame, et Milly tient à le réconforter.

Milly. Il avait oublié son prénom, l'avait écarté de son esprit tout comme il avait chassé des pans entiers de sa vie…

Mais il n'était pas un lâche. Il était un neveu dévoué et un gentleman. Dans la situation présente, peu importait qu'il soit un gentleman français ou anglais. Dans un cas comme dans l'autre, il était condamné à rendre les armes.

— Faites préparer un panier pour le vieux monsieur, avec une bonne bouteille pour soulager sa peine, une épaisse couverture pour se protéger du froid, de quoi manger, des friandises et je ne sais quoi d'autre. Et dites à Mlle Danforth de se tenir prête dans une demi-heure.

Il espérait que, d'ici une demi-heure, le climat anglais lui rendrait le service de produire un déluge. Hélas, cet espoir, comme tous ses espoirs à ce jour, devait être déçu.

Milly ne voulait pas traverser tout Chelsea dans le phaéton du baron. Elle n'avait pas envie d'être vue assise à côté de cet homme élégant alors qu'elle se présentait dans sa tenue démodée et terne de parente pauvre, une insulte à la beauté de cette journée ensoleillée. Surtout, elle craignait que ses cousins ne l'aperçoivent.

Les voisins l'avaient prévenue du décès de tante Hyacinth trop tard pour qu'elle assiste à la veillée et aux funérailles, ce qui était sans doute pour le mieux, même si elle en ressentait une profonde amertume.

— Avez-vous besoin de mon mouchoir, mademoiselle Danforth ?

Le baron avait ralenti, faisant adopter aux chevaux un petit trot détendu. À son ton, il aurait aussi bien pu proposer qu'ils s'engagent dans le parc après avoir traversé Grosvenor Square, comme s'ils étaient sortis pour une agréable promenade.

— Je vous remercie, mais j'ai le mien, répondit-elle.

Sa réponse était un peu sèche et trahissait la colère qu'elle avait tant de mal à dissimuler.

Ils trottèrent un long moment en silence, jusqu'à ce que le baron tourne dans Park Lane.

— Je serais perdu si ma tante m'abandonnait pour rejoindre le royaume des cieux, déclara-t-il soudain d'un ton songeur. Je n'aurais plus personne pour me réprimander, pour m'énumérer mes nombreux petits défauts, pour me contempler comme si j'étais un arrangement floral particulièrement exquis, alors que je ne suis qu'un homme qui se gratte, jure et entre parfois dans le salon avec des bottes crottées.

Ce discours inattendu de la part du baron ressemblait étrangement à l'oraison funèbre d'une dame qui n'était pas encore morte.

— Votre tante est formidable. La mienne l'était aussi, d'une manière beaucoup plus discrète.

Elles l'avaient été toutes les deux, ses tantes Hyacinth et Millicent. Elles avaient protégé Milly le plus longtemps possible, tout en faisant croire au reste du monde que c'était Milly qui veillait sur elles.

— Lorsque tante Millicent est morte, tante Hyacinth a commencé à planifier ma fuite. J'aurais été la proie de mes cousins si elle ne m'avait pas poussée, encouragée, grondée.

Surtout grondée.

— Vous avez reçu le prénom de votre tante ?

Elle était contente qu'il s'en souvienne.

— Oui, et j'ai ses cheveux roux.

— Je dirais plutôt qu'ils sont auburn. Je suis sûr qu'ils le sont dans la bonne lumière. Parlez-moi de votre tante Hyacinth.

Il se montrait gentil, et Milly éprouvait un tel chagrin qu'elle ne pouvait qu'apprécier sa compassion.

— Je l'appelle… ou l'appelais… tante Hy. Comme tout le monde. C'est dommage, Hyacinth est un très joli prénom.

La circulation était fluide – ce n'était pas encore l'heure des promenades. La brise de printemps portait les odeurs âcres du marché aux chevaux de Tattersalls. Comme le disaient souvent ses deux tantes, la vie suivait son cours.

— Il est difficile de parler des êtres chers que l'on a perdus, déclara le baron. C'est comme s'ils étaient encore un peu plus morts. Les premiers temps, les soldats évitent d'évoquer leurs camarades tombés au combat.

Elle avait oublié qu'il avait été militaire. Il devait en savoir plus qu'elle sur la mort et l'inexorabilité de la vie qui suivait son cours.

— Tante Mil adorait le rire, et tante Hy la beauté. Notre maison était remplie de joie. Vers la fin, tante Hy n'y voyait plus grand-chose. J'ai eu l'impression de la trahir quand je suis partie, mais elle affirmait qu'elle percevait toujours la beauté avec ses mains, la sentait avec son nez et la goûtait dans une tasse de thé parfaitement préparé.

Le baron ralentit pour laisser passer une énorme diligence.

— Vous ne l'avez pas trahie, observa-t-il. Vous vous êtes sentie orpheline ; une orpheline en colère sans aucun avenir satisfaisant devant elle et personne de confiance pour la guider, car nul n'avait emprunté avant elle la voie qu'elle allait prendre. Vos tantes n'avaient jamais été employées et ne s'étaient jamais mariées. Elles pouvaient faire des suggestions, mais elles ne pouvaient pas *savoir*.

Alors qu'ils longeaient les jolies haies du parc, les adresses les plus chics du monde défilant sur leur gauche, Milly comprit qu'il parlait d'expérience.

Elle préférait nettement parler de lui que de son propre deuil.

— C'est ce que vous avez ressenti ? Vous êtes anglais et vous avez servi dans l'armée française... Cela a dû être compliqué.

Il fronça le nez, mimique indiquant que sa remarque n'était pas bienvenue. Elle s'attendit qu'il se taise et se concentre sur ses chevaux, qu'il guidait avec l'aisance d'un cocher professionnel, mais il répondit :

— J'étais enfant lorsque la paix d'Amiens a été conclue. Ma mère voulait désespérément rendre visite à ses parents en France. J'ai passé l'été en Provence, dans le château de mes grands-parents. Je ne pouvais pas savoir que le petit Corse et le vieux George ne faisaient que rassembler leurs forces pour une autre décennie de guerre. Lorsque la trêve a pris fin, mon père a dû partir précipitamment pour ne pas être emprisonné. Le faire sortir du pays n'a pas été aisé. Ma mère refusait de repartir sans moi, mais nous ne pouvions voyager en sécurité avec mon père. Très vite, il devint impossible de circuler. Elle est morte ce même hiver, sans avoir revu son mari. Elle fut pour moi la première victime de la guerre, car je crois bien qu'elle est morte de chagrin et non d'une simple fièvre.

D'un écolier anglais bien né, il était devenu le petit-fils d'un Français avec des antécédents paternels fâcheux, le tout en quelques mois.

Ils passèrent devant Apsley House, cet imposant édifice où demeurait le duc de Wellington en personne. Sans accorder un regard à la prestigieuse résidence, le baron reprit :

— Parlez-moi encore de vos tantes. Buvaient-elles ? Flirtaient-elles avec le curé ? Ma tante perdrait le goût de vivre si elle n'avait pas des béguins.

Que répondre ? Qu'elle se sentait effectivement orpheline ? Plus que jamais ? Qu'elle était effrayée de se retrouver seule, plus effrayée encore que lorsqu'elle avait perdu ses parents ?

Étonnamment, St. Clair avait une vision du monde empreinte de compassion, et elle devinait qu'il l'écouterait sans la juger. Aussi, en dépit du chagrin qui lui nouait la gorge, se mit-elle à déverser un flot de paroles, lui parlant des fleurs de tante Hy et des sablés de tante Mil.

Pour épargner à St. Clair ses propres souvenirs d'une enfance violente et déroutante, elle se livra.

# 3

Tout en écoutant Mlle Danforth lui parler de soirées à piquer des courtepointes et de vieilles dames se réunissant avec des amies pour tricoter, Sebastian se demanda brusquement si Wellington lui-même n'était pas derrière la récente série de duels.

Après son retour en Angleterre, sa première année s'était déroulée plus ou moins calmement. Le pire qu'il avait eu à endurer avait été des regards méprisants, quelques empoignades et des observations narquoises dans son dos – plus ou moins ce qu'il avait subi lors de ses premiers mois dans l'armée française. Depuis quelques mois, la teneur de ces insultes s'était faite plus menaçante, comme si une personne importante avait dressé une liste de boucs émissaires potentiels pour essuyer toute la rancœur de l'après-guerre et avait arrêté son choix sur Sebastian.

— Je ne vous ai pas encore vue tricoter, mademoiselle Danforth, ce qui est étonnant pour une dame qui a remporté tous ces concours de tricot.

C'était parler pour ne rien dire, mais elle s'efforçait de ne pas pleurer, et il faisait de son mieux pour l'aider.

— Je tricote la nuit, désormais, lorsque je ne parviens pas à dormir. Je garde la couture pour la journée, lorsqu'il y a assez de lumière.

— J'ai vu de vieux marins attablés devant leur chope de bière tricoter comme si leurs mains appartenaient à quelqu'un d'autre. J'ai également vu de vieilles femmes tricoter tandis que des boulets de canon volaient au-dessus de leur tête. Le tricot semble être un puissant baume pour l'esprit.

— Pourquoi de vieilles femmes tricoteraient-elles au milieu de tirs de canon ? Pourquoi se trouveraient-elles même à portée d'oreille de ces tirs ?

Son indignation était rafraîchissante. Si seulement tout le monde sur terre avait réagi comme elle ! La race humaine aurait dû aller au lit tous les soirs en priant *le bon Dieu* qu'une telle tragédie ne touche plus jamais l'un des siens.

Hélas, les hommes étaient d'une bêtise incorrigible.

— Je commandais une petite garnison dans les montagnes du sud-ouest de la France. Pendant une grande partie de la guerre, nous avons surtout offert un refuge pour les troupes en route vers l'Espagne. Elles s'arrêtaient chez nous pour se reposer et manger.

Le mensonge lui était venu naturellement, car il se l'était souvent répété en pensée.

— Certains officiers étaient accompagnés de leurs épouses. Nous avions également des lavandières et des cuisinières, comme dans n'importe quelle armée.

Des putains, pour la plupart, et que Dieu les bénisse pour leur présence !

— Les femmes n'ont rien à voir avec la guerre.

Mlle Danforth paraissait plus encline à discuter de ce sujet qu'à penser à la mort de ses tantes. Sebastian dut stopper le phaéton, un âne ayant décidé de s'arrêter au milieu d'un carrefour. Le chiffonnier qui se tenait devant l'animal jurait abondamment, mais avec un accent cockney si prononcé que Sebastian doutait que Mlle Danforth puisse le comprendre.

— Regardez autour de vous, mademoiselle Danforth. Vous voyez ces gentlemen qui se promènent, ces jeunes vendeurs, ces palefreniers, ces individus qui traînent devant la taverne ? Imaginez qu'ils aient tous disparu, qu'il n'y ait plus un seul homme. À présent, imaginez que votre travail consiste à tuer vos ennemies ou à être tuée par elles, jour après jour. Combien de temps pensez-vous qu'il faille pour que cette combinaison, la guerre et l'absence de tout membre du sexe opposé, devienne intenable ?

Le chiffonnier saisit une cravache sur le siège de sa charrette et la brandit devant l'âne.

— C'est la guerre elle-même qui est intenable, répondit-elle. Je ne comprends pas comment on peut braquer son arme sur quelqu'un qui ne vous a rien fait, et encore moins appuyer sur la détente.

La cravache s'abattit brutalement sur l'épaule de l'âne, et Mlle Danforth détourna les yeux. Si elle n'avait pas été à ses côtés, Sebastian aurait déjà bondi. Il lui tendit les rênes, descendit de voiture et se dirigea vers la bête. Cette dernière, petite et décharnée, avait le flanc strié de cicatrices et la queue emmêlée. Devant la taverne à l'angle de la rue, le *Wild Hare*, des hommes lançaient déjà des paris, sans doute sur le nombre de coups qu'il faudrait pour faire avancer l'animal ou l'achever.

Le chiffonnier leva de nouveau sa cravache.

— Combien ?

La question de Sebastian surprit l'homme, qui se tourna vers lui, l'air perplexe.

— Je vous demande pardon, Vot'Seigneurie. Je lui fais dégager le chemin tout de suite. Z'allez voir ça.

Lorsqu'il brandit une nouvelle fois sa cravache, Sebastian la lui arracha des mains.

— Combien pour votre âne ?

Il fit signe à son groom assis à l'arrière du phaéton et celui-ci accourut, habitué à ce genre de rencontre. Sebastian lui donna la cravache – parfois, un homme avait besoin de garder ses deux mains libres.

— Vous voulez me l'acheter ? demanda le chiffonnier, interloqué.

— *Combien* ?

Conformément à son métier, l'homme était vêtu d'un assemblage de tissus qui, s'ils avaient été propres, lui auraient donné l'allure pittoresque d'un romanichel. Une lueur rusée traversa ses yeux chassieux.

— Je connais vot'genre. Vous aimez les battre, comme vous aimez frapper les femmes.

L'âne attendait patiemment, la tête baissée. Devant la taverne, les hommes s'étaient tus.

— Je reconnais que la violence peut être nécessaire, admit Sebastian en caressant le poil gris broussailleux du malheureux animal. Toutefois, je préfère que mon adversaire soit capable de se défendre, sans être entravé par un harnais, avec un mors entre les dents, alors que je suis armé d'une cravache.

Sur le siège du phaéton, Mlle Danforth était parfaitement calme. Les chevaux ne bougeaient pas, signe qu'elle ne leur communiquait aucune nervosité par le biais des rênes entre ses mains.

— Deux livres.

C'était un prix exorbitant pour un animal rompu, épuisé et mal nourri. Sebastian lança un regard à son groom, qui présenta la somme demandée.

— Vous avez deux minutes pour le dételer.

Il grimpa de nouveau sur le phaéton et, avant qu'il ait pu reprendre les rênes, Mlle Danforth fit repartir les chevaux. Ces derniers, deux jeunes hongres qui avaient parfois tendance à avancer avec des à-coups, reprirent la route d'un pas tranquille.

— Vous me parliez de vos tantes, mademoiselle Danforth.

Il parlait comme un maître d'école essayant de remettre un peu d'ordre dans une classe envahie par le chahut.

— Nous discutions de l'influence civilisatrice des femmes sur les hommes contraints de faire la guerre, rectifia-t-elle. Si je n'avais pas été là, vous auriez rossé cet homme, n'est-ce pas ? J'aurais bien aimé voir cela.

Il aimait bien *la* voir. Elle avait la posture parfaite, détendue, gracieuse, d'une dame à l'aise avec des rênes. Était-ce ses vieilles tantes tricoteuses qui lui avaient appris à conduire une voiture ?

— Vous aimez voir les hommes se comporter comme des brutes ? demanda-t-il.

— Bien sûr que non. Mais j'aime que justice soit faite. L'âne n'avançait pas parce qu'il avait peur des chiens qui rôdaient près de la taverne.

Il songea à ses cousins, qui n'avaient même pas eu la bienséance de la prévenir de la mort de sa tante.

— La justice est un noble objectif, que l'on n'atteint pas nécessairement en jouant des poings. Puis-je avoir mes rênes ?

Elle baissa des yeux surpris vers ses propres mains, puis se tourna de nouveau vers lui.

— Le faut-il vraiment ?

Le sourire qu'elle lui adressa était à la fois charmant, déçu, un peu triste et parfaitement féminin. Si elle avait été française, elle aurait appris à utiliser un tel sourire, car il ne la rendait pas plus belle, mais plus séduisante.

— Non, gardez-les. Mes chevaux ont décidé que vous leur plaisiez. C'est un grand compliment.

Et elle lui plaisait à lui aussi. Elle aurait pu prendre un air méprisant parce qu'il avait menacé un chiffonnier, discuté argent dans la rue et acheté à prix d'or un âne décharné et moribond, mais elle n'en avait rien fait.

Il posa le pied sur le garde-boue et décida de s'expliquer.

— J'ai ce défaut de m'intéresser au sort des animaux récalcitrants. Je trouverai un emploi à ce petit âne dans la ferme de Chelsea quand nous serons parvenus à lui faire retrouver la forme et le moral.

Mlle Danforth fit claquer sa langue, lançant les chevaux au petit trot.

— Vous tenez ça de votre tante, sans doute, observa-t-elle. Je suis un animal récalcitrant, et elle m'a trouvé un emploi.

— Vous ne portez pas de gants de conduite, remarqua-t-il.

Elle était trop pauvre pour posséder une seconde paire de gants. Néanmoins, Sebastian ne lui reprit pas les rênes.

— Vos hongres ont des bouches de velours. Je redoutais ce voyage, mais à présent, j'y prends plaisir. Tante Hy serait heureuse.

Elle affichait un léger sourire. Satisfait de l'avoir distraite de son chagrin, Sebastian se tut jusqu'à ce qu'ils arrivent à destination, moins d'une heure plus tard.

Le village de Chelsea connaissait une vague d'expansion en raison de sa proximité avec Londres, mais avait néanmoins conservé son charme. Mlle Danforth les conduisit dans une petite rue tranquille, devant une maison de style Tudor nichée au milieu d'une foison de jonquilles.

— Cela me chagrine que vous ayez quitté cet endroit pour la puanteur et la prétention de Mayfair, déclara-t-il en observant la demeure douillette et soignée qui aurait représenté le foyer idéal pour bien des Anglais.

— Et cela me chagrine de vous imaginer veillant sur de vieilles dames pendant que des boulets de canon sifflent au-dessus de votre tête. La clé se trouve à l'arrière.

La maison était plus grande qu'elle ne le paraissait depuis la rue. Mlle Danforth manœuvra le phaéton dans l'allée qui menait à l'arrière, où des jardins bien ordonnés donnaient sur de grands prés. Il l'aida à descendre de voiture et attacha les chevaux pendant qu'elle sortait une clé cachée derrière deux briques et ouvrait la porte de service.

Elle lui fit signe de le suivre, ce qui l'étonna. Selon la longue liste de convenances en vigueur dans la bonne société, un homme et une femme célibataires ne pouvaient se trouver seuls dans une maison déserte.

— Je m'inquiète pour Peter, confia-t-elle en ôtant son bonnet et ses gants. La maison a peut-être déjà été louée, et les prochains occupants ne le verront sans doute pas d'un bon œil.

Un soldat apprenait à apprécier les choses simples : le calme, l'ordre, la solitude et la propreté. Cette demeure offrait tout cela en abondance. La cuisine était immaculée et inondée de lumière grâce aux fenêtres qui donnaient sur les jardins. La batterie en cuivre brillait, les chenets avaient été fraîchement repeints en noir, et les vitres étincelaient.

Les rideaux étaient bordés de galons brodés de pensées et de belles-de-jour, leurs couleurs vives se mêlant aux motifs joyeux. À mesure que Sebastian parcourait la maison derrière Mlle Danforth, il retrouvait partout le même décor paisible et charmant.

— C'est une maison heureuse.

Il le sentait, tout comme il avait senti la souffrance, la douleur et le désespoir entre les murs de pierre froide du château.

— Mes cousins ne pouvaient pas comprendre que nous nous sentions si bien ici, trois femmes célibataires sans beaucoup de moyens.

Il la suivit dans une chambre et sut tout de suite qu'elle avait été la sienne.

Dans cette maison, elle avait été Milly. Elle avait été aimée et sûre de l'être. Cela se voyait à l'aisance avec laquelle elle se déplaçait dans les pièces. Elle s'agenouilla devant un lit recouvert d'une courte-pointe superbement brodée de paons et de colombes – la beauté et la paix sur un fond de vert, de bleu, de blanc et d'or.

— Ce devait être mon trousseau, expliqua-t-elle en tirant une malle de sous le sommier.

Le lit était surélevé. Personne n'aurait pensé qu'il cachait un espace de rangement. La malle n'était pas petite. Mlle Danforth avait l'esprit pratique : elle avait jeté les convenances aux orties afin de profiter des muscles de Sebastian.

— Y a-t-il autre chose que vous aimeriez récupérer avant que nous partions, mademoiselle Danforth ?

— Quelques petites affaires.

— Dans ce cas, je vous laisse les réunir.

Il hissa la malle sur son épaule, ravi de s'éclipser avant que le chagrin de la jeune femme ne prenne le pas sur son pragmatisme. La malle sentait le cèdre et le camphre. Elle était légère. Apparemment, son trousseau ne devait pas inclure beaucoup d'argenterie.

— Je vous rejoins bientôt, milord.

Il la laissa assise sur le lit, seule dans cette jolie maison qui aurait dû lui revenir de droit. Cette idée le troubla, car il n'était pas fâché que ses cousins l'aient dépouillée de son héritage. Sans cela, sa tante n'aurait pas eu une compagne enjouée, dotée d'un sens pratique, agréable à regarder et sachant tenir des rênes.

Le baron avait soulevé sa grosse malle comme si elle ne pesait pas plus lourd qu'un panier en osier rempli de draps propres. Une fois qu'il fut sorti,

Milly resta assise sur le lit dans lequel elle avait dormi presque toutes les nuits de sa vie d'adulte jusqu'à récemment et s'efforça d'analyser ses émotions.

C'était certainement pour cela que le baron l'avait laissée seule.

Elle était tenaillée par un sentiment de perte, qu'elle avait commencé à ressentir deux ans plus tôt, lorsque la santé de tante Mil avait commencé à décliner. Sachant qu'elles ne seraient bientôt plus de ce monde, ses tantes avaient fait leur possible pour assurer son avenir.

Cette maison n'était qu'une maison, comme l'avait souvent répété tante Hy. Lorsque Milly y était entrée avec le baron, elle lui avait paru petite et vide.

Malgré ce sentiment de perte, elle éprouvait aussi une certaine satisfaction : le plan de ses tantes avait réussi. Elle était à l'abri chez une baronne de Mayfair, une femme qui comprenait ce que c'était que d'avoir des cousins épouvantables.

Milly était également soulagée car, même si ses affreux cousins la surprenaient dans la maison, le baron s'occuperait d'eux, ce qui avait clairement été l'intention de lady St. Clair.

St. Clair ne reviendrait pas la chercher. Elle savait qu'il la comprenait et qu'il lui laissait le temps de faire ses adieux à cette maison.

Elle ne tenait cependant pas à les prolonger, car la dernière émotion qu'elle ressentait était la solitude. Elle avait été heureuse avec ses tantes, mais elle s'était sentie seule.

C'était toujours le cas.

— Tu peux sortir, à présent.

Rien, pas l'ombre d'un bruissement. Peter était peut-être au rez-de-chaussée, se cachant d'Alcorn et de Frieda qui avaient probablement inspecté la maison avant même que le croque-mort ne vienne prendre les mesures de tante Hy.

Peter avait un instinct de survie très développé.

— Peter Francis Danforth !

Toujours rien. Milly s'avança dans le couloir et entra dans le petit salon de tante Hy. Le chat était là, à sa place habituelle, sur le rebord de la fenêtre, comme s'il attendait la prochaine soirée de confection de courtepointes, quand toutes ces dames viendraient lui rendre hommage avant d'ouvrir leurs paniers à ouvrage.

— Te voilà !

Il lui lança un regard furieux, hérissé d'une irritation toute féline, et agita sa grande queue noire et touffue comme pour demander : « Où diable étais-tu passée ? »

— Je suis venue aussi vite que j'ai pu. Je te suis reconnaissante d'avoir gardé la maison, mais il est temps de partir. Tante Hy voulait que tu viennes avec moi. C'est la seule chose qu'elle m'ait demandée.

Milly ne parlait pas au chat, mais à elle-même. Elle prit Peter dans ses bras, surprise comme toujours par son poids. Comment une créature à l'apparence aussi floconneuse pouvait-elle peser si lourd ? Comme toujours, il se mit à ronronner.

— Tu es un imposteur, Peter Francis. Tu fais les gros yeux au monde entier, tu agites la queue et menaces des pires tourments tous ceux qui te contrarient, puis tu te mets à ronronner...

Tante Hy soutenait que les ronronnements soulageaient ses rhumatismes. Elle restait assise des heures durant avec le chat sur ses genoux, caressant son épaisse fourrure soyeuse pendant que tante Mil lisait et que Milly cousait.

— La baronne va t'adorer, promit Milly, la gorge serrée. Mais tu es à moi maintenant. Tu as le droit d'aimer lady St. Clair, mais tu seras toujours à moi.

Elle serra le chat contre elle et traversa la maison sans regarder à droite ni à gauche. Elle avait glissé un flacon de parfum de tante Hy dans la poche de sa jupe, mais n'avait touché à rien d'autre, sachant que si un objet avait changé de place, Alcorn et Frieda le remarqueraient.

Lorsqu'elle ressortit par la porte de service, elle déposa Peter un instant pendant qu'elle refermait à clé. Par réflexe, elle glissa la clé dans sa poche avant de reprendre le chat.

Le baron avait attaché la malle à l'arrière du phaéton et attendait près de la voiture, l'image même d'un bel homme appréciant une journée ensoleillée à la campagne. Il s'écarta du véhicule en l'apercevant.

— C'est un chat, observa-t-il sur un ton où la consternation se mêlait à une franche hostilité.

— Je vous présente Peter Francis Danforth. C'était l'ami le plus cher de tante Hy, et si je ne l'emmène pas, mes cousins le relégueront dans l'écurie, ou pire.

— J'ai fait tout ce chemin pour venir chercher un chat ? Un chat noir ?

— En effet, il est noir.

D'un noir merveilleux, avec des yeux verts perçants, une épaisse et longue fourrure.

— Il est très amical, précisa-t-elle.

Il aurait sans doute mieux valu dire qu'il attrapait un nombre prodigieux de souris, mais Peter n'avait jamais rien attrapé de toute sa vie de pacha. Pour ce qui était de la chasse, il était d'une incompétence crasse.

L'expression du baron ne se radoucit pas. Milly sentit les larmes lui piquer les yeux alors qu'elle ne pouvait plus attraper son mouchoir, ses deux mains étant prises par le chat.

— Je peux lui trouver une autre maison, si vous y tenez, mais la baronne m'a assuré que...

La vérité, c'était qu'elle ne pourrait jamais lui trouver un nouveau foyer. Ce chat était paresseux et amical, deux péchés mortels pour un animal censé vivre de la chasse. Il était convaincu que les chiens étaient ses meilleurs amis, après les vieilles dames, les enfants et M. Hamilton, qui travaillait au *Boar's Tail* au bout de la rue.

Milly posa sa joue sur le crâne de Peter.

— Je pensais que c'était pour lui que vous aviez apporté le panier en osier.

Sa voix avait chevroté. Elle enfouit le nez dans la fourrure chaude du chat en se demandant si le baron était sensible aux supplications. Elle était prête à vendre son trousseau, à affronter ses cousins, à déposer le flacon de parfum au mont-de-piété, à abandonner ses derniers liens avec ses tantes, mais pas à perdre ce chat.

Une main se posa sur son épaule.

— Bien sûr, nous ne pouvons laisser votre ami seul avec son chagrin. Je suppose qu'il est âgé ?

Le ton de St. Clair était bourru, mais sa main sur l'épaule de Milly était douce.

— Il a cinq ans, répondit-elle.

— Il est dans la fleur de l'âge, donc. Je suis sûr qu'il trouvera très vite sa place dans le salon de ma tante et qu'il aura bientôt droit à toutes ses confidences.

Le baron s'écarta, emportant avec lui la chaleur de sa main. Milly le regarda sortir toute une série d'articles du panier en osier : une épaisse couverture, une bouteille de vin ou de spiritueux, un fromage, un pot de confiture, un quartier de jambon enveloppé dans un linge.

Alors qu'il déposait ces denrées sur le siège, Milly se rendit compte que la matinée était passée.

— Vous aviez prévu un pique-nique ? s'étonna-t-elle.

Des sourcils bruns se haussèrent au-dessus d'yeux verts insondables. L'espace d'un instant, on n'entendit plus que le ronronnement de Peter.

— Aimeriez-vous pique-niquer, *mademoiselle* ?

Quelqu'un projetait d'une manière méthodique et déterminée de tuer Sebastian, et il proposait un pique-nique à une jeune femme triste par une superbe journée de printemps. À vrai dire, c'était la première fois qu'il faisait une telle offre à une demoiselle. Il n'en avait jamais eu l'occasion plus tôt, ayant passé sa jeunesse à tenter de survivre dans le monde impitoyable de l'armée française.

Un pique-nique dans la campagne anglaise, était-ce trop demander de la part d'un homme dont la vie avait été monopolisée par la guerre et ses séquelles ?

— Cela me ferait très plaisir, répondit Mlle Danforth. À Peter aussi.

— Dans ce cas, la motion est adoptée à l'unanimité. Avez-vous un endroit particulier à l'esprit ?

Naturellement. Elle lui fit conduire les chevaux vers un paddock en friche de l'autre côté de l'allée, face à la maison. Le chat la suivit tandis qu'elle se rendait dans le jardin et cueillait un bouquet de jonquilles. Puis elle disparut un moment au bout de l'allée. Lorsqu'elle revint, elle n'avait plus les fleurs.

Sebastian avait étalé la couverture sous les arbres au fond du jardin situé à l'arrière de la maison, un lieu qui n'était visible ni de la route ni de l'unique voisin.

— J'aurais pu vous accompagner, vous savez, déclara-t-il tandis qu'elle s'asseyait sur la couverture.

— Où ça ?

— Vous êtes allée au cimetière rendre un dernier hommage à votre tante. C'est une chose que l'on préfère faire seul, et pourtant, on devrait toujours être accompagné.

Son côté anglais prenait le dessus aujourd'hui, ce qui était étrange car toutes les funérailles auxquelles il avait assisté, y compris celles des nombreux soldats qui étaient tombés sous ses ordres, s'étaient déroulées en France.

Mlle Danforth ouvrit le panier que Sebastian avait rempli de nouveau.

— Ma tante m'a fermement recommandé de ne pas me complaire dans ma douleur. Elle voulait que je trouve une bonne position et que je fasse ma vie... Nous n'avons pas de couverts.

Sebastian sortit son petit couteau de sa botte gauche et le lui présenta par le manche. À en juger par l'expression de Mlle Danforth, ce n'était pas un pique-nique *comme il faut*.

— Voulez-vous que nous allions chercher des serviettes et des fourchettes dans la maison ? demanda-t-il, déconcerté.

Elle contempla le couteau, un ustensile fonctionnel avec un manche en corne dont le jumeau était caché dans le dos de Sebastian, glissé sous sa ceinture. Sa dague se trouvait dans sa botte droite, là où il était plus facile de l'attraper.

— Je préfère ne pas retourner dans la maison, répondit-elle.

Elle saisit le couteau sans toucher sa peau nue.

— Ce couteau fera parfaitement l'affaire.

— Un couteau est souvent tout ce dont un homme a besoin.

Il était également silencieux, réutilisable et pouvait être lancé sur un ennemi battant en retraite avec plus de précision que la plupart des petits pistolets.

Ils confectionnèrent des sandwichs, puis survint un autre moment gênant lorsqu'ils regardèrent la bouteille de madère.

— Il ne faut pas que vous ayez soif par ma faute, mademoiselle Danforth. Buvez à la bouteille, je me débrouillerai.

Son café matinal n'était plus qu'un lointain souvenir, et la route du retour serait poussiéreuse. Mais peu importait, il avait déjà eu plus soif. Une fois, il était resté près de trois jours sans eau ou presque, une situation qui lui avait inspiré toutes sortes d'idées utiles pour un homme dont le travail consistait à extraire la vérité de sources peu coopératives.

Mlle Danforth contempla la bouteille, puis son compagnon.

— Nous partagerons.

Elle inclina la bouteille et but une gorgée de vin. C'était une boisson qui convenait même aux dames âgées lors des soirées fraîches et des occasions spéciales. Visiblement, Mlle Danforth l'appréciait. Elle prit une deuxième gorgée, puis une troisième.

Cherchait-elle à noyer son chagrin ?

Elle essuya le goulot avec son mouchoir avant de lui tendre la bouteille.

— Il est très bon. Cela vous revigore.

L'atmosphère changea brusquement, du moins pour Sebastian. Le chignon de Mlle Danforth s'était affaissé au cours du voyage. Quelques poils de chat étaient accrochés à son corsage immaculé, et elle ne portait pas ses gants. Ses lèvres étaient humides et, peut-être parce qu'elle avait pleuré, ses yeux noisette étaient... lumineux.

Sebastian prit le madère en se demandant s'il y avait un moment propice pour être assailli par le désir. Il but une longue rasade puis lui rendit la bouteille.

— Le bouchon doit être quelque part par là.

Il avait vu le chat jouer avec.

Elle le retrouva, l'enfonça dans le goulot, puis se pencha en arrière, prenant appui sur ses bras et tournant son visage vers le soleil.

— Vous êtes très bon avec moi, milord. Cela me touche.

Sebastian ne voulait pas de sa gratitude. Une pulsion inexplicable et déplacée l'envahissait, et il avait envie de poser ses mains sur ses seins nus et, si possible, couverts de taches de rousseur. Hélas pour lui, sans doute parce qu'il était à moitié français, les taches de rousseur accroissaient son désir incontrôlable.

— Vous pensez donc que c'est une épreuve pour moi de supporter la compagnie d'une jolie femme par un jour charmant ? demanda-t-il. Vous croyez que le pain, le fromage, le vin et un peu de jambon ne peuvent satisfaire mon appétit parce qu'un de mes lointains ancêtres a chargé les lignes ennemies pour son roi il y a des siècles ?

Un subalterne sous son commandement ou un prisonnier à sa charge aurait compris que son ton doux présageait un orage imminent, ou pire.

Mlle Danforth ferma les yeux, offrant son teint aux rayons du soleil.

— Vous paraissez beaucoup plus anglais quand vous êtes de mauvaise humeur. Tout à l'heure, lorsque vous parliez au chiffonnier, vos consonnes auraient pu couper des diamants. Et je sais pertinemment que je ne suis pas jolie.

Non, elle était bien pire. Elle était attirante. Son charme venait de sa chevelure rousse légèrement désordonnée (rousse, et non auburn, ni blond vénitien), de ses yeux légèrement en amande, de son teint qui évoquait les roses en porcelaine, de sa bouche...

Sebastian détourna les yeux. Un commandant apprenait vite à regarder ailleurs. Au bout de quelques années, cela devenait un réflexe.

— Une femme n'a pas besoin d'être blonde aux yeux bleus pour satisfaire la sensibilité esthétique d'un homme. Encore un peu de vin ?

Il était temps de se ressaisir et de chasser cet élan lubrique déplacé. Le Français en lui fut pris de l'envie d'éclater d'un rire d'autodérision, tandis que son côté anglais s'efforçait de penser à la collection de soliflores en Sèvres de sa tante.

— Non, merci, plus pour moi, répondit-elle. Quelle est la dernière personne que vous ayez perdue, milord ?

Peut-être n'avait-elle pas l'habitude de boire de l'alcool, à moins qu'elle n'essaie de détourner ses pensées de son chagrin. À quelques pas d'eux, le chat s'étira longuement puis se roula en boule et se mit aussitôt à ronronner.

— Qui était le dernier homme que vous ayez embrassé, mademoiselle Danforth ?

En tant qu'interrogateur, il connaissait la valeur d'une attaque furtive, l'intérêt de dérouter un esprit ébranlé, mais cela ne l'avait pas empêché d'être surpris par sa question.

Les lèvres de Mlle Danforth tremblèrent. Elle ne rouvrit pas les yeux.

— J'ai embrassé Peter. Votre question n'est pas convenable, milord.

Il changea de position sur la couverture afin d'entreprendre son projet fou plus convenablement. Lorsqu'il glissa une main dans la chevelure de Mlle Danforth, elle rouvrit les yeux. De près, il pouvait voir les éclats d'or dans ses iris.

— Je n'ai pas envie de parler des morts, mademoiselle Danforth. Pas maintenant.

Elle l'observa avec une expression qui lui rappela celle du chat. Elle posait sur lui un regard indéchiffrable, sans manifester la moindre peur, sans sourciller.

Quelque chose en elle vibrait d'intelligence, de chaleur et de féminité.

Il ne pique-niquerait plus jamais avec une jolie femme par un jour ensoleillé, non pas parce que son arrêt de mort avait déjà été signé, mais parce que cela provoquait en lui toutes sortes de réactions étranges.

Il se rapprocha de quelques centimètres.

— Ne parlons plus de mort ni de deuil, plus de larmes ni de souffrance. Cela m'est insupportable. Vous m'entendez ?

Même si une femme endeuillée qui ne pleurait pas était beaucoup plus inquiétante.

Il l'embrassa, peut-être parce qu'il n'avait pas pleuré aux funérailles de sa mère, mais plus encore parce que les profondeurs insondables des yeux noisette de Mlle Danforth s'étaient remplies de curiosité, sinon de chaleur.

S'il y avait de la colère en lui, la douceur des lèvres de Mlle Danforth l'apaisa. Elle se rapprocha, glissa une main sur sa nuque et posa l'autre sur sa joue.

Elle avait un goût de vin, de sucre et de chagrin. Il embrassa sa douleur puis l'écarta en caressant du bout des doigts sa joue, sa gorge, sa tempe. Sa chevelure rousse était incroyablement soyeuse, et sa peau...

Aucune femme n'aurait dû avoir une telle peau, chaude et lisse. Laisser courir ses doigts dessus lui procurait un plaisir enivrant. Il aurait aimé l'embrasser partout, mais savoir qu'il n'en aurait jamais l'occasion le força à interrompre leur baiser.

— Vous êtes vivante, lui dit-il. Soyez-en heureuse et profitez-en car, un jour, ce sera votre tour de reposer dans un cimetière.

Ou sur un champ de bataille boueux infesté de mouches, ou au fond d'un ravin glacé des Pyrénées, ou en petits morceaux parce qu'un boulet de canon avait atteint la poudrière par un hasard tragique, horrible et insoutenable.

— Vous aussi, vous êtes en vie.

Sans lui laisser le temps de répondre, elle pressa sa bouche contre la sienne, gravement, même si sa main sur sa joue était tendre.

Avant qu'il ait pu reprendre ses esprits et réagir, elle s'écarta et lui tapota la joue, un geste qui lui rappela sa récente entrevue avec Pierpont.

— Prenez encore un peu de vin, lui conseilla-t-elle.

Il ne discuta pas. Lorsqu'il eut bu, il lui tendit la bouteille sans l'essuyer, et elle en prit une longue gorgée à son tour.

Il aurait dû lui demander pardon de l'avoir embrassée. Mais il aurait tout aussi bien pu s'excuser pour le beau temps, la mort de sa tante, le fait d'être un homme, sa superbe chevelure rousse. Son baiser avait été relativement chaste, du moins comparé à ses pensées.

Le Français en lui décida de ne pas s'en excuser.

Il lança quelques morceaux de jambon au chat, puis enveloppa la nourriture restante dans un linge et la rangea derrière le siège de la voiture. La couverture alla dans le panier en osier, suivie du chat, puis, rapidement, le phaéton reprit le chemin de la ville au petit trot.

Comme il fallait s'y attendre, le ciel était à présent parcouru de nuages bas et noirs annonciateurs de pluie.

— Nous arriverons avant qu'il ne pleuve, prédit Mlle Danforth quand ils parvinrent à Earl's Court. Lorsqu'un orage menace, la circulation devient plus fluide et l'on avance beaucoup plus rapidement. Merci de m'avoir emmenée, milord.

Si leur étreinte avait duré plus longtemps, il lui aurait été difficile de ne pas aller plus loin.

L'emportement avait eu sa part dans sa décision de l'embrasser, mais la luxure avait disparu de son existence depuis si longtemps qu'il ne savait plus où commençait le désir et où finissait la colère.

La colère ou la solitude. Il connaissait à peine cette femme – ce qui, dans sa vie, avait toujours été la première condition pour une expérience érotique.

— Vous ne me reprochez pas d'avoir pris des libertés avec vous, mademoiselle Danforth ? J'aurais pu vous dire le fond de ma pensée sans vous agresser.

Le gros chat remua dans son panier, faisant craquer l'osier. Cette maudite bestiole comprenait probablement chaque mot d'anglais prononcé en sa présence.

— Je ne considère pas que vous m'ayez agressée, milord.

Comme il détestait ces « milord », et comme il approuvait sa réponse ! Au loin vers le sud, le tonnerre gronda. Il ne pouvait lui avouer qu'il se sentait seul, bien que cette envie étrange lui trottât dans la tête. À quoi cela aurait-il servi ?

— Vous n'avez pas répondu à ma question tout à l'heure, mademoiselle Danforth.

Elle lissa ses jupes de sa main gantée, une main dont le dos, Sebastian le savait désormais, était parsemé de taches de rousseur. À son geste, il comprit qu'elle savait parfaitement à quelle question il faisait allusion : qui était le dernier homme qu'elle avait embrassé ?

— Je n'avais pas de réponse. Vous étiez le premier.

Un autre roulement de tonnerre. Quand il grondait sur la droite, c'était censé porter chance.

— Je vous ai donné votre premier baiser ?

L'idée lui plaisait infiniment... et lui confirma que les hommes anglais étaient une bande de primates stupides. Il ne fallait pas s'étonner que leurs femmes soient si nerveuses et acrimonieuses.

— Comment m'en suis-je sorti ?

Elle esquissa un léger sourire.

— Affreusement mal.

Sans doute, mais son sourire disait tout autre chose.

— Peut-être me permettrez-vous un jour de vous prouver que je peux faire mieux...

Il lui adressa un clin d'œil pour lui montrer qu'il plaisantait et qu'elle pouvait lui faire confiance. C'était aussi parce que, l'espace d'un moment, ils avaient oublié la mort et les mauvais souvenirs.

Elle ne lui rendit pas son clin d'œil, mais son sourire flotta dans son regard jusqu'à ce qu'ils soient arrivés à la maison.

# 4

Milly n'avait connu qu'un valet de chambre, Winslow, le domestique de son cousin Alcorn. Elle ignorait si Winslow était son prénom ou son nom de famille et ne l'avait jamais entendu dire autre chose que « Bonjour » et « Au revoir, madame ».

Michael Brodie faisait la taille de deux Winslow et devait avoir la moitié de son âge, mais ce n'étaient pas les seules raisons pour lesquelles il la mettait mal à l'aise.

— Bonjour, mademoiselle Danforth. Je vous présente mes condoléances.

Il se tenait sur le seuil, l'air grave, portant sa malle. Dans le petit salon attenant à la chambre de Milly, on n'entendait que le crépitement de la pluie contre la fenêtre.

— Merci, monsieur Brodie. Vous voulez bien déposer ma malle contre le mur ?

Pas dans sa chambre. Même en plein jour et la porte grande ouverte, elle n'y aurait pas fait entrer cet Irlandais blond aux yeux verts.

Lorsqu'il passa devant elle, elle perçut une odeur de vétiver. Les valets de chambre n'étaient pas censés se parfumer, ni porter des malles comme des laquais ou des hommes à tout faire.

— C'est une jolie malle, observa-t-il en la déposant et en époussetant ses mains.

Michael Brodie avait de grandes mains calleuses. Milly était bien certaine que Winslow n'avait pas de cals aux mains.

Le baron, si.

— Lady St. Clair m'a informé que vous aviez perdu le dernier membre de votre famille, reprit Brodie en sortant un mouchoir avec lequel il essuya le couvercle de la malle.

Peter, caché sous la nappe en brocart qui recouvrait un guéridon, choisit ce moment pour faire son apparition.

— Ce n'était pas le dernier membre de ma famille. J'ai encore un cousin marié qui a trois enfants.

Et elle avait Peter.

— Et qui est ce beau garçon ?

Milly aurait voulu que M. Brodie sorte de son salon afin de profiter de la solitude que lui accordait la sieste de la baronne. Mais M. Brodie essayait de se montrer amical et, en dépit de la froideur dans ses yeux, Milly se sentit obligée de répondre.

— Peter était le chat de ma tante.

Il souleva le félin qui, naturellement, se mit aussitôt à ronronner.

— Il est bien amical.

— C'est pourquoi ma tante l'adorait, et moi aussi.

M. Brodie lança un regard vers la fenêtre et les jardins détrempés en contrebas. Les fleurs de printemps commençaient à se faner et les bourgeons d'été n'étaient pas encore sortis. Néanmoins, Milly trouvait cette vue apaisante.

— Moi aussi, je suis amical, mademoiselle Danforth. Non, ne vous méprenez pas. Je veux juste dire que si vous avez encore besoin qu'on vous conduise à Chelsea, vous pouvez faire appel à moi. Lord St. Clair m'aurait envoyé avec vous si j'avais été à la maison.

Elle aurait aimé lui arracher son chat traître des bras, mais Peter se frottait sans vergogne contre son torse large et viril.

— Merci, monsieur Brodie. J'ai demandé à lady St. Clair si je pouvais me rendre à Chelsea, et c'est elle qui m'a assigné un chauffeur. J'espère que cela n'a pas trop gêné lord St. Clair.

— Lord St. Clair chevaucherait jusqu'en enfer sur un cheval boiteux si sa tante le lui demandait. Mais il faut que vous sachiez...

Il s'interrompit et gratta Peter sous le menton, ce qui mit le félin dans un état de béatitude quasi cataleptique.

— Que faut-il que je sache, monsieur Brodie ?

Il se tourna et s'assit sur la malle, berçant Peter comme un nouveau-né. L'image aurait été attendrissante si Milly n'avait trouvé présomptueux de la part de ce valet de prendre ses aises dans son salon.

M. Brodie serra le chat plus près de lui.

— Lord St. Clair a servi dans l'armée française.

— Je le sais. Il a été abandonné par sa famille après la paix d'Amiens... sa famille anglaise. Il n'a pas vraiment eu le choix.

Brodie cessa de caresser le chat.

— Abandonné ? Il vous l'a dit ?

— Oui, ce n'est pas moi qui le lui ai demandé. Le passé des gens ne regarde qu'eux.

— Effectivement, mais nombreux sont ceux qui ne le voient pas de cet œil. Certains reprochent la tragédie de son enfance à l'homme qu'il est devenu.

Milly ressentit soudain le besoin de s'asseoir à son tour. M. Brodie essayait de l'avertir de quelque chose. Quelque chose de désagréable.

— Je suis au courant des duels, monsieur Brodie. Lady S. Clair également.

Il marmonna quelques mots en... gaélique ?

— Lady St. Clair sait probablement quel type de confiture Wellington a étalé sur ses tartines ce matin, mais elle ne peut empêcher les sots de défier son neveu, alors que tout ce qu'il demande, c'est de cultiver ses arpents en paix.

Était-ce tout ce que St. Clair désirait ? Milly songea à son altercation avec le chiffonnier, à leur baiser, et espéra que M. Brodie se trompait.

— Qu'essayez-vous de me dire, monsieur Brodie ?

Il se leva et lui tendit le chat tout en continuant à caresser la joue de Peter avec deux doigts.

— Ce que j'essaie de vous dire, c'est qu'il est dangereux d'être trop proche de St. Clair. Il a des ennemis qui sont prêts à nuire à tous ceux qui l'entourent. Ils n'ont qu'un but : lui ôter la vie ou simplement en faire un enfer. Pour certains, la guerre ne sera jamais terminée.

— Vous me menacez ?

— Loin de là. Je vous mets simplement en garde. Vous aurez remarqué que St. Clair accompagne rarement sa tante à l'extérieur, qu'il ne se fait jamais escorter d'un groom lors de ses sorties à cheval et que lady St. Clair ne le pousse pas à fréquenter d'autres gens que quelques relations âgées de temps à autre.

Peter bondit soudain des bras de Milly en lui enfonçant ses puissantes pattes arrière dans le ventre.

— Ce n'est pas une manière de vivre, déclara-t-elle. Lord St. Clair n'y peut rien s'il a été obligé de servir son pays adoptif. Il n'est pas le seul à avoir été contraint à des choix impossibles à cause de la soif de sang du petit Corse.

M. Brodie la dévisagea un moment. Il n'était pas seulement grand, blond et musclé, il était également beau, surtout avec cette lueur triste dans le regard.

— Vos principes vous font honneur, mademoiselle. Veillez seulement à ce que le baron et vous-même ne soyez pas tués.

Il s'inclina et sortit, la laissant perplexe. Après avoir refermé la porte derrière lui, elle attisa le feu avec une forte envie de frapper quelque chose ou quelqu'un avec le tisonnier.

— St. Clair est-il donc condamné à vivre le restant de ses jours comme un lépreux ? demanda-t-elle à la chambre.

Peter bondit sur le rebord de la fenêtre et entama sa toilette.

— Toute ma vie, Alcorn et Frieda m'ont détestée simplement parce que j'étais née. Certaines personnes ont besoin d'en vouloir aux autres, mais je doute qu'ils aillent jusqu'à tenter de me tuer.

Toujours à sa toilette, Peter adopta une pose inconvenante que la plupart des humains n'auraient pu imiter, sans compter qu'ils l'auraient trouvée très inconfortable.

— Ils me poussaient à trouver un mari, pour saboter ensuite mes chances.

L'humiliant profondément par la même occasion.

Ce souvenir acheva de l'énerver. Elle se rendit dans sa chambre pour chercher son panier à ouvrage. Elle ne voulait pas penser au mariage mais au baiser du baron, à la malice dans son regard lorsqu'il lui avait fait un clin d'œil, à la sensation nouvelle de se sentir féminine et désirable, ne fût-ce qu'un moment et aux yeux d'un homme qu'elle connaissait à peine.

Milly sortit son panier à ouvrage glissé sous le lit puis se figea. Elle avait l'impression d'être observée. Elle tourna lentement sur elle-même, cherchant l'origine de cette sensation. La chambre, malgré son mobilier disparate, était agréable et douillette. Mais quelque chose clochait...

Du vétiver. La fragrance était restée piégée dans la petite pièce par les fenêtres fermées.

Michael Brodie était venu dans sa chambre. Ce même Michael Brodie qui l'avait mise en garde contre les ennemis invisibles du baron.

— Michael, j'ai fait une bêtise.

Sebastian avait ruminé cette déclaration pendant trois jours, durant plusieurs longues marches dans Hyde Park et deux chevauchées matinales qui l'avaient conduit, bizarrement, à la ferme expérimentale de la Société agraire à la sortie de Chelsea.

Michael étala ses cartes sur la table.

— Tu ne fais que des bêtises, ces jours-ci. J'ai une double tierce et je vais finir par te battre si tu ne te concentres pas un peu sur le jeu.

Michael était féroce au crib et aussi subtil qu'une charge de cavalerie quand il abordait certains sujets.

— Je sens que tu me prépares un nouveau sermon, répondit Sebastian.

Il déposa un valet de la même couleur que la carte coupée et avança son pion d'un cran sur la planche de crib.

— Laisse-moi deviner, reprit-il. Cela fait longtemps que je n'ai pas eu droit à : « Pourquoi avoir survécu pendant cinq ans dans les Pyrénées avec Henri sur le dos, les Anglais qui te pilonnaient et des rations infectes, si c'est pour te faire tuer par des Anglais revanchards à présent ? »

Michael retourna les quatre cartes de son crib.

— Pas un seul point à gagner. Dans la mesure où tu es un cas désespéré, je pensais plutôt à un discours du genre : « Cherches-tu à faire tuer aussi la dame de compagnie de ta tante ? »

Sebastian ramassa les cartes et les battit.

— Elle ne courait pas de danger.

Pas de la part des Anglais qui voulaient se venger.

Michael se leva et alla chercher les carafes de l'autre côté de la bibliothèque.

— Mlle Danforth est une innocente. Les innocents ont l'art de se trouver sur le chemin des balles perdues.

Michael avait des sœurs plus jeunes, dont une qu'il n'avait pas connue. Toutes étaient rousses, comme Mlle Danforth.

— Nous sommes à Londres, Michael. Les officiers anglais ne tirent pas sur des innocents en plein jour. Et je te le répète : ils ne veulent pas me tuer. Autrement, je serais déjà mort quatre fois. Si je meurs, il y aura des représailles, et un vieux général anglais mourra. Personne n'a envie de déclencher une querelle embarrassante maintenant que l'Angleterre et la France sont de nouveau les meilleures amies du monde.

Néanmoins, Michael n'avait pas complètement tort, et ils le savaient tous les deux.

Sebastian préféra changer de sujet.

— Je voulais parler d'un autre genre de bêtise.

Michael huma le goulot de la carafe. Il préférait le whisky qui n'empestait pas la fumée de tourbe, et Sebastian veillait à en avoir toujours pour lui.

— Ta tante a encore bu mon whisky favori, déclara Michael en déposant un verre à moitié plein sur la table. Ça, c'est une bêtise. Lady Frederica est minuscule et devrait surveiller sa santé.

Lady Frederica tenait probablement mieux l'alcool que lui.

— Elle avait ses raisons pour boire ton whisky. Elle en aura bientôt une autre.

— Parce qu'elle devra prendre tes mesures pour ton linceul ?

Il avait posé cette question d'un ton joyeux, comme seul un Écossais grincheux et las pouvait le faire.

— Parce qu'elle aura bientôt besoin d'une nouvelle dame de compagnie.

La lueur espiègle dans les yeux de Michael s'éteignit. Il attendit un moment avant de reprendre la parole.

— Comment Mlle Danforth a-t-elle appris la vérité si vite ? Tu la lui as dite ?

— Je lui ai dit que j'avais servi dans l'armée française.

— Tu n'es pas le seul dans ce cas. Cela ne suffira pas à faire fuir Mlle Danforth. Elle a besoin d'argent, elle pleure encore la mort de ses tantes et elle n'a pas de famille digne de ce nom.

Ce bref résumé ne fit qu'accroître le sentiment de culpabilité de Sebastian.

— C'est vrai, convint-il. Si nous terminions cette partie ?

— Finis d'abord de déballer ce que tu as sur le cœur. Je crois que les mots « Bénissez-moi, mon père, car j'ai péché… » seraient un bon début, surtout si tu as exposé à la demoiselle la nature de ton travail pour la *République*.

— Papiste !

Michael lui fit un clin d'œil et leva son verre à sa santé. Sebastian savait que le chapelet qu'il portait sous sa chemise était un souvenir de sa sœur et n'était pas forcément le signe d'une quelconque ferveur religieuse.

— Je n'ai pas dit à Mlle Danforth ce qui se passait au château, expliqua-t-il. J'ai fait pire que cela, même si je me demande si je n'ai pas rendu service à cette femme.

Michael écarta son verre et battit de nouveau les cartes.

— Ne crois pas que tu m'impressionneras avec ta grande bonté. En outre, ce n'est pas une « femme », mais une « dame ».

— Je l'ai embrassée, Michael.

Cet aveu ne provoqua pas en lui le déluge de culpabilité et de remords qu'il avait à moitié espéré.

— Elle est jolie, bien qu'elle s'efforce de le cacher, comme devrait le faire toute employée qui a un peu de bon sens.

Michael marqua une pause et le dévisagea d'un air compatissant avant d'ajouter :

— Puisque nous en sommes aux confessions, autant que tu saches que j'ai fouillé sa chambre.

Les habitudes avaient la vie dure, surtout les mauvaises, et plus encore quand on y prenait plaisir.

— Qui t'a autorisé à violer son intimité, Michael ? Je ne me souviens pas de t'avoir donné cet ordre. À moins que nous ne fassions la guerre aux petites femmes sans défense, à présent ?

Michael aurait pu monter sur ses grands chevaux et lui rétorquer quelque chose au sujet des armes dont pouvait disposer n'importe quelle femme. Au lieu de cela, il coupa le jeu et battit une nouvelle fois les cartes.

Si les ennemis de Sebastian étaient parvenus à compromettre la loyauté de Michael, l'avenir promettait d'être plus sombre et triste encore, car lui seul savait quelles batailles Sebastian avait menées, gagnées et perdues dans les entrailles du château.

— Si c'est une espionne, elle est sacrément bonne, déclara Michael en distribuant les cartes. Six robes, toutes déjà portées, chacune plus insignifiante que l'autre. Une paire de bottines, deux paires de pantoufles, toutes sans talons. Des sous-vêtements en lin si élimés que je pouvais voir à travers.

En dépit du ton neutre de cette énumération, Sebastian n'aimait pas l'idée que Michael ait vu les sous-vêtements de Mlle Danforth.

— Quoi d'autre ? demanda-t-il sèchement.

— Des sachets de lavande, quelques lettres d'un jeune soldat, une mèche de cheveux blonds, des bouts de dentelle et la courtepointe la plus incroyable que j'aie jamais vue.

Que pouvait être une courtepointe incroyable aux yeux de Michael ?

— Autre chose ?

— Son panier à ouvrage est grand et bien ordonné. Je n'ai pas pu examiner son réticule car elle était sortie se promener à Chelsea avec un idiot qui cherche à se faire tuer. Pas d'écritoire, pas de coffret à bijoux, pas de souliers de danse.

Michael reposa les cartes et but une autre gorgée de whisky.

— Pourquoi ne te trouves-tu pas une maîtresse pour calmer tes ardeurs ? C'est ce que font les gentlemen anglais.

— Non, merci, pas pour moi.

Un officier anglais aurait pu soudoyer sa maîtresse et lui demander d'empoisonner son protecteur. Sebastian savait que ce genre de procédé n'était pas rare.

— Tu comptes donc batifoler avec la dame de compagnie jusqu'à ce qu'elle comprenne qui tu es ?

De toute évidence, Michael n'approuvait pas cette idée, mais il n'en voudrait pas à Sebastian de l'envisager. Il avait beau prétendre le contraire, c'était un homme tolérant.

— « Batifoler » est un terme bien frivole, répliqua Sebastian.

Frivole et déplacé en ce qui concernait Mlle Danforth. Pour elle, il n'y avait pas de mots justes.

— Tu causerais sa perte ? Fais donc. Ces braves officiers anglais perdront toute chance de t'abattre car ta tante t'achèvera sur-le-champ, si je la laisse tirer la première. Manifestement, tu n'as pas bien compris le principe de la confession : il ne s'agit pas d'énoncer ses péchés, mais de s'en repentir.

— Je ne la compromettrai pas.

Mais peut-être l'embrasserait-il de nouveau, ou l'emmènerait-il faire une autre promenade dans son phaéton.

Michael vida son verre et poussa les cartes vers lui.

— Tu me vois très soulagé par tes intentions vertueuses, mais tu as raison : tu as commis une grave erreur en l'embrassant. Lorsque ta réputation te rattrapera, elle donnera son congé, ta tante se retrouvera sans dame de compagnie, et ce sera ta faute. Une fois de plus.

— Tu as vraiment l'art de me remonter le moral, Michael. Va donc te coucher. Tu pourras rêver au jugement dernier ou à je ne sais quelle autre perspective susceptible de réconforter un brave garçon catholique par une longue nuit froide.

— Je suis aussi catholique que le chat de Mlle Danforth. Mais je suis aussi du Nord et je sais parfaitement quel est le meilleur réconfort lors des longues nuits froides, tout comme toi.

Sebastian ne tenta pas de le retenir. Il n'était pas fâché de se retrouver seul. S'il l'avait laissé faire, Michael ne l'aurait jamais quitté d'une semelle. Sa loyauté envers lui était le présent à double tranchant d'un dieu peu enclin à traiter avec bienveillance les soldats qui survivaient à la guerre.

Pour le moment, Sebastian était résigné à surveiller de près son ancien subalterne. Même un ange pouvait céder à la jalousie. Or Michael était un homme bon, mais pas un ange.

Quant aux parties de jambes en l'air que Michael préconisait comme remède à presque tous les maux masculins… ce n'était pas pour Sebastian et cela ne l'avait jamais été. De fait, il n'avait jamais vu Michael s'y adonner non plus, mais Michael pouvait être aussi discret que la mort à 3 heures du matin.

Soudain, il sentit les petits cheveux sur sa nuque se hérisser. On l'observait. Il lança un regard autour de lui et constata avec satisfaction qu'il pouvait toujours se fier à son instinct.

— Que fais-tu ici ?

Le chat dut prendre cela pour une invitation, car il bondit du dossier du canapé et atterrit sur la table de jeu.

— Vous n'avez aucune manière, monsieur.

Aucune dignité non plus, car le félin se mit aussitôt à ronronner en se frottant contre lui. Sebastian le prit sur ses genoux.

— Je suis ta prochaine victime ? Le prochain petit vieux inoffensif que tu comptes enjôler pour te faire nourrir ?

Devenir un petit vieux inoffensif était une bien humble ambition à laquelle Sebastian ne pouvait se permettre d'aspirer.

— Mlle Danforth doit te chercher. Tu ferais mieux d'aller la retrouver.

Sebastian y serait bien allé lui-même, pour se laisser apaiser et réconforter par son doux parfum féminin, un mélange de lavande et de bergamote. Il avait envie de l'embrasser de nouveau, de toucher sa main et d'oublier pendant quelques minutes que sa tête était mise à prix. Il voulait voir ses yeux noisette pétiller d'humour quand elle lui dirait que ses baisers étaient affreux.

— Elle aussi, elle se sent seule, le chat. Mais nous le savons, nous n'aurions même pas besoin d'en parler.

Ils s'embrasseraient, ce qui reviendrait à avoir la même discussion dans un langage plus efficace, un langage que même une dame de compagnie célibataire pourrait comprendre si Sebastian était suffisamment patient.

Pour elle, il aurait toute la patience du monde.

— Ta maîtresse n'a pas d'écritoire, tu le savais ? Toutes les dames possèdent une écritoire dans laquelle elles rangent leur journal intime et les billets doux qu'elles reçoivent, mais ta maîtresse n'a plus personne à qui écrire.

Sebastian déposa le chat dans le couloir froid, referma la porte de la bibliothèque et vint se rasseoir devant la table de jeu. Il pourrait dire à Mlle Danforth qu'elle avait été embrassée par le baron traître et lui expliquer ce qui lui avait valu ce sobriquet.

S'il faisait cela, elle serait partie avant la fin de la semaine.

Il prit les cartes et commença une réussite.

— J'ai négligé mes devoirs envers mon neveu, annonça la baronne. Milly, vous devez m'aider à corriger mes erreurs.

Milly leva les yeux de la ligne courbe qu'elle était en train de coudre entre deux pans de velours, l'un violet, l'autre noir.

— Je suis à votre service, milady.

De l'autre côté du salon de musique, le professeur Baumgartner s'éclaircit la gorge sans quitter du regard ses gribouillis. Le grand et fringant Prussien, qui parlait peu et souriait rarement, ne vivait pas dans la demeure mais venait généralement le matin pour servir de secrétaire à lady St. Clair.

La baronne lui adressa un sourire indulgent.

— *Herr Doktor Professor* se moque de moi – une chose qu'il peut faire dans au moins sept langues.

Baumgartner cessa d'écrire le temps de lui rendre son sourire.

— Neuf, milady. Sans compter quelques dialectes.

Neuf langues que, non content de parler couramment, il savait lire et écrire.

— St. Clair refuse toujours de s'intéresser à sa succession, reprit la baronne d'un ton grave. Milly, il est de notre devoir de le guider vers les liens sacrés du mariage.

— Bien sûr, milady.

Milly n'estimait aucunement qu'il s'agissait de son devoir. St. Clair méritait de faire un bon mariage tout autant que n'importe quel autre baron riche et séduisant, mais tenter de le guider dans n'importe quelle voie était une entreprise vouée à l'échec.

— Il a promis de m'accompagner à la soirée musicale des Devonshire. Or le duc fréquente une clique aux idées très avancées. Je vais me procurer la liste des invités et...

Tout en sachant que c'était inutile, Milly ne put s'empêcher de prendre la défense d'un homme qui protégeait les ânes battus et flirtait avec les vieilles filles en deuil.

— Ce n'est pas exactement ce qu'il a dit, milady. Lord St. Clair a déclaré qu'il demanderait à M. Brodie de consulter son agenda pour voir s'il était libre de vous accompagner dans vos activités frivoles.

La baronne lui lança un regard torve par-dessus son petit nez pincé. L'effet était particulièrement intimidant.

— Un employé est censé vous soutenir, Milly, pas vous contredire. St. Clair ne remplira pas sa nursery sans épouser une charmante petite femme. Elle n'aura pas besoin de savoir diriger cette maison – je m'en occupe fort bien moi-même –, mais elle devra être docile et féconde, autrement dit, être le fruit parfait d'une bonne éducation aristocratique anglaise. Dressons une liste.

La situation devenait soudain périlleuse. La baronne voulait une liste.

Une liste écrite.

Milly pencha la tête sur sa couture, espérant démontrer que ses mains étaient trop occupées pour saisir une plume, de l'encre et du papier.

— Le professeur peut peut-être vous assister ?

— Excellente idée ! Baum, tenez-vous prêt.

— Comme toujours, milady, répondit-il sans cesser d'écrire.

— Ce que vous êtes exaspérant ! Le sort de la maison St. Clair dépend de cette liste, et vous vous moquez.

— Et il a raison. Bonjour, tout le monde.

St. Clair venait d'entrer, élégamment mais sobrement vêtu. Il affichait l'air patient et résigné d'un neveu célibataire.

— Plutôt que de me chercher une épouse, ma tante, nous devrions plutôt vous trouver un mari. Vous commencez à devenir despotique.

La baronne se leva tandis qu'il approchait.

— Je te rappelle que j'ai déjà eu un mari. La mémoire de ce cher homme ne laisse aucune place à des successeurs, et si quelqu'un devient despotique ici, c'est toi.

Le baron déposa un baiser sur la joue de lady Frederica.

— Je sais que vous pensez bien faire, ma tante, et je vous remercie sincèrement de vous préoccuper de mon bien-être, mais il n'y aura pas de liste.

Milly les écoutait en oubliant sa couture. Elle sentait qu'il y avait beaucoup plus derrière ce petit échange qu'ils ne le laissaient paraître.

Lady Frederica lissa les plis du jabot en dentelle de son neveu.

— Sebastian, pourquoi dois-tu être aussi têtu ? Tu pourrais te choisir une petite Française. Personne ne s'en offusquerait, sauf peut-être les Français, mais ils ne comptent pas.

— Elle serait mise en pièces, ma tante, vous le savez très bien.

Mise en pièces par qui ?

— Pas si tu la gardes ici les premières années, le temps de lui faire quelques enfants, répliqua la baronne. Trois ou quatre petits, ça ne prendra pas longtemps et ne demandera pas beaucoup d'efforts au papa. Tu pourras t'occuper de tes plantes, galoper tout ton soûl sur cet horrible démon blanc que tu affectionnes tant, et personne ne...

Il l'interrompit d'un autre baiser sur la joue gauche et lui glissa quelque chose à l'oreille. Cela ressemblait à du français et paraissait sévère. La mine renfrognée, la baronne retourna s'asseoir dans son fauteuil près du feu.

— Joue-nous quelque chose, puisque c'est ainsi, demanda-t-elle avec un geste vers le piano. Quelque chose qui apaise les nerfs en pelote et le cœur brisé d'une vieille femme.

St. Clair lui adressa un sourire attendri.

— Bien sûr, ma tante. Et quelque chose qui égaie une dame de compagnie sous-payée ainsi qu'un secrétaire surchargé de travail.

Il s'assit sur le tabouret et souleva le couvercle du piano, image même du gentleman accompli. Milly pensa qu'il allait proposer différents morceaux à la baronne, afin de lui donner le plaisir de tergiverser, de critiquer et de refuser, mais il plaça les mains sur le clavier sans choisir une partition.

Milly retint son souffle.

Il commença par une mélodie douce en mode mineur, soulignée par un murmure d'arpèges. Milly serra le velours entre ses doigts, pensant à ses tantes. Elle aurait aimé fermer les yeux et s'abandonner à la beauté de la musique.

— Milly, puisqu'on m'interdit d'aider mon neveu, j'aimerais au moins un peu de divertissement. Allez donc me chercher un volume de Byron dans la bibliothèque. En dépit de tous ses péchés, lui, au moins, eut le bon sens de prendre une épouse.

Comment trouver un recueil de poésie dans une pièce remplie de livres ?

— Vous ne préférez pas écouter la musique, milady ?

— Enfin, mon enfant ! Je peux parfaitement écouter de la poésie et de la musique en même temps. Baum peut écouter de la poésie dans une langue et chanter dans une autre, tout en suivant une conversation dans une troisième. Pendant que vous serez debout, demandez en cuisine qu'on nous prépare du thé.

— Bien, milady.

Milly replia lentement sa couture. Elle pouvait peut-être demander de l'aide au majordome, ou même à M. Brodie.

Non, pas à lui. C'était un fouineur. On ne pouvait pas lui faire confiance.

Depuis le piano, St. Clair lança :

— Si vous cherchez *Le Pèlerinage de Childe Harold*, il se trouve sur la troisième étagère au-dessus des atlas. Un petit volume relié en cuir vert, très usé du fait du goût prononcé de ma tante pour les vers licencieux. Tout à côté est rangé un recueil de poésie relié en rouge que vous n'ouvrirez qu'à vos risques et périls.

— Merci, milord.

Milly se leva et posa son ouvrage. *Merci, merci, merci, merci.*

Elle trouva le volume en se basant sur les indications du baron ainsi que sur le fait que son second prénom était Harriette, qui ressemblait à Harold et dont, elle l'espérait, les premières lettres étaient les mêmes.

Une fois rassise, tandis que le professeur continuait à griffonner et le baron à jouer sa lente mélodie mélancolique, elle se rendit compte qu'elle aurait dû prétendre que le livre avait disparu, car à présent...

Son pouls s'accéléra. Elle se sentait lentement glisser vers l'humiliation totale, voire la fin de son indépendance et le retour au sein des machinations de ses cousins. Elle aurait voulu lancer le petit volume vert dans le feu.

Le baron acheva lentement son morceau puis se leva.

— Ma tante, vous ne pouvez pas obliger Mlle Danforth à vous lire ces inepties. Elle est bien élevée, raffinée et n'a rien fait pour mériter un tel châtiment. Puisque c'est à moi que vous en voulez, je vous lirai votre poésie libertine.

La baronne parut enchantée.

— Excellente idée. Milly, elle, travaille à son trousseau pendant que tu passes ta matinée à ne rien faire.

Milly tendit le livre à St. Clair, mais celui-ci hésita un instant avant de le prendre. Son regard était à la fois amusé et résigné.

— Merci, mademoiselle Danforth.

Il s'installa dans le fauteuil à gauche de Milly, l'enveloppant de son parfum masculin. Lorsqu'il commença à lire, sa voix était aussi belle que sa musique. Quand il récitait les vers tristes et narquois de Byron, son intonation perdait toute trace d'accent français, mais comportait une note lyrique que ne possédaient pas les gentlemen éduqués dans les écoles privées anglaises.

Parfois, lorsqu'il tournait une page ou achevait une strophe, il lançait un regard vers Milly et la trouvait invariablement les doigts en suspens au-dessus de sa couture. Après s'être piquée pour la troisième fois avec son aiguille, elle abandonna toute tentative de poursuivre son raccommodage (et non son trousseau) et s'abandonna au plaisir des vers choquants de Byron.

# 5

Derrière les insinuations blasées et égrillardes de Byron se cachait le cœur d'un homme déconcerté et épuisé par les désillusions. Le lord poète avait évolué aux franges de la guerre et au sein de la haute société. Il avait vu jusqu'où pouvait conduire le déchaînement de la violence et de la cupidité, et s'était probablement un peu trop attardé sur les mêmes élans qui se manifestaient en lui.

Pour toutes ces raisons, Sebastian n'aimait pas sa poésie. Il poursuivit néanmoins sa lecture, en grande partie de mémoire, non tant pour apaiser sa tante que pour le plaisir de voir Mlle Danforth manier son aiguille à ses côtés.

Quand il plissait les yeux, les couleurs de ses étoffes devenaient floues et se mêlaient les unes aux autres, comme celles d'un coucher de soleil : le rouge, l'orange, le jaune se changeaient en bleu, en pourpre puis en noir. Ses doigts remuaient en rythme comme ceux d'un violoniste manipulant son archet. En cousant, Milly Danforth créait une beauté douce et inattendue.

— Je vous demande pardon, milady.

Helsom, le majordome, se tenait sur le seuil, frétillant d'indignation. Un individu corpulent vêtu comme un gentleman se tenait à ses côtés, le genre d'homme qui livrait une bataille perdue d'avance contre la calvitie et l'embonpoint.

— J'ai eu beau lui répéter que la famille ne recevait pas ce matin, ce monsieur n'a rien voulu entendre, poursuivit Helsom. Je suis profondément navré, milady, milord.

— Ce n'est pas la famille que je suis venu voir, intervint le nouveau venu.

Mlle Danforth se recroquevilla sur son ouvrage, bien qu'elle eût cessé de coudre.

Lady Frederica ne bougea pas de son trône près du feu, mais Baumgartner vint se placer derrière son fauteuil.

— Monsieur, je ne vous connais pas, déclara la baronne. Ayez l'amabilité de donner votre carte à Helsom et laissez-nous.

— Je suis l'honorable Alcorn Festus Upton, madame. Pour vous servir.

Sebastian fit un petit signe vers la porte, et Helsom se retira à reculons.

— Si vous étiez si honorable, vous respecteriez la plus élémentaire bienséance et vous vous retireriez, répliqua lady St. Clair. Si vous ne partez pas de vous-même, je me verrai dans l'obligation de vous faire raccompagner à la porte.

Tenant les revers de sa veste tel un acteur se plantant au milieu de la scène pour son grand monologue, Upton déclama :

— Je me retirerai bien volontiers, madame, à condition que ma cousine, cette femme malavisée et vulnérable, se retire avec moi.

Sebastian posa son recueil de poésie et résista à la tentation de tapoter la main de Mlle Danforth pour la rassurer. Ils n'avaient pas affaire à un émissaire français armé de dagues et de poisons, mais à cette plaie universelle : le parent importun.

Il se leva et prit son meilleur accent d'ancien élève d'Eton.

— Lord St. Clair, pour vous servir. Monsieur Upton, peut-être pensiez-vous trouver Mlle Danforth au service d'une petite grenouille bossue et bigleuse ?

Mlle Danforth se recroquevilla encore un peu plus, ce qui acheva de mettre Sebastian en rage.

— Ce n'était pas à vous que je m'adressais, monsieur, répondit Upton d'un air pincé. Millicent, va chercher tes affaires. Tu n'imagines même pas la gravité de ton inconduite, et je refuse de m'attarder ici pour t'expliquer tes fautes. Crois-moi, ma chère cousine, quand je te dis que tu t'es fourvoyée d'une manière monumentale.

Michael se glissa dans la pièce, Helsom à ses côtés. Un bref regard assura à Sebastian que Baumgartner était lui aussi prêt à passer à l'action.

Sa tante but calmement une gorgée de thé.

— Sebastian, souviens-toi qu'il y a des dames ici, même si ce crétin ne semble pas s'en être rendu compte.

Pas de violence, donc. Pas de meubles brisés, pas de sang anglais versé sur les précieux tapis de lady St. Clair.

Soit. Un homme devait apprendre à vivre avec ses déceptions.

— Vous avez raison, ma tante. Mademoiselle Danforth, auriez-vous l'amabilité d'accompagner lady St. Clair dans son salon ?

La petite dame de compagnie se leva lentement, serrant son ouvrage dans ses poings fermés.

— Alcorn, expliquez-vous, ordonna-t-elle.

— Et faites vite, ajouta Sebastian aimablement. Car vous importunez ma tante et embarrassez votre chère cousine. Et je ne dirai rien du fait que vous nous mettez de fâcheuse humeur, M. Brodie, *Herr* Baumgartner et moi-même.

Upton lâcha les revers de sa veste et sembla remarquer pour la première fois qu'outre une vieille dame, sa petite cousine et un Français en disgrâce, il y avait là trois grands gaillards qui mesuraient tous une tête de plus que lui.

— Millicent, viens avec moi, reprit-il avec impatience. Tu ne comprends pas l'erreur que tu as commise en acceptant cette position. Si tu me suis sans faire d'histoires, nous pourrons peut-être cacher ta petite escapade aux yeux du reste du monde. Cela dit, si Vincent l'apprend, tes chances seront définitivement gâchées. Une femme aux moyens intellectuels aussi limités que toi n'aura probablement pas d'autre occasion. Je t'en prie, écoute-moi.

Sebastian avait déjà entendu ce genre de discours, généralement de la part de commandants envoyant leurs hommes au casse-pipe.

— Alcorn, je me trouve très bien ici. J'apprécie votre sollicitude, mais elle est inutile. Vous feriez mieux de partir.

— Je ne peux pas te laisser entre les mains de... de... du baron traître ! Mes devoirs envers toi me l'interdisent. Tu n'es pas assez intelligente pour le comprendre, mais...

Il s'interrompit en voyant Mlle Danforth fondre sur lui, traînant son ouvrage derrière elle tel un étendard.

— Le baron traître, Alcorn ? Et si nous parlions du cousin traître ? Vous accordez ma main à un homme qui a trois fois mon âge sans même me consulter ? Vous attendez de moi que je serve votre épouse et vos filles sans la moindre rémunération ? Que je vous remercie pour la moindre miette que vous me lancez, alors qu'oncle Stephen vous avait chargé personnellement d'assurer mon bien-être ? À présent, vous voulez détruire ma seule chance d'occuper une position décente chez des gens qui me traitent dignement quand vous n'avez même pas daigné m'informer de la mort de tante Hy ?

Sa voix, qui n'avait cessé de grimper, se brisa sur ces derniers mots.

— Je ne voulais pas te faire de la peine. Le décès de tante Hy était prévisible. N'importe qui doué de bon sens l'aurait compris.

Il avait donc su exactement où trouver sa cousine et avait choisi jusqu'à présent de ne rien faire. Sebastian implora en silence les chérubins qui batifolaient dans les moulures du plafond de lui communiquer un peu de retenue.

— Upton, ma patience a des limites, déclara-t-il. Si Mlle Danforth décide de rester dans ma maison, personne ne l'en fera partir.

Et parce qu'il était mauvais et était connu pour l'être, il ajouta :

— Pour ne rien vous cacher, nous l'apprécions beaucoup. Elle est l'incarnation même de la tempérance et de la charité chrétienne.

Sebastian prit l'incarnation de la tempérance par le coude et la fit reculer de quelques pas, hors de portée de son cousin. Elle lui lança un regard noir, mais il ne la lâcha pas pour autant.

— Bien sûr, Milly est une brave fille, répondit Upton. Mon épouse et moi avons tout fait pour elle et veillé à ce qu'elle ne développe pas d'habitudes malsaines, mais ses facultés mentales ne sont guère brillantes, et elle a besoin d'être protégée d'un monde cruel et intolérant. Je ne peux pas être tenu pour responsable de la mauvaise influence exercée par deux vieilles dames ces dernières années. Millicent, pour la dernière fois, viens avec moi.

Sebastian avait envie d'enrouler un bras autour des épaules de Mlle Danforth. Mais, à en juger par son expression, elle l'aurait mordu s'il avait tenté un geste aussi protecteur.

— Alcorn, partez, répéta-t-elle. Je suis heureuse ici, et madame la baronne ne se montre ni cruelle ni intolérante avec moi. Pour dire la vérité, c'est tout le contraire.

Les deux dames échangèrent un sourire, le compliment étant sincère et apprécié.

— C'est parce que madame la baronne ne connaît pas tes déficiences. Il faudra ajouter le mensonge à la liste de tes défauts, cousine.

Cette fois, Sebastian glissa un bras autour de la taille de Mlle Danforth.

— La dame de compagnie de ma tante ne sait pas lire, et alors ? lança-t-il. De nombreuses dames bien nées ne s'embarrassent pas de cet effort, et ma tante emploie un secrétaire très compétent pour traiter son courrier. Si vous avez terminé de gâcher notre matinée, Brodie et Helsom vous escorteront jusqu'à la sortie.

— Mais c'est encore pire que ça ! riposta Upton en postillonnant. Elle a l'esprit d'une simplette. Elle ne sait pas lire *du tout*, peut à peine écrire son nom, ne peut même pas déchiffrer la Bible, et ce, en dépit des efforts de gouvernantes et de précepteurs compétents, et même de ceux de mon épouse.

Sebastian agita un doigt las.

— Dehors. Maintenant.

Helsom et Brodie avancèrent d'un pas vers le cousin de Mlle Danforth. Ce dernier, probablement parce qu'il possédait l'instinct de survie de tous les tyrans pleutres, referma les pans de son manteau sur sa panse et tourna les talons.

Sebastian conserva son bras autour de la taille de Mlle Danforth et murmura :

— N'essayez pas de le rattraper. Ne vous excusez pas. Ne l'implorez pas. Ne tentez pas d'arranger la situation. Ne faites rien.

— Je voudrais lui envoyer mon poing dans le ventre.

— Ne faites pas ça non plus. Avec tout ce gras, il ne sentirait rien. Il vaudrait mieux lui casser le nez, ce qui serait douloureux et sanglant. C'est d'ailleurs le genre d'individu à craindre davantage le sang que la douleur.

Elle leva les yeux vers lui. Là où il s'était attendu à voir du dégoût devant ces propos de tortionnaire, il ne lut que de la curiosité.

— J'aimerais qu'il ait peur. J'aimerais voir ce cher Alcorn terrifié, et par quelqu'un d'autre que sa femme.

La partie de l'âme de Sebastian qui aimait l'odeur de la lavande et regrettait les étés de Provence aurait voulu exaucer son vœu. Il aurait aimé pouvoir lui donner tout ce qu'elle désirait.

*Il savait.* St. Clair avait deviné le pire secret de Milly, son plus grand chagrin, sa plus profonde humiliation. Il savait et, pourtant, il la tenait toujours par la taille avec son élégance et sa nonchalance coutumières, comme s'ils s'apprêtaient à s'avancer sur une piste de danse.

Les doigts crispés sur son ouvrage, Milly sentit son ventre se nouer

Lady St. Clair bondit sur ses pieds.

— Professeur, suivez-moi dans mon salon. Je dois me renseigner sur cet énergumène. Vous parlez d'un cousin épouvantable ! Sebastian, sers un petit remontant à cette pauvre enfant.

Elle tapota affectueusement le bras de Milly en passant, Baumgartner sur ses talons.

— Un petit cognac, mademoiselle Danforth ?

En entendant la sollicitude dans la voix de St. Clair, Milly faillit perdre toute contenance. Elle devait le remercier, refuser, donner sa démission. Rassembler ses affaires ne lui prendrait pas longtemps. Elle enverrait chercher sa malle plus tard.

— J'ai besoin de Peter.

St. Clair lui prit délicatement son ouvrage des mains et le posa.

— Vous avez besoin d'apprendre à lire.

Une douleur vive, ancienne et brutale la transperça.

— Je suis trop sotte, on me l'a suffisamment répété.

Il posa les mains sur ses épaules, un geste qui, en d'autres circonstances, lui aurait donné l'impression d'être piégée.

En l'occurrence, elle était tentée de poser sa joue contre son épaule et de fondre en larmes.

— Ils ont essayé de vous apprendre par la force ?

Comment savait-il ces choses, et en quoi cela le concernait-il ?

— Oui. Je portais les lettres autour de mon cou, comme s'il était plus facile de les reconnaître à l'envers. Je les regardais à longueur de journée, encore et encore, écrites à la craie, au crayon, à l'encre. Je les récitais par cœur. Je peux épeler d'innombrables mots, comme on récite de la poésie, mais j'ai toujours autant de mal à lire ou à écrire, surtout quand je suis fatiguée.

Son odeur masculine la réconfortait – pas autant qu'un tissu de velours entre ses doigts ou le ronronnement de Peter contre sa poitrine, mais elle la réconfortait néanmoins.

— Si je vous apprends à écrire correctement et joliment votre nom, resterez-vous ? Au moins un mois de plus, le temps que je vous trouve une remplaçante dans le cœur de ma tante ?

Milly recula d'un pas pour le dévisager.

— Je ne veux pas partir. J'ai dit la vérité à mon cousin. Je me sens bien ici. Plus que cela, même.

Il détourna les yeux et se concentra sur le bouquet devant la fenêtre. La lavande tenait bon, mais les roses piquaient du nez.

— Je suis le baron traître, mademoiselle Danforth. Vous avez entendu votre cousin. J'ai servi loyalement le Corse pendant des années et ne m'en suis jamais excusé. Il m'est arrivé d'emprisonner des officiers anglais, ce qui ne me sera pas facilement pardonné. Vous devriez prendre les préoccupations de votre cousin au sérieux.

Milly s'éloigna et referma le couvercle du piano.

— Alcorn ne s'est jamais préoccupé de moi. Mon oncle ne savait pas très bien lire non plus. Lorsqu'il est tombé malade, il a fait promettre à Alcorn et à Marcus de veiller sur moi. Alcorn a compris par là que j'étais sa servante et sa croix. Je ne souhaite être la croix de personne, milord.

Elle ne voulait pas non plus être la croix de lady St. Clair, mais savait dorénavant que la bonne dame ne la considérait pas ainsi.

— Marcus est votre autre cousin ?

Les roses étaient irrécupérables. Milly prit le bouquet et le posa sur la table, puis sortit les fleurs du vase. Des pétales se répandirent un peu partout.

— Marcus était mon second cousin, le jeune frère d'Alcorn. Il est mort durant la campagne de la péninsule.

Le baron se dirigea vers le bureau et fouilla dans un tiroir.

— Il est possible que j'aie retenu votre cousin prisonnier, mademoiselle Danforth, et que je lui aie fait subir un interrogatoire rigoureux. Vous voulez vraiment rester à mon service ?

Il tenait un sécateur et, en dépit de ses dentelles et de son élégance, paraissait très sévère.

— Marcus n'a jamais été fait prisonnier. Il s'est ouvert le crâne en tombant de cheval… Je devrais changer cette eau. En pourrissant, les roses dégagent une odeur pestilentielle.

Pourquoi le baron paraissait-il si soulagé par sa réponse ?

Il lui tendit le sécateur, avec lequel elle commença à tailler les tiges de lavande.

— Peter n'est pas votre seul allié, mademoiselle Danforth.

Milly jeta les roses dans la corbeille et balaya les pétales avec le tranchant de la main.

— Vous utilisez un terme militaire, « allié ». J'espère que je ne suis pas engagée dans une bataille contre mon cousin.

St. Clair s'approcha. Son expression et sa posture n'avaient rien de réconfortant.

— Votre cher cousin vous a maltraitée, tout en sachant que ses mauvais traitements ne servaient en rien votre éducation. Il a fait de vous sa domestique sans vous rémunérer. Il vous a humiliée et a laissé d'autres en faire autant. Il vous a empêchée de voir vos tantes jusqu'à ce que vous soyez adulte. Je me trompe ?

Milly se laissa brusquement tomber sur le tabouret du piano, un bouquet de roses mortes dans la main.

— À vous entendre, j'étais prisonnière.

Il s'assit à ses côtés, faisant craquer le tabouret. Il y avait à peine assez de place pour eux deux, car le baron n'était pas une fleur délicate.

— Vous vous sentiez prisonnière. Seules vous soutenaient votre imagination et votre détermination, ainsi que, peut-être, les visites occasionnelles de vos tantes. Resterez-vous avec nous, Milly Danforth ?

Les alliés n'étaient pas des amis, mais ils pouvaient s'avérer loyaux et utiles. Si l'on avait des alliés, cela signifiait-il nécessairement qu'on avait des ennemis ?

— Je devrais enlever d'autres roses.

Il lui prit le poignet, écarta ses doigts, puis retourna sa paume pour faire tomber les pétales dans sa propre main. Comme elle les avait serrés dans son poing chaud, ils dégageaient une douce odeur qui remonta jusque dans ses narines.

— Ma tante aurait le cœur brisé de vous perdre. Tout le monde dans cette maison se moque que vous sachiez lire ou pas. Tout le monde.

— Moi, je ne m'en moque pas. J'ai essayé de me convaincre que c'était comme le chant : certaines personnes ont un don naturel pour cela, d'autres non. Je n'ai aucun talent pour les lettres et les mots.

Il jura. Milly connaissait un peu le français, une langue qu'elle avait toujours trouvée musicale. Le juron du baron était à la fois créatif et vulgaire.

— Je peux vous apprendre à écrire votre nom, Millicent Danforth, mais pas si vous laissez Alcorn gagner.

Elle n'avait pas l'intention de laisser Alcorn l'arracher à cette maison, mais ce n'était pas ce que St. Clair voulait dire.

— Comment réussirez-vous là où des gouvernantes, des précepteurs et mes tantes ont échoué ?

Il fixa les pétales dans sa main.

— Ce n'est pas compliqué. Vous apprendrez votre nom en le brodant.


— Sebastian, tu m'étonneras toujours. Comment pouvais-tu savoir ce détail au sujet de Milly ?

Lady St. Clair déambulait dans son élégant salon, Baumgartner l'observant depuis le bureau placé dans un coin de la pièce.

— Je l'ignorais, ma tante, jusqu'à aujourd'hui.

Le salon de la baronne, ravissant, baignait dans une lumière dorée que reflétaient les tentures bouton-d'or sur les murs. Toutefois, on n'y voyait aucun bouquet.

— Je t'en prie, assieds-toi, Sebastian. Tu l'as donc deviné ?

Non, il s'était basé sur le même instinct qui lui avait permis de faire fondre en larmes des hommes adultes, des êtres braves et déterminés, comme de petits garçons fautifs. Il s'installa dans le fauteuil à bascule près de la cheminée et réfléchit un instant avant de répondre.

— Les courriers de la cavalerie anglaise porteurs de dépêches ne cessaient de se faire capturer avec des ordres dans leurs bottes, leur chemise, leur chapeau, leurs manches. Certains, plus malins, avaient des poches secrètes dans leur selle ou dans leurs sacoches. Quelques rares patriotes admirables les dissimulaient dans leurs sous-vêtements.

Sa tante parut apprécier cette allusion aux sous-vêtements. Elle s'assit sur un canapé couleur crème et se versa une tasse de thé.

— Je t'en prie, continue. Professeur ?

— Non, merci, milady.

— La plupart des messagers prenaient simplement les dépêches scellées puis s'élançaient au galop avec une liasse d'informations qui ne demandaient qu'à être interceptées et déchiffrées, poursuivit Sebastian.

Lady St. Clair remua son thé en le regardant d'un air songeur.

— Je suppose que tu avais adopté une autre approche ?

Il en avait essayé de nombreuses.

— Lorsque j'avais besoin d'envoyer des informations à un supérieur ou à...

Il tira sur ses manchettes en veillant à ne pas regarder Baumgartner.

— ... ou ailleurs, reprit-il, je faisais appel à des paysans, à des gens illettrés et ordinaires.

— Et cela fonctionnait-il ?

— Pas toujours.

Toute méthode, toute procédure, tout stratagème astucieux connaissait des échecs, parfois retentissants.

— Mais je me suis aperçu que les gens qui ne savaient pas lire avaient une mémoire prodigieuse. Ils se souvenaient beaucoup mieux de ce qu'on leur avait dit que ceux qui se contentaient de glisser des papiers dans un sac et filaient.

— Et Milly Danforth a ce genre de mémoire, devina sa tante en lui tendant une assiette de biscuits.

Elle n'en proposa pas à Baumgartner, qui ne mangeait jamais de sucreries en travaillant.

— Elle peut réciter presque mot pour mot tout ce qu'elle a entendu, ajouta-t-elle. Même quand je souhaiterais que ce ne soit pas le cas.

Sebastian avait souvent écouté Mlle Danforth au cours du petit déjeuner, mais, jusqu'à ce jour, n'avait pas prêté attention au fait qu'elle se souvenait de conversations entières.

— Elle n'a pas d'écritoire, déclara-t-il. Lorsqu'elle est entrée à votre service, elle n'a pas envoyé un mot à sa tante pour lui annoncer qu'elle avait trouvé une position. Elle ne possède pas de bible ni de livre de prières avec son nom dessus. Depuis son arrivée, elle n'a envoyé ni reçu aucun courrier. Ses voisins ne l'ont pas prévenue du décès de sa tante par une lettre, mais ont demandé à quelqu'un qui se rendait en ville de frapper à la porte de service pour lui annoncer la nouvelle en personne.

— Ne pas recevoir de lettres, dans quelque langue que ce soit, est un triste, triste malheur, intervint Baumgartner.

— Avoir ce porc d'Upton comme seul parent masculin est un malheur pire encore, rétorqua la baronne.

— Et avoir le baron traître pour neveu est le plus grand malheur de tous, renchérit Sebastian. Et malgré tout, Mlle Danforth a accepté de demeurer à notre service.

— Forcément, s'exclama sa tante. Je paie bien et suis d'agréable compagnie.

Les deux hommes se turent.

— Je paie *très* bien et ma compagnie n'est pas désagréable, rectifia-t-elle. Et vous n'êtes pas des gentlemen. Maintenant, va t'occuper ailleurs, Sebastian. Le professeur et moi avons des lettres à écrire.

Sebastian se leva en lançant un regard compatissant à Baumgartner. Recevoir les confidences de la baronne était sans doute un honneur, mais cela n'avait rien d'une sinécure.

Baumgartner ressentait-il de la compassion pour lady Frederica ? Avoir le baron traître comme seul parent masculin était effectivement un bien triste malheur.

Les Parisiens étaient des gens sensés. Ils appréciaient la chance immense qu'ils avaient de vivre dans l'une des villes les plus belles et les plus dynamiques du monde et se rassemblaient dans les cafés et le long des boulevards lorsqu'ils se sentaient d'humeur sociable. Une promenade de temps à autre dans les jardins ordonnés et civilisés des Tuileries suffisait à calmer leurs élans bucoliques.

Les Parisiens ne se sentaient pas obligés de mettre des vaches, des oies, des lapins et autres animaux dans leurs parcs, contrairement aux Londoniens, qui étaient tous des campagnards dans l'âme. Henri avait néanmoins choisi un banc ombragé dans Hyde Park pour sa rencontre avec le capitaine Anderson, dans l'espoir que ce dernier se fondrait mieux dans cet environnement qu'au pub.

Anderson ne le déçut pas. Il arriva en paradant dans la panoplie du parfait gentleman anglais : bottes lustrées, culotte en daim ajustée, gilet bleu, pardessus marron et canne. Sa montre de gousset lançait un élégant éclat d'or, ses gants immaculés étaient assortis à sa culotte. Il s'assit sur le banc comme s'il savourait cette belle journée.

— Prenez donc un peu de pain d'épice, *mon ami*, proposa Henri. Il est encore chaud, et j'en ai acheté plus que je ne pourrai en manger.

Il lui tendit une tranche du gâteau qui ne pouvait être comparé à celui de sa chère grand-mère, mais qui se laissait manger si on le tartinait d'un peu de beurre.

Anderson resta perplexe un moment, sans doute parce qu'on ne pouvait manger avec des gants. Puis l'écolier en lui prit le dessus sur l'homme élégant. Il retira ses gants et accepta le gâteau.

— Merci.

Il engloutit un morceau de pain d'épice, en logeant une miette dans sa moustache au passage.

— Il est très bon, constata-t-il.

Il était un peu trop fort en gingembre, et un soupçon de clou de girofle aurait été bienvenu.

— Le pain d'épice anglais, comme la bière anglaise, est sans pareil, mentit Henri. Vous avez du nouveau ?

Il n'allait pas faire l'éloge du temps anglais. Même Anderson aurait compris qu'il n'était pas sérieux.

— Dirks m'a répondu, je le cite, d'aller me faire pendre ailleurs.

Anderson engouffra le dernier morceau de gâteau. Il mâchait même comme un Anglais, avec application, tel un bœuf ruminant, comme si la nourriture n'était pas un plaisir aussi sensuel que le sexe.

— Dirks est écossais et vous êtes anglais. Peut-être attend-il que vous le suppliiez.

— J'ai servi avec lui, Henri.

Apparemment, les liens qui unissaient les anciens subalternes de Wellington étaient tels qu'ils transcendaient des siècles d'animosité nationale. Henri avala un autre morceau de pain d'épice et décida de ne pas réprimander Anderson pour l'avoir appelé par son prénom. La moitié de la nation française baptisait ses fils Henri, et il n'avait jamais donné au capitaine un autre moyen de s'adresser à lui.

— Qu'en est-il de l'autre, MacHugh ?

Anderson s'essuya les mains.

— Il était assis à côté de nous quand j'ai parlé à Dirks et n'a pas pipé mot. Dirks n'est pas son vrai nom, vous le saviez ?

Non, Henri l'ignorait. Ce Dirks n'était resté au château qu'une quinzaine de jours, à une époque où l'attention de Henri était retenue par des événements à Paris.

— Pourquoi se fait-il appeler Dirks, alors ?

— Parce que « *dirk* » signifie poignard et qu'on aura beau le fouiller consciencieusement, il lui en restera toujours un caché dans un endroit auquel on n'aurait jamais pensé. Je suppose qu'il est également très bon à l'épée.

— Ce qui signifie que, si St. Clair choisit le pistolet, ce Dirks ne sera pas à son avantage. Pourquoi ne pas défier St. Clair vous-même ?

Henri avait présenté sa question comme une simple proposition tactique, alors qu'il cherchait à pousser Anderson à commettre le genre de folie dont les braves officiers anglais s'enorgueillissaient.

Travailler sur le terrain anglais était d'une frustration sans nom.

— Il n'en est pas question.

Anderson avait répondu avec un calme qui laissait entendre que ses paroles étaient étayées par une opiniâtreté typiquement anglo-saxonne.

— Pourquoi refusez-vous de débarrasser deux nations souveraines de cette verrue traîtresse qu'est Sebastian St. Clair ?

Anderson fit tomber la miette piégée dans sa moustache et remit ses gants.

— Il m'a fait rouer de coups à plusieurs reprises, mais ce n'est pas une raison suffisante pour tuer un homme.

— Vous étiez pieds et poings liés, vous ne pouviez pas vous défendre. Vos plaies n'ont pas été soignées, et ils ont laissé croire à vos proches que vous étiez mort.

Le capitaine se leva.

— Mes plaies ont été soignées bien mieux qu'elles ne l'auraient été dans n'importe quel hôpital de campagne anglais. Je sais qu'alterner les coups et les soins faisait partie de sa stratégie. En revanche, demander une rançon pour moi ne l'était pas. Il n'avait pas à faire ça.

Décidément, le sens de l'honneur anglais répondait à une logique déconcertante. Toutefois, Henri n'avait pas dit son dernier mot. Il se leva à son tour, de crainte qu'Anderson ne tente de filer avant que cette conversation ne soit terminée.

— St. Clair vous a extirpé toutes les informations qu'il pouvait, puis il a soutiré de l'argent à votre famille pour qu'elle ait le privilège de vous enterrer sur le sol anglais et ce, en dépit du fait que la France et l'Angleterre s'opposaient officiellement à tout échange de prisonnier. On vous a abusé à plus d'un titre.

Henri se garda de dire qu'il avait totalement approuvé l'idée de la rançon. Après tout, Paris n'avait pas besoin de savoir ce qui se tramait au fin fond du pays. En outre, la République avait, elle aussi, eu sa part de l'argent – de temps en temps.

Anderson enfonça son chapeau plus fermement sur son crâne.

— Je suis en vie, monsieur. J'affronterais volontiers tout homme sur le champ d'honneur pour une juste cause, mais mon épouse préférerait que je cesse de me battre alors que la guerre est désormais terminée. Si cela fait de moi un traître, qu'un officier de la Couronne vienne me le dire en face. Je vous souhaite une excellente journée, et merci pour le pain d'épice.

Il s'éloigna d'un pas guilleret en balançant sa canne, image même de la virilité anglaise épanouie. Henri le rattrapa et se mit à marcher à sa hauteur avec une pensée pour le poignard dans sa botte. Planté entre les omoplates du *cher capitaine*, il égayerait considérablement sa tenue si élégante et si ennuyeuse.

— Vous parlerez de nouveau à Dirks ? demanda-t-il.

— Je parlerai à MacHugh, puis vous pourrez vous trouver un autre complice, monsieur. Si l'Angleterre tient à ce point à éliminer St. Clair, ce ne sont pas les candidats qui devraient manquer.

— Fort bien. Dans ce cas, bonne journée. Transmettez mes hommages à votre épouse et à vos charmantes filles.

Parce qu'il ne supportait pas l'insubordination, il donna à ces salutations un léger accent ironique. Anderson devait comprendre que sa coopération n'était pas facultative, mais aussi impérative que sa loyauté envers cette foutue Couronne britannique.

# 6

— Prenez votre cape et votre bonnet.

Milly admira le point parfait au centre de son cercle à broder, alors que le ton de St. Clair suggérait qu'elle devait bondir sur ses pieds, se mettre au garde-à-vous puis courir jusqu'à la porte d'entrée.

— Depuis quand a-t-on besoin d'une cape pour apprendre à écrire son nom, milord ?

Il resta planté devant elle, la dominant de sa haute taille (une tactique masculine qu'elle connaissait bien), jusqu'à ce qu'elle se rende compte qu'il n'essayait pas de l'intimider mais contemplait son ouvrage.

— Votre broderie est superbe, mademoiselle Danforth.

En revanche, la flatterie était une tactique masculine qu'elle connaissait moins bien.

— Je vous remercie.

Il passa un doigt sur les fleurs qu'elle avait brodées : des iris violets, des tulipes rouges, quelques glaïeuls jaunes, une brassée de feuillage.

— Vous avez dessiné le motif sur le tissu, ce qui signifie que vous pouvez copier ce que vous voyez. Vos couleurs sont très justes, et je ne vous ai pas vue porter de lunettes.

Il continua de caresser le relief brodé du bout de l'index, et Milly prit soudain conscience qu'il était en train de tripoter sans le savoir sa nouvelle chemise de nuit d'été.

*Juste Ciel !* Elle reposa rapidement le cercle dans son panier à ouvrage.

— J'ai une bonne vue, mais il m'arrive de chausser des lunettes lorsque je suis fatiguée. J'ai hâte d'apprendre à former ma signature, milord.

Il se redressa, mais Milly eut le temps de constater que le feuillage qu'elle avait brodé était exactement du même vert que ses yeux lorsqu'il avait chassé Alcorn.

— Dans ce cas, préparez-vous à venir marcher avec moi, répondit-il. J'aimerais tout savoir sur vos précédentes expériences dans des salles de classe.

Prendre l'air était une idée très attrayante, même si cela signifiait marcher avec St. Clair. Milly était en train de nouer les rubans de son bonnet lorsqu'il la rejoignit dans le vestibule. Il fit une moue réprobatrice.

— Les Anglaises ne se voient pas, déclara-t-il en lui écartant les mains. Vous vous regardez dans le miroir et vous dites : « Ah, mon chapeau est là où il doit être. Mes rubans sont bien noués, donc je n'aurai pas à courir derrière mon bonnet en cas de coup de vent. » Vous devriez plutôt songer à l'image que vous donnez avec ce chapeau et l'ajuster en conséquence. De toute manière, s'il y a une bourrasque, les jeunes messieurs anglais seront trop occupés à essayer d'apercevoir vos chevilles.

Il lui faisait déjà la leçon, il y avait donc de l'espoir pour le projet qu'ils avaient formé.

Il repoussa son bonnet de quelques centimètres sur son crâne et rattacha ses rubans de sorte que le nœud ne soit plus sur la droite, là où elle le faisait toujours, mais sur la gauche et plus lâche, les rubans tombant en s'enroulant devant son cœur.

— Le vent pourrait faire s'envoler mon seul bonnet de tous les jours, milord.

110

Mais maintenant qu'elle se regardait dans le miroir, elle devait reconnaître que l'effet était plus seyant, même sur elle.

— Dans ce cas, vous aurez le plaisir de me voir courir derrière comme un benêt. Allez, venez.

Si Milly avait craint de se montrer inconvenante en se promenant dans Hyde Park avec son employeur, ses inquiétudes auraient été infondées. M. Brodie marchait derrière eux, ainsi que Giles, le valet, et Rumsfeld, la femme de chambre en chef du premier étage.

— Nous allons tous apprendre l'alphabet dans le parc, milord ?

— Nous allons tous profiter du beau temps pendant qu'il dure, répondit-il. Ma tante ne laisse aucun répit à ce pauvre Giles, et la femme de chambre, Clothilde ou Chloé, je ne sais plus comment elle s'appelle, est amoureuse de lui.

— Son nom est Rumsfeld, milord.

— Pas pour Giles.

Cette remarque, émise sans humour, n'était qu'un détail de plus enregistré par St. Clair dans sa gestion du personnel de maison.

— Que voudriez-vous savoir sur mes tentatives pour apprendre à écrire, milord ?

— Tout.

Ce « tout » les entraîna dans Hyde Park, le long de la Serpentine, parmi les cris des enfants et la bonne humeur générale engendrée par une belle journée ensoleillée. Elle énuméra ses professeurs, ses punitions, ses corrections, ses petites lueurs d'espoir noyées sous des seaux de désespoir.

— Si nous nous asseyions ? proposa St. Clair en indiquant un banc à l'ombre.

Giles et Chloé – Chloé Rumsfeld – s'assirent sur un autre banc à quelques mètres de là. M. Brodie semblait avoir disparu.

Le baron poursuivit ses questions : trouvait-elle l'ardoise plus pratique que le papier et le crayon ? Avoir mémorisé l'orthographe d'un mot lui permettait-il ensuite de former plus facilement ses lettres à la main ? Pouvait-elle reconnaître un mot sans être cependant capable de nommer les lettres qui le formaient ?

— Ce n'est pas facile pour moi de discuter de ce sujet, milord.

— Vous croyez qu'il m'est facile d'entendre cette litanie de coups, de punitions et de privations ? Si je vous plaignais pour vos malheurs, agitais mon mouchoir devant vous et vous manifestais mon désarroi face au récit de vos épreuves, votre histoire serait-elle moins douloureuse ?

Il semblait crispé, un peu comme ses tantes lorsque leurs petites douleurs les tourmentaient.

— Je crois que vous m'avez éloignée de la maison et de son confort afin d'ébranler mon assurance. Je suis très touchée par la confiance que vous m'accordez, milord, mais je vous garantis que si, pour apprendre à écrire mon nom, je dois abandonner ma dignité entre vos mains, je resterai ignorante encore un moment.

Il fronça légèrement les lèvres, mais ne répondit rien. De l'autre côté de l'allée, Chloé rit à une boutade de Giles.

— Ils n'auraient jamais dû vous frapper, reprit St. Clair. Les coups gratuits entraînent généralement l'opposé de l'effet escompté. La preuve : les punitions censées vous humilier n'ont fait que vous rendre plus fière.

— Je ne suis pas arrogante.

— J'ai dit fière, mademoiselle Danforth. Cela n'a rien à voir avec l'arrogance. Venez, vous m'avez pris à mon propre jeu, et je crois savoir comment atteindre notre objectif.

Il l'aida à se lever, puis garda sa main coincée sous son bras.

— Qu'avez-vous appris que vous ne saviez déjà avant de quitter la maison, milord ?

Elle-même avait beaucoup appris sur lui à la faveur de cette sortie. Lorsqu'il avait ôté son chapeau et l'avait posé sur le banc à côté de lui, elle avait découvert que le soleil jetait des reflets roux dans ses cheveux bruns. Parce que ce même soleil accentuait les signes de lassitude autour de ses yeux et de sa bouche, elle avait deviné qu'il était fatigué même de si bon matin. Et elle avait découvert que son odeur était un plaisir qui éclipsait celui d'une rare journée d'air frais dans l'atmosphère souvent malodorante de Londres.

Elle avait appris que, dans la quiétude et le plaisir trompeurs d'une belle matinée ensoleillée, elle pouvait lui dire des choses qu'elle n'avait partagées avec personne d'autre, sur les coups de verges, les jours sans pain, ses mains meurtries, rougies, enflées et en sang.

Sur les tribulations d'une écolière qui avaient fortement ressemblé aux tourments des damnés.

— Ce que je sais désormais, mademoiselle Danforth, c'est que vous êtes pleine de ressource, déterminée et, quoi qu'on vous ait dit, intelligente. Je suis certain que vous saurez bientôt écrire votre nom.

Son assurance sur ce point, voire son arrogance, était charmante.

— Je veux savoir l'écrire en entier, y compris Harriette.

— Je vous demande pardon ?

— Millicent Harriette Danforth. Je veux savoir les écrire tous les trois, et pas avec un petit gribouillis au milieu qui tienne lieu de « Harriette ». Les H ne sont pas si difficiles. Ils ressemblent à des portes à deux battants comme on en trouve dans les écuries et les laiteries.

— Effectivement. Quelles autres lettres avez-vous remarquées tapies dans des lieux inattendus ?

Milly lui répondit tandis qu'ils passaient devant des buissons de lilas, mais évita de lui dire que, lorsqu'une dame en robe de soirée se tenait droite, les bras le long du corps, son décolleté ressemblait au M, surtout si elle avait une poitrine généreuse. Il n'avait pas besoin de savoir qu'une parente pauvre passait ses soirées à tenter de se fondre dans le papier peint.

— Mademoiselle Danforth, ne soyez pas offensée si ce gentleman blond se montre grossier.

La voix du baron avait changé, devenant plus lisse et plus dure, à la fois plus anglaise et plus autoritaire. Un grand homme mince s'avançait dans leur direction. Tout dans son allure et son port de tête disait qu'il appartenait à la haute société.

Elle vit le moment où il reconnut St. Clair. Il ne ralentit pas, mais se pencha légèrement en avant, comme poussé par un vent glacé. Il lança un bref regard vers Milly et effleura son chapeau d'un doigt.

— St. Clair.

— Mercie.

La rencontre ne dura qu'un instant. Pourtant, Milly eut la nette sensation que son compagnon n'était pas seulement étonné. Il était stupéfait.

Elle le tira en avant.

— Ne vous fâchez pas, milord. Ce n'était probablement qu'un comte ou un vicomte. On en voit parfois se promener quand il fait beau, comme n'importe lequel d'entre nous.

Sentant St. Clair ébranlé, elle se mit à jacasser afin de lui donner le temps de se ressaisir.

— Il arrive également qu'on croise un duc dans le parc, et ils sont généralement décevants. Ils se dégarnissent, s'empâtent, ont de mauvaises dents et des rires nerveux tout comme le boucher ou le cocher.

On a beau les considérer pratiquement comme des membres de la famille royale, cela ne les immunise pas contre les travers humains. Il suffit de voir le Régent lui-même. Je frôle sans doute la trahison en disant cela, mais on raconte que son corset grince ! Cela ne peut...

— Millicent, coupa-t-il. J'ai déjà rencontré des ducs.

*Millicent.* Sa prononciation du « i » avait un peu pâti en traversant la Manche, mais cela lui plaisait. Il en faisait un « i » un peu pointu.

— Ce monsieur, ma chère, n'était autre que Christian, le duc de Mercie, un homme pour qui j'ai la plus haute estime.

— Il n'est pas mal de sa personne, commenta-t-elle. Mais il manque un peu de charme. Un point que vous et lui avez en commun.

Ils continuèrent à marcher un moment, le baron restant pensif à ses côtés. M. Brodie avait réapparu comme par enchantement.

Le silence ne gênait pas Milly, au contraire. Cela lui laissait le temps de réfléchir. Les questions précises de St. Clair, le soin avec lequel il les avait mises en scène, l'aisance avec laquelle il avait adopté le rôle de l'interrogateur suggéraient que l'exercice ne lui était pas étranger. Ce n'était pas la première fois que Milly subissait un feu de questions.

*Pourquoi n'arrives-tu pas à apprendre, idiote ?*

*Quand te décideras-tu enfin à t'appliquer ? Un enfant de six ans pourrait mieux faire !*

*Tu cherches à recevoir une autre correction ? La dernière ne t'a pas suffi ?*

Tout cela afin qu'elle puisse enfin lire la Bible. Quels bons chrétiens, ses cousins !

Toutefois, c'était une autre question qui lui trottait dans la tête tandis qu'elle reprenait le chemin de la maison aux côtés d'un St. Clair taciturne.

*Vous croyez qu'il m'est facile d'entendre cette litanie de coups, de punitions et de privations ?*

Elle avait vu les attentions dont il entourait sa tante, la peine qu'il s'était donnée pour défendre un âne récalcitrant. Et pourtant, elle avait pensé que sa souffrance était le cadet de ses soucis.

— Tu as voulu montrer à Mlle Danforth comment le beau monde traitait ses parias... commença Michael.

Il s'interrompit pour admirer le lustre de la botte qu'il cirait, puis ajouta :

— Mais elle ne l'a même pas remarqué quand lady Hutchings t'a snobé.

Michael avait bon cœur. Cela causerait sa perte un jour, si ce n'était déjà fait. Il brossait assidûment une botte qui était déjà propre uniquement pour ne pas avoir à croiser le regard de Sebastian tandis qu'il évoquait lady Hutchings.

— Pourquoi ne laisses-tu pas cette tâche à mon petit cireur ? Il est payé pour ça et fait du bon travail.

Michael resta fermement assis sur le petit banc de la sellerie.

— Lorsqu'un homme n'a qu'une bonne paire de bottes, il en prend soin lui-même. Comme quand il n'a qu'un cheval ou qu'une femme.

Sebastian décrocha une bride qui n'avait pas été rangée correctement.

— Aurais-tu une épouse cachée quelque part, Michael ? Une fiancée, peut-être ?

Michael reposa la botte très lentement, laissant deviner qu'il l'aurait volontiers envoyée à la figure de son employeur. Voilà qui était intéressant.

— Toi, tu avais une fiancée, je te rappelle, répliqua-t-il. Et elle t'a ignoré royalement ce matin devant Mlle Danforth et la moitié du beau monde.

— Ce n'était pas la première fois, et ce ne sera pas la dernière. Cette chère Amélia essaiera encore de m'ignorer quand elle marchera avec des cannes et que je serai en fauteuil roulant, si je vis assez longtemps pour cela, ce qui est peu probable. Pour ignorer convenablement quelqu'un, il faut laisser glisser son regard sur lui d'un air distrait, prendre un air pincé comme si on avait détecté une odeur nauséabonde, puis regarder au loin. Amélia est loin de maîtriser cette technique. Je crois qu'il y a encore trop de la poissonnière en elle.

Michael enfouit une main dans la botte, mit du cirage noir sur un chiffon et recommença à frotter.

— Elle est bien jolie, ton Amélia, mais ce doit être un vrai glaçon au lit. Toujours est-il que Mlle Danforth n'a rien vu, pas plus quand ce morveux de Pierpont a changé d'allée pour ne pas te croiser que lorsque lady Fleming et ses deux compagnons t'ont tourné le dos.

Sebastian enroula les rênes autour de la bride dans un arrangement complexe, de sorte que le cuir reste souple et que les bouts ne traînent pas, puis accrocha le tout avec soin à une patère en cuivre, un peu comme une femme essayant un bonnet en étudiant quels angles la mettaient le mieux en valeur.

— Lady Fleming est une lointaine cousine d'Amélia, répondit-il. À force de frotter, tu vas finir par faire un trou à l'orteil.

Sebastian passa au harnais suivant, qui se trouvait être celui de Fable.

Michael reprit du cirage et tint la botte à bout de bras pour attaquer la cheville, le talon et le devant.

— Mlle Danforth a réussi ton examen haut la main, reprit-il. Personne ne l'ignorera quand elle se promènera avec lady Frederica. Tu te demandais comment elle réagirait en étant vue à tes côtés, et elle s'en est admirablement sortie.

Fable, une créature exubérante dans la fleur de l'âge, sortait généralement en ville avec une double bride équipée à la fois d'un mors de bride et d'un mors de filet. Le harnais était lourd, élégant, parfaitement propre. Pourtant, quelque chose clochait.

— Mlle Danforth a échoué misérablement, Michael. Le but de la promenade était de lui montrer qu'il était préférable de ne pas être associée à moi et de lui donner le dégoût de ma compagnie. Cependant, elle était trop distraite par les violences de son passé pour s'en apercevoir. Elle a même accusé le duc de Mercie de manquer de charme. Qui entretient ces harnais ?

— Tu devrais poser la question à ton chef palefrenier, un Irlandais originaire du comté de Kerry nommé Belton. Pourquoi ?

— Quelqu'un a limé la chaîne du mors pour la rendre tranchante. Dès que je freinerai brusquement, elle entaillera le menton de Fable, qui me propulsera probablement jusqu'au milieu de la Manche.

Michael reposa lentement sa botte.

— Tu n'as même pas l'air fâché.

Fâché ? Si Mercie avait ignoré Milly Danforth, Sebastian l'aurait été. Pour la première fois depuis des années, il aurait eu du mal à contenir sa colère. Mercie aurait été ravi de le savoir.

Il détacha la chaîne du mors et la glissa dans sa poche.

— Je suis le seul à monter Fable. Bien que prévisible, ce genre de sabotage est assommant, et il me conforte dans l'idée que Mlle Danforth doit garder ses distances. De nombreux domestiques prennent leur employeur en grippe. Avec un peu d'encouragement, elle devrait y parvenir aisément.

Michael se remit à frotter vigoureusement.

— Tu pourrais simplement lui dire qu'il est dangereux d'être vu avec toi. Elle comprendra aisément pourquoi. Je le lui ai déjà laissé entendre.

Sebastian poursuivit son inspection. La bride suivante avait été accrochée avec un mors sale.

— Tu lui as probablement rebattu les oreilles avec mes pires défauts, répondit-il. Lorsque tu auras terminé, envoie-moi Belton, s'il te plaît. Il est temps d'installer des verrous.

Et d'insuffler au maître d'écurie la terreur du baron traître, même si Sebastian trouvait cette comédie lassante.

— Mercie ne t'a pas ignoré, souligna Michael. Il a incliné son chapeau devant la demoiselle et t'a salué.

Michael, Michael, Michael... C'était un brave homme et un ami, mais Sebastian aurait bien aimé qu'il retourne dans ses Highlands. Si les Highlands étaient encore son pays.

— Mercie aurait dû m'ignorer. De tous les Anglais, c'est lui qui a le plus de raisons de vouloir ma mort.

Le cuir du harnais suivant était si raide que Sebastian eut du mal à l'arranger à sa convenance.

— Sa main semble guérie, observa-t-il.

Il était cependant difficile de savoir s'il avait retrouvé l'usage de ses doigts, puisqu'il portait des gants.

— Il paraît qu'il est très heureux en ménage, déclara Michael.

— Tant mieux pour lui.

Sebastian était sincère. Si quelqu'un méritait d'être heureux et d'avoir une vie longue et sereine, c'était Mercie.

— Je lui dois ce qu'il reste de ma vie, Michael.

— Si je te tue un jour, ce sera parce que je n'en pourrai plus de ton fatalisme français, répondit Michael d'un ton aimable. Tu es en bonne santé, la guerre est terminée, tu as survécu à plus de duels que n'importe quel homme au cours de toute une vie, ta tante t'aime et, apparemment, il reste suffisamment d'ardeur virile en toi pour que tu remarques sa dame de compagnie.

Michael aimait avoir raison et, dans un nombre de cas exaspérant, c'était le cas.

— Bien sûr que j'apprécie Mlle Danforth.

— Que tu es poli ! Tu « l'apprécies » ? Comme tu apprécies la cuisinière, les vieux messieurs de ton club de fleuristes, les amies de ta tante qui viennent jouer aux cartes ? Tu *veux* Milly Danforth. Tu la veux nue et palpitante, couchée sous toi pendant que tu la pilonneras jusqu'à oublier ton maudit passé. C'était là la vraie raison de notre petite promenade au parc. Tu n'as pas besoin de la protéger du beau monde, mais de toi et de ton gros gourdin.

Son club de *fleuristes* ? Toutefois, Michael ne passait pas la mesure. Il s'inquiétait pour lui, ce pour quoi il était prodigieusement doué.

Sebastian inspecta ensuite le cuir des étriers, selle après selle.

— Si les hommes de Wellington poursuivent leur vendetta, je ne vivrai pas assez longtemps pour profiter de la nature curieuse de cette jeune femme. Tu me réprimandes pour des fantasmes que nourrirait n'importe quel homme digne de ce nom.

Trop tard, il se rendit compte de ce qu'il venait de dire. Il l'avait avoué : il désirait Milly Danforth. Elle était courageuse, loyale et possédait une délicieuse bouche têtue. Pire encore, elle sentait la Provence et comprenait combien la honte pouvait ronger une âme.

— Dans ce cas, pourquoi ne l'épouses-tu pas ? Si tu n'as pas d'héritier, tous les biens des St. Clair reviendront à la Couronne. Puisque Mlle Danforth se moque des commérages, épouse-la et fais-lui des bébés. Dans vingt ans, ton fils pourra épouser une héritière. De nouvelles guerres, de nouveaux traîtres seront apparus, et ton infamie sera oubliée.

Plutôt que de dire à Michael qu'il parlait comme une certaine vieille tante, Sebastian replia une couverture de selle qui avait été négligemment abandonnée sur une malle.

— Ce serait condamner Mlle Danforth au veuvage.

— Tu n'étais pas aussi sinistre quand nous survivions avec des rations infectes sur ce misérable rocher glacé appelé le château. As-tu seulement envie de vivre ?

— Oh oui, je veux vivre. De plus en plus.

Cela n'avait pas été le cas durant des mois. Puis à force de gronderies, de bouderies et de cajoleries, lady Frederica avait fini par le convaincre que, s'il ne tenait plus à la vie, il n'avait pas envie de mourir non plus.

En revanche, il avait très envie de faire l'amour à Millicent Danforth. Cela compenserait peut-être tous les mois lugubres qu'il avait vécus depuis son retour. Sauf que désirer une femme, quelle qu'elle soit, était terriblement inopportun quand votre tête était mise à prix.

Michael posa la seconde botte près de la première et demanda :

— As-tu jamais envisagé de retourner en France ? Tu y serais peut-être plus en sécurité.

— La France est un désert, Michael. Ce que l'armée de Napoléon n'a pas ravagé l'a été par les forces d'invasion. En outre, je ne me fie pas à ce regain d'affection du peuple pour la royauté. Les gens ont faim et sont en colère après avoir été trahis par leurs chefs républicains.

Mais une grande partie du peuple anglais était également affamée, en colère et avait été trahie par ses chefs royalistes.

Michael se leva, ses bottes cirées à la main.

— Plus important que ces balivernes, ta tante te manquerait et tu t'en voudrais de l'avoir abandonnée. Dieu sait que tu avais la nostalgie de l'Angleterre !

— C'est vrai.

Michael se dirigea vers la porte, puis hésita.

— C'est Anderson qui rameute ceux qui veulent se venger de toi. MacHugh sera probablement le prochain à te défier, mais Mercie pourrait être celui qui se cache derrière tous ces duels. Il ne t'a peut-être salué aujourd'hui que pour brouiller les pistes.

C'était une théorie intéressante. Sebastian secoua une autre couverture avant de la plier.

— Je connais Mercie, même mieux que je ne te connais, Michael. Je sais ce qu'il a dans la tête et dans le cœur. Je le connais mieux que sa duchesse ne le connaîtra jamais, et tant mieux pour lui. Le duc me regarderait droit dans les yeux, comme il l'a déjà fait, et me giflerait avec son gant pour me provoquer en duel. Son honneur est au-delà des subterfuges.

— C'est ce que tu te plais à imaginer, rétorqua Michael. Compte tenu de ce que tu lui as fait endurer et des cicatrices que tu lui as laissées, je ne parierais pas gros sur son honneur. À sa place, je serais prêt à tout pour avoir ta peau.

Une telle sincérité ne nécessitait pas de réponse. Sebastian le laissa partir, acheva de mettre de l'ordre dans les couvertures, puis quitta l'écurie à son tour et traversa les jardins derrière la maison, la chaîne de mors cliquetant dans sa poche telle de la menue monnaie.


— Fermez les yeux.

Si le ton de St. Clair avait été autoritaire, Milly se serait sans doute rebellée. Au lieu de cela, sa voix s'était faite séductrice.

— Pourquoi ?

— Parce que je ne veux pas que vous utilisiez votre vue. J'aimerais que vous appreniez à former votre nom comme vous apprenez un point de couture, ou des notes de musique, en vous reposant sur les sensations. Vous devez pouvoir reproduire ces motifs dans le noir, de la même façon que vous êtes capable de coudre dans le noir ou de jouer votre sérénade préférée sur un instrument que vous avez toujours aimé.

Étaient-ce des insinuations sophistiquées, ou l'esprit tordu de Milly voyait-il des sous-entendus grivois où il n'y en avait pas ? Quoi qu'il en soit, la théorie du baron méritait qu'elle la mette en œuvre – elle aurait toutefois préféré voir sa main guider la sienne sur le papier.

— J'arrive à faire le M relativement bien.

Il lâcha ses doigts et examina à la lumière la feuille de papier ministre couverte de ses gribouillis.

— La plupart du temps, vous réussissez à écrire des lettres assez lisibles.

— Lisibles… comme celles d'un enfant. Quand je suis fatiguée, je n'y arrive presque pas. Des espaces apparaissent entre les mots, l'encre devient floue. Parfois, les lettres semblent dégouliner d'une gouttière. C'est pourquoi je n'essaie jamais d'écrire ou de lire le soir.

Il se cala contre son dossier, faisant craquer la chaise en bois doré. Lorsque *Herr* Baumgartner s'asseyait sur cette chaise, il paraissait studieux. St. Clair, lui, avait l'air élégant.

— Pourquoi liriez-vous ou signeriez-vous des documents quand vous êtes fatiguée ?

— Parce que c'était à ces moments que mon cousin me piégeait avec des papiers à signer. Toutefois, je n'ai jamais rien signé. Mes tantes volaient à ma rescousse.

Il posa la feuille de côté et se dirigea vers un bouquet de tulipes rouges, blanches et jaunes posé près de la fenêtre.

— Expliquez-moi, demanda-t-il.

— À l'âge de dix-huit ans, j'ai hérité d'une rente de ma mère. Alcorn voulait la gérer pour moi, et il fallait pour cela faire valider certains documents. Je ne les ai jamais signés. Je ne pouvais être sûre de ce qu'ils disaient, même s'ils avaient été rédigés par des notaires et que tout semblait en ordre. Toutefois, Marcus m'avait recommandé de ne jamais signer un papier sans connaître son contenu. Parce que c'était un conseil de son frère, Alcorn a dû attendre.

St. Clair réorganisa les tulipes dans le vase en céramique bleu, mettant les blanches plus en évidence.

— Continuez.

— Un vase vert aurait mieux convenu sur cette table et avec ces couleurs.

— En effet. Qu'est-ce que votre cher cousin voulait vous faire signer d'autre ?

Milly saisit une plume, la trempa dans l'encrier et tenta de tracer un M.

— Rien de bien important. Des lettres, ce genre de chose...

Elle frotta la plume contre le bout de son nez, qui la démangeait soudainement, même si son M avait plutôt belle allure, pour autant qu'elle pût en juger.

— Qu'en est-il de cette rente aujourd'hui, mademoiselle Danforth ?

Un autre M lui vint aisément, si bien qu'elle s'enhardit.

— Elle a été placée et produit des intérêts. Mes tantes m'ont assuré que les comptes étaient bien tenus. Si je me méfie d'Alcorn, j'avais toute confiance en elles et en leur notaire.

Tout en ajoutant un peu d'eau dans le vase, St. Clair demanda :

— Qui est-ce ?

Les voyelles étaient ardues, car elles étaient tout en courbes, et ces dernières tendaient à se déformer plus facilement que les lignes droites.

— Maître Dudley. Il travaille dans la City, à Clockminster Court.

Cela ne regardait pas vraiment le baron, mais Milly avait le sentiment qu'il ne cherchait pas à lui nuire, aussi n'hésitait-elle plus à lui répondre.

— Puis-je vous poser une question, milord ?

Il s'était approché de la cheminée et remuait les braises, même s'il ne faisait pas froid.

— Vous venez de le faire.

— Hier, quand nous avons croisé votre fiancée dans le parc et qu'elle vous a ignoré, cela vous a-t-il blessé ?

Elle n'avait pas été la seule à le snober, mais Milly aurait pensé qu'une femme dont les journaux affirmaient qu'elle était fiancée à cet homme depuis l'enfance lui devait un minimum de courtoisie. Ses tantes lui avaient lu les pages mondaines à voix haute, et Milly était une auditrice attentive. Par ailleurs, elle était certaine que les journaux n'avaient jamais mentionné le passé militaire du baron.

St. Clair s'était immobilisé, le tisonnier à la main.

Après avoir tenté plusieurs fois un R minuscule et cet éternel fripon, le G, Milly osa jeter un bref regard dans sa direction. Il paraissait amusé.

— Vous l'avez remarqué, alors ? demanda-t-il. Ou sont-ce les domestiques qui ont jasé ?

— Lorsqu'une dame titrée rompt avec son fiancé de longue date, les commérages se propagent bien au-delà du quartier des domestiques, milord. Elle est très jolie.

Pour une blonde aux yeux bleus riche et titrée... avec un nez étroit.

Il reposa le tisonnier.

— Croyez-vous que nous aurions été bien assortis, mademoiselle Danforth ? Elle m'a dit en termes clairs ce qu'elle pensait d'un homme qui avait servi le Corse.

Sa famille et elle pourraient être ceux qui ont inventé le surnom de « baron traître ».

Son ton était léger, toujours amusé, alors que Milly aurait voulu renverser l'encrier ou le vase.

— C'est une sotte, répondit-elle. Si vous aviez été un jeune garçon français envoyé en Angleterre pour parfaire votre éducation, puis que vous aviez été mobilisé pour servir Wellington, je suis sûre que les Français ne vous auraient pas aussi mal jugé. Et je déteste la lettre E.

— Une femme aux passions ardentes ne manque jamais de retenir l'attention des hommes. Pourquoi en voulez-vous autant à la lettre E ?

Quelque chose le faisait sourire. Ce n'était pas un sourire charmeur, mais plutôt le reflet d'un sourire intérieur et satisfait.

— Ne vous moquez pas de moi et de mes lettres, milord. Vous avez mené la guerre contre l'Angleterre, j'en mène une autre contre mon illettrisme, et les hostilités n'ont pas encore cessé. Lorsqu'une lettre ne consiste qu'en une petite boucle, il est facile de la perdre. Quand je saute un point de couture, je m'en rends compte. Quand je saute une lettre...

Une âme charitable et dominatrice ne manquait jamais de le lui signaler.

— Venez ici, mademoiselle Danforth.

Il tendit la main vers elle comme un gentleman proposant à une dame de l'aider à monter en voiture. Milly se leva, parce que c'était ce qu'on faisait lorsque St. Clair donnait un ordre.

Elle prit sa main, et il se mit en position de valse.

— Fermez les yeux.

Pourquoi pas ? Elle s'exécuta afin de mieux savourer son parfum et la perspective d'esquisser quelques pas de danse, même dans ce salon.

— Laissez-moi vous guider dans l'exploration de la lettre E.

Il la serra d'un peu plus près et l'entraîna avec lui, lentement mais avec assurance. Trois pas en avant, un léger pivotement, trois pas en arrière. Un autre pivotement, puis le même mouvement, encore et encore.

— Vous êtes en train de faire un point de chaînette avec moi ! s'exclama-t-elle.

— Vous avez calomnié une lettre parfaitement charmante, mademoiselle Danforth. Cette petite boucle n'a pas pour but de vous plonger dans la confusion, mais d'être agréable à tracer par votre main.

Et par son corps tout entier. Il dansait merveilleusement bien, et tandis qu'il la serrait ainsi dans ses bras, la lettre E remonta considérablement dans l'estime de Milly.

— Je crois que vous la tenez, mademoiselle. Maintenant, aventurons-nous dans la lettre L.

Elle aima le L encore plus, car il nécessitait six pas en avant, six pas en arrière, une entreprise plus ambitieuse dans le petit salon.

— Il y a deux L dans Millicent, observa-t-elle.

Sans raison particulière, cela l'incita à poser sa joue contre son torse. Ils firent des E, des L, des O (comme dans Danforth), puis St. Clair s'arrêta enfin.

— Gardez les yeux fermés, ma chère.

Milly sentit son souffle sur son front. La tenant par la taille, il la guida plus près de la fenêtre. Elle le devina parce qu'il faisait plus frais.

— Asseyez-vous, je vous prie.

Il approcha une chaise, puis plaça un crayon entre ses mains.

— À présent, laissez danser vos mains.

Il posa les doigts sur les siens et fit valser le crayon sur le papier, un-deux-trois, un-deux-trois ; d'abord des E, puis des L, et enfin quelques O.

— Sentez ces lettres, mademoiselle Danforth. Pourriez-vous les jouer comme des notes dans le noir ?

Milly sentait qu'il était penché sur elle. Elle percevait la chaleur de son corps tandis qu'il guidait sa main sur la feuille.

— J'aimerais regarder.

— Pas encore. Vous devez d'abord effectuer un solo.

Il écarta sa main.

— Faites danser quelques jolies lettres, mademoiselle Danforth. Un-deux-trois, un-deux-trois.

Devenant maître à danser français, il poursuivit – un-deux-trois, un-deux-trois –, pendant que la main de Milly valsait sur la page.

— Arrêtez.

Avant qu'elle n'ait ouvert les yeux, il tira sur la feuille et la tint hors de sa vue.

— Vous avez encore quelques danses à effectuer, mademoiselle Danforth.

Elle lui arracha la feuille des mains, la déposa sur le bureau devant elle et ne vit qu'une suite parfaite de E, de O et de L formant un chœur de jolies boucles sur le papier.

— Qu'elles sont belles ! s'extasia-t-elle.

Elle releva vers son professeur un regard émerveillé, stupéfait et terrifié par les résultats de son enseignement.

— J'ai réalisé de belles lettres. Nous les avons réalisées. Nous les avons fait danser sur la page.

— Bravo, Milly Danforth. Peut-être devrais-je vous appeler Milly Danseforth ?

Quel nom charmant ! Milly contempla de nouveau la feuille, comparant ses essais précédents à ceux que St. Clair avait guidés. Ses G, R, I, M, A et E étaient reconnaissables, mais pas fluides, pas élégants.

Ces lettres ne dansaient pas.

St. Clair reprit la feuille comme pour l'admirer, lui tourna le dos et alla s'asseoir sur le coin du bureau, adoptant une attitude informelle mais pas tout à fait amicale.

— C'est étrange, remarqua-t-il. Les lettres sur lesquelles vous avez choisi de travailler pendant que nous parlions tout à l'heure forment une combinaison singulière de consonnes et de voyelles.

L'euphorie de Milly se dissipa aussitôt. Elle prit une autre feuille et tenta de retrouver l'émotion qui l'avait aidée à former de jolies lettres courbes, sans y parvenir.

— Ce n'est qu'un ensemble de lettres, répondit-elle.

— Plus précisément, l'ensemble de lettres servant à écrire le mot « mariage », ma chère.

Il se pencha vers elle et, cette fois, elle ne trouva pas son parfum si réconfortant.

— Il serait peut-être temps que vous me parliez de ce fameux Vincent, non ?

# 7

Un interrogateur expérimenté savait utiliser la peur comme une puissante lanterne éclairant la vérité, une source de lumière bien plus fiable que la douleur physique. Celle-ci était un outil grossier et imprécis, même si certains, notamment Henri Anduvoir, s'en servaient sans retenue.

Et pour quel résultat ? Pour découvrir que la vérité la plus profonde d'un homme était qu'il ne voulait pas mourir ? Qu'il aurait aimé revoir sa mère ? Qu'il souhaitait s'excuser auprès de la fille du vicaire d'avoir pris des libertés avec elle sans s'engager ?

Sebastian regarda Milly Danforth dessiner ses lettres – car elle les dessinait : pour elle, elles étaient de l'art et non des sons – et accepta sa propre peur.

Il avait peur qu'elle soit fiancée à ce Vincent. Il redoutait qu'elle soit déjà prise, qu'elle ait donné son cœur à un bouffon indigne d'elle.

— Vincent est un ami d'Alcorn et un parent éloigné de Frieda.

— Cela fait déjà deux points contre lui. Continuez à faire valser ces lettres, mademoiselle Danforth.

Le silence était une autre source de lumière, quoique Sebastian doutât qu'elle lui soit utile avec Milly Danforth. Elle avait vécu des années avec deux vieilles dames, et leur maîtrise du silence aurait pu anéantir des armées entières. Sa tante Frederica en était la preuve.

— On ne peut pas faire valser les lettres avec un grand individu renfrogné qui regarde par-dessus votre épaule, répliqua Mlle Danforth. Pour danser, il faut de l'espace.

Les alcools forts pouvaient également délier des langues récalcitrantes, tout comme la faim et la soif. Dans le cas du lieutenant Pierpont, l'épuisement, la peur et quelques coups bien placés avaient suffi à le transformer en idiot babillard en moins de trois jours.

Il s'approcha encore.

— L'alphabet anglais compte vingt-trois autres lettres, ma chère, chacune avec sa version majuscule et minuscule. Vous m'avez dit qui était Vincent, pas ce qu'il était pour vous.

Elle se leva si rapidement que le sommet de son crâne faillit percuter le menton de Sebastian.

— Vincent Aloysius Fontaine. Il est titulaire du bénéfice de St. Andrews à West Hamley, dans le Surrey.

Toute personne ayant grandi en France savait que l'apôtre André était le saint patron des jeunes femmes à marier et des vieilles filles.

— Vous venez d'inventer cela.

Elle mentait. Tout en s'approchant des tulipes, elle poursuivit :

— Il est arrivé à St. Andrews après avoir servi dans une série de congrégations plus petites et, à l'entendre, sa carrière ecclésiastique culminera avec l'évêché de Londres.

Elle se pencha pour humer une tulipe. Une fois cueillies, les tulipes n'avaient pratiquement plus d'odeur, ce qui acheva de le convaincre qu'elle cherchait à éluder sa question.

— Il voulait vous épouser et mettre la main sur votre rente.

D'une manière typiquement féminine, elle écarta une tulipe rouge sur le côté, en souleva une jaune et la replaça ailleurs, donnant au bouquet une allure plus symétrique. Elle croisa les bras, alors que Sebastian savait qu'elle mourait d'envie de remettre les fleurs dans la position qu'elles occupaient un instant avant.

— Vincent voulait épouser cette pauvre Milly à l'esprit lent mais empressée de bien faire, déclara-t-elle.

Son ton ironique lui pinça le cœur.

— Vous n'avez pas l'esprit lent, mademoiselle Danforth.

Elle était extrêmement intelligente, mais il craignait, s'il énonçait cette vérité, qu'elle ne quitte la pièce.

— Je ne suis pas bien maligne, surtout quand, pour s'assurer que je suis prête au mariage, on me demande de lire à voix haute un passage des Évangiles. J'ai échoué, bien plus lamentablement que Vincent ne l'avait prévu. C'est que, voyez-vous, j'ignorais que c'était un test.

Sebastian quitta son perchoir sur le côté du bureau afin de ne pas perdre de vue la jeune femme qui déambulait dans la pièce.

— On attendait de vous que vous soyez douce, lente d'esprit et travailleuse, mais pas totalement analphabète.

Sans nul doute devait-elle également être bien faite, convenablement dotée et entièrement sous la coupe de ses cousins.

Elle s'assit sur le tabouret du piano et effleura des doigts les touches du clavier.

— Je ne voulais être un fardeau pour personne, un dilemme que les dames résolvent généralement en se mariant. Vincent est avenant et... avenant.

C'était une manière de dire que saint Avenant et Calculateur n'avait pas une véritable vocation religieuse. Toutefois, il avait un excellent goût en matière de femmes et avait probablement assuré à Milly que son presbytère résonnerait bientôt du bruit de petits pas dans l'escalier et de rires d'enfants dans le jardin.

— Étiez-vous amoureuse de ce modèle de piété ?

— Je m'étais entichée de lui. À l'époque, je croyais que, si je devais quitter mes tantes, je n'aurais pas d'autre choix que de retourner vivre chez Alcorn. En même temps, mon cousin avait chanté mes louanges à un autre homme, un vieux baron atteint de goutte et sans héritier, auquel j'étais pratiquement fiancée sans le savoir.

Elle fit résonner un accord, en mineur, et soudain, Sebastian eut envie de jouer un air joyeux.

— Poussez-vous.

Il pensait qu'elle s'éloignerait, mais elle s'écarta simplement de quelques centimètres.

— Avez-vous terminé votre interrogatoire, milord ?

— Je suis né pour poser des questions. C'est ma grand-mère même qui me l'a assuré, tout comme mes précepteurs. Dans l'armée, ce n'était pas un atout.

Du moins, les premiers temps, songea-t-il.

— Cet idiot de Fontaine compte-t-il vous poursuivre de ses assiduités ?

Sebastian entama le mouvement lent du concerto en *mi* bémol majeur de Beethoven qui, sans être exubérant, possédait une beauté sanguine dont il ne se lassait pas.

— Alcorn l'espère, répondit-elle. Ce morceau est très beau.

— Je l'ai découvert pendant que je me cachais à Vienne. J'ai appris ensuite que Cramer l'avait publié en Angleterre.

Ce n'était pas ce qu'il avait voulu dire, mais, quand on était assis à côté de Mlle Danforth, on se laissait facilement distraire par sa chaleur et son parfum, par sa disposition à vous complimenter pour le peu que vous aviez à lui offrir, par sa cuisse qui frôlait la vôtre.

Tout en jouant un enchaînement de phrases douces et lyriques, il lui vint une idée : on pouvait également faire jaillir la vérité avec un outil qu'il avait oublié, un outil qu'il n'avait jamais vraiment maîtrisé, hormis d'une manière un peu singulière avec Mercie.

Cet outil était la confiance. La confiance pouvait déplacer des montagnes, renverser des édifices et remporter des guerres.

— Milly Danforth, je veux vous protéger de cet idiot qui cherche à vous utiliser dans sa course pour acquérir une mitre et une étole, ainsi que de votre cousin obtus. Mais, pour cela, vous devez me dire ce que j'ai besoin de savoir.

Elle resta silencieuse si longtemps qu'il crut qu'il n'aurait pas de réponse. Il la sentait osciller légèrement près de lui, bercée par la musique.

— Pourquoi vous cachiez-vous à Vienne, milord ?

Le morceau nécessitait un croisement des mains, ce qui lui permit de se pencher brièvement vers elle.

— Je ne me cachais pas vraiment, tout le monde savait où j'étais. Je traînais les pieds, repoussant mon retour en Angleterre car je savais que ce serait compliqué. La France n'était plus sûre, et l'Angleterre sans attrait.

— Mais vous aimez l'Angleterre.

Il s'interrompit au milieu de sa phrase musicale.

— Pourquoi dites-vous ça ?

— J'ai vu la manière dont vous contempliez la campagne autour de Chelsea, le soin que vous apportez à vos registres et à vos livres de comptes. J'entends les domestiques dire que vous êtes un bon maître, en dépit de vos manières françaises. La façon dont l'Angleterre vous traite n'a pas fait de vous un homme amer.

Plus que la part de vérité dans cette remarque – si vérité il y avait –, Sebastian y puisa la satisfaction d'apprendre qu'elle l'avait observé.

— J'aime ma tante, et c'est probablement très français de ma part de n'avoir pas honte de le dire. Je suis rentré en Angleterre une fois que Michael a établi que c'était raisonnablement sans danger pour moi.

En revanche, être assis sur ce tabouret n'était pas sans danger, ni pour lui ni pour Mlle Danforth. Il joua un arpège à quatre octaves en *do* majeur qui lui permit de se pencher de nouveau vers elle.

— Comment avez-vous rencontré M. Brod... Michael ?

Voilà qu'elle devenait l'interrogatrice !

— Michael faisait partie du régiment de l'un des sous-fifres de Wellington et a déserté. Il s'est présenté au château, demandant à être fait prisonnier ou à être engagé. Je ne sais pas encore s'il est plus irlandais qu'écossais ou l'inverse, mais sa double origine explique sans doute à la fois sa folie et son courage.

Mlle Danforth observait ses mains sur les touches, une attention qui plaisait à Sebastian.

— Un déserteur n'est-il pas pire qu'un traître ? demanda-t-elle. Au moins, une fois que vous avez eu choisi votre camp, vous lui êtes resté fidèle. Je n'ai vu personne attendre M. Brodie à l'aube avec des pistolets.

Il ralentit son arpège, l'acheva puis cessa de jouer.

— C'est un point intéressant.

Pourquoi ne s'était-il pas posé la question plus tôt ? Tous les officiers, à l'exception de Mercie, étaient ensuite retournés au sein des forces anglaises. Mais pas Michael, qui avait déclaré que sa loyauté envers l'Angleterre était morte avec l'une de ses sœurs.

— Peut-être que personne ne se préoccupe de Michael parce qu'il n'appartient pas au même rang social que les hommes qui sont si prompts à perturber mes matinées. Quand on respecte les règles, on ne provoque pas en duel une personne d'un statut inférieur.

Il reprit un accord en *do* mineur, en regrettant que les pianos n'aient pas un clavier plus long.

— Michael est très protecteur, reprit-il. Une fois qu'il a choisi une cause, l'Irlandais devient comme un chien avec son os. Rien ne peut l'en détourner. Et les Écossais sont pires.

Mlle Danforth glissa ses mains entre ses cuisses, un geste soumis et timide qui n'en était pas moins inconvenant.

— Je vote pour l'Écossais, annonça-t-elle. Je l'ai déjà vu avec un tartan. Vous voulez me protéger, milord, mais je peux vous protéger moi aussi.

Soupçonnait-elle Michael ?

— J'ai une confiance absolue en Michael, affirma-t-il.

Mais pas au point de tout lui confier...

— Vous n'achevez pas ce morceau, milord ?

Mlle Danforth était sage ; elle voulait mettre un terme à cette conversation avant de lui faire des confidences plus intimes.

Avant que lui ne lui en fasse d'autres.

Il referma le couvercle sur le clavier et se leva, car lui aussi pouvait être sage. Il protégerait Mlle Danforth de ses parents manipulateurs et tiendrait compte de sa mise en garde contre Michael.

Les épaules de Mlle Danforth s'affaissèrent. Elle était déçue qu'il cesse de jouer pour elle, qu'il ne lui offre plus le baume musical de *Herr* Beethoven qui la consolait d'un monde sans pitié.

Sebastian se rassit près d'elle sur le tabouret, mais à califourchon, cette fois. Lentement, il passa les bras autour de sa taille. Plus lentement encore, il glissa les doigts sur sa nuque, sous ses cheveux.

— Vous devriez fuir, Milly Danforth, car je suis sur le point de vous embrasser.

Et il s'appliquerait, car il ne pourrait répéter cette folie une troisième fois.

Elle posa la tête sur son épaule.

— Cessez de me faire la leçon, St. Clair. Je n'ai pas l'intention de m'enfuir.

Petite femme têtue et ardente. Il posa sa bouche sur la sienne comme un homme rentrant du front, avec toute la beauté de tous les mouvements lents de tous les tendres concertos du monde. Mlle Danforth soupira contre ses lèvres et se blottit contre lui.

Sa dernière pensée cohérente fut qu'il était prêt à mourir pour protéger cette femme de tous les maux et tous les intrigants, mais qu'il était impuissant à la protéger de lui-même.

Un homme né pour poser des questions était un homme passionné par la vie, tout comme Milly était passionnée par les baisers de St. Clair. Elle voulait les déchiffrer, les décomposer sensation après sensation, jusqu'à ce qu'elle saisisse toute la beauté et les dangers qu'ils contenaient.

St. Clair savait exactement comment la tenir dans ses bras, comment faire en sorte qu'elle se sente désirée sans être piégée.

Il savait comment glisser sa main dans ses cheveux, créant entre eux une intimité précieuse et inédite.

Il savait comment utiliser sa bouche de sorte que ses lèvres fondaient dans les siennes et qu'elle sentait son corps tout entier se déverser dans ce baiser. Sa bouche tendre et féroce la rendait elle aussi tendre et féroce. Elle enfouit les doigts dans ses cheveux, effleura son oreille du pouce et se pressa contre lui autant que leur position sur le tabouret de piano le lui permettait.

— Ouvrez vos lèvres, *ma chère*. Laissez-moi vous goûter.

C'était un défi plus qu'un ordre, suivi par un effleurement de sa langue, chaude, humide, implorante, sur ses lèvres. Elle glissa sa main libre sur son torse, la dentelle de son jabot, la laine douce de son gilet au motif cachemire, la soie de sa chemise. Il était comme une phrase musicale lente, monumentale, belle, lyrique, tout en textures riches et...

Elle le goûta à son tour, traça le contour de sa bouche élégante avec le bout de sa langue, lui arrachant un petit son de plaisir qui se répercuta en elle.

— Encore, *petite tigresse*.

Le plaisir s'épanouit en elle tandis qu'elle savourait le goût de bergamote de l'homme contre lequel elle se serrait, goût qui se mêlait merveilleusement au santal et aux épices de son parfum, à la dentelle et à la soie de ses vêtements.

Milly glissa un bras autour de sa taille et posa sa paume contre sa joue tandis qu'il l'explorait à son tour.

— Vous avez un goût de lavande...

Puis il passa au français, lui disant qu'il aimerait la coucher dans un champ de lavande et lui faire l'amour éternellement à la lueur de la pleine lune pendant des nuits d'été sans fin et...

Le français de Milly n'était pas tout à fait à la hauteur et le fut encore moins quand il glissa la main le long de sa gorge et jusque dans son décolleté. Ses doigts se promenèrent lentement sur le haut de ses seins, le long de son sternum, puis revinrent vers sa clavicule. Elle se cambra vers cette main, réclamant davantage d'extravagances françaises, plus de pleine lune et de nuits d'été, avec une détermination qu'une partie lointaine de sa raison redoutait.

— St. Clair, je vous en prie.

— Vous m'implorez ? Jamais je ne vous laisserai me supplier, jamais.

Son ton grave pénétra le brouillard d'émerveillement et de désir qui embrumait son cerveau. Elle s'écarta, sa main toujours posée sur sa joue fraîchement rasée.

— Pour l'amour de Dieu, Sebastian ! Cesse immédiatement d'importuner Mlle Danforth !

La voix de lady St. Clair retentit à travers la pièce tel un tir de mousquet, mais Milly ne perçut que vaguement ses paroles. Lorsque les bras de St. Clair se relâchèrent, elle se retint de les resserrer autour d'elle. Sa main semblait ne pas vouloir quitter sa joue.

*Il ne m'importune pas.*

St. Clair tournait le dos à la porte, si bien que sa tante ne vit peut-être pas le baiser léger qu'il déposa sur les lèvres de Milly, qui avait parlé à voix haute sans s'en rendre compte.

Il se retourna, la cachant derrière lui, mais resta assis sur le tabouret, à ses côtés.

— Ma tante, pardonnez-moi si je ne me lève pas. Vous désirez quelque chose ?

Comme il paraissait calme ! Amusé, même. Milly, elle, était incapable de réfléchir de manière cohérente. Son corps refusait encore de comprendre que son interlude avec St. Clair était terminé.

— Je désire que tu gardes tes mains lubriques dans tes poches. Franchement, Sebastian, j'ai déjà assez de mal à conserver une dame de compagnie sans que tu uses en plus de ton charme pour la terrifier ! Milly, ne vous laissez pas prendre au dépourvu par les privautés de mon neveu. Ce n'est pas entièrement sa faute, il est à moitié français.

Milly s'efforça de surmonter sa confusion.

— Je suis aussi responsable que lui de cet... cet écart, milady. Vous devriez me réprimander également. Je vous demande pardon.

Elle aurait voulu se lever du tabouret, mais elle ne pouvait obliger St. Clair à se pousser.

— Je n'avais pas l'intention d'offenser cette dame, déclara-t-il. Et je refuse de lui laisser assumer la responsabilité de mes actes. Je vous présente mes excuses, ma tante, ainsi qu'à vous, mademoiselle Danforth.

Il paraissait sincère, trop sincère. Milly le poussa dans le dos.

— Excusez-moi, milord. Je crois que votre tante a besoin de moi.

Il se leva enfin et lui tendit la main comme si elle ne pouvait détacher seule ses fesses du tabouret.

— Acceptez-vous mes excuses, mademoiselle Danforth ?

Malgré le regard que lady St. Clair posait sur elle, Milly ne pensait qu'à une chose : embrasser encore le baron. Elle aurait voulu se fondre dans son étreinte et savourer de nouveau sa passion car, au cours de ces moments précieux, rares et fugaces, elle avait découvert le véritable Sebastian St. Clair. Le galant Français, à la fois grave et moqueur, et le lord anglais aux mots si soigneusement choisis, elle ne les connaissait pas et n'était pas sûre de les apprécier.

— J'accepte vos excuses, et le reste.

Il haussa les sourcils, et une étrange lueur traversa son regard. De l'admiration, peut-être, mais pas du plaisir. Il s'inclina et lâcha sa main.

— Vous me voyez soulagé qu'aucun mal irréparable n'ait été commis. Mesdames, avec votre permission...

Il sortit, laissant dans son sillage un parfum de santal qui assura à Milly qu'elle n'avait pas rêvé sa présence ni ses baisers, au cas où l'air réprobateur de lady St. Clair n'aurait pas suffi à l'en convaincre.

— Je ne sais pas si je dois me réjouir de ce qui vient de se passer ou le déplorer, déclara celle-ci. Vous ne paraissez pas incommodée, mademoiselle Danforth, mais nous autres femmes avons l'art de masquer nos pires blessures. Si Sebastian fait plus que vous voler des baisers, vous devez me le dire afin que je le réprimande sévèrement.

Cela n'avait rien eu d'un vol.

— Certains pourraient m'accuser d'avoir dépassé la mesure, milady. Et de chercher à me faire remarquer de mes supérieurs.

C'était certainement ce qu'aurait dit Alcorn. Milly se laissa retomber sur le tabouret et pensa qu'Alcorn aurait peut-être eu un peu raison.

Lady St. Clair traversa la pièce et ouvrit plus grand les rideaux. Un rayon de soleil tomba sur les tulipes, rendant le choix du vase bleu plus tolérable.

— Je sais que vous ne vous êtes pas jetée au cou de St. Clair et que vous n'avez pas usé de vos charmes pour le désarmer, ma chère Milly. C'est un soldat, grands dieux ! Il sait se défendre

Se défendre de qui ? De quoi ?

— Nous avons fait des progrès avec mes lettres.

— Je n'en doute pas.

Lady St. Clair écarta d'autres rideaux, illuminant cette fois le piano.

— Peu importe, vous ne devez plus autoriser ces absurdités. Sebastian n'est pas aussi solide qu'il le croit. Ne jouez pas avec lui.

Jouer avec lui ? Il se croyait soit indestructible soit inutile, et Milly ignorait lequel était pire.

— Vous croyez qu'il voulait m'effrayer afin que je quitte ma position ?

Lady St. Clair contempla les tulipes.

— Ces fleurs vont si bien, ici... Et non, Sebastian ne cherchait pas à vous faire fuir. Si cela avait été son intention, vous seriez en train de me donner votre démission. Néanmoins, il pense que je le crois capable de telles machinations. Venez, ma chère. Vous devez m'aider à choisir des bijoux pour la soirée musicale des Hendershot.

Sur ce, elle sortit du salon. Milly lança un regard de regret vers l'écritoire. Ses E, ses L et ses O gisaient oubliés, sans un rayon de soleil obligeant pour illuminer leurs boucles sur la page.

Dieu merci, elle avait eu le bon sens de ne pas tenter de V.


Un duc accédait généralement à son titre en sachant précisément combien de princes et d'autres ducs se tenaient entre lui et le trône britannique. Par ordre de préséance, Christian, huitième duc de Mercie, était beaucoup mieux placé que le duc de Wellington. Pourtant, lorsqu'une convocation arrivait d'Apsley House, Mercie ne faisait pas attendre son noble occupant.

Il embrassa la duchesse, une fois, puis une autre (les routes étaient imprévisibles entre le Surrey et Londres, et la duchesse était d'une nature très affectueuse), et se présenta dans le grand hall de Wellington bien avant l'heure du souper.

— La vie conjugale vous réussit, observa Wellington avec l'air légèrement surpris et mélancolique d'un homme qui voyait rarement sa propre duchesse.

— À merveille, monsieur le duc.

Il avait eu plus de chance cette fois, ayant perdu tôt sa première épouse. Ses secondes noces avaient en outre considérablement amélioré sa fortune, à tous égards.

— Ma duchesse vous envoie ses respects et me charge de vous dire que vous êtes le bienvenu à Severn lorsque le cœur vous en dira.

— C'est une bien jolie créature, votre duchesse.

Wellington était un homme observateur et très apprécié des femmes. Du point de vue de Christian, il était tout aussi à l'aise dans la peau de général que dans celle de politicien, voire d'homme d'État.

— Elle est surtout très patiente avec moi. Si cela ne vous ennuie pas, j'aimerais la rejoindre avant la tombée de la nuit.

Wellington entraîna Christian dans le grand escalier ouvragé qui menait à l'étage.

— Vous les jeunes, soupira-t-il. Toujours à courir dans toutes les directions, à galoper sous la pleine lune... Comment va votre main ?

Wellington était également un homme qui prenait à cœur le bien-être de ses soldats, ou de ses anciens soldats, ce qui pouvait parfois être gênant.

— Assez bien. J'arrive à écrire avec. À dire vrai, je sais désormais écrire des deux mains, grâce à Girard, aux gardes de St. Clair et à leur goût pour la violence.

Wellington le fit entrer dans un salon haut de plafond dont les murs étaient tapissés de portraits et de paysages.

— C'est justement de St. Clair que je voulais vous parler. Je sonne pour qu'on nous apporte du thé, ou vous préférez quelque chose d'un peu plus corsé ?

S'ils devaient parler de St. Clair, Christian allait avoir besoin d'un remontant, voire d'une dose d'opium.

— Quelque chose d'un peu plus corsé, répondit-il. Les routes sont poussiéreuses.

Pas au point de dissuader un homme de chevaucher sous la pleine lune afin de dormir auprès de sa duchesse.

Il s'approcha d'une fenêtre ouverte et sentit l'odeur des chevaux parqués dans les écuries de Tattersalls.

— À votre santé ! déclara Wellington en lui tendant un petit verre. Et à celle du Régent !

Christian but une gorgée d'un excellent armagnac.

— Vous passez beaucoup de temps à Carlton House ces jours-ci ?

— Pas si je peux faire autrement, mais j'ai été hissé au rang d'expert universel. Dès qu'un soupçon de scandale menace, je dois siéger au comité d'enquête. Lorsqu'une commission caritative est créée, il lui faut le sceau de Wellington. Ce n'est pas que le champ de bataille me manque, mais il faut reconnaître que c'était un lieu honnête et efficace.

Pas de l'avis de Christian. Dans la lumière crue de l'après-midi, Wellington faisait son âge. C'était un bel homme, avec une posture impeccable et un nez digne de certains des surnoms qu'on lui avait donnés, mais il n'était plus tout jeune.

— C'est un excellent armagnac, monsieur le duc, commenta Christian après une autre gorgée.

— Vous pouvez en remercier lady St. Clair, figurez-vous. Elle connaît mes faiblesses et m'en envoie une bouteille de temps à autre. Nos chemins se sont croisés aux Indes, alors qu'elle était mariée à un fils cadet qui ne s'attendait pas à hériter du titre.

Christian but une nouvelle gorgée et s'écarta de la fenêtre.

— Comment vit-elle le fait d'avoir St. Clair pour neveu ?

— Fort bien. Il est le dernier de sa lignée, et elle l'adore. Elle ne supporte pas qu'on dise du mal de lui, et personne n'oserait la contrarier en public.

Le ton de Wellington laissait entendre qu'il ne se hasarderait pas à le faire non plus. Pas directement.

Christian avait oublié, ou n'avait pas voulu se souvenir, que le titre de St. Clair risquait de tomber en déshérence.

— J'ai aperçu St. Clair dans Hyde Park l'autre jour. Il se promenait avec une jeune femme.

Christian espérait pour elle qu'elle était une modeste continentale, ou même une Américaine, une femme que le mépris de la bonne société anglaise n'atteindrait pas.

— Elle n'était pas... Ses origines paraissaient humbles, reprit-il, hésitant. Humbles, mais convenables.

— Les dames ont plus de sens pratique que nous autres gentlemen, observa Wellington.

Il se tut lorsqu'un valet entra avec des amuse-gueules et du thé. Christian aurait préféré encore un peu de l'armagnac de lady St. Clair.

Wellington s'assit dans une causeuse en bois doré tapissée de velours rose, un siège d'une délicatesse incongrue pour un homme de sa stature.

— Le problème que pose St. Clair n'est toujours pas résolu, déclara-t-il.

— En quoi ce problème me concerne-t-il ? demanda Christian. Je n'ai plus rien à faire avec cet homme et j'entends que les choses en restent là.

Il résista à l'envie de gratter les doigts de sa main droite, ainsi qu'à celle de serrer le poing.

— Après que vous l'avez giflé avec votre gant, plusieurs autres l'ont défié. Ils ont tous raté leur coup, et St. Clair a tiré en l'air. Mes officiers sont d'excellents tireurs, mais la chance de St. Clair semble surpasser leurs talents.

Christian retourna à la fenêtre pour que son hôte ne voie pas son expression.

— St. Clair est un être pervers, déclara-t-il, un homme capable de torturer ses prisonniers et de les regarder souffrir sans sourciller. Au moins, son supérieur prenait un plaisir évident à nous humilier et, compte tenu des circonstances, cette humanité, si abjecte soit-elle, était préférable à l'indifférence de St. Clair.

St. Clair avait assisté à leurs souffrances, jour après jour, puis s'était assuré que les médecins les plus compétents et les meilleures rations disponibles soient réservés aux captifs qu'il avait maltraités.

— C'est un comportement exécrable, certes, admit Wellington en disposant des tranches de fromage et de jambon sur une assiette. C'est aussi le même traitement qui était appliqué aux officiers français en civil capturés par nos propres troupes, les soins médicaux et la nourriture en moins.

Christian perçut l'accent philosophe dans la voix du duc et se souvint qu'on racontait que ce même homme, lorsqu'il avait eu Napoléon en personne dans sa ligne de mire, avait refusé de l'abattre en vertu du protocole en vigueur sur le champ de bataille. « Les généraux ne se tirent pas dessus », avait-il déclaré.

— Je dois préciser que, bien que je haïsse St. Clair, je ne sais pas quoi penser de lui, reprit Christian. Comme vous l'avez dit, le traitement qu'il m'a réservé était détestable, mais conforme à la situation.

Il serra le poing et le desserra, soulagé de pouvoir encore le faire.

— St. Clair m'a rendu ma liberté lorsque Toulouse est tombée, reprit-il. Plus précisément, il a envoyé son geôlier préféré ouvrir ma cellule. Je lui dois la vie et… c'est compliqué.

Il lui devait la vie – à vrai dire, St. Clair la lui avait sauvée à plusieurs reprises –, tout comme il lui devait chaque cauchemar qui le hantait la nuit.

— C'est compliqué, en effet, convint Wellington entre deux bouchées de fromage. Les Français partagent votre consternation. Cet homme est une source d'embarras, un traître à ses deux origines et un cauchemar dont les services de renseignements de nos deux pays aimeraient se réveiller. Mangez donc, Mercie. Il faut garder vos forces.

« Il faut garder vos forces. » C'était avec cette même phrase que St. Clair essayait de le convaincre de manger quand Christian avait décidé une fois de plus de mourir plutôt que de subir encore ses tortures.

Il prit place dans un fauteuil en face de la délicate causeuse de Wellington.

— Juste un peu de fromage, je vous prie. Avec une tranche de pain beurré.

— Vous devenez frugal en vieillissant, Mercie. Je suis sûr que la duchesse voudrait vous voir avaler plus qu'une ration d'écolier.

Sa duchesse. Sa seule évocation apaisait le trouble que cette conversation suscitait en lui.

— Dans ce cas, je prendrai également une tasse de thé.

Wellington chargea une assiette de trois différentes sortes de fromage, de quelques tranches de jambon et de trois tartines copieusement beurrées.

— Nous devons faire quelque chose au sujet de St. Clair, insista-t-il. D'autres duels se préparent et, bien que j'imagine que sa mort en de telles circonstances passerait inaperçue, il risque de blesser un de ses adversaires. Auquel cas, les conséquences seraient désastreuses.

Il marqua une pause, la théière inclinée au-dessus de la tasse.

— Un peu de sucre et de crème ?

— Ni l'un ni l'autre, merci. Vous êtes sûr que d'autres duels se préparent ? Il y a peu d'honneur à défier un homme qui a déjà tiré en l'air à trois reprises.

— Peu d'honneur, peut-être, dit le duc en lui tendant la tasse, mais beaucoup de satisfaction. Mangez donc, Mercie, et écoutez-moi bien. Vous ne connaissez pas encore tout de l'affaire St. Clair et vous, plus que quiconque, devriez être consulté avant que toute action soit entreprise.

Christian écouta donc Wellington lui présenter un compte rendu militaire concis et neutre d'une situation dont il ne voulait pas entendre parler. Son thé refroidit dans la tasse, des rayons de soleil s'étendirent sur l'épais tapis persan et un sentiment proche de la pitié se fraya un chemin dans son cœur, de la pitié pour un homme qu'il aurait dû haïr jusqu'à sa mort.

# 8

La retraite stratégique était une tactique à laquelle tout commandant pouvait avoir recours, et Sebastian en usait sans vergogne. Si Mlle Danforth se trouvait dans le petit salon, à jouer aux cartes avec sa tante, il s'enfermait dans son bureau et étudiait des articles sur la culture des herbes et des fleurs. Si elle prenait le thé dans le salon de musique, il sortait se promener. L'éviter n'était pas compliqué.

Ce n'était pas facile pour autant.

— Va te coucher, Michael. S'il fait toujours beau demain, nous partirons à la première heure, et tu as besoin de sommeil.

Michael reposa le volume qu'il était en train de lire (Byron ?) et se leva.

— Toi et tes fleurs ! Sont-elles donc plus plaisantes que tes rêves ?

Les rêves de Sebastian étaient peuplés d'hommes enchaînés crachant des imprécations, puis implorant Dieu de les accueillir en Son sein ; appelant leurs mères, puis suppliant Sebastian de les achever. Comme il ne pouvait accéder à leur requête, les gémissements et les insultes continuaient indéfiniment.

— Ma lavande française ne prend pas. J'ai beau choisir le meilleur terreau, la tailler minutieusement, la protéger de mon mieux, elle ne s'épanouit pas.

Michael rangea le recueil de Byron sur l'étagère où lady Frederica conservait ses livres préférés.

— Cela te chagrine pour des raisons économiques ou sentimentales ?

Curieuse question, de la part d'un homme qui faisait de son mieux pour tenir tout sentiment à l'écart.

— Les deux. Va te coucher. C'est un ordre.

Michael fit une parodie de salut militaire, puis disparut dans le couloir. Seule la moitié des appliques était allumée. Dans l'âtre, le feu était réduit à des braises – une autre manifestation de leurs préoccupations financières.

Sebastian passa encore une heure à traduire d'anciens textes latins dans lesquels des médecins romains s'épanchaient sur les vertus médicinales de la lavande. Il commençait à y voir plus clair quand la porte grinça.

Milly Danforth se tenait dans la pénombre, sa robe de chambre lui donnant l'allure d'une ombre pâle.

— Excusez-moi, milord. J'ignorais qu'il y avait encore quelqu'un dans la bibliothèque.

Pourtant, elle ne battit pas en retraite.

— Mademoiselle Danforth, ne devriez-vous pas être au lit ?

Seule, à faire des rêves virginaux hantés par... son chat, peut-être ?

Ou par le baiser que Sebastian lui avait donné cinq jours plus tôt.

Elle s'avança dans la pièce en resserrant son châle autour de ses épaules.

— Je ne pouvais pas dormir. Pourquoi avez-vous laissé le feu mourir, milord ?

Avec l'aisance d'une femme habituée à se débrouiller seule, elle saisit le tisonnier, remua les braises, rajouta du charbon entre les chenets puis actionna le soufflet pour ranimer les flammes. Quand elle eut terminé, elle nettoya le pourtour du foyer avec le balai et la pelle, replaça le pare-feu et s'épousseta les mains.

— Peut-être essayais-je d'économiser le charbon, plaisanta-t-il.

Il n'était pas près d'oublier l'image de sa natte auburn se balançant le long de son dos tandis qu'elle rallumait son feu.

Elle resserra de nouveau le châle autour de ses épaules, une jolie étoffe en soie à motif cachemire bleu et vert paon qui contrastait avec sa tenue de nuit simple.

— Lady St. Clair est au courant au sujet des bijoux, milord.

Sebastian mit un certain temps à reconstituer les bonds mentaux que Mlle Danforth venait d'effectuer.

— Vous pensez que j'ai laissé le feu s'éteindre afin de faire des économies et, ainsi, finir de remplacer les bijoux de ma tante sans qu'elle s'en rende compte ?

— Elle dit que le chrysocale et la pâte de verre n'ont pas le même poids que l'or et les gemmes et que la sensation n'est pas la même sur la peau. Elle sait que vous remplacez la pâte de verre par de vraies pierres et trouve que vous ne devriez pas vous donner cette peine.

Il aurait dû lâcher une phrase autoritaire en français, se replonger dans les écrits de son médecin romain et obliger Mlle Danforth à quitter la pièce. Au lieu de cela, il se leva et vint se placer devant le bureau.

— Ma lavande ne se porte pas bien. C'est ce qui me tient éveillé la nuit. Mais je suis comme le vin, mademoiselle Danforth. J'aime l'obscurité, le frais et le calme.

Et, apparemment, il aimait les petites rousses têtues qui avaient soif de ses baisers et avaient comme second prénom Harriette.

Elle se dirigea vers le bureau et s'appropria son fauteuil, un geste audacieux qui lui offrit une autre image à mémoriser.

— La lavande de mes tantes était florissante. Cela fait un certain temps que ce sujet vous préoccupe.

— Comment le savez-vous ?

— Votre siège a conservé la chaleur de votre corps.

C'était dit innocemment, ce qui n'empêcha pas ladite chaleur corporelle de Sebastian de se concentrer sous sa ceinture.

— Pourquoi venez-vous dans la bibliothèque quand vous ne parvenez pas à dormir, mademoiselle Danforth ? Vous m'avez dit qu'il vous était encore plus difficile de lire tard la nuit.

Elle releva brusquement les yeux, se demandant probablement s'il était en train de l'insulter. Il aurait aimé que ce soit le cas, que sa question ne soit pas motivée par la curiosité.

— J'aime l'odeur des livres. Elle me rappelle la maison de mes tantes.

Tout en faisant cet aveu, elle remit de l'ordre sur le bureau. Elle reboucha l'encrier, reposa la plume dans son pot, redressa les papiers, arrangeant les outils de lecture et d'écriture qui lui avaient valu tant de frustration dans la vie.

— Vous dites que vos tantes avaient de belles lavandes. Plantaient-elles leurs semis sous des châssis ?

Le feu dégageait plus de chaleur, mais aussi plus de lumière. Celle-ci faisait danser des reflets dans les cheveux de Mlle Danforth et luire son châle en soie.

— Elles n'utilisaient pas de semis, mais faisaient des boutures à partir des anciens pieds. Tante Hy disait que c'était mieux ainsi. Et, non, les châssis sont trop chauds pour les jeunes plantes.

— Que voulez-vous dire, trop chauds ?

Elle rouvrit l'encrier et y trempa une plume. Il aimait la voir ainsi, parmi ses affaires, une plume à la main.

— Les châssis sont remplis de fumier frais qui retient la chaleur durant des semaines. Tante Hy disait que cela créait un environnement trop chaud et trop humide.

— Comment cela, trop humide ?

Quelle raison l'avait poussée à traverser la maison sombre et froide ? Était-elle réellement venue s'exercer à écrire sans que personne la voie ?

— La lavande est résistante, répondit-elle. Les insectes ne s'en approchent pas. Elle est rarement affectée par la rouille ou les moisissures. En revanche, trop de pluie, et elle dépérit.

— Elle n'aime pas la pluie ?

Dire qu'il l'arrosait abondamment en croyant favoriser une croissance luxuriante !

Elle plongea de nouveau sa plume dans l'encrier.

— Plus nos étés étaient pluvieux, moins la lavande se développait.

Comment avait-il pu l'ignorer ? Pourquoi tous ces amateurs d'horticulture de la Société agraire ne lui avaient-ils rien dit ? Comment ses grands-parents, qui avaient tout su au sujet de leurs plantes, avaient-ils pu omettre de lui signaler un détail aussi important ?

Mlle l'agronome le regarda par-dessus sa page d'écriture.

— Vous êtes en colère. Ne soyez pas fâché contre les plantes, St. Clair. Voulez-vous récupérer votre siège ?

— Vous m'avez menti, Milly Danforth. Vous n'êtes pas descendue renifler les livres, mais écrire votre nom.

Et elle n'avait pas laissé la présence de Sebastian l'arrêter.

— Je peux faire les deux. Vous n'êtes pas ma conscience, St. Clair. Ne devriez-vous pas aller vous coucher vous-même ? On vous entend vous affairer dans l'écurie avant même le lever du jour.

Vraiment ? Quelqu'un l'écoutait s'affairer dans l'écurie à cette heure matinale ?

— Si l'on veut faire galoper son cheval, il faut s'y prendre à la première heure, rétorqua-t-il en déambulant dans la pièce. À cette époque de l'année, le soleil se lève tôt, et le parc se remplit rapidement de monde.

Elle se remit à écrire, mais Sebastian était certain qu'elle l'observait en douce tandis qu'il descendait le volume de Byron, puis le rangeait sur l'étagère.

— Vous devriez parler à lady St. Clair des bijoux, milord. Elle est contrariée de vous voir gaspiller de l'argent pour les remplacer.

Sebastian s'arrêta devant le feu qui ronronnait gentiment.

— Ce ne sont pas ses bijoux, mais ceux de la maison St. Clair, et elle les a mis en gage parce que je batifolais dans le sud de la France au lieu de gérer les affaires pour lesquelles je suis né.

Sur les instructions de son neveu, lady Frederica avait déposé au mont-de-piété chaque bracelet, tiare, collier et bague.

Mlle Danforth examina ses lettres en faisant la même moue que lorsqu'elle critiquait un bouquet.

— Vous faisiez la guerre, vous voulez dire. Vous gelant les os en hiver, mourant de faim toute l'année, vous attirant la haine de vos compatriotes des deux côtés de la Manche. Les Anglais vous considéraient comme un traître, et les Français jalousaient vos compétences.

Qu'elle aille au diable avec sa maudite perspicacité !

— Plus ou moins, répondit-il. Que faites-vous ici, mademoiselle Danforth ? Vous valsez sur le papier sans témoins ?

— Je m'entraîne. Vous voulez voir ?

Quelle audace ! C'était une jeune femme hardie, et il aimait cela, mais le véritable problème était qu'elle lui faisait confiance. Millicent Danforth avait une confiance totale en lui, et cette confiance était un puissant aphrodisiaque pour un homme que tout le monde prenait pour un traître.

Il contourna le bureau et appuya ses fesses contre le bord du plateau sans regarder la feuille.

— Millicent, cela ne peut plus durer.

— Dans ce cas, vous devriez monter vous coucher.

— Je veux vous emmener dans mon lit. Je veux vous faire l'amour passionnément jusqu'à ce que nous soyons tous deux épuisés, puis vous faire l'amour de nouveau quand nous aurons repris notre souffle.

Elle fronça les sourcils.

— Mais vous ne le ferez pas. Pourquoi ?

La damnation était un sort trop doux pour une telle femme.

— Vous voulez que je vous dise que mon honneur de gentleman m'en empêche ? Vous mourez d'envie d'entendre ce mensonge, mais je ne suis pas un homme honorable, ma chère. Je suis le baron traître. Mes jours sont comptés, et tous ceux qui m'accordent leur loyauté sont en danger.

— Nous devons tous mourir un jour.

C'étaient ses tantes qui parlaient par sa bouche – il reconnaissait dans son ton le dédain et le caractère coriace des vieilles femmes. À lui de l'effrayer suffisamment pour lui faire abandonner cette attitude.

— J'ai été défié en duel quatre fois au cours des six derniers mois, Milly. Avant cela, on a essayé le poison et, plus récemment, on a saboté la bride de mon cheval. Quelqu'un tient vraiment à me voir mourir. Supposons que je vous entraîne dans mon lit, que nous nous ébattions quelques heures et que je vous mette enceinte. Nous devrions nous marier. Vous ne seriez plus le flirt discret d'un baron déshonoré mais sa veuve. Ce serait votre ruine sociale. C'est une perspective que je ne peux tolérer.

Elle méritait mieux, et Sebastian ne pouvait supporter le poids d'un regret de plus dans son cœur.

Le baron tentait à tout prix de la choquer, alors que Milly essayait désespérément de l'impressionner avec ses progrès.

— Je ne vous épouserai pas, répondit-elle.

Elle ne lui infligerait pas un tel fardeau pour tous les E, les O, les L et même les V du monde.

— D'une part, nous ne sommes pas de la même condition sociale, poursuivit-elle. D'autre part, je suis sûre qu'il existe une règle exigeant qu'une baronne sache lire et écrire. Cela dit, j'avoue que les « ébats » que vous avez mentionnés piquent ma curiosité.

Il marmonna un juron en français, mais ne s'éloigna pas, restant à moitié assis sur le bureau. À cette heure tardive, son odeur était plus douce – plus d'épices, moins de santal. Milly dut faire un effort pour ne pas fermer les yeux et inhaler profondément.

— Ces ébats seraient votre perte.

À son ton, il semblait penser qu'ils seraient aussi la sienne, ce qui intrigua Milly et l'attrista à la fois.

— Vous me sermonnez alors que vous pourriez m'embrasser, puis vous me dites que vous n'avez pas d'honneur. Je note une certaine incohérence dans vos actes, milord, ainsi que dans vos baisers. Peu importe, je peux trouver des baisers et des ébats ailleurs. Je suis sûre que votre M. Brodie se ferait un plaisir de m'éclairer sur ces points s'il s'agissait simplement de satisfaire ma curiosité.

Visiblement, elle l'avait choqué, ce qui ne lui procura aucune satisfaction. Elle avait simplement voulu lui exposer sa façon de penser.

— Ne torturez pas Michael comme vous me torturez, Millicent. Et il n'y aura pas d'ébats entre nous.

Elle laissa tomber sa plume et repoussa l'encrier vers un coin du buvard.

— Ce que vous êtes obtus ! C'est vous qui me torturez. Lorsque Vincent m'a embrassée, j'ai eu envie de m'essuyer les lèvres avec mon mouchoir. Quand vous m'avez embrassée, j'ai eu envie d'ôter tous mes vêtements, et les vôtres aussi.

Il baissa les yeux vers ses mains avec une expression stoïque semblable à celle d'un martyr. Milly entendit Shakespeare murmurer depuis les ténèbres : « Est-ce que tout l'océan du grand Neptune pourra laver ce sang et nettoyer ma main ? »

— Ni vous ni moi n'ôterons nos vêtements, mademoiselle Danforth. Vous êtes simplement curieuse, étourdie par votre chagrin et... seule, ajouta-t-il, son expression se durcissant légèrement. De nombreuses ladies très convenables m'ont fait des avances, et savez-vous ce qu'elles voulaient, mademoiselle Danforth ?

Il tremblait presque de colère.

— Ces douces fleurs de la féminité anglaise voulaient que je les ligote et que je les frappe, poursuivit-il. Que je leur bande les yeux et que je joue avec elles au colonel français. Elles auraient détourné la tête avec dédain si j'étais venu les inviter sur la piste de danse, mais elles voulaient que je sois leur jouet dans l'intimité. Si je comprends qu'il faille utiliser tous les moyens possibles pour gagner une guerre, je ne peux comprendre cette perversité.

Milly sentait que, plus que scandalisé, St. Clair avait été dégoûté et sidéré par les propositions qu'il avait reçues.

— Elles ne vous voient pas comme un être humain, répondit-elle. Tout comme vous ne pouviez vous permettre de considérer les officiers anglais comme des personnes. Ils n'étaient que des pions sur un échiquier.

Il ferma les yeux.

— Ces Anglais étaient mes compatriotes et me voyaient comme un traître. Savez-vous ce qu'on disait de moi ? Que j'étais capable de soutirer aux officiers anglais des secrets qu'eux-mêmes ignoraient détenir.

Milly n'aurait su dire s'il se confessait ou se condamnait, mais, lorsqu'il lui parlait ainsi, elle avait envie qu'il la prenne dans ses bras.

— Chaque fois que vous me décrivez votre rôle dans cette guerre, vous vous présentez un peu plus comme un animal et un peu moins comme un homme.

Il lui laissait voir de plus en plus le prix qu'il payait pour avoir joué ce rôle.

Il rouvrit les yeux.

— Je suis un animal. Un animal traître. Mais, honnêtement, je préfère être vu ainsi plutôt que comme le jouet de n'importe quelle femme.

Il prit le menton de Milly dans sa main, la forçant à le regarder dans les yeux.

— J'ai torturé ces officiers, Milly. Je les ai étudiés, j'ai utilisé la confiance qu'ils mettaient en moi, j'ai cherché la meilleure manière de les dépouiller de leur dignité, de leur résistance physique, de leur santé mentale. Les Anglais m'avaient surnommé « l'Inquisiteur », et j'étais très, très bon dans mon travail.

Sa main trembla sous son menton, comme s'il voulait qu'elle répète ses mots hideux. Il l'implorait du regard d'approuver ce qu'il venait de dire, d'accepter la vérité de cet autoportrait.

— Parce que personne ne torturait les officiers français, peut-être ? s'exclama-t-elle. Les Anglais sont trop nobles, trop décents, trop bons pour s'abaisser à ce genre d'activité, même en temps de guerre ? Ah, mais j'oubliais ! Ici, en Angleterre, nous ne nous torturons les uns les autres que lorsque c'est nécessaire. Il paraît que la tour de Londres regorge d'engins monstrueux réservés à cet usage. Nous avons torturé des catholiques, des juifs, des sorcières et des simples d'esprit. De tous les Anglais qui ont torturé leurs compatriotes, je crois que vous êtes l'un des rares à pouvoir dire que vous faisiez votre devoir de militaire en période de guerre.

— Milly, je vous en prie, ne criez pas.

Milly. Elle aimait l'entendre l'appeler par son prénom et détestait cette douleur dans ses yeux.

— Vous n'êtes pas un jouet pour moi, milord. Si vous imaginez cela, c'est parce que vous ne parvenez pas à distinguer le rôle que vous avez joué pendant la guerre de l'homme que vous êtes à présent. Je suis une dame de compagnie rémunérée, et vous le neveu de mon employeuse et un lord. Vous êtes un homme décent et digne de respect – de mon respect.

Son discours enflammé parut surprendre le baron, ce qui enchanta Milly. Il avait besoin qu'on lui montre les choses telles qu'elles étaient, qu'on le sorte de ses ruminations.

Cela n'expliquait pourtant pas pourquoi elle se hissa sur la pointe des pieds et déposa un baiser sur sa joue, doucement, comme elle aurait consolé un ami attristé.

— Vous êtes un homme comme les autres, et il y aura toujours des femmes sottes qui s'ennuient parce que leurs maris les négligent depuis des années. Ce n'est pas parce que vous avez envisagé de leur donner ce qu'elles voulaient afin d'obtenir ce qu'elles vous offraient que vous êtes dépravé.

Il haussa un sourcil brun.

— Que peut connaître une chaste dame de compagnie de ce genre de transaction ?

— Je n'y connais absolument rien, mais je sais ce que c'est que d'être seule et invisible. Je vous saurais gré de ne pas me le renvoyer au visage comme une insulte.

Ce devait être sa dernière réplique avant sa sortie de scène, mais le misérable la gâcha en laissant entrevoir quelque chose dans son regard : ce n'était pas vraiment de l'humour, plutôt de la tendresse, du regret et peut-être du respect mêlé à de l'autodérision.

— *Mademoiselle* est fatiguée, et il est temps pour elle d'aller faire ses prières. *Bonne nuit.*

Il susurra ces mots, leur donnant un accent courtois et démodé. *Mademoiselle.*

Puis il caressa sa joue, sa grande main masculine épousant les contours de sa mâchoire. Son contact fut doux, chaud, séduisant… et fort heureusement bref.

— Bonne nuit, milord.

Une femme en robe de chambre et chemise de nuit ne faisait pas la révérence, pas quand il était près de minuit et qu'elle avait abordé un homme en chemise à la lumière de quelques bougies.

Les lèvres de St. Clair frémirent sur une esquisse de sourire. Elle s'en aperçut et tourna les talons, juste au moment où cette maudite, traîtresse, infernale canaille lui envoyait un baiser.

Encore des bouffonneries à la française. Mais ce flirt moqueur ne pouvait cacher qu'il était aussi seul que Milly et autant qu'elle, sinon plus, en manque de tendresse.

Saisissant l'une des chandelles, elle le laissa à sa solitude et à ses ombres.

La surveillance était plus difficile que Henri ne voulait l'admettre. Des heures déjà qu'il était assis sur ce banc dur, à feindre de boire de la bière, d'avaler du pain brun tartiné de moutarde et à faire semblant de ne pas regarder par la fenêtre couverte de chiures de mouches.

La bière s'éventa, le pain brun rassit, et la moutarde, acide, piquante, sans un soupçon d'épice pour atténuer l'aigreur du vinaigre, était tellement abjecte qu'un tavernier français n'en aurait pas donné à ses porcs.

Mais au moins la surveillance lui laissait-elle le temps de réfléchir.

La semaine précédente, St. Clair s'était promené dans le parc avec un petit moineau de femme, le même moineau qui accompagnait partout lady St. Clair. La baronne l'emmenait chez ses modistes, aux réceptions où elle se rendait, à la procession religieuse dominicale dans le parc, ce qui laissait supposer que le petit moineau était soit une parente pauvre, soit une dame de compagnie.

Mais St. Clair ne se serait pas promené avec une employée, si ?

Henri déchira un morceau du pain brun infect et sembla l'étudier, alors qu'il observait en douce le manège d'un bonhomme replet qu'il avait déjà vu frapper à la porte des St. Clair à deux reprises au cours de la semaine, environ à la même heure.

Il était trop tôt pour une visite mondaine, ce qui signifiait qu'il était de la famille, ou voulait être certain de trouver la famille à la maison. Ce n'était pas un fournisseur. St. Clair payait toujours ses factures en temps voulu, et un fournisseur aurait frappé à la porte de service plutôt que de risquer de perdre un client en lui faisant l'affront de se présenter à la porte d'entrée.

Les deux fois précédentes, ce monsieur bien nourri avait frappé à la porte et parlé brièvement avec la personne qui lui avait ouvert, mais on ne l'avait pas laissé entrer.

Henri déposa quelques pièces sur la table et enfila lentement ses gants (il devait reconnaître que les Anglais avait des gantiers hors pair), prenant son temps afin d'observer la saynète qui se jouait sur le perron de St. Clair.

La dispute se poursuivait – car il s'agissait bien d'une dispute. Le gros gesticulait en agitant sa canne tel le bâton d'un charretier. Puis on lui claqua la porte au nez.

*L'ennemi de mon ennemi est mon ami.*

Cet aphorisme devait être romain, car il résumait honnêtement la réalité de la guerre. Henri enfonça son chapeau sur sa tête, à l'anglaise, et sortit du *Jugged Hare* comme s'il était en retard pour un rendez-vous.

En conservant ce rythme, il parvint au pied du perron de St. Clair au moment exact où l'homme replet dévalait les marches, marmonnant dans sa barbe quelque chose au sujet d'idiotes et de cousines ingrates.

Henri se mit à marcher à ses côtés, car, de toute évidence, ce malheureux Anglais, comme toutes les créatures de Dieu de temps à autre, avait besoin d'une oreille compatissante.

— Milady, il faut que vous sachiez que votre dame de compagnie est restée enfermée avec votre neveu une bonne vingtaine de minutes la nuit dernière alors que tout le reste de la maisonnée dormait.

Ce brave Michael n'était visiblement pas heureux de trahir ainsi son employeur, alors que la baronne était aux anges.

— Lequel des deux voudriez-vous que je gronde, monsieur ? Ils sont tous les deux adultes et, je vous le rappelle, l'un d'eux a un devoir à remplir envers son titre.

Le garde du corps et pseudo-valet de Sebastian souleva le chat qui tournait autour de ses bottes.

— Devons-nous en conclure qu'ils discutaient de ce devoir à une heure aussi tardive derrière les portes closes de la bibliothèque, milady ?

— D'une certaine manière, oui.

Le chat ferma les yeux et se mit à ronronner lorsque Michael lui gratta la tête.

— Madame la baronne, vous aimeriez fournir de la compagnie à St. Clair, assurer sa succession, et peut-être même souhaitez-vous que la jeune dame fasse un beau mariage, mais ce n'est pas le sort qui les attend.

Lady Frederica avait géré les biens des St. Clair pendant plus d'une décennie sans l'aide d'un baron à ses côtés, ni beaucoup de ressources. Au cours de ces années, elle avait appris à déterminer à qui elle pouvait se fier et qui elle devait tenir à l'œil.

Michael Brodie appartenait aux deux catégories.

— Qu'est-ce que vous ne me dites pas, jeune homme ? Sebastian et Milly seront bientôt totalement entichés l'un de l'autre, et aucun d'eux n'est en position de faire la fine bouche. De mon temps, nous étions plus pragmatiques pour ce genre de choses. Je ne me suis pas donné le mal de maintenir en état les biens des St. Clair pour que le prince de Galles mette le grappin dessus afin d'enrichir son infernale collection d'œuvres d'art.

Ce cher George lui pardonnerait cette pique. Ce garçon avait toujours été indulgent quand il était sobre, surtout avec les dames.

Michael avait envie de faire les cent pas. Elle le sentait dans son attitude, tout comme elle sentait que les mouvements de la queue d'un chat annonçaient un bond imminent.

— Les ennemis de St. Clair ne sont pas rationnels, insista-t-il. Ils ne se disent pas : « Laissons tomber. Un cinquième duel paraîtrait excessif. St. Clair a suffisamment payé le crime d'avoir été loyal envers le peuple de sa mère. Laissons-le en paix afin qu'il fasse une ribambelle d'enfants dans la meilleure tradition anglaise. »

Il déplaça le chat dans ses bras, le berçant comme un bébé, faisant redoubler ses ronronnements éhontés.

— Michael, que savez-vous que vous ne me dites pas ?

— Rien. Mais j'entends des choses, milady, des rumeurs et des grondements, et aucun n'indique que les problèmes de St. Clair sont derrière lui.

Bien sûr que non.

— Wellington est venu me parler l'autre soir, déclara-t-elle.

— On dit que monsieur le duc est un excellent danseur.

Lady Frederica hocha la tête. Elle pouvait en témoigner.

— Il m'a donné une autre version de la mise en garde que vous êtes en train de m'adresser.

Michael s'approcha de la fenêtre qui donnait sur l'arrière de la maison et les écuries. Les bons soldats ne perdaient jamais le réflexe de reconnaître le terrain à l'avance.

— Qu'a-t-il dit ?

— Il m'a recommandé de me mêler de mes affaires, principalement, car celles de Sebastian pouvaient se gâter d'un moment à l'autre.

La lumière qui filtrait par la fenêtre soulignait les rides de fatigue autour des yeux et de la bouche bien dessinée de Michael. S'il n'abandonnait pas bientôt son rôle de protecteur de St. Clair, il risquait de vieillir prématurément.

— Que voulait dire le duc par là, milady ? Les affaires de Sebastian sont chroniquement mauvaises depuis des années.

— C'est bien là tout l'intérêt de notre petit jeu : qu'a-t-il voulu dire ? Arthur et moi sommes de vieux amis, si tant est qu'on puisse être ami avec ce fripon. Dans ce contexte, je crois qu'il me recommandait de veiller sur mon neveu. Milly Danforth pourrait veiller sur lui bien mieux que je ne le fais.

— Milly Danforth a reçu une bonne dose de vérité froide et dure la nuit dernière. St. Clair lui a expliqué clairement quel était son rôle au château. Il a utilisé les mots « torture » et « inquisiteur » car la notion de traître ne suffisait pas à la faire fuir.

Le chat se tortilla, semblant trouver qu'il le serrait un trop fort. Au lieu de le poser sur le sol, Michael le bascula contre son épaule, comme il l'aurait fait pour apaiser un nourrisson.

— Michael, les gens qui écoutent aux portes s'exposent souvent à de graves désillusions.

— Et ceux qui n'écoutent pas aux portes ne vivent souvent que le temps de regretter leur vertu. Vous devriez peut-être commencer à chercher une nouvelle dame de compagnie.

Lady Frederica quitta son écritoire et s'approcha de l'ancien soldat qui tenait tant à importer de vieilles guerres dans son salon. Il l'observait avec la méfiance d'un homme qui ne comprend pas très bien les femmes.

— C'est un si bel animal, ce chat, observa-t-elle en glissant les doigts dans l'épaisse fourrure de Peter. Il est plus placide que la plupart de ceux de son espèce. Vous devriez prendre exemple sur lui, Michael. Il s'autorise régulièrement des périodes de repos et d'affection, alors que vous évitez les deux.

— Je ne tiens pas à voir la cervelle de St. Clair éparpillée dans un pré, milady, mais, surtout, je ne veux pas qu'il perde la femme qu'il s'est mis à chérir. Vous…

Lady Frederica cessa de caresser le chat et attendit sans rien dire. Michael était enfin prêt à en venir au but.

— Vous, vous savez vous débrouiller seule, milady. Mlle Danforth est une innocente. De ce fait, elle devient la responsabilité de St. Clair, et celle de cette maison.

— L'amour n'est pas une responsabilité, Michael, même si je me demande si c'est réellement Sebastian que vous cherchez à protéger. Lui aussi, il sait se débrouiller seul, savez-vous ?

Le chat bondit des bras de Michael, qui le suivit des yeux à travers la pièce.

— Sebastian ne peut pas se protéger d'une femme qui considère la torture comme faisant partie du déroulement normal de la guerre, répondit-il. Elle l'a réprimandé, non pas pour avoir battu, affamé et interrogé des hommes durant des heures, mais pour se torturer lui-même avec ses souvenirs.

Sebastian n'avait jamais affamé personne, hormis lui-même, peut-être. Néanmoins, cette nouvelle ravit la baronne.

— Ne vous en mêlez pas, Michael. Sebastian ne vous saura pas gré d'être intervenu, et je n'ose penser à la réaction de Mlle Danforth si elle apprend que vous écoutez aux portes et me rapportez ses faits et gestes.

— Rapporter est mon travail, milady, comme vous le savez.

Effectivement, et c'était probablement un autre aspect de la mise en garde sibylline d'Arthur.

— Fort bien, vous avez fait votre devoir, Michael. Je partagerai cette nouvelle avec le professeur, et nous redoublerons de prudence. Et... Michael ?

Il s'arrêta, une main sur la poignée de la porte.

— Mlle Danforth n'est pas votre sœur, lui rappela lady Frederica. Elle n'est la sœur de personne.

Il hocha la tête pour signifier qu'il l'avait entendue – mais pas qu'il était d'accord avec elle – et sortit sans un bruit.

— On m'a dit que je vous trouverais ici, vous cachant entre les lys.

Les paroles n'étaient pas particulièrement menaçantes, mais l'accent écossais avec lequel elles étaient formulées fit naître une profonde lassitude dans le cœur de Sebastian.

Il se leva, soulagé d'être seul dans le salon de lecture du club, mais regrettant les lys en pot qui répandaient dans la salle une odeur de veillée funèbre.

— MacHugh.

En dire plus, comme « Vous avez bonne mine », « Quel plaisir de vous voir » ou même « Bonjour », aurait déclenché la fureur de l'autre, et Sebastian avait déjà provoqué assez de colère chez autrui pour le reste de sa vie.

MacHugh lui lança un regard noir comme seul un grand Écossais acariâtre et d'humeur assassine pouvait en lancer.

— J'ai entendu dire que vous vous vantiez, grogna-t-il.

— Dans ce cas, vous aurez mal compris.

Une émotion traversa les yeux verts froids de l'Écossais. De la surprise, peut-être ? Plus probablement, de la satisfaction de rencontrer une résistance.

— Mon ouïe est excellente, Girard.

C'était le nom qu'avait utilisé Sebastian sous le drapeau français et une raillerie vacharde.

Sebastian se tut, mais nota que MacHugh était en tenue des Highlands et cachait probablement un poignard dans sa botte droite – même si ce gaillard pouvait facilement tuer à mains nues.

Il y eut un mouvement vers la porte, et MacHugh lança un regard vers la gauche de Sebastian.

— Vous avez besoin d'un public pour ce qui va suivre, Girard ?

C'était le même genre de considération emphatique que Sebastian aurait montré à ses prisonniers.

— Je suis à votre disposition, *monsieur*.

— Que de politesse !

MacHugh adressa un sourire carnassier aux hommes qui se tenaient sur le seuil de la salle de lecture : le vieux Postlethwaite, un fanatique de la rose ; et un jeune homme nerveux du nom de Chester, passionné par la vie sexuelle du haricot.

— Restez en dehors de ça, vous autres, aboya MacHugh.

Postlethwaite ne bougea pas, mais le haricot vert détala lorsqu'un poing massif vola vers la joue de Sebastian.

— Choisissez vos témoins, mon vieux. Il est temps que je vous règle votre compte une fois pour toutes.

Sebastian remua les mâchoires, la douleur irradiant dans son cou et ses épaules. Il n'avait rien de cassé. Cela n'avait été qu'un coup de semonce, ce qui signifiait que MacHugh n'était pas aussi enragé que ses grognements et ses paroles voulaient le laisser entendre.

— Puis-je connaître la nature exacte de mon crime ? demanda-t-il. Ou est-ce le seul fait que je respire encore qui vous insupporte ?

MacHugh contempla sa mâchoire, qui commençait à enfler.

— Vous avez ouvert votre grande gueule, Girard. J'étais prêt à tolérer votre présence parmi les vivants tant que le passé restait le passé, mais vous êtes allé raconter partout que j'avais parlé sous l'emprise de la boisson, prétendant que je ne tenais pas le whisky et, pour ça, vous méritez de mourir.

MacHugh avait absorbé une quantité prodigieuse d'alcool, voulant faire rouler Sebastian sous la table. Ce dernier avait eu la gueule de bois durant des jours, mais MacHugh avait échoué à gagner sa liberté.

— J'avais mis du laudanum dans votre verre, MacHugh. J'ai triché. Vous n'auriez jamais pu remporter la partie et recouvrer la liberté même si j'avais bu jusqu'à l'inconscience, ce qui a été le cas.

Après de nombreux verres, aidé par l'opium, l'Écossais avait marmonné quelque chose à propos d'une pénurie de fourrage menaçant les chevaux de la cavalerie. Sebastian avait pu prévenir ses supérieurs que le régiment ennemi ne tarderait pas à lever le camp et, ce faisant, avait probablement évité aux deux forces en présence une autre escarmouche mortelle avant le cessez-le-feu hivernal. Il avait depuis évoqué MacHugh dans ses prières et s'était soigneusement tenu éloigné du whisky.

— Dans ce cas, je vous tuerai pour avoir triché et vous en être vanté.

MacHugh n'était pas idiot. C'était un Écossais malin, rusé et réaliste que Sebastian – que Dieu lui vienne en aide ! – appréciait.

— Je me serais vanté d'avoir triché ?

Il avait dû tricher afin que cet officier, au moins, n'ait pas à être torturé pour cracher des informations. Il avait trouvé cette expérience plutôt réussie... jusqu'à ce jour.

MacHugh cligna ses yeux verts, rappelant à Sebastian un grand reptile affamé. Un reptile capable de cracher du feu.

— Vous auriez mieux fait de la fermer, mon vieux.

Sebastian ne pouvait le contredire directement, au risque d'être réduit en cendres dans la salle de lecture.

— Pourquoi aurais-je attendu deux ans pour devenir soudain stupide, MacHugh ?

— Parce que vous êtes à moitié anglais et que les Anglais sont un peu lents. Et parce que vous êtes à moitié français et qu'ils sont plus qu'arrogants.

Voilà qui était d'une logique imparable.

— Brodie sera mon témoin, soupira Sebastian. Puisque j'ai le choix des armes, je choisis les poings.

Un grand sourire illumina le visage de l'Écossais. Cet homme avait participé à toute la campagne dans la péninsule, avait subi des mois d'emprisonnement et avait encore toutes ses dents.

— C'est futé. Vous voulez que je vous tue lentement. Vous vous leurrez si vous imaginez que ma conscience m'empêchera de vous achever.

À l'entendre, Sebastian était déjà un homme mort.

— Je n'ai jamais été optimiste, MacHugh. À qui Brodie devra-t-il présenter ma carte ?

Avec l'obligeance d'un gentleman assuré d'obtenir satisfaction sur le champ d'honneur, MacHugh lui tendit deux cartes de visite, s'inclina puis se retira. Postlethwaite cria qu'on apporte de la glace pendant que Sebastian se rasseyait parmi les lys et, une fois de plus, se préparait à affronter la mort.

# 9

— À mains nues ! Tu vas laisser cette espèce de boucher écossais te réduire en bouillie ?

Milly s'arrêta net devant de la porte de la bibliothèque, prise de court par les paroles de M. Brodie. Elle aurait voulu qu'il répète sa phrase, d'une part parce qu'elle n'avait jamais vu de boucher écossais (avait-elle bien entendu ?), de l'autre parce que l'accent de M. Brodie lui avait soudain paru beaucoup plus écossais qu'irlandais.

Et il y avait eu l'expression « réduire en bouillie », sûrement une hyperbole typiquement masculine.

Elle n'entendit pas la réponse de Sebastian – car ce ne pouvait être qu'à lui que s'adressait M. Brodie. Ce dernier était toujours respectueux avec les autres membres de la maisonnée.

Quand il ne fouillait pas dans leurs sous-vêtements.

— Mademoiselle Danforth ?

Le professeur Baumgartner se tenait dans l'escalier, l'air fringant dans sa tenue de soirée.

— Oui, monsieur ?

— Lady Frederica aurait besoin de votre aide pour s'habiller pour la partie de cartes de ce soir. Elle a marmonné de terribles imprécations en évoquant la possibilité d'être éclipsée par lady Flynn. Lorsqu'elle est dans ce genre d'humeur, on peut craindre pour sa santé.

Les allusions du professeur au décolleté de la baronne étaient un modèle de délicatesse.

Milly gravit les marches quatre à quatre.

— L'été approche, professeur. Je crois que la soirée sera douce.

— C'est un pari plus sûr que d'espérer que madame la baronne apprenne enfin le sens des convenances. Je vous remercie, mademoiselle Danforth.

Le professeur recommença à descendre lentement l'escalier (il n'était jamais pressé) tandis que des voix résonnaient toujours dans la bibliothèque. Milly ne pouvait écouter à la porte en présence du Prussien, si bien qu'elle continua son ascension vers l'appartement de lady Frederica.

— J'avais pourtant demandé à ce garnement de cesser ses idioties, pestait celle-ci.

Elle était assise devant sa coiffeuse, déesse vieillissante mais encore capable de manier la foudre avec une précision qu'il ne fallait pas sous-estimer.

— Il a même remplacé mes perles par des vraies. Or, je ne les porte plus depuis des siècles !

Elle pivota et braqua ses canons sur Milly.

— Elles vous iraient, à vous, bien que vous soyez rousse. Des perles dans cette chevelure seraient du plus bel effet.

— Je n'ai pas besoin de bijoux, milady. Et si monsieur le baron souhaite remplacer les joyaux des St. Clair, les futures générations lui en sauront sûrement gré.

Il fallait bien que quelqu'un défende le baron de temps à autre, non ?

Lady Frederica laissa tomber les perles dans une coupe en porcelaine blanc et doré.

— Ma chère enfant, au train où vont les choses, il n'y aura pas de futures générations. Sebastian aurait dû s'occuper de sa succession dès la cessation des hostilités. Mais non, il préfère me briser le cœur tout en se lamentant sur ses pauvres petites plantes ! Que pensez-vous des topazes avec mon nouvel ensemble crème et or ?

Milly vint se placer derrière la baronne et contempla son reflet dans le miroir.

— Je pense que vous en savez plus que vous ne devriez sur les guerres que l'on mène avec des soieries et des bijoux, milady, mais, si vous avez décidé de porter votre nouvelle robe, les turquoises et les saphirs mettront mieux votre teint en valeur.

— L'ambre vous irait bien, déclara lady Frederica. Mais le jade encore mieux.

Elle fouilla dans son plateau et y cueillit un bracelet en saphirs.

— Je vais l'attacher, proposa Milly en prenant le poignet gauche de la baronne. Vous savez, il se pourrait aussi que lord St. Clair soit incapable d'assurer sa descendance.

— Incapable ?

— La guerre a parfois cet effet sur les hommes. En outre, certaines blessures ne leur coûtent pas la vie, mais les privent de leur capacité à l'engendrer... Voilà. Je trouve qu'il vous va très bien, milady.

Milly adressa une prière d'excuse au Tout-Puissant. Sebastian St. Clair ne donnait aucun signe de souffrir de troubles de la reproduction.

La baronne admira son bracelet, puis sortit son jumeau du plateau.

— Milly Danforth, vous me choquez. Je devrais augmenter vos gages. Comment êtes-vous au courant de ce genre de blessures ?

— Mes tantes recevaient de nombreux amis qui avaient servi dans les guerres coloniales. Deux messieurs notamment leur rendaient souvent visite. Je les soupçonnais d'entretenir une relation contre-nature, mais tante Hy m'a expliqué que l'un d'eux avait été blessé. Le collier également, milady ?

175

— Et vous savez ce qu'est une relation contre-nature ! Doux Jésus, Chelsea est devenu un endroit captivant. Oui, le collier aussi.

Elles essayèrent différentes longueurs du collier, jusqu'à ce que lady Frederica décide qu'il devait être placé exactement tel que l'aurait mis une jeune veuve : le pendentif en or juste au-dessus de la fente entre ses seins.

— Vous ai-je choquée, Milly ?

— Au-delà de l'imaginable, milady. Je m'efforcerai de vieillir aussi scandaleusement que vous. Le professeur fera l'envie de tous quand on vous verra à son bras. Vous devriez mettre un foulard dans votre poche, au cas où il ferait frais plus tard.

Lady Frederica se leva de son siège et resta immobile pendant que Milly lui enlevait ses bracelets et lui enfilait ses longs gants de soirée blancs.

— Vous voudrez bien rapporter les autres babioles à Sebastian afin qu'il les renferme dans le coffre, Milly ?

— Bien sûr, milady.

Le temps qu'elle apporte les dernières touches à la tenue de la baronne (rattacher les bracelets par-dessus les gants, ajuster l'étole de lady Frederica, choisir deux mouchoirs en soie bleue bordés de dentelle dorée), le professeur faisait les cent pas au pied de l'escalier.

La baronne prit le bras de son secrétaire, et ils sortirent sur le perron au moment où le carrosse à quatre chevaux de lady Avery s'avançait devant la maison afin de les emmener à la partie de cartes du mardi soir.

— Que Dieu vienne en aide à lord et à lady Avery, ainsi qu'à tous ceux qui s'imaginent qu'ils se rendent à cette soirée pour jouer aux cartes, murmura Milly lorsque le silence retomba dans le vestibule.

On n'entendait plus d'éclats de voix dans la bibliothèque. Milly s'attarda près de la porte d'entrée, retouchant le bouquet de roses blanches et de fougères mousseuses qui parfumaient l'air. Elle remit ensuite de l'ordre dans les capes suspendues au portemanteau, se penchant un instant pour humer le grand pardessus de St. Clair. Puis elle s'arrêta devant le miroir pour examiner sa chevelure (qui ne serait jamais ornée de perles) avant de remonter ranger le boudoir de lady Frederica.

Les vestiges des préparatifs de la bataille jonchaient la pièce. La femme de chambre de la baronne devait être au sous-sol, prenant enfin un dîner très tardif et mérité. Milly raccrocha les robes, remit les produits de beauté à leur place sur la coiffeuse, replia des mouchoirs et rangea un fichu en dentelle dorée que lady St. Clair avait oublié (intentionnellement ?) de glisser dans sa poche.

Il lui restait une dernière tâche à accomplir avant de pouvoir se blottir douillettement dans son salon avec sa couture : remettre les bijoux au coffre.

De vrais bijoux. Lady Frederica affirmait que les perles étaient les derniers joyaux St. Clair à avoir retrouvé leur authenticité, et elles étaient très belles. Chacune possédait sa propre lumière douce tout en étant en parfaite harmonie avec le reste du rang.

Milly résista à l'envie d'enrouler le rang dans ses cheveux et rassembla les bijoux épars sur le plateau. Une fois au rez-de-chaussée, elle ne se donna pas la peine de frapper à la porte de la bibliothèque. À cette heure, St. Clair était généralement sorti. Quant à M. Brodie, elle n'était pas sûre qu'il ait droit à sa courtoisie.

— Pardonnez-moi, milord. J'ignorais que vous étiez encore dans la maison.

Non seulement il était là, mais sans veste ni cravate, et les manches retroussées. Il se leva et contourna le bureau pour s'approcher d'elle. Milly eut l'impression qu'il cherchait à l'empêcher d'avancer dans la pièce.

— Mademoiselle Danforth.

— Je vous croyais sorti. Toutes mes excuses. Lady Frederica a demandé que ses bijoux...

Il s'approcha encore et lui prit le plateau des mains.

— Si je vous donnais la combinaison du coffre, mademoiselle Danforth ?

— Je ne veux pas connaître la combinaison, milord.

En revanche, elle avait envie de glisser ses mains dans ses cheveux. Ils se hérissaient dans tous les sens, comme s'il venait de se réveiller d'un long sommeil ou qu'il était resté assis derrière son bureau durant de longues heures, absorbé par des affaires complexes.

Il déposa les bijoux sur la table en répondant :

— Ma tante connaît la combinaison, le professeur également. Je ne vois pas pourquoi vous ne la connaîtriez pas vous aussi.

Lorsqu'il s'approcha d'une chandelle, elle remarqua ses traits tirés. Il était parti chevaucher avant le lever du jour, avait fait des allées et venues durant toute la journée, puis s'était enfermé dans son bureau avec M. Brodie juste après le thé.

— Je préférerais ne pas détenir ce genre d'information, milord.

Il repoussa du bout de l'index des colliers, des bracelets, des bagues, des boucles d'oreilles, puis extirpa une broche de la pile de joyaux.

— Prenez ceci.

Milly en resta clouée sur place.

— Avez-vous perdu la raison ? On m'accusera de l'avoir volée !

Sans paraître le moins du monde offensé, il lui tendit la broche, l'or scintillant dans la lueur des chandelles.

— Elle est en or et en émeraudes, mademoiselle Danforth. Votre teint exige des émeraudes.

Lady Frederica avait, elle, déclaré que le jade était sa pierre.

— Mon teint exige peut-être des émeraudes, milord, mais mon rang exige du bon sens. Remettez ce bijou à sa place, je vous en prie.

Il ne semblait pas avoir bu, et elle ne voyait pas de carafe de cognac parmi les papiers sur son bureau. Mais il y avait dans son regard une lueur plus triste que d'habitude.

— Je veux qu'elle soit à vous, Milly Danforth. Cette broche appartenait à ma mère et ne fait pas partie de la succession St. Clair. Vous la donner est plus simple que de faire intervenir des avocats et de remplir des piles de paperasse.

Une prémonition parcourut soudain Milly, envoyant un frisson de sa nuque au creux de son ventre.

— Sur quoi êtes-vous en train de travailler, St. Clair ?

— Rien qui puisse vous intéresser à cette heure tardive, mademoiselle Danforth.

Il lança la superbe petite broche sur le tas de bijoux, avant de reprendre :

— Venez, je vais vous raccompagner à l'étage et demander qu'on vous apporte du chocolat chaud. Vous pourrez tenir compagnie à votre chat. J'ai du mal à croire que vous préfériez la compagnie d'un félin à celle des sorcières avec lesquelles ma tante se réunit ce soir.

Décidément, il ne voulait pas qu'elle s'approche du bureau. Peut-être écrivait-il à quelqu'un en France, quelqu'un avec qui il n'aurait pas dû correspondre.

— Mettez d'abord les bijoux en sûreté, milord. Il ne faut pas les laisser là, exposés au regard d'un laquais ou d'une femme de chambre qui pourraient être tentés en venant alimenter le feu.

Son sourire las était charmant.

— Comme vous voudrez.

Il déplaça un tableau représentant le lâcher de la meute, une joyeuse scène où des gentlemen et leurs élégantes compagnes pique-niquaient sous les arbres pendant que les limiers flairaient des proies. Lorsqu'il eut replacé les bijoux dans le coffre, l'inquiétude de Milly s'accrut encore.

— Milord, où sont les pistolets de duel qui se trouvaient sur le manteau de la cheminée ?

St. Clair replaça le tableau et contempla sur la toile les chiens qui fouillaient les buissons.

— Michael les nettoie de temps à autre. Ce doit être une habitude héritée de son séjour dans l'armée. Aimeriez-vous des scones avec votre chocolat ?

Ce qu'elle aurait aimé, c'était une réponse sincère. Toutefois, lorsqu'il lui prit le bras et l'entraîna vers la porte, elle ne résista pas.

— J'ignorais qu'un valet de chambre était également chargé d'entretenir l'armurerie.

— Il y a tant de choses que vous ignorez, mademoiselle Danforth. Lorsque vous réciterez vos prières ce soir, votre chat ronronnant à vos pieds, demandez donc au Tout-Puissant de vous donner les réponses à vos questions.

Ce devait être la fatigue qui le rendait français, car ses voyelles et ses consonnes avaient de nouveau traversé la Manche.

Ils s'arrêtèrent dans le couloir devant la bibliothèque. Un courant d'air frais venant du vestibule faisait circuler l'odeur des roses et des fougères.

— Vous avez des ennuis, n'est-ce pas ? demanda-t-elle. Soit vous avez trop dépensé pour remplacer les bijoux de lady Frederica, soit votre projet de culture de lavande a échoué, soit…

L'ironie morne dans son regard lui indiqua qu'elle était sur la bonne voie. Elle n'avait pas deviné la nature exacte du problème, mais il avait des ennuis.

— Je suis toujours en train d'offenser quelqu'un, mademoiselle Danforth. Tel est mon destin, et il ne faut pas que cela vous chagrine. Il m'est également arrivé de vous offenser, n'est-ce pas ?

Il lui offrit son bras, mais elle n'était pas disposée à se laisser décourager par ses belles paroles, pas alors que les deux pistolets de duel avaient disparu de leur coffret.

Était-il en train de revoir ses dernières volontés et son testament ? Était-ce la raison de cette histoire de broche ?

— Vous pourriez épouser une riche héritière, milord. Les Allemands ont toujours quelques princesses à proposer, et le professeur saura lesquelles vous conviendraient. Une aristocrate française n'ayant pas le gouvernement républicain à cœur pourrait également faire l'affaire. Lady Frederica souhaite désespérément que vous ayez quelqu'un à aimer.

— Lady Frederica souhaite désespérément que j'aie des fils, rétorqua le baron. Elle a travaillé trop longtemps et trop dur à préserver les intérêts des St. Clair pour tolérer que la Couronne mette la main sur notre patrimoine familial. Et si je suis enclin à partager son opinion...

Ne supportant plus cet humour noir dans son ton, elle enfouit les doigts dans ses cheveux hirsutes, se plaqua contre lui et embrassa cet idiot, collant sa bouche contre la sienne pour le faire taire.

— Elle veut que vous ayez quelqu'un à aimer, grand benêt, gronda-t-elle contre ses dents. Quelqu'un qui vous aime.

Il l'aurait sans doute contredite si elle ne s'était déchaînée contre ses lèvres. Elle sentit un tremblement le parcourir, un grognement ou un soupir, puis il l'enlaça lentement, la tenant très, très près de lui.

— Voilà qui est mieux, milord.

— Ma tante a engagé une folle.

C'était lui, le fou, mais il embrassait divinement, transformant l'assaut de Milly en une danse où se mêlaient les langues, les soupirs et les corps.

Il posa une main sous son sein, le soupesant. C'était une caresse délicieuse qui lui donna envie d'enfoncer les doigts dans les muscles fermes de ses fesses. Elle s'imagina un instant grimpant sur lui et fut prise d'un violent désir de lui arracher ses vêtements.

— Je vais juste chercher mon foul...

La voix de lady Frederica s'interrompit brusquement tandis que la porte d'entrée s'ouvrait en grand et qu'un courant d'air s'engouffrait dans le vestibule.

— Sebastian, lâche Mlle Danforth !

Quatre petits mots qui présageaient la ruine de Milly. Par-dessus son épaule, elle vit le professeur qui examinait les roses avec une attention exagérée – à moins qu'il n'observât la scène dans le miroir –, pendant que lady Flynn et lady Covington regardaient Sebastian et Milly avec des yeux ronds.

Sebastian ne la lâcha pas, ce qui était une chance, car s'il l'avait fait, ses jambes auraient cédé sous elle.

— Ma tante, mesdames, je vous demande pardon. Vous m'avez surpris prenant des libertés qu'un fiancé ne devrait prendre que dans l'intimité.

Milly voulut détacher son visage de l'épaule de Sebastian, mais il la repoussa doucement contre sa chemise. Il avait retrouvé son intonation anglaise et semblait curieusement assez satisfait de lui-même.

— Un fiancé ? répéta lady Flynn. Vous enlevez sa dame de compagnie à votre tante pour en faire votre baronne, St. Clair ?

Lady Covington sortit un face-à-main.

— Elle est ravissante. Pas trop vieille.

— Je ne suis pas... commença Milly.

Sebastian la fit taire d'un baiser chaste.

— D'ordinaire, ma chère Millicent ne m'autorise pas à l'embrasser. Je m'excuse de m'être laissé emporter.

Puis il lui glissa à l'oreille :

— *Du calme, je vous en prie, petite tigresse.*

Sa petite tigresse résista à l'envie de le mordre. Elle se contenta de lui écraser les orteils, sans grand effet.

— Dieu soit loué ! déclara lady Frederica en joignant ses mains gantées. Vous me voyez soulagée que ce petit écart trouve une explication aussi simple. Milly, montez vous coucher. Sebastian, tu noteras tous les renseignements nécessaires afin que le professeur puisse prévenir nos amis. Mesdames, si nous y allions ? Je ne supporte pas l'idée que la comtesse Thrall puisse remporter toutes les manches en profitant de ce que nous ne sommes pas là pour exercer notre bonne influence sur les gentlemen.

Après des regards appuyés vers Sebastian et Milly, lady Frederica et ses compagnes ressortirent. Le professeur s'attarda encore un instant, l'air perplexe.

Dès que la porte se fut refermée, Milly se libéra de l'étreinte de Sebastian.

— Qu'avez-vous fait ? Ces... ces femmes vont raconter dans tout Londres que nous sommes fiancés, et tout ça pour un simple baiser !

— Un simple baiser ?

Milly se mit à arpenter le vestibule, les bras croisés, faisant bruisser ses jupes.

— Lady Frederica sera tellement déçue lorsqu'il n'y aura pas de cérémonie ! Vous devriez avoir honte !

— C'est moi qui devrais avoir honte ? De vous avoir embrassée ?

Milly fit volte-face.

— Je suis parfaitement consciente que c'est moi qui vous ai embrassé et que je devrais être mortifiée, milord. Je ne le sais que trop bien. Cependant, il existe des agences de recrutement à York qui acceptent de passer sous silence de petits écarts de conduite lorsqu'ils impliquent des gentlemen titrés et sans attaches. Mais maintenant que vous avez...

Sebastian souriait toujours. Visiblement, il ne prenait pas vraiment la mesure de la situation.

— Je ne peux pas vous épouser, milord.

— Vous pouvez m'embrasser, mais vous ne pouvez même pas m'appeler par mon prénom ?

— Je ne peux pas vous épouser, répéta-t-elle. Je suis une dame de compagnie, une employée, au cas où vous l'auriez oublié.

Comme il souriait toujours, elle abattit sa dernière carte :

— Sans compter que je ne sais pas lire ! Quel genre de baronne est incapable de déchiffrer ne serait-ce que le menu que sa cuisinière lui présente ? Ne peut lire des contes à ses enfants à l'heure du coucher ? Peut à peine suivre le missel ?

Il souriait toujours, mais paraissait cette fois plus attendri que satisfait.

— Vous n'aurez qu'à chanter des berceuses à nos enfants, à leur inventer des histoires ou à écouter les leurs. Vous êtes pleine de ressource, ma chère. Vous trouverez un moyen. Vous ferez une baronne épatante.

À en croire la fierté dans sa voix, St. Clair avait déjà envoyé des faire-part à tous les amis de sa tante, publié les bans et prononcé ses vœux. Il ne paraissait pas s'être résigné à la tournure malheureuse des événements, il semblait s'en réjouir.

Alors qu'elle... ne savait pas lire. Lorsque St. Clair glissa de nouveau ses bras autour de sa taille, elle se laissa aller contre lui et s'efforça de ne pas pleurer.

— MacHugh dit que tu peux prendre le temps qu'il te faut pour mettre tes affaires en ordre, annonça Michael. C'est à toi qu'il en veut, et non à toute la famille St. Clair.

Il chevauchait aux côtés de Sebastian, l'air écœuré.

— Je dois donc faire un enfant à ma future épouse afin que MacHugh ait la conscience tranquille, sachant que lady Frederica ne se retrouvera pas à la merci de la Couronne une fois que je serai mort ? Et si ma baronne a la mauvaise idée de me donner une fille ? Si elle ne parvient pas à mener sa grossesse à terme ? Dois-je repousser MacHugh, année après année, jusqu'à ce que mon héritier et un second fils, au cas où, aient atteint l'âge adulte et que nous soyons tous les deux trop vieux pour régler nos comptes ?

— Vous rouer de coups jusqu'à la mort ne réglera rien, et ta baronnie est suffisamment ancienne pour que ta lignée soit préservée à travers les femmes de ta famille.

Ils passèrent devant un lilas en fleur entouré de tulipes jaunes, le mauve et le jaune offrant un joyeux contraste à leur conversation sinistre. Sebastian arrêta Fable afin de pouvoir humer le parfum des fleurs.

— Que symbolise le lilas pour les Anglais ? demanda-t-il.

— Les premiers émois de l'amour. Tu n'es pas obligé d'épouser cette fille.

— Si, Michael. Le seul fait qu'elle travaille dans ma maison met sa réputation en danger, et les amies de ma tante ne garderont pas bien longtemps le secret sur ce qu'elles ont vu. En outre, ma tante m'a déjà surpris dans une posture similaire avec Mlle Danforth.

Une posture similaire et délicieuse. Sebastian fit repartir son cheval.

— Pour l'amour de Dieu, Milly Danforth est une dame de compagnie ! bougonna Michael. Aux yeux du beau monde, elle n'est rien. Il se repaîtra de ses os pendant une semaine avant de se jeter sur sa prochaine proie. Tu n'as fait que l'embrasser, ou te laisser embrasser.

Fable attrapa au passage quelques feuilles pendant au-dessus de l'allée cavalière.

— Vilain garçon, le gronda gentiment Sebastian. Mlle Danforth n'est personne, c'est précisément pourquoi mon comportement avec elle doit être honorable, ce qui n'a pas été le cas.

Il aurait vraiment dû avoir honte, mais il était trop content que Milly Danforth ait initié le baiser qui avait entraîné leurs fiançailles.

— Je te trouverai quelqu'un pour épouser cette maudite bonne femme à ta place, maugréa Michael.

— Mon cher ami, par principe, on ne devrait jamais procurer un mari à une dame que l'on qualifie de « maudite bonne femme ». Mlle Danforth n'est pas ravie de me prendre pour époux. Je doute qu'elle autorise n'importe quel prétendant que tu lui trouverais ne serait-ce qu'à embrasser son chat.

La tournure de sa phrase était malheureuse, il s'en rendit compte après coup – l'erreur d'un homme qui n'avait pas parlé sa langue maternelle pendant de trop longues années.

— Oh, ce n'est pas son chat que tu vas embrasser...

— Tais-toi, Michael. J'ai déjà un duel sur les bras, n'en rajoute pas.

Ils arrivaient à une fourche et Michael dirigea sa monture vers l'allée de gauche, la moins empruntée et celle qu'ils prenaient toujours.

— Tu pourrais présenter tes excuses à MacHugh.

— Non, je ne peux pas. Il m'a frappé devant au moins un témoin. Il ne veut pas d'excuses, mais exige réparation. Quoique je me demande...

Fable redressa la tête, et Sebastian s'interrompit. Le duc de Mercie venait d'apparaître au détour d'un virage, beau et austère dans la lumière de l'aube.

Sebastian dirigea Fable vers le bord du chemin afin de dégager l'allée. Pour le duc, il aurait arrêté son cheval au milieu d'un bourbier et aurait même mis pied à terre.

— Mercie.

Le duc arrêta sa monture, un bel alezan à la robe lustrée et aux manières impeccables. Il lança un regard vers Brodie.

— Il sera votre témoin ?

— M. Brodie aura cet honneur, en effet.

Une fois de plus. Michael avait été le témoin de Sebastian lorsque ce dernier avait affronté Mercie en duel. Ainsi que Pierpont, Neggars et Cambert.

Mercie passa la boucle de ses rênes de la droite à la gauche de l'encolure de son cheval.

— MacHugh est très bon avec ses poings, mais il est négligent et trop arrogant. Il ne referme pas suffisamment sa défense, laissant des ouvertures. Son coup droit est formidable, mais il a tendance à se reposer uniquement sur lui. Bonne journée.

Mercie effleura le bord de son chapeau de son index ganté et reprit sa route.

Le bref discours du duc était stupéfiant à plus d'un titre, au point que Michael en resta sans voix pendant dix bonnes minutes. Il retrouva sa langue lorsque l'allée déboucha sur les eaux étincelantes de la Serpentine.

— Je dois écrire à mes sœurs à Blackthorn et leur demander s'il a poussé des dents à leurs poules.

— Blackthorn est ton domaine en Irlande ?

Michael resta silencieux pendant une centaine de mètres. C'était décidément une journée miraculeuse, ou du moins très étrange.

— La famille de ma mère est irlandaise, répondit-il enfin. Ma sœur Bridget a épousé l'héritier d'un comte irlandais. Mon père vient – venait – de l'Aberdeenshire.

D'où sa tenue des Highlands et sa tendance à grasseyer lorsqu'il était en proie à de fortes émotions.

Sebastian sentit qu'il devait marcher sur des œufs.

— Il n'y a pas vraiment d'été, là-haut.

— Non, mais ce qu'il y a là-bas n'a d'égal nulle part ailleurs dans le monde.

Michael flatta l'encolure de sa monture, un bai au nez romain qui avait tendance à mordre et s'effrayait facilement.

— Tu as le mal du pays, Michael. Bien des hommes mariés parviennent à se passer d'un valet de chambre, tu sais.

Un groupe de dames accompagnées de leurs valets apparut au bout de l'allée. Lady Amélia se trouvait parmi elles.

— Tu me chasses ? demanda Michael.

*Sainte Marie mère de Dieu, préservez-moi de la fierté des Celtes !*

— Je ne pourrais te congédier ni exiger ta présence à mes côtés sans ton accord, Michael. Tu ne peux me protéger de tous les officiers enragés qui veulent ma mort. Tu dois manquer à ta famille, et elle devrait être ta première préoccupation.

— Parce que la tienne l'était ?

Lady Amélia et ses compagnes les croisèrent en file indienne, les valets fermant la marche. Lorsque ce fut le tour d'Amélia de passer à la hauteur de Sebastian et de le snober, elle lui adressa un salut à peine perceptible, son regard ne croisant le sien que l'espace d'un instant.

Les valets passèrent à leur tour, et Sebastian attendit qu'ils se soient éloignés pour reprendre sa conversation avec l'homme qui se considérait comme sa conscience.

— Tu me conseilles de ne pas épouser Mlle Danforth, Michael. Pourtant, cela me permettrait de m'acquitter de mes responsabilités, tant de gentleman que de chef de famille. Je suis conscient de mes devoirs.

Amélia l'avait salué. Ses fiançailles avec Milly Danforth étaient devenues publiques une semaine plus tôt, et son ex-fiancée l'avait salué.

Michael lança un regard à la ronde pour s'assurer que personne ne les entendrait.

— Tu crois que lady Amélia pense qu'elle n'a plus rien à craindre de toi maintenant que tu es fiancé à une autre ?

« Fiancé » était un mot agréable, porteur d'un sentiment d'appartenance et d'espoir. De tristesse également, une émotion que Sebastian avait l'habitude de balayer comme les cendres dans un âtre.

— Le groupe de lady Amélia venait de cette direction, répondit-il en indiquant une butte vers le nord. Elle a vu le duc de Mercie s'arrêter pour me parler et en a déduit qu'elle pouvait faire une toute petite entorse à l'indifférence qu'elle me réserve depuis mon retour. Nous devrions rentrer avant que lady Frederica nous déclare en retard pour le petit déjeuner. Remercie MacHugh pour sa patience et dis-lui que je le rencontrerai une semaine après mon mariage.

Michael jura en gaélique, éperonna sa monture et s'élança au petit galop, tandis que Sebastian ralentissait la sienne. Lady Amélia l'avait salué et, pourtant, il aurait préféré qu'elle continue de l'ignorer, car son regard avait été chargé de méfiance et de répugnance.

Sebastian en avait par-dessus la tête d'être toujours observé avec ce regard gêné et anxieux, comme si les gens craignaient qu'il ne les capture et ne les torture avec un plaisir sadique pour qu'ils avouent quelle somme ils devaient à leurs fournisseurs ou ce qu'ils avaient perdu au jeu la semaine précédente.

Tandis qu'il s'élançait au galop à son tour, il dut s'avouer qu'il épousait Milly Danforth en partie parce qu'elle ne l'avait jamais regardé avec méfiance ni avec répugnance.

# 10

— Marchez avec moi, mademoiselle Danforth.

M. Brodie offrit son bras à Milly, puis se ravisa en croisant son regard noir et reprit en y mettant les formes :

— Auriez-vous la bonté de faire quelques pas avec moi, s'il vous plaît ?

On pouvait donc l'amadouer. Milly doutait que le baron l'eût gardé à ses côtés si cela n'avait été le cas. Mais Sebastian (quel bonheur de l'appeler ainsi !) ne pouvait pas non plus être trop regardant vis-à-vis de ses proches.

Ce n'était guère encourageant, d'autant plus qu'elle risquait d'en faire bientôt partie.

Elle suivit M. Brodie entre deux rangées de lavandes gris argent.

— Quelques minutes seulement, dit-elle. Si lady Frederica reste livrée à elle-même trop longtemps, elle risque de faire encore des siennes.

M. Brodie parut retenir un pet, à moins qu'il s'efforçât de ne pas sourire.

— Des siennes dans une exploitation horticole à la lisière de Chelsea ?

— Elle en est capable n'importe où. St. Clair et le professeur peuvent refréner ses pulsions naturelles pendant un temps, mais il faut qu'elle se mêle de tout. Bientôt, elle expliquera à son neveu ce qui ne va pas

avec ses plantes, et le jardinier n'osera pas la contredire. Elle demandera aux employés de nourrir ce
pauvre âne et exigera qu'ils brossent les queues
emmêlées des chats d'écurie.

M. Brodie brisa une tige dans un buisson bas, la
sentit, puis la tendit à Milly.

— Sait-elle ce qui ne va pas avec ces plantes ?

— St. Clair est le seul à pouvoir l'expliquer, mais
vous ne m'avez pas demandé de vous suivre pour
parler des excentricités de lady Frederica ni des pro-
jets d'horticulture du baron.

— En effet. Je voulais vous rendre votre correspondance.

Il sortit une liasse de lettres de sa poche intérieure
et les lui donna.

— Je suppose que c'est le professeur qui vous a
aidée ?

Milly lança à peine un regard vers les lettres,
comme si elles étaient des objets de contrebande, et
les glissa dans sa propre poche. Elle avait besoin de
se remettre de l'émotion d'avoir vu sa propre écriture.
Le professeur ne l'avait aidée que légèrement dans sa
recherche d'emploi. Elle fit tourner le brin de lavande
sous son nez.

— C'est un parfum réconfortant, déclara M. Brodie,
qui n'évoque que des images positives.

Le misérable.

— Vous voulez me faire comprendre que St. Clair
n'agit envers moi que par sens de l'honneur. Qu'en
est-il de mon propre honneur, monsieur Brodie ?
Comment devrais-je me comporter honorablement
envers lui ?

Ils poursuivirent leur chemin, le gravier crissant
sous leurs pas, les haies basses formant un joli tapis
vert sous le soleil, les odeurs de terre retournée et
d'écuries imprégnant l'air d'une bienveillance bucolique. Mais Milly sentait le désespoir monter en elle.

— En quoi votre honneur sera-il sauf si vous vous enfuyez la queue entre les jambes dans le Yorkshire, mademoiselle Danforth ? Sans vouloir vous offenser, vous n'avez rien de l'épouse idéale pour St. Clair. Je lui ai suggéré de faire durer les fiançailles un long moment, puis de rompre discrètement en vous dédommageant généreusement. Après m'avoir écouté patiemment, il m'a demandé poliment de m'occuper de mes propres affaires.

Une bonne idée, dans la mesure où M. Brodie avait déjà fouillé dans les affaires de Milly et inspectait à présent sa correspondance. Soit c'était un homme sans aucun scrupule, soit sa dévotion envers Sebastian était sans bornes.

Probablement les deux.

Sebastian se tenait de l'autre côté du champ de lavande, tête nue, ses cheveux bruns agités par la brise tandis qu'il discutait avec le jardinier. Milly prit un moment pour mémoriser le spectacle de son fiancé, un Anglais comme tant d'autres veillant consciencieusement sur ses terres ; un bel Anglais hanté par de mauvais souvenirs, un présent éprouvant et un avenir difficile.

— Je ne m'enfuis pas, dit-elle. J'essaie de me montrer raisonnable. Je suis une dame de compagnie pratiquement illettrée, pas une baronne. Je ne peux pas lire un programme de théâtre, ni écrire mes propres invitations.

La future baronne de St. Clair n'aurait cependant pas beaucoup d'invitations à lancer, songea-t-elle.

— St. Clair a passé au moins deux heures par jour avec vous cette semaine pour vous aider à écrire.

— Seriez-vous jaloux, monsieur Brodie ?

Cette idée lui avait déjà traversé l'esprit. C'était là l'influence de deux vieilles dames malignes qui connaissaient le monde bien mieux que leur entourage ne l'aurait imaginé.

— Je lui ai proposé de vous trouver un autre mari.

D'abord, il lui restituait ses lettres, et à présent, il se confiait à elle ? Milly huma de nouveau le brin de lavande que M. Brodie lui avait tendu tel un rameau d'olivier.

— Que cherchez-vous au juste, monsieur Brodie ? Si vous admettez que je fais une piètre fiancée pour St. Clair, si vous êtes prêt à aller aussi loin pour empêcher ce mariage, pourquoi saper mes chances de trouver un emploi ailleurs ?

Il demeura silencieux un moment, puis lui montra un banc en bordure du champ. Milly s'y assit, tout en se disant que rester au soleil sans bonnet allait faire ressortir ses taches de rousseur, qui mettraient ensuite des semaines à s'estomper.

— Parce que j'ai changé d'avis, répondit-il enfin. Je crois que St. Clair sera heureux avec vous, quel que soit le temps qu'il lui reste à vivre. Il se fiche que vous ayez du mal à écrire. D'ailleurs, je crois même que cela lui plaît.

— Et dans deux ans, quand je continuerai à confondre les P, les B et les D, monsieur Brodie ? St. Clair trouvera-t-il encore charmant d'instruire sa pauvre baronne stupide ? Quand je ne pourrai pas aider mes enfants à apprendre à écrire ? Quand l'un d'eux souffrira du même mal que moi ? Quand son héritier sera lui aussi incapable de signer son nom ? Aura-t-il encore du plaisir à prendre sa femme en pitié ?

L'idée d'envoyer son fils à Eton et qu'il y soit battu, raillé et tourné en ridicule pour un défaut auquel il ne pourrait jamais rien...

Un mouchoir apparut sur ses genoux, un carré de lin neigeux bordé d'une dentelle délicate et orné du monogramme « MBO ». Milly dut passer le doigt sur la deuxième lettre pour être sûre que c'était un B.

— Ne péchez pas par excès de sentimentalisme, mademoiselle Danforth. St. Clair engagera des précepteurs et travaillera lui-même avec le garçon comme il le fait avec vous, en supposant qu'il vive assez longtemps pour le voir grandir.

Milly se tamponna les yeux avec le mouchoir, le parfum de lavande sur ses mains se mêlant à celui du vétiver.

— Vous êtes un vrai rayon de soleil, monsieur Brodie. Je comprends pourquoi Sebastian apprécie tellement votre compagnie.

— Si vous l'épousez, ce que j'espère, vous devez le faire en connaissance de cause. Beaucoup de gens voudraient le voir mort.

— Vous parlez de tous ces officiers anglais qu'il a torturés ? Ils cherchent à le tuer ?

— Pour certains, ce fut pire que de la torture.

Il parlait calmement, sans moquerie, sans agressivité. Le véritable Michael Brodie s'avançait à découvert, et Milly aimait sa réserve tranquille bien plus que ses affectations et sa fierté.

— Sebastian n'en parle pas, dit-elle. Il commence, puis s'arrête, comme si mon cousin ne m'avait pas envoyé toutes ces lettres où il me racontait la réalité de la guerre. Comme si les vieux amis de mes tantes n'avaient pas discuté du même thème durant des heures.

M. Brodie s'agita, comme si la pierre du banc lui faisait mal aux fesses.

— St. Clair a un don : il sait quand une personne lui dit la vérité, déclara-t-il. Il sait également comment lui donner envie de lui confier cette vérité.

Milly pouvait le confirmer. En se basant sur fort peu d'informations, il avait compris ses difficultés à lire.

— Et ces officiers, ils ne voulaient rien lui dire ?

— Ils taisaient leur nom, celui de leur régiment… des détails qu'ils auraient livrés s'ils avaient été capturés en uniforme. Quand ils les lui donnaient,

St. Clair parvenait parfois à négocier discrètement afin de les échanger contre une rançon, ce qui était formellement interdit. Toutefois, ses prisonniers savaient que le prix de cette rançon était des informations.

Milly sentit un courant glacé l'envahir. De l'autre côté du champ, Sebastian donna une tape amicale dans le dos de son jardinier.

— Il faisait d'eux des traîtres, comprit-elle.

— Non. Il veillait à ce que la plupart soient battus par les gardes, pour la forme ; à ce qu'ils n'aient droit qu'à des rations réduites et qu'ils soient exposés au froid. Il concevait pour chacun un plan efficace qui les soulagerait des scrupules qui les retenaient de parler. Et tous lui cédaient rapidement quelque chose.

— Ils lui ont cédé leur honneur, leur amour-propre, et ils doivent le haïr pour cela.

— C'était son plan et son cadeau à chacun d'eux : qu'ils souffrent par sa faute afin qu'ils le haïssent suffisamment pour survivre, pour ne pas avoir à se haïr eux-mêmes. Sauf que son plan avait des défauts.

Milly attendit la suite de l'explication. Sebastian s'était arrêté pour caresser l'âne. L'animal porterait toujours ses cicatrices, mais il se laissa volontiers gratter le menton. Sa confiance en l'homme n'avait pas été totalement anéantie. Il y avait de l'espoir.

Pour l'âne.

— La faille de son plan, c'était qu'il évaluait ses captifs en fonction de ses propres critères, poursuivit M. Brodie. S'il avait été fait prisonnier et avait été fouetté jusqu'à cracher quelques vérités, il aurait compris qu'il s'agissait du cours normal de la guerre. Il n'aurait pas gaspillé des années ensuite à haïr ses geôliers ou à se haïr lui-même de s'être tout simplement montré humain. Il aurait haï ses souvenirs, haï toute guerre, mais pas les gens contre qui il s'était battu.

— Ses anciens prisonniers le haïssent afin de ne pas avoir à reconnaître qu'ils se haïssent eux-mêmes, résuma Milly.

— Vous avez compris le problème.

Elle comprenait que les révélations de M. Brodie répondaient à un élan charitable. Il voulait lui faire comprendre l'horreur que Sebastian vivait nuit et jour, parce que celui-ci refuserait probablement de l'ennuyer avec ces tristes vérités.

L'âne souleva la main de Sebastian du bout de ses naseaux, réclamant d'autres caresses.

Milly replia le petit mouchoir et le glissa dans sa poche, l'envoyant rejoindre ses lettres aux agences du Yorkshire.

— Le duc de Mercie a parlé avec St. Clair, monsieur Brodie. Son exemple n'inspirera-t-il pas les autres officiers ?

— Mercie a été l'exception. Il n'a rien cédé et, dans un sens, St. Clair a été plus dur avec lui qu'avec n'importe qui d'autre, même s'il suivait les ordres de ses supérieurs. Mais ce n'est pas à moi de vous raconter cette histoire. Demandez à St. Clair de vous en parler. Il ne faut pas faire confiance à Mercie.

Cela de la part d'un homme sur lequel personne dans la maison ne savait rien ?

— Y a-t-il quelqu'un en qui l'on puisse avoir confiance, monsieur Brodie ?

— St. Clair est différent.

Cela voulait dire « oui ». M. Brodie (était-ce seulement son vrai nom ?) avait également confiance en elle, plus ou moins.

— St. Clair et moi sommes convenus d'une cérémonie très discrète, reprit-elle. Comment savez-vous que je ne l'abandonnerai pas au pied de l'autel ?

Brodie serait le témoin de Sebastian, naturellement.

Sa question lui valut un sourire, un sourire doux, charmant, inattendu de la part d'un homme qui épiait, volait des correspondances et ne coïncidait en rien avec l'image que Milly se faisait d'un valet de chambre.

— Je ne pourrai pas vous laisser faire, mademoiselle Danforth. Vous avez appris à esquiver les coups, à bluffer si nécessaire, à vous rendre transparente le plus possible. Vous auriez fait une espionne du tonnerre, surtout que vous n'oubliez jamais un mot d'une conversation que vous avez entendue. Néanmoins, j'en suis arrivé à la conclusion que St. Clair avait raison.

— À quel sujet ?

— Il se moque que vous sachiez écrire ou pas. Ce qui lui est le plus précieux, c'est votre confiance. Vous connaissez les aspects les plus noirs de son passé, mais ils ne vous inspirent ni pitié ni horreur. Vous l'acceptez tel qu'il est, comme il vous accepte.

M. Brodie se leva et lui tendit la main en ajoutant :

— Ne croyez-vous pas qu'il est temps que vous vous acceptiez vous-même ?

Milly se leva, secoua ses jupes et s'efforça de faire comme si la question de M. Brodie n'avait pas atterri à ses pieds tel un feu de Bengale, projetant des étincelles dans toutes les directions.

— Vous avez volé mes lettres de demande d'emploi parce que, après avoir tenté de dissuader St. Clair de m'épouser, vous croyez finalement que je ferais une baronne passable ?

— Vous ferez une excellente baronne, et je me suis contenté d'emprunter vos lettres. Si vous tentez de nouveau de les envoyer, je ne vous en empêcherai pas. Mais, sincèrement, mademoiselle Danforth, voulez-vous vraiment tourner le dos à un homme digne qui a la plus haute estime pour vous ? Tenez-vous à vous condamner à une vie anonyme et solitaire ? Ne méritez-vous pas mieux ?

Il lui prit la main et la coinça sous son coude, lui tapotant les doigts comme s'il comprenait à quel point sa question était troublante.

M. Brodie était infernal, mais il avait éclairé Milly sur son fiancé comme personne d'autre n'aurait pu le faire, hormis St. Clair lui-même. En outre, quand il parlait de son patron, sa voix se chargeait de respect et d'affection.

Un peu comme celle de Milly. Sur cette pensée, elle laissa M. Brodie la raccompagner vers le baron, ses lettres non envoyées craquant doucement dans sa poche.


De l'autre côté du champ de lavande, Milly guidait Michael Brodie le long des sentiers en gravier. Elle lui prit le bras, l'entraîna sur quelques mètres, puis s'arrêta et se pencha pour humer une plante ou admirer une fleur. Michael attendit avec une patience que Sebastian ne lui connaissait pas, avant de se laisser de nouveau entraîner vers un autre groupe d'arbrisseaux.

— Elle est jolie, votre dame.

Le jardinier en chef s'appelait Kincaid, un grand gaillard méticuleux et jovial qui avait servi dans la péninsule et s'y connaissait plus en dur labeur qu'en plantes. Il pouvait avoir quarante ans comme soixante. Son visage buriné, sa tignasse blond cendré et ses yeux bleu vif seraient probablement toujours les mêmes s'il vivait jusqu'à quatre-vingts ans. Sebastian ne l'avait jamais vu froncer les sourcils ni avoir les ongles propres.

— Elle est belle, rectifia-t-il. Et elle essaie de m'échapper avant que je ne la traîne devant l'autel.

Le professeur lui avait transmis cette information, la lui glissant en espagnol au cas où lady Frederica ou l'un de ses espions les écouteraient.

— Ah, c'est une capricieuse, alors. Les plus malignes savent nous mener par le bout du nez, pas vrai ?

Kincaid lui adressa un clin d'œil et s'éloigna, en homme en paix avec le monde (et qui n'avait pas bu une goutte depuis six mois).

Mais Milly ne se croyait pas maligne, et Sebastian savait que ses lettres adressées à des agences de recrutement dans le Nord n'étaient pas un jeu. Il traversa le champ d'un pas ferme, déterminé à rattraper la fugitive... ainsi qu'à sauver son ami.

— Brodie, veux-tu bien libérer ma baronne ?

Michael prit un air perplexe.

— Elle n'est pas encore ta baronne, et elle dit que ta terre est trop humide pour tes mauvaises herbes.

Milly se redressa et frotta ses mains l'une contre l'autre.

— Ce sont des plantes, monsieur Brodie. Elles éloignent les puces de votre lit et nettoient vos plaies infectées. Montrez-leur un peu de respect.

La consternation de Michael ajoutait encore au plaisir de cette charmante journée.

— Écoute ma baronne, lui dit Sebastian en prenant la main de Milly. C'est ce que j'ai l'intention de faire.

Ils abandonnèrent Michael au milieu des lavandes, son air perplexe se changeant en sourire.

— Voir Michael sourire a de quoi vous donner le vertige, observa-t-il lorsqu'ils se furent éloignés. C'est comme si ma tante se taisait, ou si le professeur se mettait soudain à parler en russe.

— Vous épouser a aussi de quoi donner le vertige.

— M'épouser, moi, ou le mariage en général ? demanda-t-il.

— Les deux.

Il serra sa main un peu plus fort.

— Expliquez-moi pourquoi.

— Vous avez besoin d'une baronne à laquelle la bonne société ne trouvera pas de défaut, St. Clair. Je ne suis personne, ce qui, jusqu'à présent, m'a fort bien convenu.

— Je m'appelle Sebastian, lui rappela-t-il. Vous allez être ma femme, ce qui me donne le privilège de vous entendre m'appeler par mon prénom. Durant des années, j'ai été Robert Girard, un crétin français sans famille réputé pour sa cruauté. Alors, s'il vous plaît, appelez-moi Sebastian.

— Robert Girard ? Ce sont vos deuxième et troisième prénoms, n'est-ce pas ?

— En effet. Comment pouvez-vous vous souvenir d'un détail aussi insignifiant ?

Sa main contre sa paume était poussiéreuse et chaude.

— Votre nom ne pourrait être insignifiant à mes yeux. Où allons-nous ?

— À l'abri du soleil.

Ils étaient fiancés. Selon les règles contradictoires et confuses de la bienséance anglaise, ils pouvaient désormais rester seuls durant de brèves périodes. Malheureusement, une petite exploitation horticole offrait peu d'intimité. Il l'entraîna vers le séchoir, un bâtiment plus grand que son nom ne le suggérait, mais à l'écart des écuries, des champs et de tout ce qui aurait pu polluer les fragrances qui y étaient retenues.

— À l'époque des moissons, l'endroit est plein à craquer de faisceaux d'herbes suspendus. L'odeur vous fait tourner la tête

— L'air y est très agréable à présent, dit-elle en se penchant sur une table pour la humer. Ce parfum est incroyable !

— C'est une table à couper, comme vous pouvez le voir aux entailles qui la zèbrent. Le bois absorbe l'huile des plantes année après année. Pourquoi avez-vous peur de m'épouser, Milly ?

Elle se retourna et se hissa sur le bord de la table. Elle pouvait le faire parce qu'elle n'était qu'une villageoise entrée au service d'une grande maison, et non une maudite débutante minaudière.

— Je n'ai pas peur, j'hésite. Venez ici.

Deux de ses mots préférés quand ils sortaient de sa bouche. Il s'approcha et se tint devant ses genoux.

— Quoi, j'ai une tache sur le nez ?

— Non, un brin de lavande dans vos cheveux, répondit-elle en effleurant sa tempe. Vous me plaisez, vous savez.

Il attrapa ses doigts et les embrassa. La poussière et la lavande lui donnaient un agréable goût d'été.

— Je ne vous fais donc pas peur ?

Elle ne retira pas sa main. Dans la lumière oblique qui filtrait par les vieilles fenêtres, son teint était lumineux.

— Pourquoi aurais-je peur de vous ? Vous êtes patient avec les personnes âgées, propre sur vous, bon avec les ânes maltraités, généreux avec vos employés, fin psychologue avec vos élèves…

Il prit ses lèvres pour l'interrompre. Elle ne comprenait pas sa question, mais elle comprendrait peut-être la réponse.

— Nous aurons des rapports intimes, Milly. Terriblement intimes. Cela vous dérange-t-il ?

Il l'embrassa de nouveau pour ne pas l'entendre tergiverser et esquiver. Ayant eu deux vieilles tantes pour parfaire son éducation, Milly, en dépit de son courage et de son goût pour les baisers fougueux, n'avait sans doute pas une idée très encourageante de sa future nuit de noces.

Elle saisit les revers de sa veste pour l'attirer plus près, et il crut sentir le talon d'une de ses bottines derrière son genou.

— J'aime être intime avec vous, St. Clair.

— Sebastian, corrigea-t-il.

Il grogna contre sa bouche, puis sourit quand une seconde bottine s'enfonça dans sa fesse.

— La nuit de noces ne se limite pas à des baisers, vous savez, reprit-il.

Elle lâcha ses revers et laissa retomber ses jambes, mais le garda entre ses genoux écartés.

— Je ne suis pas totalement inculte, milord.

— Vous pourriez avoir été mal informée. Avez-vous hâte qu'arrive notre nuit de noces ?

Ce n'était pas ce qu'il avait voulu demander, mais elle haletait. Ses seins se soulevaient d'une manière qui faisait affluer le sang vers la partie inférieure du corps de Sebastian, loin de son petit cerveau masculin.

— Savez-vous ce qu'il se passera alors ? demanda-t-il encore.

Elle épousseta légèrement sa veste, un geste d'épouse qui contrastait avec l'ardeur de ses baisers, tout en répondant :

— On a des relations intimes avec son épouse afin de concevoir un héritier pour la baronnie.

Il se rapprocha et glissa ses mains sous ses fesses pour la soulever légèrement.

— On donne du plaisir à son épouse, ajouta-t-il. Un plaisir intense.

Ses motivations étaient doubles : il ne voulait pas qu'elle s'enfuie dans le Nord et craignait que l'intimité conjugale ne l'angoisse. Deux raisons justifiant le fait qu'il prenne de nouveau sa bouche.

Mais de piètres raisons comparées au désir qui rugissait en lui.

Il s'avança entre ses cuisses, lui faisant sentir la preuve de son désir.

— Sebastian...

Loin de se rétracter, elle se pressa contre lui, ses mains parcourant son cou, ses oreilles, ses cheveux, ses bras. Il espérait qu'elle laissait des traces de poussière partout sur lui afin que tout le monde les voie et que l'empreinte de ses baisers serait tout aussi flagrante sur elle.

Il glissa une main fébrile sous ses jupes, les retroussant suffisamment pour toucher un genou nu.

— Nous ne pouvons pas...

Elle enroula ses doigts autour de ses cheveux, les tirant en provoquant une douleur délicieuse.

— Nous parlerons plus tard. Embrassons-nous...

Il obtempéra, tel un homme affamé de chaleur et de baisers, tout en l'allongeant sur la vieille table en bois, la lumière de la fenêtre l'inondant de soleil. Il suivit les contours de sa bouche avec sa langue, la faisant taire, la gardant étendue sur le dos, un genou fléchi, ses jupes retombant en désordre autour d'elle.

Il ôta sa veste, la plia et la glissa sous sa nuque.

— Chut, fit-il. Je n'ai pas fini de vous embrasser.

Loin de là, mais il ne comprit pourtant pas comment il se retrouva soudain sur la table à son tour, collé contre son dos, la tenant dans ses bras, l'enveloppant dans son étreinte. Leurs gestes devinrent plus lents, moins précipités, même lorsque les doigts de Sebastian caressèrent la peau lisse et chaude de son genou, puis de sa cuisse.

— Il n'y a aucune tache de rousseur ici, observat-il en remontant encore ses jupes. Que de la perfection.

Il trouvait ses taches de rousseur parfaites également, mais s'abstint de le lui dire.

— Je n'arrive plus à réfléchir quand vous me touchez ainsi, Sebastian.

Tant mieux. Une femme incapable de réfléchir ne pouvait planifier un voyage dans le Yorkshire. La main de Sebastian se promena à l'intérieur de sa cuisse, ses doigts effleurant de petites boucles souples.

— Soulevez votre genou, mon cœur.

Il embrassa son oreille avant qu'elle ne puisse discuter, puis prit son lobe entre ses dents et le mordilla doucement.

— Vous savez comment l'on s'y prend pour concevoir un héritier ?

— Oui.

Ce n'était qu'un mot, mais dans lequel il percevait son incertitude. Ses connaissances étaient théoriques, dans le meilleur des cas, alors que sa confiance en lui, du moins en cet instant, était réelle.

Sebastian laissa courir son index sur la fente entre ses cuisses.

— Vous êtes consciente que nous copulerons, que je vous pénétrerai de mon membre et répandrai ma semence en vous ?

— Mmm.

Elle remua contre sa main, ce qui était une forme de réponse. Sebastian répéta sa caresse, plus fermement, jusqu'à sentir sa moiteur sous son doigt. Son membre palpitait sous sa braguette, lui hurlant de se débarrasser de ses bottes, de sa culotte et de son bon sens.

Ce n'était pas possible. Son objectif n'était pas de précipiter la consommation de leur union, mais de s'assurer qu'ils prononceraient leurs vœux. Il caressa sa toison, enfouit les doigts sous ses petites boucles soyeuses, puis reprit ses explorations.

— Fermez les yeux, Milly. Concentrez-vous sur les endroits où je vous touche.

Lorsqu'elle s'exécuta, il ferma les yeux à son tour afin de mieux imaginer le terrain que sa main reconnaissait. De doux replis de chair rose, une fente humide et un délicat bouton... juste là.

Il la caressa doucement, passant et repassant ses doigts sur ce bourgeon, le rendant toujours plus moite. La respiration de Milly se fit saccadée. Elle attendait, mais son immobilité, ainsi que la manière dont elle s'efforçait de contrôler ses inspirations et ses expirations, laissait deviner qu'elle ignorait quoi.

Fort heureusement pour les nerfs de Sebastian, elle n'eut pas à attendre longtemps. Le corps de Milly savait ce qui allait se produire, même si sa conscience l'ignorait. Elle ondula des hanches en rythme avec ses caresses et enfouit le nez dans sa manche, là où sa joue était posée sur son biceps.

— Sebastian... gémit-elle en se pressant contre ses doigts. Oh, Sebastian...

Il ôta sa main quand elle s'affaissa contre lui, et il pressa sa joue sur le sommet de son crâne. Aucune femme ne l'avait jamais appelé par son vrai prénom en atteignant le paroxysme de la volupté.

Il avait été Robert, Girard, colonel St. Clair, et, le plus souvent, un homme sans nom, mais jamais Sebastian. Pendant que Milly s'alanguissait contre lui dans un rayon de soleil, il défit sa braguette et sortit sa verge dure. L'odeur des herbes, vive, complexe et agréable, s'était accentuée, peut-être parce que le soleil chauffait la vieille table, ou parce qu'il avait donné du plaisir à la femme qu'il allait épouser.

Il glissa son membre entre ses cuisses, ne cherchant pas à la pénétrer mais à s'envelopper dans sa chaleur. Elle s'arc-bouta contre lui, comme si elle comprenait son intention, puis elle lui prit la main et la posa sur son sein.

— Je suis impardonnable, chuchota-t-il avant de déposer un baiser sur sa nuque. J'ai négligé vos seins.

Elle referma ses doigts sur les siens. Bien que son corset soit un obstacle de taille, que la table soit dure sous eux, que l'air soit chargé de particules de poussière, Sebastian trouva à la fois le plaisir et le soulagement.

Tandis qu'un délicieux orgasme montait en lui, les tensions tapies dans tous les recoins de son corps et de son esprit s'atténuèrent, un sentiment de paix l'envahit, et la gratitude gonfla sa poitrine.

Il vivrait assez longtemps pour offrir à Milly une nuit de noces qu'elle n'oublierait jamais et, il l'espérait, ne regretterait pas. À condition, naturellement, qu'elle ne le quitte pas avant.

Une odeur se fraya un chemin parmi les parfums des herbes de Provence, terreuse, presque sucrée. Toujours étendue sur la table, savourant la caresse du soleil, Milly devina qu'il s'agissait de l'odeur du sexe.

— Levez le genou, ma chère.

Sebastian passa la main sur sa fesse nue, achevant sa caresse par une petite tape. Un jour, songea-t-il, Milly lui tapoterait les fesses avec le même mélange d'affection et de possessivité.

— Le genou ?

Il lui montra comment. Milly fut heureuse de lui tourner le dos en sentant qu'il pressait un mouchoir sur ses parties intimes, puis lui prenait la main et la posait sur le linge.

— Je suis navré de vous avoir souillée, mais tout peut arriver avant qu'un couple de fiancés n'arrive devant l'autel.

Milly rabattit ses jupes, le mouchoir toujours pressé entre ses cuisses.

— Êtes-vous en train de vous excuser pour autre chose que de m'avoir salie, Sebastian ?

Elle avait posé la question prudemment, car, dans le sillage d'un plaisir aussi... aussi inimaginable, les émotions qui montaient en elle n'étaient ni ordonnées ni appropriées. Elle roula sur le dos afin de pouvoir mieux affronter son fiancé.

Il était étendu sur le côté, en appui sur un coude, les cheveux en bataille, une lueur de méfiance dans ses merveilleux yeux verts.

— Devrais-je m'excuser pour autre chose ?

— Oui, il me semble.

Elle lui lissa les cheveux, surtout pour le plaisir de le toucher.

— M'excuser de quoi ?

— Je ne suis pas très instruite, mais je suis une grande fille. Vous auriez dû me prévenir pour l'autre chose. Ce n'est pas bien de votre part de prendre ainsi votre fiancée par surprise.

Quelqu'un aurait dû le lui dire, n'importe qui – mais elle ne l'aurait jamais cru.

Il posa sa paume contre sa joue.

— Ah, l'autre chose ? Le plaisir, la proximité, le partage ?

Sa caresse sur sa joue était délicieuse. Sa main sentait les herbes, le musc et... l'âne ?

— Je parlais de la réaction surprenante du corps. C'est gênant.

Il se pencha plus près.

— Est-ce que cela vous incite à prononcer vos vœux ou à détaler dans le Yorkshire ?

Les émotions désordonnées et inconvenantes qui agitaient Milly s'accrurent encore. Elle enroula ses bras autour de son fiancé et pressa sa tête contre sa poitrine qu'il avait négligée.

— J'ai écrit ces lettres au cas où vous changeriez d'avis, Sebastian. Au cas où vous recouvreriez la raison, comme je m'y attendais. Vous ne changerez pas d'avis, n'est-ce pas ? Répondez-moi non, s'il vous plaît. Je ne supporterais pas de rester auprès de vous en sachant que vous...

Il glissa la langue dans la fente entre ses seins, puis sa voix gronda contre son cœur.

— Vos lettres m'ont fait tressaillir, madame. Je ne peux pas passer mon temps à courir après des fiancées qui décident d'aller visiter le West Riding. Un homme a aussi ses obligations, des herbes à cultiver, des tantes à surveiller...

Et un âne à choyer. Milly embrassa sa tempe, convaincue qu'il aurait accouru au grand galop si elle était montée dans la diligence à King's Cross pour partir vers le nord.

— Vous auriez pu en discuter avec moi, le gronda-t-elle. Je suis capable d'entendre raison, même si vous avez négligé mes seins.

Elle sentit ses épaules trembler. Il lui fallut un certain temps pour comprendre qu'elle était parvenue à le faire rire, puis elle se mit à rire à son tour. Sur la table dure, parmi la poussière, le soleil, les odeurs de vieilles herbes et de jeunes ébats, ils riaient ensemble.

Ce cher M. Upton avait bien des soucis et, comme tout homme chargé de soucis que Henri avait eu le désagrément de connaître, il lui suffit de quelques verres de spiritueux pour se lancer dans l'énumération de ses peines.

— Frieda dit que j'aurais dû déclarer cette maudite fille incompétente.

Henri poussa la bouteille plus près du coude d'Upton.

— Mme Frieda offre son opinion un peu trop librement, peut-être ?

Frieda, qui privait son malheureux mari de ses droits conjugaux depuis que Wellington avait levé l'ancre pour l'Espagne.

— Ce n'est rien de le dire !

Upton lança un regard autour de lui pour s'assurer que personne n'avait entendu cette trahison.

Henri avait choisi une table dans la petite arrière-salle. Ce petit coin douillet lui rappelait le confessionnal de son enfance, sauf que, cette fois, c'était lui qui jouait le rôle du confesseur.

— Si la jeune dame n'a pas toute sa tête, l'idée de votre Frieda n'est peut-être pas dénuée de bon sens.

— Ce serait une idiotie.

Cette affirmation fut suivie d'un long rot, une de ces vulgarités masculines presque mélodieuses qui faisaient la fierté des garçons de moins de quinze ans lorsqu'ils étaient en bande.

— Milly compense son illettrisme par sa mémoire. Elle peut réciter tout le Nouveau Testament par cœur, comme un perro... perroquet.

Il commençait à avoir l'élocution laborieuse. Frieda devait également l'empêcher de boire de l'alcool.

— Même des animaux idiots peuvent apprendre des tours, observa Henri.

— Elle n'est pas idiote, répliqua Upton en suivant des yeux une serveuse plantureuse qui passait par là. La maison n'a jamais été aussi bien tenue que quand elle était chez nous. Les domestiques faisaient leur travail, tout était propre, les repas étaient mangeables, les enfants...

Il s'interrompit pour boire une autre gorgée de brandy. N'importe quel imbécile aurait senti que l'alcool était dilué avec de l'eau.

— Votre cousine vous manque et vous vous inquiétez pour elle, s'apitoya Henri. Votre sens de la famille vous fait honneur.

Upton remua sa masse considérable sur sa chaise, sa main disparaissant sous la table. Henri préférait ne pas savoir ce qu'il faisait.

— Oui, pour ça, elle me manque ! Cela dit, Vincent a cessé de nous interroger à son sujet.

Henri buvait une bière légère. Il avait besoin d'avoir l'esprit clair pour endurer la présence d'Upton.

— Vous dites que la petite ingrate s'est trouvé un emploi ?

Ce n'était pas une enfant. Le moineau qu'il avait vu dans le parc était petit et terne, mais n'avait rien d'une gamine.

— Oui, un emploi ! Vous parlez d'une idée ! Vincent était prêt à demander sa main. D'ailleurs, il l'avait pratiquement demandée, à sa manière, mais mademoiselle a filé et pris une position de dame de compagnie. C'est la tante du baron traître qui l'emploie à présent. Je n'aurai jamais mon argent.

Henri ne connaissait pas très bien la loi anglaise, mais il ne comprenait pas comment la rente qu'une mère avait léguée à sa fille pouvait devenir la propriété du cousin de cette dernière. Il fit claquer sa langue avec un air réprobateur à la manière de sa vieille tante.

— Ce doit être très éprouvant pour vous, qui l'avez hébergée et avez subvenu à ses besoins durant toutes ces années.

— Enfin, pendant cinq ans, et grand-père avait laissé une somme pour elle. Naturellement, nous n'avons reculé devant aucune dépense pour son bien-être, si bien qu'il ne restait pas grand-chose des fonds de grand-père pour sa dot. Mais aussi, qui voudrait épouser une fille avec une caboche aussi dure ?

La fille en question avait vécu dans une mansarde mal ventilée, se nourrissant de pain rassis, vêtue de vêtements rapiécés. Henri était prêt à parier la dernière bouteille de cognac de sa vieille tante là-dessus.

— Un homme sans grande ambition, assurément, répondit Henri. Ou un saint. Buvez donc encore un peu de brandy. Il est si rare de trouver un Anglais disposé à passer un peu de temps avec un Belge en visite.

Sa vieille tante aurait giflé Henri pour avoir trahi sa patrie. Henri lui aurait retourné sa gifle, et l'avait d'ailleurs déjà fait en plusieurs occasions.

— C'est du bon, approuva Upton en levant son verre. Ça aide un homme à oublier ses soucis.

Il lâcha un vent étouffé par la masse de son postérieur, puis poussa un soupir de satisfaction. Henri ressentit soudain un élan de compassion pour le moineau qui s'était envolé du nid de ce cousin tellement attentionné.

— Je serais vous, je surveillerais les allées et venues de la tante du baron, suggéra-t-il. Il faudrait savoir ce que cette vieille dame manigance. Si elle expose votre cousine à de mauvaises influences, la jeune femme vous saura peut-être gré de venir la secourir.

— Milly a des manières. Elle est douée pour les « oui, merci », « je vous en prie », « s'il vous plaît ». Ce n'est pas comme Frieda.

La pauvre Frieda, qui avait mis bas trois petits pour son gros mari atteint de flatulences.

— Finissez cette bouteille pour moi, déclara Henri.

Une émanation sulfureuse et pestilentielle lui parvenait parmi les odeurs de la taverne, où se mêlaient les relents de poisson, de bière, d'oignons et de sueur.

— Je préviendrai le propriétaire que vous êtes mon invité. Je suis sûr qu'en gardant la tante à l'œil, vous trouverez rapidement de bonnes raisons de sortir votre cousine de là. Frieda ne pourra pas vous en vouloir, et Vincent vous en remerciera.

Il enfila son manteau, bien que l'après-midi fût chaud.

— J'ai hâte de connaître les résultats de votre enquête lorsque nous nous retrouverons la semaine prochaine.

Upton battit des paupières.

— La semaine prochaine ?

— Oui, même heure, même jour, à cette table même. D'ici là, je visiterai la ville et vous pourrez me dire tout ce que j'ai manqué. Ce fut un plaisir, Acorn.

Henri s'inclina élégamment, sourit telle une vieille putain qui vient de remarquer un client potentiel à moitié soûl, puis posa son chapeau sur sa tête.

— Ce n'est pas Acorn, mais Alcorn, corrigea Upton.

— Veuillez m'excuser. L'anglais est une langue si complexe. Toutefois, j'espère bien faire des progrès en conversant avec un gentleman aussi tolérant que vous.

Alcorn paraissait étourdi par ce flot de paroles. Henri l'abandonna à son fond de bouteille, le laissant avachi sur sa chaise à lorgner les serveuses. On eût dit un vieux chien trop gras tellement perclus de rhumatismes qu'il n'avait plus la force de s'éloigner de la cheminée pour aller pisser.

Alcorn était un animal souffrant qui avait besoin qu'une âme charitable l'achève, mais, avant, Henri s'attirerait les remerciements d'au moins deux gouvernements et se débarrasserait du maudit baron traître.

# 11

La fiancée de Sebastian n'était pas radieuse, elle était inquiète.

— Vous signerez votre nom sur le registre aussi lisiblement que n'importe quelle autre femme, Millicent. Cessez de vous tracasser ainsi.

Il avait voulu la rassurer, mais sa remarque tomba à plat.

Leurs noces devaient avoir lieu le lendemain matin, avec l'aide de Dieu, puis commenceraient sept jours de béatitude conjugale. Du moins pour Milly.

Elle interrompit son point de broderie.

— Ce n'est pas la perspective de devoir écrire mon nom qui me tracasse.

L'instinct de Sebastian lui disait le contraire. Ce n'était pourtant pas leur nuit de noces qui inquiétait Milly. Leur petite aventure dans le séchoir l'avait rassuré sur ce point.

— Pourtant, quelque chose vous angoisse. Je le vois, là.

Il se rapprocha du bord de son fauteuil et pointa l'index entre ses sourcils.

— Vous devez apprendre à partager vos fardeaux avec moi, baronne.

— Je ne suis pas encore votre baronne, rétorqua-t-elle en plantant son aiguille dans l'étoffe.

Sebastian remarqua la manière dont elle s'était voûtée sur son cercle à broder. Son chat, enroulé près d'elle sur le canapé, ne ronronnait pas.

— Craignez-vous que votre odieux cousin ne perturbe la cérémonie ?

Elle posa son cercle et prit Peter sur ses genoux.

— Alcorn peut se montrer très obstiné, même si Frieda est la plus retorse des deux... Mais il faut dire qu'elle n'a guère le choix.

— Compatir avec l'ennemi n'est jamais une bonne idée, Milly. Même si c'est souvent inévitable, c'est généralement fortement déconseillé. Je n'ai pas fait publier d'annonce dans les journaux, vous savez.

Elle cessa de caresser la fourrure de Peter.

— Ah non ?

— De nos jours, cela ne se fait pratiquement plus. J'ai des ennemis qui pourraient tenter de m'atteindre à travers vous. Plus il s'écoulera de temps avant que la nouvelle de notre mariage se répande, moins vous serez menacée.

— Mais lady Flynn et lady...

— Elles ne dégaineront pas leurs armes avant que la nouvelle ne soit officielle. Lorsqu'on joue au whist depuis aussi longtemps que ma tante, on stocke une bonne réserve de munitions pour les situations d'urgence.

Lady Flynn avait déjà commis une indiscrétion par le passé. Milly n'avait pas besoin de savoir que cette indiscrétion impliquait un diplomate russe qui avait parfois partagé une bouteille avec le professeur.

— Toutes les deux ? demanda-t-elle. Lady Flynn et lady Covington ?

— Lady Covington a quelques dettes envers ma tante, si je puis dire.

Il arrivait à ces dames de faire des mises imprudentes au whist.

— Elles paraissent toutes les deux si charmantes.

216

En voyant son air attristé, Sebastian vint s'asseoir à ses côtés et glissa un bras autour de ses épaules. C'était une scène tendre, domestique et teintée de regrets, car il ne connaîtrait pas le bonheur de partager de nombreuses soirées telles que celle-ci avec son épouse.

Il déposa un baiser sur sa tempe.

— Elles sont effectivement charmantes. Elles régleront tout cela entre elles avec la plus grande courtoisie, puis elles viendront admirer votre bague et vous féliciter pour votre mariage.

À l'extérieur, le soir descendait doucement sur la ville. Une lourde carriole passa en bringuebalant dans la rue, rappelant à Sebastian le délai accordé par MacHugh. Une semaine ne suffirait pas. Mais toute une vie non plus.

— Je me sens coupable de ne pas prévenir mes seules relations de mon mariage, déclara Milly. Ils sont ma famille.

— Parfois, ma chère, laisser sa famille dans l'ignorance est un acte de bonté.

Bientôt, elle serait veuve. Si MacHugh ne le supprimait pas, un autre surgirait de l'ombre pour le tuer. Elle aurait alors tout le temps de se préoccuper de sa famille.

Elle posa sa tête sur son épaule.

— Vous êtes resté de nombreuses heures avec vos avocats, observa-t-elle.

— Je me marie demain, ce qui va considérablement changer ma situation. Lorsque nous rentrerons de St. Clair Manor, ce sera votre tour de vous entretenir avec eux. Vous ne serez pas seulement mon épouse, mais également ma baronne.

Elle devrait signer de nombreux documents en tant que lady St. Clair. Penserait-elle à lui chaque fois qu'elle écrirait son nom ?

— J'aurais préféré être votre amie, répondit-elle.

Entre une caresse au chat et un bâillement délicat, elle venait de mettre le doigt sur l'aspect le plus douloureux de leur histoire, une douleur que Sebastian pouvait lui épargner pour le moment. Il n'aurait pas proposé de l'épouser s'il n'avait pas senti qu'elle pouvait devenir son amie. Au fil de longues promenades à travers les champs de lavande, de soirées tranquilles au coin du feu et de belles nuits d'amour, il aurait trouvé le courage de partager avec elle toutes les ombres de son âme, tous ses regrets et ses espoirs.

— Vous vous endormez, ma chère. Ce n'est guère flatteur pour votre fiancé.

— Prenez-le comme un compliment, au contraire. Cela prouve que je me sens parfaitement à l'aise dans vos bras. Y a-t-il quelque chose à propos de notre mariage que vous ne me dites pas, Sebastian ?

— Oui.

Il l'embrassa sur la tempe, puis enfouit le nez dans sa chevelure.

— Vous allez être une femme riche, reprit-il. Préparez-vous à ce que votre chère famille tente de vous manipuler. Vous devrez manœuvrer avec prudence.

Elle resta silencieuse. S'était-elle endormie ? Son poids contre lui était agréable et réconfortant.

— Je croyais la baronnie ruinée, déclara-t-elle enfin.

— Elle a été mal en point, mais ma tante est parvenue à limiter les dégâts. Récemment, notre situation s'est améliorée, en partie parce que je possède encore des relations sur le continent qui peuvent vendre pour moi tout ce dont je souhaite me défaire là-bas. En outre, je dispose d'une petite fortune personnelle que mon oncle et ses avocats ont gérée pour moi. Comme en France, je n'ai appris l'existence de ces fonds que lorsque les hostilités ont cessé.

Ce qui était heureux, car il les aurait gaspillés.

Elle se redressa pour l'embrasser sur la joue.

— Ma vie était si simple jusqu'ici, soupira-t-elle. Je voudrais qu'elle le reste après notre mariage.

Il aimait qu'elle puisse se blottir contre lui et l'embrasser aussi librement, aussi généreusement.

— Cela me paraît difficile. Outre les quelques réceptions officielles auxquelles vous devrez vous montrer, il vous faudra vous occuper de St. Clair Manor et peut-être aussi élever un enfant.

— Rien de tout cela ne m'intéresse, hormis l'enfant.

Elle reposa le chat sur le sol. Cela ne plut guère à Peter d'être soudain privé de ses genoux, une frustration que Sebastian pouvait comprendre.

— La seule tâche importante, celle à laquelle je ne dois pas faillir, c'est d'aimer mon mari.

Elle se blottit contre le torse de Sebastian. Il la serra contre lui tandis que le chagrin, la joie, une pointe d'ironie bien française et un élan de colère se bousculaient en lui.

Elle avait introduit le sentiment sur la pointe des pieds, sans se faire remarquer mais en l'observant de près, puis elle l'avait piégé, lui donnant juste un petit baiser d'avertissement avant de lâcher sa bombe.

Il la serra encore plus près.

— Il a bien de la chance, votre futur mari. Un sacré veinard.

Il n'était pas lâche non plus, même s'il ne savait pas vraiment quelle était la meilleure réponse à lui donner.

— Aimer sa femme sera sa plus grande priorité, répondit-il.

Il embrassa sa joue, caressa ses cheveux et se demanda combien d'amour deux personnes pouvaient emmagasiner en une semaine, voire deux ou trois, avant que l'une d'elles ne se retrouve veuve et que son amour ne se transforme en chagrin, puis en haine.

L'homme d'Église recruté pour la cérémonie semblait avoir compris que les excès de sentimentalisme n'étaient pas de mise. Il fut à la fois rapide et d'une bienveillance crédible. Milly prononça ses vœux avec sincérité, puis vint le moment de signer les documents. Elle plongea la plume dans l'encrier, essuya sa pointe, s'arrêta...

Et la panique la saisit.

Le professeur s'éclaircit la gorge. M. Brodie, beau et féroce dans son kilt, se mit à fixer le mur de la bibliothèque où le tableau du lâcher de la meute était accroché à son endroit habituel.

Sebastian, lui, parut amusé.

— Nous pouvons demander une annulation si vous avez changé d'avis, madame la baronne.

M. Brodie lança un regard assassin à son employeur.

— Il n'est pas question d'annu...

— Monsieur Brodie, il plaisantait, coupa Milly.

Il la défiait également et, à sa manière, l'aidait. La signature n'avait de valeur que si elle était apposée devant témoins. Milly plongea donc de nouveau la plume dans l'encrier, essuya la pointe sur le buvard, puis...

La lettre M ressemblait au décolleté d'une dame tenant les bras le long du corps. Le I était un simple pas de danse...

Sebastian se mit à fredonner une valse, et la plume de Milly entra dans le rythme. Elle s'était entraînée durant des heures, jusqu'à ce que sa signature soit un simple réflexe de sa main, trente-trois lettres apparaissant à la suite les unes des autres dans un mouvement fluide.

— Autrefois, je regrettais de ne pas m'appeler Ann, murmura-t-elle en reposant la plume.

Sebastian saupoudra un peu de sable sur l'encre.

— Et à présent ? demanda-t-il.

— Je regrette que notre patronyme comporte une abréviation.

« Notre » patronyme. Le sourire de Sebastian était si fier et si coquin que Milly aurait voulu l'embrasser – l'embrasser parce qu'il comprenait qu'elle aspirait à autre chose qu'à passer des heures enfermée avec lui dans la bibliothèque à travailler ses lettres. Il tria les papiers et lui en présenta d'autres à signer. Michael et le professeur signèrent à leur tour, puis tante Frederica (Milly devait désormais l'appeler ainsi) entraîna tout le monde dans la grande salle à manger pour un petit déjeuner de noces.

— Vous ne mangez pas grand-chose, baronne.

Sebastian tendit un petit morceau de gâteau au bout d'une fourchette devant la bouche de Milly.

— Plus tôt ce repas sera terminé, plus tôt nous partirons pour St. Clair Manor.

Elle prit la bouchée. Le gâteau, délicieux, était nappé d'un glaçage à la lavande, exactement comme elle l'avait demandé.

— Vous allez avoir besoin de toutes vos forces, ma chère. La journée est loin d'être terminée.

Il paraissait inquiet, comme s'il craignait qu'elle ne tourne de l'œil après quinze minutes de formalités dans la bibliothèque. Elle lui tendit un morceau de gâteau à son tour.

— Je ne suis pas la seule à devoir prendre des forces, Sebastian St. Clair. N'avez-vous pas promis de faire de moi votre priorité absolue ?

— Vous et votre mémoire !

Il prit le morceau au bout de sa fourchette, puis finit son assiette sans plus la sermonner.

En début d'après-midi, ils partirent pour St. Clair Manor, une grande demeure biscornue dans la campagne du Surrey. Le mari de Milly (mari, un si joli mot, commençant par un M comme Millicent) la porta jusque dans l'entrée sous les acclamations d'une armée de domestiques. Milly fut présentée à une trentaine de personnes, du majordome au cireur de chaussures. Tous paraissaient sincèrement heureux que le maître ait pris une épouse.

Ils ne pouvaient être plus heureux que Milly.

— Si nous montions dans nos appartements, baronne ?

— Pas encore. Il fait un temps superbe. Nous avons été enfermés dans cette voiture pendant près de deux heures, et j'ai besoin de me dégourdir les jambes.

Sebastian était superbe dans son costume. Il avait opté pour une tenue sobre, avec un simple petit bouquet de lavande accroché à sa boutonnière.

Il lui tendit le bras.

— Un tour des jardins, peut-être ?

Une promenade dans les jardins, avec tous les domestiques postés derrière les fenêtres, observant Milly qui se pavanait dans sa belle robe comme... comme une baronne ?

— Je vais me changer, Sebastian. Ensuite, nous irons pique-niquer. Je veux voir l'endroit où vous vous réfugiiez pour rêvasser quand vous étiez enfant.

Sa requête (ou plutôt son ordre) ne sembla pas l'enchanter.

— L'endroit en question se trouve à près de deux kilomètres, et il va vous falloir sauter par-dessus quelques haies.

Il n'était pas aussi obtus, habituellement, mais peut-être souffrait-il du trac du jeune marié.

— Apportez une couverture, Sebastian, ainsi qu'un peu de cette nourriture que tante Frederica a fait préparer pour nous. Donnez-moi vingt minutes pour me changer. Je vous suggère d'en faire autant, car il n'est pas facile de sauter des haies en costume de marié.

Milly se demanda si elle devait conclure par un clin d'œil, mais le commandant St. Clair se reprit et comprit enfin ses intentions.

— Je vous retrouve sur la terrasse à l'arrière de la maison dans vingt minutes, madame.

Milly fut prête en un quart d'heure. Lorsqu'elle retrouva Sebastian, il faisait les cent pas devant les massifs d'iris, aussi beau que dans son costume de marié, mais plus détendu et à son aise.

— Montrez-moi le chemin, Sebastian, et parlez-moi de vos parents.

Il lui prit la main.

— C'est un nouvel interrogatoire ?

— Je suis votre épouse, désormais, et la future mère de vos enfants.

Comme c'était gratifiant de le dire ! Elle aurait aimé pouvoir l'écrire aussi aisément. Un jour, avec l'aide de son mari, elle en serait peut-être capable.

— Quand je pense à ma mère, je la revois telle qu'elle était lors de ses derniers mois en France. Malheureuse et souffrante.

Elle serra ses doigts et le força à ralentir tandis qu'il l'entraînait d'un pas martial devant un massif de roses qui n'avaient pas encore éclos.

— Parlez-moi d'une époque plus heureuse, alors. De la première fois où vous vous êtes dit que votre mère était belle.

Il s'arrêta devant un bourgeon solitaire et précoce.

— Elle a toujours été belle.

— Ne le cueillez pas. Laissez-le éclore et montrer la voie aux autres. Vous souvenez-vous d'avoir vu votre mère heureuse ?

Il ralentit le pas.

— Elle était aux anges de rentrer en France, de retrouver enfin ses parents, ses cousins, sa vieille nourrice. Je n'étais qu'un enfant, mais je la revois se tenant devant le bastingage sur le bateau à bord duquel nous avions embarqué pour Calais. Elle fixait la ligne d'horizon, guettant la côte française comme si elle s'attendait à voir le paradis. Mon père se tenait à côté de moi, observant ma mère avec la même lueur dans le regard.

— Ils s'aimaient, commenta Milly en prenant soin de ne pas le regarder.

Quand on lui parlait d'amour, Sebastian se fermait aussitôt. Il fallait aborder le sujet avec nonchalance, comme si on n'y accordait aucune importance. Elle attribuait sa réaction au fait qu'on n'avait pas souvent dû lui parler d'amour dans sa vie, plutôt qu'à une absence de sentiments de sa part.

— Ils s'aimaient passionnément, répondit-il. Enfant, je ne m'en rendais pas compte, mais, avec le recul, je comprends à quel point mon père a dû souffrir de se séparer d'elle alors qu'elle était malade. Les dernières pensées de ma mère, ses dernières paroles sur son lit de mort, ont été pour lui. Je n'ai jamais eu l'occasion de le dire à mon père.

Milly attendit pendant qu'il déverrouillait une porte dans le mur du jardin, profitant de cette pause pour réprimer sa colère contre deux personnes qui avaient été plus absorbées par leur amour que par leur fils unique.

Elle le prit fermement par la main.

— Je vous promets une chose, Sebastian : si je suis mourante un jour alors que notre jeune fils se trouve perdu dans un pays étranger sans que vous puissiez le réconforter, j'utiliserai mon dernier souffle pour lui dire qu'il est un garçon formidable, que je suis fière de lui et à quel point j'ai aimé être sa mère.

Elle coucherait ces sentiments sur le papier également, afin qu'il les conserve toujours.

Il la prit par l'épaule.

— Ma baronne est une coriace.

— Votre épouse est une coriace.

Son amie l'était aussi, mais elle ne voulait pas le forcer à la considérer comme telle.

— Vous avez toujours cultivé du houblon dans ce champ ? demanda-t-elle.

Pour un homme qui était resté aussi longtemps éloigné de ses terres, il les connaissait remarquablement bien. Un champ était réservé au pâturage, sa terre étant riche mais trop caillouteuse pour être labourée facilement. Un autre, au sol trop mince même après avoir été régulièrement marné, servait de champ de pommes de terre à un métayer.

Sebastian bondit par-dessus un échalier en prenant appui sur une main, en garçon ayant grandi à la campagne, puis il offrit sa main à Milly pour l'aider avec une galanterie que peu de jeunes campagnards possédaient.

À mesure que défilaient les champs, les clôtures, les ruisseaux, Milly acquit la conviction que toutes les épreuves et les pertes qu'elle avait subies par le passé avaient été effacées par le don du ciel qu'était son mari.

Mais l'idée de le perdre... Elle chassa rapidement cette pensée. C'était aujourd'hui le jour de ses noces, et quiconque tenterait de lui prendre Sebastian aurait affaire à elle.

Il la conduisit le long d'un chemin herbeux entre deux rangées de chênes jusqu'à un vieux moulin à grain. La lavande, le chèvrefeuille et le lilas encerclaient la bâtisse, formant une explosion de couleurs contre ses murs blanchis à la chaux.

Au bord du ruisseau, des couvertures avaient été étalées, et un panier les attendait à l'ombre des chênes.

— C'est ici que vous veniez rêver ?

— J'appelais cela « planifier ma vie ». Je voulais devenir le meilleur baron de St. Clair de tous les temps. J'allais écrire des discours célèbres, conseiller le roi en personne et impressionner le monde avec mon talent à l'épée.

Il ne pouvait s'empêcher de parler avec affection du jeune garçon qu'il avait été.

— Je n'étais pas aussi ambitieuse, dit-elle en riant et en l'entraînant vers les couvertures. Je me serais contentée de pouvoir simplement écrire mes leçons, soupira-t-elle. À présent, je suis heureuse de partager quelques victuailles avec mon époux.

Elle était heureuse aussi de partager cette journée avec lui, de partager ses terres, ses souvenirs. Et, à présent que la quiétude de la clairière environnante pénétrait son âme, elle ne demandait qu'à partager son cœur et son corps avec lui.

Les duels à répétition ne suffisaient apparemment pas à aiguiser l'instinct d'un homme et à lui faire pressentir les embuscades. Ce devait être l'effet engourdissant de quelques années en marge de la bonne société londonienne.

— Vous voulez pique-niquer ici ? s'étonna-t-il. Ne préférez-vous pas un endroit au soleil ?

Son laquais avait étalé trois vieilles courtepointes matelassées à l'ombre au bord du ruisseau. Le repas (si elle le laissait avaler quelque chose entre deux questions) aurait donc lieu au pied du chêne qu'il avait tant aimé escalader enfant.

Milly arracha une tige de chèvrefeuille, la sentit puis la lui tendit.

— Pour ce premier repas en tête à tête avec mon mari, je préfère être à l'abri des regards. Ce moulin fonctionne-t-il toujours ?

Il huma la branche dont le parfum symbolisait les liens de l'amour. Le chèvrefeuille était comme son épouse : sous des dehors charmants et sages se cachait une beauté ensorcelante que personne ne soupçonnait.

— Il devrait fonctionner, répondit-il. La légende locale veut qu'il date de l'époque d'Henry VIII. Malheureusement, après plusieurs années de sécheresse, mon père et plusieurs autres propriétaires terriens ont jugé plus prudent de construire un autre moulin plus grand actionné par des bêtes plutôt que par le courant. Il se trouve près du village. Celui-ci ne sert que lorsque l'autre ne suffit pas.

Milly s'approcha d'une grappe de lilas. Ses bourgeons n'étaient pas encore totalement ouverts.

— Vous voulez bien me faire l'amour ici, mon époux ? Dans un endroit où vous avez été heureux, où nous pourrons nous créer de beaux souvenirs qui nous accompagneront au fil des ans.

*Sauvez-moi des jeunes villageoises quand le printemps bat son plein.*

— Baronne, vous êtes bien hardie le jour de vos noces.

— C'est parce que je suis heureuse. Saviez-vous que le lilas représente les premiers émois de l'amour ?

Oui, il le savait. Il se baissa pour cueillir plusieurs brins de lavande et les lui tendit.

— Et la lavande incarne la méfiance.

Elle retourna sa main et fit tomber les fleurs mauves.

— La lavande sert à faire des savons, des sachets et à gagner de l'argent. Qu'y a-t-il dans ce panier, à votre avis ?

Il se fichait de ce que contenait le panier. Il voulait avant tout que Milly ne soit pas aussi sûre de ce bonheur dont elle parlait si légèrement. Tôt ou tard, peut-être même avant la fin de la semaine, elle prendrait conscience de ce que cela signifiait que d'être l'épouse du baron traître, ou plutôt sa veuve.

Milly s'agenouilla sur les couvertures, lui rappelant un autre pique-nique qu'ils avaient partagé.

— Vous broyez du noir, Sebastian, dit-elle en lui tendant une bouteille de vin. Regrettez-vous déjà de m'avoir épousée ?

Une expression latine lui revint en mémoire : *in vino veritas*.

— Je ne regretterai jamais de vous avoir épousée, mais vous...

— Oui, je sais, je sais. C'est moi qui le regretterai. Vous êtes mauvais, méchant, la trahison personnifiée. Maintenant, ouvrez le vin et trinquons à la profondeur de votre disgrâce.

La bouteille dans ses mains faisait partie d'un lot qu'il avait envoyé de France des années plus tôt.

— Milly, je suis navré.

C'était si maladroit et si sincère.

Elle déposa une miche de pain et un couteau sur la couverture, puis sortit un pot dont elle ouvrit le couvercle.

— Des fraises, constata-t-elle. Sebastian, juste pour aujourd'hui, pourrions-nous laisser de côté vos peines et vos doutes ? Pourrions-nous nous imaginer, l'espace d'une journée, que vous êtes comme n'importe quel autre homme sur le point de faire l'amour à sa femme pour la première fois ? Vous avez bien l'intention de consommer notre mariage, n'est-ce pas ?

Les fraises retournèrent dans le panier, le couvercle cliquetant contre le bord du pot. Elle lui tendit le couteau, sans lui dire ce qu'il était censé en faire.

Il avait chagriné sa femme. Elle le cachait bien, mais il était en train de gâcher le jour de ses noces.

De leurs noces.

Entre deux délicieuses bouffées d'air printanier parfumé, ses émotions basculèrent, le besoin de protéger sa femme d'un excès de sentimentalisme laissant la place à l'envie de la chérir pour ses tendres sentiments. Quelle que fût l'issue du prochain duel, ou du suivant, Sebastian n'aurait jamais un autre jour de noces. De cela, il était certain.

Il reposa la bouteille sans l'ouvrir, laissa tomber le couteau dans le panier et s'agenouilla sur la couverture.

— Embrassez-moi, Milly St. Clair.

Pourquoi ne le lui avait-il pas demandé plus tôt ? Comment se faisait-il qu'il n'ait pas trouvé le moyen de lui poser cette simple question : « Voulez-vous m'embrasser » ? Il frotta son nez contre sa joue, tel un chat réclamant son attention, dans un flirt à la fois ludique et déterminé.

— Nous devons d'abord manger, déclara-t-elle en détournant le visage. Mon mari est d'humeur lunatique, et je ne voudrais rien lui imposer.

— Vous devriez me contraindre à vous supplier, répondit-il avant de passer sa langue sur le bord de son oreille. Votre mari est un idiot qui n'a pas assez de bon sens pour remercier le ciel du cadeau qui lui a été fait. Il m'arrive d'être sombre, et je m'en excuse. Plus rien ne viendra gâcher le jour de nos noces. Je vais vous faire l'amour, mon épouse. Et je ne ferai probablement rien d'autre de toute la semaine, au moins. Considérez que c'est là une autre de mes fameuses priorités.

Il était parvenu à lui faire esquisser un sourire.

— Certaines de vos priorités sont louables, Sebastian. Voulez-vous bien déboucher le vin ?

Elle faisait sa timide, ce qu'il trouvait adorable. Le vent souleva une mèche devant son visage, si bien que, lorsqu'il l'embrassa, sa bouche rencontra des cheveux soyeux sur ses lèvres.

— Au diable le vin ! marmonna-t-il contre son visage.

Elle s'écarta, le temps d'extirper ses cheveux d'entre leurs lèvres.

— Vous allez peut-être avoir besoin d'un fortifiant.

Sans doute, mais plus tard.

— Embrassez-moi, baronne. C'est le jour de nos noces, comment pouvez-vous vous soucier du menu ?

Elle était son seul mets. Il l'embrassa tout en l'allongeant sur le dos, puis se reput de ses épaules, de ses clavicules, des quelques centimètres de peau nue au-dessus de son col. Elle sentait divinement bon, et elle était à lui.

Toutefois, un nouvel époux ne devait présumer de rien. Il se redressa au-dessus d'elle, à quatre pattes, aussi essoufflé que s'il avait lutté.

— Consommerons-nous notre mariage ici même, Milly ? Est-ce là le souvenir que vous voulez conserver de vos noces ?

Quel que fût le souvenir qu'elle désirait, il ferait tout pour le lui donner.

Elle posa une main sur sa joue, puis la fit descendre sur son torse.

— Oui. Ici. Maintenant. Tout de suite.

Lorsqu'elle prononça ces mots, quelque chose en lui se libéra. Sa vie était un désastre, mais ce moment, cette tendresse et ce désir entre sa femme et lui étaient purs, réels et bons.

Ses doigts dénouaient les liens de sa braguette lorsque la première grosse goutte froide lui tomba sur la nuque. Plusieurs autres suivirent avant qu'il ne prenne conscience de ce qui se passait : les éléments s'opposaient aux souhaits de Milly... ainsi qu'aux siens.

— Prenez les couvertures, mon épouse. Si nous faisons vite, nous pourrons déplacer notre festin avant d'être trempés jusqu'aux os.

Il attrapa le panier, et ils coururent vers le moulin tandis que la pluie s'intensifiait. Ils évitèrent le déluge, mais le moment, du moins pour Sebastian, avait sérieusement perdu de son charme.

Milly étala deux couvertures sur le sol en terre battue. Ce n'était pas la couche la plus douce pour consommer un mariage, mais elle n'était pas plus ferme que sa détermination.

— Ce n'est qu'une averse, dit-elle en s'asseyant. Venez donc ici, Sebastian, et rendez-vous utile.

Apparemment, son époux savait reconnaître un ordre, car il cessa d'inspecter le moulin.

— Utile ?

— Je n'ai pas apporté de châle, et cet endroit est plein de courants d'air. Or, vous dégagez de la chaleur.

Il dégageait également de la tristesse et une résignation exaspérante.

— Vous n'avez toujours pas ouvert le vin, lui rappela-t-elle.

« Au diable le vin ! » avait-il dit. Milly ne doutait pas qu'il s'agît d'un grand cru, qui pourrait s'avérer nécessaire pour arracher son mari aux souvenirs, aux doutes et aux remords qui semblaient s'être engouffrés avec eux dans la salle lugubre du moulin.

— Vous avez froid ? demanda-t-il en s'écartant de l'énorme meule au centre de la pièce.

— Je ne vais pas tarder à attraper la mort, Sebastian. Pourquoi a-t-on fait appel à vous pour torturer des officiers anglais ?

À son expression ahurie, Milly comprit qu'elle n'aurait pu mieux retenir son attention si elle avait soudain arraché tous ses vêtements.

— Vous m'infligez un nouvel interrogatoire pour me punir de ne pas vous avoir fait l'amour sous une pluie battante ?

Elle tapota la couverture à côté d'elle, et il vint enfin la rejoindre.

— Ce n'était qu'un baiser, mentit-elle. Personne ne vous avait jamais posé cette question ?

En voyant sa mâchoire crispée, elle comprit qu'effectivement personne n'avait encore été assez présomptueux, ou assez sot, pour aborder ce sujet avec lui. Pourtant, avoir confié cette tâche à un ancien écolier anglais ne paraissait guère logique.

— On m'a choisi parce que je savais m'y prendre.

Il se glissa derrière elle, l'encadrant de ses genoux. Ainsi blottie contre son torse, le dos tourné à lui, elle ne pouvait voir son visage.

— Oui, mais pourquoi vous particulièrement ? Était-ce une manière de tester votre loyauté envers la France ?

Il effleura sa chevelure des lèvres. Milly ferma les yeux, et il rabattit la troisième couverture autour d'eux.

— Peut-être que, au début, c'était une manière de me mettre à l'épreuve. Je m'étais rendu à Toulouse pour rencontrer mon supérieur, un petit homme teigneux nommé Henri Anduvoir. Il avait fait rouer de coups un prisonnier anglais au point de le rendre méconnaissable, mais ce dernier n'avait toujours pas parlé.

Elle renversa la tête et embrassa sa gorge, où les mots s'étranglaient.

— Mais vous l'avez reconnu quand même ?

Le tonnerre gronda tout près. La pluie crépitait sur le toit du moulin pendant qu'elle attendait sa réponse.

— Pas tout de suite, répondit-il enfin. Anduvoir connaissait son nom, et je me suis rappelé avoir été plusieurs années à l'école avec le frère du captif. Ils avaient un air de famille : mêmes cheveux blonds, même carrure...

Sa réponse et son ton laissaient entendre que c'était là les seuls détails permettant encore d'identifier le malheureux défiguré par les coups. Milly se serra plus près de son mari.

— Racontez-moi.

La poitrine de Sebastian se souleva tandis qu'il laissait échapper un profond soupir. Il avait dû enfermer ces souvenirs au plus profond de lui, tel le poison qu'ils étaient.

— Le garçon que j'avais connu, Daniel Pixler, vicomte d'Aubrey, était l'aîné de quatre frères, un excellent batteur au cricket et un type bien. Le prisonnier était le benjamin des frères, Damien. Je savais qu'ils avaient également une sœur plus jeune, qui était un peu lente d'esprit. Daniel lui écrivait toutes les semaines, rédigeant minutieusement ses lettres tout en capitales.

— Un frère attentionné, alors.

Un frère qui n'avait pas besoin qu'une femme sache bien lire pour la chérir.

— J'étais prêt à parier que Damien était de la même trempe que Daniel. J'ai conseillé à Anduvoir de cesser de critiquer le roi fou d'Angleterre ainsi que son prince gras et efféminé – n'importe quel cireur de chaussures pouvait le faire et ne s'en privait pas. Je lui ai également recommandé de cesser de battre un homme qui ne pouvait plus sentir la douleur. Chaque coup ne faisait que renforcer sa détermination à ne rien dire.

Milly savait d'expérience que c'était vrai. Sebastian le lui avait rappelé lorsqu'ils s'étaient promenés dans le parc.

— Qu'avez-vous fait, Sebastian ?

Il embrassa son front avant de répondre :

— Dans un sens, c'est moi qui ai été brisé.

Il marqua une pause et ajouta plus doucement :

— C'était toujours moi qui craquais le premier.

Sebastian était un homme brisé, Milly ne pouvait le nier, mais elle doutait que, à la place du captif, il eût livré les secrets de l'Angleterre à ses ennemis.

— Je ne supportais pas ce que je voyais. Je ne pouvais accepter qu'un homme, un soldat bon et honnête, quelle que soit sa nationalité, soit torturé parce qu'il avait oublié sa veste dans une taverne. Ils ne cherchaient pas à le tuer – Anduvoir ne tenait pas à perdre un jouet aussi précieux –, mais ils étaient prêts à le...

Les sévices que les hommes pouvaient s'infliger entre eux une fois que la décence avait été écartée au nom d'une quelconque illusion nationale nourrissaient les cauchemars de nombreux anciens soldats.

— Vous ne l'avez pas laissé devenir un exutoire aux perversions d'Anduvoir, devina Milly.

Il soupira de nouveau, mais, cette fois, Milly perçut une note différente dans son souffle. Peut-être lui était-il reconnaissant de ne pas le contraindre à illuminer les recoins les plus sombres de sa mémoire.

— J'ai conseillé à Anduvoir d'insulter la sœur de Pixler, aussi brutalement et vulgairement que possible. De la menacer indirectement, de décrire l'endroit où elle vivait, de laisser entendre que sa sécurité était en jeu. J'ai également insisté sur le fait qu'il devait proposer secrètement de le libérer contre rançon, une offre sincère. Pour que l'espoir devienne un tourment efficace, il faut qu'il repose sur une réalité. Anduvoir était aussi cupide que cruel. Mon plan a fonctionné.

Le plan de Sebastian avait bien servi ce démon d'Anduvoir, les coffres de la République et même M. Pixler, qui, grâce à lui, avait retrouvé la liberté de se promener dans les jardins de la demeure familiale avec sa sœur.

Milly repoussa Sebastian, le forçant à s'allonger, puis s'assit à califourchon sur lui.

— Vous avez évité à Damien Pixler de devenir le jouet de cet Anduvoir, tout en vous condamnant à prendre la place de ce dernier.

Elle prononçait ces mots pour qu'il n'ait pas à les dire. Sous elle, un soldat hanté par ses souvenirs fixait les poutres du vieux moulin poussiéreux.

— Cela n'a pas été immédiat, répondit-il. Avec l'officier qu'il captura la fois suivante, il alla trop loin. Le prisonnier mourut sans dévoiler la moindre information. C'était un gamin d'à peine seize ans. Il n'avait probablement rien à révéler. Un général l'apprit et ordonna que tous les officiers anglais me soient dorénavant envoyés s'ils étaient arrêtés en civil.

Milly maudit en silence les généraux trop perspicaces, la guerre, la France, Anduvoir et les garçons qui s'enrôlaient avant d'avoir appris à se raser.

— Ne pleurez pas, mon cœur.

Sebastian embrassa sa joue où une larme stupide coulait en direction de son menton.

— Je vous en prie, pas de larmes, répéta-t-il. C'était il y a longtemps et loin d'ici, à une autre époque, dans un autre pays.

Sa voix était rauque. Milly glissa ses bras autour de son cou, sachant que, pour lui, ces hideux souvenirs n'étaient pas plus éloignés que la grande meule au centre du moulin.

Le tonnerre gronda de nouveau, plus près. Milly se redressa et commença à déboutonner sa robe. Elle avait délibérément choisi une tenue simple qui pouvait s'ouvrir facilement.

Sebastian resta silencieux, mais son regard, froid et distant, se réchauffa progressivement.

— Vous allez attraper froid.

— Nous nous réchaufferons mutuellement, répondit-elle.

Lorsqu'elle se fut débarrassée de sa robe et de son corset, restant en chemise, elle s'attaqua à la cravate de son mari.

— Nous avons des couvertures, ajouta-t-elle. Personne ne viendra nous déranger jusqu'à ce que l'orage soit passé. Laissez-moi déboutonner vos manchettes.

Il la laissa lui enlever également son gilet et sa chemise, puis, lorsque leurs vêtements formèrent un tas désordonné près des couvertures, il saisit la robe de Milly et la roula en boule pour en faire un oreiller. Elle enfouit les doigts dans la toison brune de son torse, tandis qu'il traçait des mains les contours de ses seins.

— Vos mains sont chaudes, mon époux.

Le désir montait en lui. Elle le savait, car elle était assise sur cette partie de son anatomie qui exprimait avec le plus de sincérité le degré de son ardeur.

— Je suis heureux que vous m'ayez épousé, Millicent St. Clair. Et j'en serai toujours heureux.

Enfin ! Milly n'en avait pas été sûre jusque-là, ne sachant si, pour lui, elle était une bénédiction ou un fardeau de plus, n'osant espérer que ses sentiments reflètent les siens.

— J'en suis heureuse aussi. Voulez-vous bien à présent vous employer à me rendre plus heureuse encore ?

Elle pouvait se permettre de le lui dire, car elle avait découvert que son mari répondait bien à ses ordres, même quand ils étaient donnés dans un murmure et remplis d'émerveillement.

# 12

— Mercie, vous devez fêter ça avec moi !

Christian replia son journal et dévisagea l'ancien capitaine Prentice Anderson, dit « le fat ». Ce dernier l'observait avec un sourire bonhomme que l'on réservait habituellement à une heure beaucoup plus tardive.

Et à des amis proches.

— Anderson.

Anderson agita une main pâle sous le nez de Christian.

— Je vais être de nouveau papa. Mon épouse me l'a annoncé au petit déjeuner. Plus précisément, elle m'a informé qu'il n'y aurait pas de harengs salés au menu pendant un certain temps. Elle ne supporte pas le hareng quand elle couve.

Christian se leva de son fauteuil, son agacement s'atténuant légèrement.

— Voilà une excellente nouvelle. Ce sera votre troisième, n'est-ce pas ?

Anderson lui fit un clin d'œil.

— La troisième fois devrait être la bonne – non que je n'adore pas mes filles, mais les hommes comme nous ont un devoir à accomplir, pas vrai ?

Christian, un duc sans héritier mâle, le savait effectivement, mais il n'aurait pas échangé sa fille contre tous les arbres du Surrey. Anderson contempla d'un air résigné les livres qui tapissaient les murs du salon de lecture du club comme s'il allait supporter personnellement tout le poids de la gestation et de l'accouchement.

— Vous fêtez ça au champagne ? demanda Christian.

— J'ai demandé au majordome d'apporter ce qu'il avait de mieux. Les autres sont dans la salle à manger, mais quelqu'un m'a signalé que vous hiberniez ici.

Plutôt qu'hiberner, Christian effectuait une sentence prononcée par madame la duchesse : sortir de la maison et prendre du bon temps. Madame la duchesse était elle-même probablement en train de faire une sieste, le repos étant la priorité d'une femme attendant un heureux événement.

— Juste un verre, dans ce cas, dit-il. Une si bonne nouvelle mérite d'être célébrée.

En outre, ayant été le commandant d'Anderson, bien que brièvement, Christian était obligé de fêter cela avec lui.

Alors qu'ils quittaient le sanctuaire de la salle de lecture, Anderson observa :

— On pourra dire ce qu'on veut sur ces salauds de Français, mais ils savent faire du bon vin. Je suppose que c'est pour ça qu'on en a laissé quelques-uns en vie, hein ?

Christian ne répondit pas. Beaucoup d'hommes, notamment des jeunes, avaient perdu la vie à cause des ambitions de gloire de la France. Ceux qui avaient survécu avaient eu de la chance et avaient fait preuve d'un grand courage.

Les hommes assemblés dans la salle à manger avaient déjà appris la bonne nouvelle d'Anderson. Les verres étaient pleins, et le niveau sonore ne cessa de croître tandis que les toasts s'enchaînaient.

— Mercie ! Ce n'est pas tous les jours que vous nous faites l'honneur de vous joindre à nous !

La voix de lord Hector Pierpont avait le ton grinçant d'un homme qui cachait sa gêne derrière des manières faussement joviales.

— Majordome, une autre bouteille pour monsieur le duc ! cria-t-il.

Christian accepta un verre, comme il l'avait promis.

— Un toast, monsieur le duc ! lança quelqu'un. Comme au bon vieux temps !

Wellington croyait à l'utilité de rassembler ses hommes périodiquement à Apsley House pour des dîners mondains. Il sortait son grand service portugais et ses meilleurs vins, offrant à ses anciens officiers qui avaient partagé une guerre une occasion de faire un pas vers la paix.

Christian était jusque-là parvenu à décliner toutes ses invitations et comptait bien continuer dans ce sens indéfiniment.

Il leva son verre et attendit qu'un peu d'ordre soit revenu dans la salle.

— À nos dames ! Qu'elles surmontent leurs épreuves et en ressortent saines et sauves comme nous avons surmonté les nôtres.

Sa duchesse aurait été fière de sa retenue. Il fit honneur au champagne en évitant de le boire d'une traite, une autre prouesse qu'elle aurait applaudie.

Après un bref silence, un chœur d'approbation salua les paroles de Christian. Il se tint en marge du groupe, buvant lentement pendant que d'autres toasts retentissaient.

Le majordome était un petit Alsacien malin qui s'était gardé de sacrifier ses meilleurs crus pour cette petite sauterie impromptue. Néanmoins, le vin n'était pas mauvais et, pour la première fois depuis que Christian s'était extirpé du château, la compagnie de ses camarades ne lui était pas totalement désagréable.

Il avait appris à accepter chaque progrès, si ténu soit-il. Encore grâce à sa duchesse.

— Alors, MacHugh vous a-t-il demandé d'être son témoin ?

Anderson s'était écarté du groupe pour le rejoindre dans l'encadrement d'une porte.

Le nom de MacHugh amena aussitôt à l'esprit de Christian l'image d'un grand Écossais coriace et têtu, même si, d'après son expérience, « Écossais têtu » était un pléonasme.

— Pourquoi, MacHugh a-t-il offensé la fille de quelqu'un ? Je ne l'ai jamais pris pour un sot.

Contrairement à Anderson, que personne n'aurait pris pour une lumière.

Anderson siffla une autre rasade de champagne avant de répondre :

— Pas du tout. Il a pris ombrage des divagations de Girard, quoique je suppose qu'on doit l'appeler St. Clair, à présent.

Christian reposa son verre à moitié plein en sentant une douleur vive traverser son poignet.

— Je vous demande pardon ?

Anderson lança un regard à la ronde par-dessus le bord de son verre.

— Si vous voulez tout savoir, je l'ai un peu poussé. Ce Henri a dit que j'étais le plus indiqué pour le faire.

Le champagne se figea soudain dans le ventre de Christian, même si la moitié des hommes français s'appelaient Henri.

— Anderson, suivez-moi quelques instants.

Il attrapa son ancien subordonné par la manche et l'entraîna dans la pièce voisine, loin du groupe.

— Êtes-vous en train de me dire que MacHugh a provoqué St. Clair en duel ?

Anderson se redressa avec la dignité exagérée d'un homme surpris en état d'ivresse avant la tombée de la nuit.

— Absolument. Je n'ai eu que quelques mots à lui dire, accompagnés d'un ou deux verres de whisky, et MacHugh a accepté de régler définitivement le problème St. Clair, ce dont deux nations lui seront reconnaissantes. Bien sûr, je ne lui ai rien dit de tel, autrement il aurait tout gâché par pur esprit de contradiction. Pierpont s'y est pris comme un manche, mais il n'a jamais été très précis au pistolet.

Christian n'aimait pas particulièrement être duc. C'était simplement son destin, comme d'être grand, blond et anglican, et il avait appris à exploiter les privilèges qui allaient de pair avec son titre. Il prit le verre vide d'Anderson et laissa s'installer un long silence, perturbé uniquement par le chahut des hommes dans la pièce voisine.

Christian attendit qu'Anderson prenne enfin conscience du malaise entre eux, puis posa sa question sur le ton d'un officier supérieur commençant à perdre patience.

— Que se trame-t-il, Anderson ?

— Quoi, le vieux Hookey ne vous a rien dit ?

— Wellington se trouve dans le Hampshire, où il règle des affaires de famille.

Les méninges d'Anderson se mirent en branle lentement, mais elles se dirigeaient dans la direction que Christian avait prévue.

— St. Clair est une honte, dit-il en articulant lentement, comme s'il s'était répété la phrase de nombreuses fois. Une honte pour deux gouvernements. Henri et moi avons été chargés de trouver la solution. C'est un malin, ce Henri, et subtil avec ça, pour un Français.

— Décrivez-le-moi.

La description que lui fit Anderson correspondait exactement au pire des spectres qui hantaient les cauchemars de Christian. Il soupçonnait que le même spectre hantait également St. Clair.

— Si je comprends bien, vous avez menti à MacHugh, l'avez poussé à provoquer St. Clair et comptez sur lui pour tuer un pair du royaume ?

— Un baron traître que personne ne regrettera. Notre cher prince de Galles n'a jamais rechigné quand il s'agissait de récupérer des domaines laissés sans héritier, non que je réclame d'être récompensé pour mon rôle. J'ai bien fait comprendre au Français que c'était la dernière fois que je l'aidais. Après tout, St. Clair n'a ennuyé personne depuis Waterloo.

Depuis la chute de Toulouse, plutôt, et « ennuyer » était un euphémisme spectaculaire pour ce que St. Clair avait fait.

— Vous feriez bien de garder ça pour vous, Anderson. Ne dites rien, ni à Pierpont, ni à votre épouse, ni à personne. Quand aura lieu le duel ?

Dans l'autre pièce, les hommes entonnèrent une chanson grivoise où il était question de labourer les champs de France. Ce n'était sans doute pas pire que les chants des fantassins français sur l'Angleterre, mais cela accrut l'envie de Christian de quitter les lieux.

— Je ne sais pas quand ils se battront, mais je sais que ce sera aux poings, répondit Anderson. MacHugh le finira en moins de deux. Je suppose qu'il laisse juste le temps à Girard, ou plutôt à St. Clair, de faire un morpion à sa petite femme.

*Sa petite femme.* Qu'Anderson considère qu'un pair du royaume et un traître avoué avait une « petite femme » en disait long sur les capacités de son cerveau.

— Quand s'est-il marié ?

Anderson sembla dessoûler légèrement.

— Ce matin même, probablement au moment où mon épouse me privait de mon assiette de harengs. J'adore les harengs. Ils vont me manquer.

— Vous n'avez qu'à vous commander une assiette de harengs à déguster avec votre champagne, rétorqua Christian. Surtout, ne parlez à personne de cette affaire avec St. Clair.

Les traits d'Anderson s'illuminèrent.

— Des harengs avec du champagne ? Ma foi, ce n'est pas une mauvaise idée.

Il allait s'éloigner, mais Christian le retint par le bras. Autrefois, il avait été responsable de la vie de cet imbécile, et un homme ne pouvait être tenu pour responsable de son manque d'intelligence, pas plus que de son titre de duc ou de sa mère française.

— Si j'étais vous, Anderson, j'éviterais ce Henri à l'avenir. Je trouve étrange que l'Angleterre s'adresse à un Français pour la débarrasser d'un de nos compatriotes. Nous avons suffisamment d'officiers de talent pour s'en charger, si c'est absolument nécessaire.

Anderson cligna des yeux et, entre deux battements de paupières, Christian comprit qu'il était arrivé à la même conclusion, mais que, le seul autre choix étant d'admettre sa propre stupidité, il avait décidé de la rejeter.

— Pour ça, oui, je l'éviterai. Je serai trop occupé à choisir un nom pour mon héritier et à regretter mes harengs.

Il s'éloigna d'un pas guilleret, pauvre sot qui s'apprêtait à commettre l'équivalent gastronomique d'une trahison en mangeant des harengs avec du champagne.

Milly ne savait pas comment arracher Sebastian à Toulouse, à Londres ou à ce lieu triste où il s'était retranché. Elle se blottit contre son torse.

— J'ai froid. La température a considérablement baissé.

Il resserra la couverture autour d'elle.

— Vous êtes vraiment décidée à consommer notre union ici, n'est-ce pas, baronne ?

Il paraissait amusé, ce qui était déjà une amélioration.

— Pourquoi remettre à plus tard ce que l'on peut faire maintenant, Sebastian ? En outre, j'avoue que l'idée que vingt-neuf domestiques sauront exactement ce que nous serons en train de faire ce soir quand nous monterons dans notre chambre me trouble. C'est que je n'avais jamais pensé devenir baronne, voyez-vous.

— Je suis désolé de vous imposer un tel calvaire. Mais n'avez-vous pas dit plus tôt qu'il y avait trente domestiques ?

— Je veux espérer que le petit cireur, Charles, ignore encore tout des devoirs conjugaux.

Sebastian reposa son menton sur la tempe de Milly.

— Vous vous souvenez de son prénom. Vous feriez un excellent commandant.

C'était sans doute un compliment, même si Milly ne pouvait trouver flatteuse une quelconque référence militaire.

— Sebastian, c'est à vous de mener la charge. Peut-être qu'à l'avenir, quand je me serai habituée à...

Il l'interrompit d'un baiser doux et rassurant. Il mènerait la charge, mais pas au grand galop.

— Laissez-moi me débarrasser de ma culotte. Si ce moulin doit être le cadre de nos ébats, il me faut me dépouiller de mon uniforme.

Milly se tendit en entendant cette analogie. Elle savait désormais que seuls les officiers capturés en civil avaient été torturés. Elle le libéra et s'étendit sur les couvertures pendant qu'il se levait pour ôter ses bottes, ses bas et sa culotte. Il paraissait tellement concentré qu'il ne l'aurait même pas remarqué si un blizzard avait rugi à l'extérieur.

— Vous êtes merveilleusement bien fait, mon mari.

Merveilleux. Un mot aussi prosaïque aurait-il convenu pour décrire l'Apollon du Belvédère ? Les proportions de Sebastian étaient parfaites et généreuses ; sa musculature superbement dessinée. Et, pour un homme qui avait passé des années à la guerre, il ne portait aucune cicatrice visible.

— Dois-je me pavaner pour exhiber ma marchandise, baronne ?

Il plaisantait pour essayer de la mettre à l'aise et lui laisser le temps de rassembler son courage.

— Votre marchandise est amplement en évidence, mais elle ne m'est guère utile au milieu du moulin.

Elle serrait fermement la couverture autour de son cou. L'expression ironique de Sebastian céda la place à un sourire attendri.

Il s'allongea près d'elle, lui laissant la couverture. Sa nudité et le froid ne semblaient pas le déranger.

— Je me demande si ce moulin vénérable a déjà accueilli un autre couple venu faire ce que nous nous apprêtons à faire.

Le tonnerre retentit avec fracas, faisant sursauter Milly. Elle sortit un bras de la couverture pour écarter une mèche qui retombait devant les yeux de Sebastian.

— Nous sommes tranquilles, ici, et je désire les attentions de mon mari.

Une part d'elle-même avait également besoin d'être rassurée. Non pas qu'elle craignît que ces attentions ne soient pas agréables (elle savait déjà qu'elles le seraient, tôt ou tard), mais elle redoutait que les désirer ne soit pas convenable pour une dame.

Pour une baronne.

— Une femme honnête a plus de valeur qu'un rubis.

Il s'emmêlait dans ses proverbes, mais Milly ne le corrigea pas, non seulement parce que « vertueuse » et « honnête » étaient proches, mais surtout parce qu'il avait soulevé la couverture et s'était glissé contre elle.

— Je crois que c'est vous, Milly St. Clair, qui devez me réchauffer.

Il roula sur elle, prenant appui sur ses avant-bras et ses genoux.

— Mais je vous préviens, madame, j'ai l'intention de prendre tout mon temps.

Milly avait du mal à trouver ses mots. Elle était enveloppée par le grand corps chaud et nu de son mari, ses cuisses entre les siennes, son ventre dur contre sa chair plus tendre, son torse à quelques centimètres de son cœur palpitant.

Une femme qui avait du mal à lire était habituée à être désarçonnée et à se reposer sur son esprit plutôt que sur les mots. Néanmoins, Milly était mal à l'aise.

— Dites-moi ce qui m'attend, Sebastian. Que dois-je faire ? Mes tantes étaient assez franches mais avares de détails, et on a parfois besoin de plus que de regards entendus.

— On a besoin de faire confiance à son mari. Embrassez-moi.

Sebastian attendait, en suspens au-dessus d'elle, aussi immuable que la meule qui tournait depuis des siècles au centre du moulin. Lui faire confiance aurait dû être facile, et pourtant, Milly hésitait... car lui ne lui faisait pas confiance.

Il ne faisait confiance à personne, et Milly en était triste pour lui.

Elle souleva les hanches et écarta les jambes, observant Sebastian tandis qu'il contemplait l'ouverture entre ses cuisses. Il déposa un baiser sur sa joue.

— Mon cœur, vous allez me faire perdre la raison, ce qui n'est pas une bonne idée dès le premier jour de notre mariage.

Il embrassa son autre joue, et Milly comprit qu'il s'agissait là d'un prélude. Elle se détendit, son anxiété baissant d'un cran, car il était clair que Sebastian prenait tout son temps pour la mettre à l'aise.

Du bout des doigts, elle suivit les contours des muscles de chaque côté de sa colonne vertébrale.

— Vous pouvez précipiter un peu les choses, Sebastian, vous savez.

— Non, je ne le peux pas. Je veux vous rendre folle de désir, et une telle entreprise ne peut se faire dans la précipitation. Vous sentez bon, comme des sachets de lavande. Vous vous êtes lavée…

Elle avait utilisé les quelques précieuses minutes après leur arrivée à St. Clair Manor pour faire un brin de toilette. Elle s'en félicitait à présent.

— Vous avez même un goût de lavande, ajouta-t-il. Ici (sa langue se promena à l'endroit derrière son oreille où elle avait appliqué quelques gouttes de parfum). Vous avez également un léger goût d'angoisse, Milly St. Clair. Ne vous inquiétez pas. Nous vivons là un de ces rares moments dans un mariage où il n'est demandé à personne d'être parfait.

Il se reposa un peu plus sur elle. Sa verge était dure, lisse et chaude contre son ventre. À la manière dont il la pressait contre elle, il était clair que cette partie de lui ne demandait pas à être traitée avec délicatesse.

Milly fit descendre ses mains le long de son dos jusqu'à ce qu'elle sente la courbe de ses fesses musclées sous ses paumes.

— J'aime ça, grogna-t-il dans son oreille. J'aime que vous soyez curieuse et hardie, que vous ayez envie de ça.

« Ça. » Milly n'avait aucune expérience avec « ça », mais « ça » rendait ses seins lourds et sa colonne vertébrale aussi souple qu'une vieille corde.

— J'ai envie de vous, Sebastian. J'ai envie d'avoir des enfants aux yeux verts et aux cheveux bruns. J'ai envie…

Il posa sa bouche sur la sienne, et sa langue toucha ses lèvres, y déposant un goût de menthe.

— Ouvrez-vous à moi, Milly St. Clair. Embrassez-moi comme une villageoise délurée embrasse son galant.

Elle s'agrippa à ses fesses, d'abord involontairement, surprise par ses propos grivois, puis plus fermement.

— Même votre derrière est musclé, observa-t-elle.

Lorsqu'elle pressa de nouveau ses fesses, il remua, la coinçant sous lui. De cette manière, il pouvait l'embrasser plus paresseusement, en appui sur ses coudes. Le lent mouvement circulaire de sa langue à l'intérieur de sa bouche laissait deviner qu'il aurait pu passer tout l'après-midi à l'explorer ainsi.

Milly s'agrippa à ses fesses avant de toucher sa langue avec la sienne, et il lui retourna sa caresse, tels deux duellistes testant chacun les réactions de l'autre avec quelques mouvements d'épée.

— Encore, murmura-t-il. Prenez votre temps.

À l'extérieur, les bourrasques s'intensifiaient, et le grondement de la pluie sur le toit augmentait tandis que, sous la couverture, la peau de Milly, déjà chaude, devenait brûlante. Que Sebastian reste aussi maître de lui était à la fois rassurant et exaspérant.

Elle se trémoussa, appuyant ses seins contre son torse, et il grogna en se pressant contre elle à son tour, comme un galant embrassant sa villageoise. Faute de trouver des mots, elle saisit ses cheveux, le tenant fermement afin de pouvoir posséder sa bouche. Lorsqu'il interrompit leur baiser et tint sa tête dans le creux de son épaule, ils étaient tous les deux essoufflés.

Milly attendit, le vacarme de la pluie faisant écho au tumulte qui l'agitait. Ils n'avaient pas terminé. Que Dieu lui vienne en aide ! Ils n'avaient même pas encore commencé et, déjà, elle luttait contre l'envie de pleurer.

Sebastian posa son menton sur le sommet du crâne de sa femme et chercha mentalement un peu de... retenue. Si les baisers de Milly reflétaient la manière dont les villageoises traitaient leurs galants, il devait remercier le ciel que son chemin n'ait encore jamais croisé celui de l'une d'elles.

Vu l'ardeur avec laquelle elle malaxait ses fesses, il allait avoir des bleus – des marques qu'il chérirait en sachant que c'était elle qui les lui avait faites.

— Cessez de gigoter.

Il se délectait à l'appeler Milly St. Clair, mais s'il continuait à l'ajouter à chacune de ses phrases, elle allait finir par se demander s'il n'était pas un peu demeuré.

— Je croyais que gigoter était impératif, répondit-elle en laissant sa langue traîner le long de son cou. Montrez-moi donc comment faire.

Les mains qui tripotaient ses fesses étaient à la fois tendres, autoritaires, protectrices et pleines de désir.

— Pas avant que vous ayez cessé de vous agiter.

Les ondulations lentes de ses hanches cessèrent, tel un océan redevenant calme une fois le vent retombé. Et pourtant, comme dans un océan, Sebastian sentait, sous une surface en apparence calme, les courants sous-jacents qui parcouraient sa femme.

Il bascula son poids sur un coude et, prenant son sexe dans une main, effleura les plis humides de son intimité.

— Ne bougez pas.

Son ordre sonnait comme une prière. Milly embrassa sa gorge et caressa ses fesses.

Il enfonça légèrement son membre en elle, puis revint au-dessus d'elle.

— Sebastian, je voudrais...

Elle empoigna fermement ses fesses et les pressa dans ses mains.

— Accrochez-vous à moi autant que vous voudrez. Cela m'aide...

Cela l'aidait à résister à l'élan qui le poussait à la pénétrer d'un coup.

— J'ai envie de bouger. J'en ai besoin. Il n'est pas juste que vous puissiez remuer et...

Il la fit taire en s'enfonçant lentement, doucement en elle, avant de se retirer.

— Bougez donc. Il ne sera pas dit que j'ai été injuste envers ma femme.

Il s'ensuivit une conversation entre deux corps qui se découvraient et, d'une certaine manière, découvraient aussi comment faire l'amour. Sebastian n'avait jusque-là connu que des copulations aveugles avec des inconnues. Quant à Milly...

C'était sa toute première fois. Aucun homme ne l'avait vraiment embrassée avant qu'il ne s'approprie ce privilège – cela prouvait d'ailleurs qu'il avait un jugement supérieur à celui de tous les autres habitants mâles de la vieille Albion.

Elle l'enchantait de mille manières, en lui tirant les cheveux et en lui agrippant les fesses, en lui accordant sa confiance alors qu'ils étaient sur le point de consommer leur union. Ses mouvements étaient délicats, des questions plutôt que des ordres. Un léger fléchissement des hanches, puis une pause – *Ai-je bien fait ?*

Il lui répondait aussi courtoisement que son ardeur le lui permettait, s'enfonçant progressivement en elle. *Parfaite. Tu es parfaite. Encore, je t'en prie.*

Le rythme prit le dessus, ni le sien, ni celui de Milly, mais le leur. Les soupirs de Milly caressaient sa gorge tandis qu'elle repliait les chevilles dans le creux de ses reins. Il sentait son corps s'éveiller, sentait la passion balayer sa prudence et sa retenue, et l'émerveillement qu'il éprouvait devant sa métamorphose l'aidait à se maîtriser.

— Je ne me presserai pas, mon cœur.

Un vœu qui aurait dû être inclus dans la cérémonie de mariage

— Vous ne... Oh, Sebastian !

Sebastian comprenait le supplice sous toutes ses formes. Mais lorsque Milly se tendit sous lui, le corps parcouru de spasmes, puis qu'elle enfouit son visage dans le creux de son épaule et gémit doucement contre son cou, il découvrit pour la première fois la grande volupté qui se trouvait de l'autre côté de la torture.

Pour elle, il était prêt à endurer la brûlure vive du désir inassouvi. Pour elle, il pouvait se taire, caresser doucement sa chevelure, la chérir en silence tandis que son corps réclamait vainement sa propre satisfaction.

Le plaisir de Milly était son but et sa gloire.

Elle embrassa son cou.

— Sebastian St. Clair, vous... vous... Je vais me mettre à pleurer. S'il vous plaît, dites-moi que c'est autorisé. Personne ne vous prévient, ne fait la moindre allusion à...

Il la serra contre lui, une main sur sa nuque, et devint son mouchoir. L'espace d'un instant, il craignit de lui avoir fait mal, mais la manière dont Milly remuait, telle une houri rompue de plaisir, chassa cette peur.

— Encore, mon épouse.

Elle s'accrocha à lui désespérément.

— Pas encore ! Je ne pourrais pas...

Elle put. Elle l'accueillit en elle avec un tel enthousiasme, un tel déchaînement de passion qu'il remercia le ciel que les vieux moulins soient construits sur de doubles fondations. Et, tandis que le tonnerre grondait et que la pluie crépitait, chaque recoin de Sebastian – son cœur, son âme, son esprit, sa force – s'attela à accroître son plaisir et à le partager.

Lorsqu'il fut certain d'avoir donné à Milly autant de plaisir qu'il le pouvait, il se laissa enfin aller et déversa en elle, outre sa semence, tout ce qu'il était et serait jamais.

Pendant un moment, enveloppé dans une vieille couverture, avec sa nouvelle épouse, sur la terre battue, il se sentit léger, à la fois désincarné et illuminé de l'intérieur, comme s'il était la lumière elle-même.

Il n'aurait su dire combien de temps il flotta sur cette lumière, combien de temps il resta effondré sur son épouse. Elle caressait doucement ses cheveux, son souffle donnant leur rythme à ses propres expirations.

— Je vous écrase.

Elle murmura quelque chose au sujet du blé moulu en farine, mais ne le repoussa pas. Et lorsqu'il se redressa légèrement sur un genou pour lui laisser plus d'espace, elle enroula un bras autour de son cou pour le retenir.

— Restez. S'il vous plaît.

Elle frotta sa joue humide contre sa mâchoire, lui rappelant qu'il l'avait fait pleurer. Il lui essuya le visage avec un pan de sa chemise, puis se rallongea et déclara :

— Vous êtes ma femme, à présent. Je suis votre mari. Je vous interdis de pleurer.

Elle se mit à rire sous lui, un son éminemment rassurant. Les femmes au cœur tendre pleuraient parfois au lit. En revanche, les hommes pleuraient après la bataille, quand ils y avaient survécu.

Milly avait connu quelques batailles. Il déposa un baiser sur son nez.

— Voilà qui est mieux.

Il roula sur le dos en l'entraînant avec lui. Le mouvement délogea sa verge encore en elle, et elle se retrouva à califourchon sur lui.

— Une fois de plus, j'ai négligé vos seins.

Elle tenta de repousser ses mains de sa poitrine.

— Calmez-vous, Sebastian. Ne faites pas le difficile.

Il ne faisait pas le difficile. En fait, il ne s'était pas senti aussi bien depuis des années.

— Vous sentez-vous comme une épouse à présent, Milly St. Clair ? demanda-t-il en drapant la couverture autour de ses épaules. Comme une baronne ? Vous conviendrai-je comme époux ?

L'odeur du sexe dans l'air se mêlait à celle de l'orage, du vieux blé et des fleurs de printemps. Le parfum de ce moment était unique, aussi inédit que l'aisance avec laquelle Sebastian respirait et que l'envie de rire qu'il éprouvait.

— Je me sens votre épouse, répondit-elle un peu sèchement. Une épouse un peu fatiguée.

Sebastian la comprenait. Elle avait envie de se cacher, de trouver un petit coin tranquille et sûr où dormir, à l'abri de lui et de ses manigances.

— Dormez donc un peu, dit-il en l'attirant contre lui. Vous avez mérité votre repos, tout comme j'ai gagné le droit de vous tenir dans mes bras pendant que vous dormez. Nous attaquerons le panier à votre réveil.

Elle reposa sa tête sur son épaule, mais pas avant qu'il ait aperçu le petit sourire au coin de ses lèvres. Quelques instants plus tard, elle dormait paisiblement, le poids de son corps chaud et confortable sur lui.

Maintenant qu'elle était mariée à lui, Milly allait avoir besoin de tout son courage.

Et maintenant qu'il était marié à elle... La sensation de légèreté commença à s'estomper tandis que le sommeil s'emparait de lui. Maintenant qu'il était marié à Milly, il devrait apprendre à savourer chaque instant, à tenir les ombres, les duels et les souvenirs à distance, afin de ne pas gâcher, pour lui comme pour elle, le temps précieux qu'ils avaient ensemble.

— Je sais reconnaître quelqu'un qui fait semblant de dormir, et vous, madame la baronne, êtes réveillée.

Il avait chuchoté à son oreille, son souffle la chatouillant.

— Certes, et où voulez-vous en venir ?

Car il avait sûrement une petite idée derrière la tête, comme en témoignait « la chose » qui était en train de se dresser entre eux, une chose délicieuse que Milly trouvait aussi intrigante que l'aisance avec laquelle elle se tenait couchée nue sur son baron.

— Vous devez avoir faim, dit-il avant de déposer un baiser sur son oreille.

Il lui donna un autre baiser, bref, comme on tapote l'encolure d'un cheval avant de le diriger au trot vers l'écurie.

Milly se souleva, s'arrachant à la chaleur de son torse, laissa la couverture retomber autour d'elle et s'étira paresseusement.

Sebastian lorgna un instant les seins qu'il avait négligés, avant de détourner les yeux pour cacher sa fascination.

— En tout cas, moi, je meurs de faim, déclara-t-il. Le petit déjeuner est déjà loin, et tous ces efforts m'ont ouvert l'appétit. Nous ferions mieux de récupérer nos vêtements avant que quelqu'un nous surprenne dans le plus simple appareil.

Il paraissait déçu mais déterminé. Milly se drapa de nouveau dans la couverture, sans pour autant quitter sa position à califourchon sur lui.

— On ne peut faire l'amour qu'une fois par jour ? demanda-t-elle. Est-ce un autre détail crucial que personne ne révèle à une femme avant qu'elle ne prenne un époux ?

— Qu'elle ne « prenne » un époux ?

— Ne paraissez pas aussi surpris. Vous aussi, vous avez pris une épouse, si je me souviens bien.

Il écarta une longue mèche rousse qui retombait sur son épaule.

— Et elle m'a pris, vous avez raison. À présent, j'aimerais qu'elle m'autorise à la nourrir.

Son geste était doux, mais quelque chose dans ses paroles mit Milly mal à l'aise. En descendant de son perchoir (il n'était pas toujours facile de rester digne quand on était une jeune mariée), elle se rendit compte qu'il avait insinué que faire l'amour ne vous nourrissait pas.

Elle écarta les couvertures et s'appropria la chemise de Sebastian.

— Vous n'avez pas répondu à ma question. On ne fait jamais l'amour plusieurs fois à la suite ? Doit-on manger entre deux rounds, dormir, se rhabiller, recevoir des visiteurs, ce genre de chose ?

Il retrouva sa culotte et l'enfila, sans toutefois la reboutonner entièrement.

— Je pourrais vous faire l'amour jusqu'à ce qu'aucun de nous ne se souvienne comment marcher ni pourquoi il aurait envie de le faire. Aimez-vous les fraises ?

Pendant que Milly remettait un peu d'ordre dans ses pensées, il fouilla dans le panier. Il se montra plein d'attentions, lui offrant les plus belles fraises, l'encourageant à boire le bon vin pétillant directement à la bouteille, lui beurrant des tartines de pain. Pour un pique-nique, Milly n'avait pas à se plaindre.

Néanmoins, il referma les pans de sa chemise sur les seins de Milly et en ferma deux boutons, puis resta assis légèrement en retrait, évitant de la regarder et de la toucher. Pour un homme qui mourait de faim, il mangea à peine et but plus que sa part du vin.

— La pluie a cessé, observa Milly. Les sentiers pour revenir au manoir seront trempés et les arbres dégoulinants.

Sebastian s'immobilisa, le goulot à quelques centimètres de ses lèvres.

— Je peux vous porter, si vous vous inquiétez de salir le bas de votre robe.

Ce qui inquiétait Milly, c'était son mariage. Déjà, et pour des raisons qu'elle n'aurait su formuler.

— La campagne est belle après une averse de fin d'après-midi. Le soleil tombe au bon angle et illumine tout. Nous verrons peut-être même un arc-en-ciel.

Ce serait un bon augure, et Milly en avait besoin.

Sebastian renonça à boire une dernière gorgée et reboucha la bouteille.

— Peut-être. Je vous le souhaite, Milly St. Clair.

Son expression était solennelle, et suffisamment dure pour que Milly rampe sur la couverture et vienne se blottir contre lui.

— Que se passe-t-il, Sebastian ?

Elle ne voulait pas le harceler, mais la question lui avait échappé. Une épouse était censée connaître son mari et respecter son intimité. Ils n'étaient pas mariés depuis un jour qu'elle l'implorait déjà de lui faire des confidences.

— Si je vous réponds que tout va bien, cela vous blessera, dit-il en la serrant contre lui. Je ne veux pas vous blesser et, néanmoins, je ne sais pas comment vous répondre.

Au moins, il ne lui mentait pas ni, ce qui eût été pire, ne la traitait avec condescendance.

— Parlez-moi. Je ne vous rendrai votre chemise que si vous me dites ce qui vous préoccupe, Sebastian.

Maintenant que la pluie s'était tue, ils pouvaient entendre le chant du ruisseau gonflé par l'orage de l'autre côté du mur du moulin.

— Je pourrais vous prendre de nouveau, Milly. Tout de suite. Et encore plus tard. Les hommes ont généralement besoin d'un peu de temps pour retrouver leurs forces – moins quand ils sont jeunes, et je ne me considère plus comme un jeunot, mais vous...

Sebastian tournait autour du pot, cherchant ses mots, séparant la vérité des platitudes d'une manière qui plut à Milly. Elle embrassa son torse et sentit son cœur battre sous ses lèvres.

— Mais moi ?

— Le plaisir est une nouveauté pour moi, Milly. Je connais le tourment. Je sais comment utiliser la douleur et la privation pour révéler à un homme ses vérités les plus terrifiantes. Je sais comment envelopper un soldat aguerri de douleur jusqu'à ce qu'elle le consume, à la façon dont un lierre ronge la façade en pierre d'une église. Je sais comment présenter la mort comme une bénédiction. Puis soudain arrive dans ma vie Millicent Danforth, et je...

— Dites-moi, demanda Milly avec appréhension.

— Je me méfie du plaisir que vous me donnez. Je ne comprends pas pourquoi vous ne vous méfiez pas vous aussi de moi. De ce mariage. De ce plaisir. Vous devriez.

Milly se détendit contre lui, car, sous ses paroles, elle percevait un rayon d'espoir.

— C'est grâce à votre méfiance et à votre instinct que vous êtes encore de ce monde, Sebastian. Je suis moi aussi désorientée. On pourrait même dire que j'ai peur, mais je n'échangerais pas la dernière heure que nous venons de passer ensemble contre n'importe quelle vie sûre, confortable et prévisible que j'aurais pu choisir.

Elle le sentit se détendre à son tour, même si, lorsqu'il reprit la parole, son ton était toujours détaché.

— Dans ce cas, nous continuerons d'avancer à l'aveuglette, mais j'aimerais bien récupérer ma chemise, même si elle vous va à ravir. Elle a été confectionnée pour moi par ma grand-mère. C'est le dernier souvenir que j'ai d'elle, et je ne la porte que pour les occasions spéciales.

Le baron de Milly était méfiant, mais aussi courageux. L'occasion était effectivement spéciale. Elle lui rendit sa chemise tout en cherchant quelque chose à dire pour récompenser sa confiance.

— Je voudrais que vous me fassiez une promesse, Sebastian.

Il enfila sa chemise, puis tendit les bras pour qu'elle lui attache ses manchettes.

— Les vœux que nous avons échangés ne vous suffisent pas ? demanda-t-il. Vous faire l'amour ici, en dépit de la torture que ce fut pour mes genoux, non plus ? Il vous faut encore des promesses ?

— Les vœux étaient charmants, autrement je ne les aurais pas récités.

Elle glissa le bouton dans le trou, puis saisit son autre poignet.

— Quelle promesse voulez-vous que je vous fasse, Milly ?

Son ton indiquait qu'il avait mis la méfiance de côté, mais Milly sentait qu'elle était toujours à portée de main.

— La prochaine fois que nous ferons l'amour, ne négligez pas mes seins. Je veux que vous me le promettiez.

Il le lui promit, avec sa bouche et ses mains, lui donnant tellement de plaisir que, sur le chemin du retour vers le manoir, elle vit des arcs-en-ciel en dépit des ombres longues qui se répandaient sur les champs.

# 13

Lady Frederica cessa de faire semblant de lire le dernier numéro de *La Belle Assemblée*, un magazine insipide qui ne pouvait plaire qu'à de jeunes filles surexcitées.

— Vous pensez qu'ils s'en sortiront ? demanda-t-elle.

Le professeur tapota la pointe de sa plume contre le buvard, bien qu'elle doutât qu'il ait fait le moindre progrès sur son dernier code. Il n'avait pas écrit un chiffre ni une lettre depuis vingt minutes.

— Leur histoire est complexe, répondit-il.

Il avait toujours été honnête avec elle ; leur relation reposait sur cette sincérité et, pourtant, Frederica lui en voulut de sa réponse.

— Sebastian est fou d'elle.

Quand il était plus jeune, le professeur avait parfois porté la barbe, afin de paraître plus sophistiqué ou plus âgé. À la manière dont il se frottait le menton, Frederica se dit qu'il pourrait en porter une également dans ses vieux jours et qu'il n'en serait que plus séduisant.

— Avoir une nature romantique peut rendre la situation plus difficile, répondit-il. Mlle Danforth – Millicent – cache elle aussi un cœur tendre.

Encore de la sincérité.

— Je m'en passerais bien, de mon cœur tendre ! maugréa-t-elle.

Il quitta son bureau et vint s'asseoir près d'elle dans un fauteuil sans lui demander la permission. C'était aussi bien, car les gens au cœur tendre étaient souvent trop entêtés et indépendants pour leur propre bien.

— Les St. Clair n'ont jamais manqué de courage, observa le professeur. Sebastian en aura bien besoin au cours des jours qui viennent... et des nuits.

Son sourire était charmant. La chaleur commençait dans ses yeux et, parfois, surtout quand ils étaient en public, elle s'y cantonnait, si bien que seule Frederica pouvait la voir. Cependant, lorsqu'ils étaient en tête à tête, ce sourire s'épanouissait tel un lever de soleil, se répandant sur tout son visage et faisant remonter les commissures de ses lèvres, lui donnant un air légèrement espiègle.

— Me redemanderez-vous un jour de vous épouser ?

Bigre, d'où diable était sortie cette question ? Vieillir produisait toutes sortes de ravages sur votre dignité, tout en vous emplissant d'un sentiment d'urgence.

Le sourire du professeur se figea, comme un lever de soleil devenant simple lumière du jour.

— Peut-être, répondit-il, mais moi aussi j'ai un cœur tendre, savez-vous ?

Un cœur tendre, des mains tendres. Une dame d'un certain âge ne devait pas s'appesantir sur ce genre de détail, au risque de se rendre ridicule. Frederica reprit son magazine qui, au moins, avait des images qu'elle pouvait faire mine d'étudier.

— Je me demande bien ce que manigance Arthur, reprit-elle.

— Sa duchesse se pose souvent cette question, elle aussi. Il paraît qu'il est à Stratfield Saye. Il remet le château en ordre et s'efforce de ramener la paix dans son ménage en réglant des questions domestiques.

C'était en partie la raison pour laquelle Frederica ne devait pas épouser son professeur. Un célibataire vieillissant d'origine étrangère qui gagnait sa vie comme homme de lettres pouvait s'attarder devant une chope dans les tavernes, se promener dans n'importe quelle rue, entrer dans toutes les boutiques, alors que le second époux d'une baronne ne pouvait se permettre de nombreux comportements pourtant utiles pour glaner des informations.

— Wellington a beaucoup trop tardé pour rétablir la paix dans son foyer, déclara Frederica.

Il fallait reconnaître que la duchesse de Wellington n'était pas la représentante la plus éblouissante de l'aristocratie irlandaise. Elle avait néanmoins attendu douze ans que son homme rentre des Indes et lui avait donné un héritier et un autre fils, comme on l'attendait d'elle, en dépit des nombreuses conquêtes du duc hors du champ de bataille.

Les femmes, même les duchesses et les baronnes, faisaient de leur mieux.

Le professeur prit la main de Frederica, ce qu'il n'aurait jamais fait si Sebastian et Milly avaient été dans les parages.

— Je peux envoyer un message à Wellington par un autre moyen que la poste.

— Pour lui dire quoi ?

— Que vous êtes inquiète. Que vous êtes lasse de tous ces jeux et stratagèmes, que la guerre est terminée et que vous voudriez des réponses.

Il n'était pas tard, mais les paroles du professeur lui rappelèrent à quel point elle était fatiguée.

— Je suis lasse et écœurée. Je ne peux qu'imaginer ce que Sebastian doit ressentir. Milly va avoir du pain sur la planche.

Elle le laissa déposer un léger baiser sur ses doigts.

— Vous ne voulez pas vraiment connaître les réponses de Wellington. C'est votre cœur tendre qui parle. Le duc est un gentleman. S'il avait voulu nuire à Sebastian, il l'aurait fait depuis plusieurs années. Il était prêt à gracier Ney après sa condamnation pour traîtrise, et Sebastian était d'un grade bien inférieur à celui de maréchal. Vous n'avez aucune raison de craindre le pire.

Il avait raison, mais cela ne la réconfortait pas pour autant.

— Un autre duel est annoncé, soupira-t-elle en se levant.

Elle traversa la pièce pour ne pas voir la pitié dans les yeux du professeur.

— Avec MacHugh, reprit-elle. Cette grande brute écossaise au langage de charretier.

Le professeur se leva à son tour, mais la laissa souffler seule les chandelles une à une.

— Michael dit que MacHugh n'est pas réputé pour son aptitude à l'épée ni au pistolet, ma chère, et il est effectivement grossier, mais il est plutôt raisonnable, pour un Écossais.

— Couvrez le feu, s'il vous plaît, demanda Frederica.

Non, MacHugh n'était pas raisonnable. C'était un être sans pitié, le pire tempérament qu'on pût imaginer pour un homme qui nourrissait un grief mortel.

— Les domestiques s'occuperont du feu, ma chère. Je vous raccompagne à l'étage. Si vous ne pouvez cesser de vous tracasser, envoyez donc Michael demain dans le Surrey. Il fait peur aux servantes avec ses regards noirs et ses jurons en gaélique. Lui aussi, il redoute ce qu'il pourrait arriver à Sebastian dans les bras de sa femme.

Frederica s'engagea dans le couloir froid sans attendre que son compagnon lui tienne la porte.

— Envoyer Michael à St. Clair Manor serait une excellente idée s'il n'y avait que le sort de Sebastian qui me préoccupait. Vous, les hommes...

Elle était injuste. Durant toute la période où Sebastian avait été retenu par la guerre en France, le professeur avait été à ses côtés en Angleterre, attendant et espérant tout en prétendant ne faire ni l'un ni l'autre.

Il lui prit la main (il avait toujours les mains chaudes) et enroula ses doigts autour de son coude.

— Je vous demande humblement pardon si mes conjectures sont erronées.

Le misérable. Mais elle préférait nettement ses taquineries à ses sermons.

Lorsqu'ils atteignirent le premier palier, Frederica dut reconnaître qu'elle était réellement épuisée, et pas seulement à force de s'inquiéter pour son neveu.

— Demain matin, je vous dicterai une lettre pour Milly. Michael et vous la lui remettrez en main propre.

— N'est-il pas risqué de nous envoyer là-bas tous les deux ?

— Envoyer l'un de vous le serait, répondit Frederica. Vous envoyer tous les deux suggère que je ne veux pas de vous dans mes pattes pendant toute une journée, ce qui est la pure vérité.

— Ah, bien sûr.

Frederica perçut un soupçon d'incertitude masculine dans cette simple réponse et ressentit une satisfaction peu charitable en constatant qu'elle pouvait encore prendre le professeur de court.

— Mais, ce soir, j'aimerais entendre un peu de poésie avant de me retirer, si vous n'êtes pas trop fatigué...

Il ouvrit la porte de son boudoir. La chaleur de la pièce enveloppa Frederica avant qu'elle ait fait deux pas à l'intérieur.

— Ma chère, je ne suis jamais trop fatigué pour vous lire de la poésie.

Il lui lut des passages de la *Divine Comédie* de Dante. La langue était si belle que Frederica ne lui demanda même pas de les traduire. Puis il lui vint soudain à l'esprit que le professeur attendait que les problèmes de Sebastian se résolvent avant de demander de nouveau sa main.

Assise près de l'homme qui avait mené tant de combats à ses côtés, elle ferma les yeux et s'inquiéta.

Milly n'avait jamais eu conscience qu'un mariage, quel qu'il soit, était la somme d'une myriade de décisions de toutes sortes, petites et grandes. Chaque décision pouvait renforcer les liens conjugaux ou les affaiblir.

— Vous ne comptez tout de même pas me laisser dormir seule !

De toute évidence, Sebastian s'était attendu à sa réaction. Il resserra le cordon de sa robe de chambre et, tenant les deux extrémités, se mit à marcher dans la pièce, comme s'il essayait de gagner du temps afin de peaufiner sa réponse.

Milly se leva du canapé placé devant la cheminée de la chambre.

— Sebastian St. Clair, je suis votre épouse, pas une domestique que vous pouvez convoquer lorsque le besoin d'exercer vos devoirs conjugaux vous prend.

Elle parlait d'un ton agacé, alors qu'elle avait peur. Sebastian paraissait si las, si encombré par sa présence dans sa chambre.

— Vous pouvez me convoquer, vous aussi, suggéra-t-il le plus sérieusement du monde.

— Je pourrais vous convoquer tous les soirs et vous implorer de rester avec moi, Sebastian. Nous sommes mariés.

Il tira un coup sec sur son cordon.

— Je suppose qu'Alcorn et sa femme dormaient toutes les nuits dans les bras l'un de l'autre, et vous pensez que, même dans les maisons assez grandes pour que chacun ait sa chambre...

Milly s'avança vers lui, refusant d'entendre des méchancetés sortir d'une bouche qu'elle avait embrassée quelques heures plus tôt.

— Alcorn et Frieda dorment chacun dans leur chambre, coupa-t-elle. Et je ne tiens en aucun cas à les imiter. En outre, ils n'ont pas besoin d'un héritier.

— Parce que vous croyez que les copulations fréquentes nécessitent de partager un lit ? Laissez-moi vous dire que les relations conjugales peuvent avoir lieu dans toutes sortes de lieux et à toute heure de la journée, comme notre récente escapade dans le moulin le prouve, baronne.

Milly sentit dans son ton impérieux de colonel français quelque chose qui ressemblait à de l'exaspération. Elle y répondit avec sa propre exaspération.

— Je veux dormir avec mon mari, Sebastian. Si vous trouvez ma compagnie désagréable, il ne fallait pas m'épouser.

Il marmonna quelque chose en français dans sa barbe.

C'en fut trop pour Milly. Elle franchit les derniers mètres qui les séparaient et lui tapa le torse du bout de l'index.

— Parlez anglais ! Si nous devons avoir notre première dispute, que ce soit au moins dans la même langue.

— Je suis désolé, répondit-il en retenant sa main. Je ne me suis pas rendu compte que je parlais en français.

Il embrassa ses doigts en fermant les yeux, tel un catholique embrassant un chapelet ou une relique.

— Je ne veux pas me disputer avec vous, Milly.

— Pourquoi refusez-vous de dormir avec moi ?

— J'ai épousé une femme obstinée, dit-il en caressant sa main.

— Non, une femme déterminée, corrigea-t-elle.

Et inquiète. Pour lui.

— Donnez-moi une raison de vous abandonner toutes les nuits. Si elle me paraît juste, je m'en accommoderai. Une fois mariés, mes parents n'ont jamais passé une nuit séparés. Je m'endormais en les écoutant discuter des événements du jour ou se faire la lecture. Leurs voix s'estompaient peu à peu à mesure que le feu mourait.

Elle avait connu des milliers de nuits identiques, chacune formant une pièce du puzzle plaisant et ordinaire qui avait constitué sa vie avant qu'elle ne soit orpheline.

— Vous avez tant de bons souvenirs, observa Sebastian.

Il l'entraîna vers le canapé et s'assit auprès d'elle avant de poursuivre :

— Sont-ils devenus des souvenirs amers après la mort de vos parents ? Vous ont-ils tourmentée en éclairant l'ampleur de votre perte ?

Elle se blottit contre lui, et il enroula un bras autour de ses épaules.

— Je n'y avais jamais pensé de cette manière, dit-elle. Les souvenirs de votre enfance anglaise sont devenus amers, n'est-ce pas ?

Parce que son enfance heureuse avait été interrompue par une guerre dans laquelle il n'avait pas d'alliés. Il resta silencieux un long moment, fixant le feu, pendant que Milly ravalait ses questions.

— Je fais des cauchemars, Milly, déclara-t-il enfin. Je m'agite et je parle dans mon sommeil. Je me réveille en nage, criant des obscénités dans deux langues. Je ne pourrais pas garantir votre sécurité si je me réveillais soudain dans vos bras.

Pire encore, Milly sentait qu'il avait honte de se laisser hanter par ses rêves. Elle pivota et s'assit sur ses genoux.

— Je suis navré, reprit-il. J'aurais dû vous le dire avant de vous épouser, je sais, mais on ne...

Elle prit son visage entre ses mains afin qu'il ne puisse esquiver son baiser.

— Je ne peux pas supporter que vous souffriez ainsi, murmura-t-elle. Est-ce le même rêve tous les soirs ?

Son baiser et sa question l'arrêtèrent dans son élan d'autoflagellation.

— Oui, souvent, ou des variantes du même thème.

— Racontez-les-moi, s'il vous plaît.

— Pour que vous partagiez mes cauchemars ?

— Pour que je puisse comprendre.

Elle lissa les cheveux sur sa tempe. Ils deviendraient gris et distingués longtemps avant qu'elle envisage de l'abandonner à ses songes hantés.

Il la souleva et la déposa au bout du canapé. Avant qu'elle ait pu protester, il s'allongea et posa sa tête sur ses genoux.

— Nous sommes bien, ainsi, commenta-t-elle en caressant son épaule.

— Vous vous souviendrez, baronne, que j'ai tenté de vous épargner ce récit.

— Vous vous souviendrez, baron, que je suis votre épouse.

Il esquissa un petit sourire triste.

— À l'époque où il est devenu clair que rien ne pourrait arrêter la progression de l'Angleterre à travers l'Espagne et que la cause française était perdue, on m'a amené un duc en détention. Un duc anglais, d'une force d'âme que vous ne pouvez imaginer.

Il se tut un instant, observant les flammes dans l'âtre pendant que Milly suivait d'un doigt le contour de son oreille.

— Mon duc était la raison qui me permettait d'intimider Anduvoir, celle pour laquelle les gardes ne se sont jamais rebellés, pour laquelle les autres prisonniers ont eu le temps de guérir, physiquement et mentalement. Avant que je puisse le libérer, le duc est devenu mon tortionnaire plutôt que l'inverse. Les souffrances que cet homme a endurées auraient décimé tout l'état-major de Wellington et, pendant un temps, elles m'ont anéanti.

— Mercie ?

— Mercie. Christian Donatus Severn. De son silence dépendaient la sécurité et le bien-être de tous les Anglais, Français, chiens et chats du château. Dès que je tournais le dos, mes propres gardes et mon commandant tentaient de le briser. Tous ont échoué. Dieu merci, car, s'ils avaient réussi, c'en aurait été fini de mon autorité sur les officiers anglais capturés.

— Mercie vous a salué, l'autre jour, se souvint-elle.

Cela paraissait très étrange après ce que Sebastian venait de dire.

— Il avait des ennemis plus diaboliques qu'un simple colonel provincial français avec un mauvais caractère et un couteau bien affûté. Après un temps, il s'est rendu compte que je n'avais pas l'intention de le détruire.

— Mais d'autres, oui ?

— Ils n'y sont pas parvenus.

Milly avait froid en dépit de la chaleur du feu. Elle regardait les ombres osciller sur les traits de Sebastian et tentait de comprendre la délicatesse de sa position : les Anglais l'avaient haï et craint, les Français l'avaient exploité sans jamais lui faire confiance. Tous avaient espéré son échec et sa disgrâce. Malgré tout, il s'était érigé à la fois en tortionnaire et en protecteur de ses compatriotes anglais, tout en parvenant à préserver sa vie et sa santé mentale.

— Vous saviez que la cause française était perdue et, pourtant, vous n'avez pas abandonné votre poste. Pour protéger le duc ?

— Je devais protéger ceux qui dépendaient de moi, et cela incluait Mercie et les autres prisonniers. Vous ne pouvez imaginer ce qu'Anduvoir leur aurait fait subir. Les rations étaient comptées et les humeurs explosives. Les détenus n'avaient pratiquement rien à manger, et le sort des soldats n'était guère meilleur. Ce que j'ai fait à Mercie durant cette période est innommable et continue à me hanter. Je l'ai décoré de cicatrices, Milly, comme d'autres tracent une esquisse sur une toile, au point que la pointe de mon couteau est devenue son réconfort. Puis je lui ai également retiré cela.

Il se tut, ce qui était aussi bien car Milly était prête à plaquer sa main sur sa bouche. Un couteau ne pouvait être un réconfort et, pourtant, il l'avait été aux yeux de Sebastian et, sans doute, du duc silencieux. Mercie n'avait pas été le seul prisonnier de Sebastian et, pourtant, il était devenu le centre de ses souvenirs.

Elle enlaça ses doigts à ceux de son mari.

— Je me souviens du jour où j'ai compris ma véritable place dans la maison d'Alcorn. La fille de cuisine était malade.

Sebastian se tourna légèrement sans lâcher sa main, sa joue contre la cuisse de Milly.

— Ce jour-là, il pleuvait et il faisait très froid, poursuivit-elle. Nous étions sorties faire des courses. Frieda chargeait la femme de chambre comme une mule. Lorsque cette dernière n'a rien pu porter de plus, c'est moi qui ai dû prendre le relais.

Elle était censée porter les paquets sans que rien se mouille, sauf, naturellement, elle-même, ses jupes, son dernier bon bonnet et ses bottines.

— Je ne comprenais pas pourquoi Frieda devait absolument faire tous ses achats par un temps pareil, jusqu'à ce que je laisse tomber quelque chose, un petit sac d'épingles, et que je reçoive une gifle retentissante pour ma maladresse. Elle ne me frappait jamais lorsque Alcorn était présent.

Sebastian caressait sa main, l'aidant à continuer. Comparés à l'enfer qu'il avait vécu, Frieda et Alcorn n'étaient que des contrariétés mineures.

— Je doute que votre cousine se soit arrêtée là.

— En effet. Lorsque nous sommes rentrées à la maison, elle a ôté ses bottines et me les a tendues, déclarant qu'en l'absence de la fille de cuisine, c'était à moi de les nettoyer. Nous avions traversé l'écurie, et elle n'avait pas regardé où elle mettait les pieds.

Ou plutôt, elle avait consciencieusement marché dans toutes les crottes sur son chemin. Milly pouvait presque sentir encore l'odeur du fumier.

Sebastian dénoua leurs doigts, se redressa et lui tendit un mouchoir.

— Notre mariage vous rend larmoyante, dit-il en glissant un bras autour de ses épaules. Je vous interdis ces larmes, mon épouse.

— Je ne vous comprends pas, répondit Milly en se tamponnant les yeux. Comment pouvez-vous ne pas haïr, Sebastian ? Comment se fait-il que vous ne haïssiez pas Mercie, les Français, Wellington, vos parents, tout et tout le monde ? Je détestais mes cousins. Frieda n'avait pas à me traiter de la sorte, et Alcorn ne faisait rien pour l'en empêcher.

Mais ce n'était pas là des souvenirs qu'elle voulait ressasser le jour de son mariage.

— La haine sert à quelque chose, Milly. Elle nous prête de la force, mais il faut rembourser sa dette un jour ou l'autre, et les intérêts sont énormes. Je hais Anduvoir. Je le hais comme je haïrais un chien enragé d'autant plus difficile à tuer qu'il est malade. Il prenait un profond plaisir à détruire les recrues, trouvait toujours de nouveaux prétextes pour fouetter ceux qui ne se tenaient pas sur leurs gardes. Toute la garnison redoutait ses inspections, les putains et moi inclus. Je crois qu'il m'aurait volontiers livré aux Anglais si je n'avais négocié des rançons pour certains des prisonniers, ce qui était contraire au règlement. Or, Henri comprenait la valeur de l'argent.

— L'argent… pour lui ? Et la République, alors ? Les mauvaises rations, l'hiver dans les Pyrénées ?

Le silence de Sebastian fut une réponse suffisante. Il aurait pu pardonner à son supérieur sa sévérité, sa violence et ses accès de colère, mais il ne pouvait lui pardonner d'avoir gardé pour lui les bénéfices de rançons illégales qui auraient dû améliorer le quotidien de ses hommes. Sans compter que cette garnison comprenait des femmes et des enfants.

— Ne cessez pas de haïr cet Anduvoir, Sebastian.

Il embrassa son front. Ils restèrent assis en silence un long moment, l'un contre l'autre, observant les flammes.

— Je ne déteste plus Frieda, déclara-t-elle soudain.

— Les prisonniers qui s'évadent peuvent se permettre d'être généreux envers leurs geôliers incompétents. Mercie peut sans doute se permettre d'être clément à mon égard car il est le seul que mes tortures n'ont pas réussi à faire parler. Êtes-vous prête à aller au lit ?

Milly ravala un commentaire sur la clémence de Mercie. Ce dernier ne comprenait probablement pas lui-même ce qu'il devait au colonel français armé d'un couteau propre, bien affûté et prudent.

— Je suis prête.

Il la souleva, la porta jusqu'au lit et lui fit l'amour, lentement, tendrement, parfaitement. Puis elle s'endormit, épuisée, dans les bras de son mari.

Lorsqu'ils se réveillèrent le lendemain, Sebastian déclara qu'il avait merveilleusement bien dormi, tout comme Milly.

— Tu ne pouvais pas m'accorder une journée entière de tranquillité avec ma femme ?

St. Clair fit un geste vers la théière. Sa baronne et lui étaient en train de prendre un petit déjeuner tardif – très tardif – sur la terrasse quand leurs invités inattendus étaient arrivés.

— Non, merci, répondit Michael en sortant une flasque en argent de la poche de son gilet.

Il interrogea son employeur du regard. On ne pouvait se permettre trop de libertés quand on s'imposait à de jeunes mariés. Le mari pouvait facilement tuer l'intrus ; quant à l'épouse, elle pouvait vous pourfendre d'un seul regard.

Certains jours, Michael détestait tous les aspects de son existence compliquée.

— Je t'en prie, répondit le baron.

Il refusa toutefois la flasque quand Michael la lui tendit, paraissant déjà grisé par la vue de son épouse, qui se promenait parmi les roses avec le professeur Baumgartner.

— Lady Frederica a décidé de rester seule chez elle et ne pas sortir aujourd'hui, déclara Michael.

Il avait prononcé cette phrase sur le même ton lugubre que s'il avait annoncé que Napoléon avait disparu de l'île d'Elbe avec un certain nombre de navires, de munitions et de soldats. La dernière chose dont ils avaient besoin à présent, c'était d'un groupe de ladies caquetant telles des poules et se donnant des coups de bec dans l'hôtel particulier de Londres. Mais Michael savait que la normalité était le meilleur des camouflages.

— Et tu ne pouvais pas rester dans ta mansarde, à écrire des lettres à ta famille ou à lustrer ton unique paire de bottes ?

La question de Sebastian ne méritait pas de réponse. Dans le jardin, Baumgartner affichait un

de ses rares sourires. Il semblait partager l'engoue-
ment de St. Clair pour sa baronne.

— T'es-tu jamais demandé ce que ce serait de vivre
en paix ? demanda Michael. Une vraie paix, pas cette
guerre furtive et indirecte que tu subis depuis ton
retour.

Et que Michael subissait avec lui.

St. Clair cessa d'admirer son épouse le temps d'examiner son invité.

— Tu as l'air fatigué, Michael.

Le mariage n'avait pas émoussé la perspicacité
de St. Clair, même si elle l'avait privé de son bon
sens.

— Tu as un duel prévu mardi prochain, lui rappela
Michael. Quand je vois ta jolie baronne inspecter tes
jardins, ça me donne envie de me soûler jusqu'à l'inconscience ou de mettre un terme à ton existence tout
de suite.

St. Clair se cala contre le dossier de sa chaise. Il
avait l'air détendu, séduisant, pas vraiment reposé
mais agréablement fatigué.

— MacHugh ne me tuera pas, dit-il doucement. Il
veut me donner une leçon, rien de plus, et je serai
heureux d'être son élève. Je lui dois bien ça.

Michael ressortit sa flasque et, cette fois, la vida.

— Elle est au courant ? demanda-t-il.

Le baron but une gorgée de thé puis regarda sa
tasse d'un air surpris comme s'il avait oublié de la
sucrer. Sans doute avait-il été trop occupé à admirer
sa jeune épouse.

— Prends donc un scone, Michael. Milly et toi préférez ceux avec des raisins.

— Tu sais où tu peux te le mettre, ton scone. Tu
ne lui as rien dit. Tu n'as pas jugé bon de la prévenir
qu'elle épousait un mort.

St. Clair avait décidé de jouer au charmant lord
anglais. Il beurra un scone, le déposa dans une petite

assiette en porcelaine bleu, blanc et doré, puis la poussa sur la table en direction de Michael.

— Plutôt que de proférer des insanités concernant les mets du petit déjeuner, pourquoi ne me demandes-tu pas ce que ma tante t'a chargé de découvrir ? Elle vous a envoyés tous les deux non parce qu'elle a décidé de rester chez elle, mais pour s'assurer que vous pourriez m'éloigner de ma femme le temps d'une conversation.

— À moins que ce ne soit pour éloigner ta femme de toi.

Michael mordit finalement dans le délicieux scone feuilleté et essaya de ne pas s'étouffer sur une bouchée de nostalgie.

Lorsqu'il fut de nouveau en mesure de parler, il s'adressa aux raisins secs qui parsemaient le petit pain.

— Il se peut que j'aie vu Anduvoir.

St. Clair remplit une tasse de thé, ajouta du lait et du sucre et la lui tendit.

— Soit tu l'as vu, soit tu ne l'as pas vu, mon ami.

Michael mordit de nouveau dans le scone puis le contempla, comptant les raisins restants.

— T'est-il déjà arrivé de m'appeler « mon ami » dans quelque langue que ce soit ?

Pourquoi diable fallait-il qu'il le fasse à présent ?

— Le mariage me fait du bien.

Le mariage mettait également un sourire sur le visage de St. Clair, lui donnant une expression que Michael ne lui avait encore jamais vue. Ce n'était pas un sourire ironique, moqueur, surpris, résigné ni aucune des mimiques sophistiquées qu'il affichait et ôtait comme autant de masques. C'était un sourire… tendre.

— Être marié à cette femme ferait du bien à n'importe quel homme doté d'un peu de jugeote, rétorqua Michael. Mais si MacHugh ne te tue pas et qu'elle apprend que tu t'es battu, c'est probablement elle qui aura ta peau.

— Les femmes ne comprennent pas le sens de l'honneur des gentlemen.

Au contraire, elles le comprenaient trop bien et y voyaient une manifestation de la bêtise des hommes. Si Michael avait des excuses à présenter à sa famille, c'était pour ce foutu honneur de gentleman qui l'avait empêché de rentrer chez lui pendant près de dix ans.

— Si c'est bien Anduvoir que j'ai vu, il a perdu du poids, s'est rasé la barbe et a tenté d'éclaircir le peu de cheveux qu'il lui reste.

— Cela n'a pas dû être bien sorcier. En outre, il était bien mieux nourri que nous.

Ce qui, compte tenu de la situation lors de la chute de Toulouse, était une raison de plus de le haïr.

— Si c'était bien lui, il s'est enhardi, poursuivit Michael. Le cousin de la baronne et lui fréquentent assidûment le *Jugged Hare*. Les clients m'ont confirmé que toutes les additions d'Upton étaient réglées par le Français.

Dans les jardins, la baronne s'arrêta devant un massif de lavande. Elle en cueillit un brin et le donna au professeur, qui le glissa dans sa boutonnière.

— On peut savoir pourquoi tu ne m'as pas informé de ce fait avant que je mette Milly en danger en l'épousant ? As-tu oublié ce dont Anduvoir est capable quand il s'en prend à un être plus petit et sans défense ?

Michael avait déjà entendu ce même ton las et détaché dans la bouche du baron après l'une des visites d'Anduvoir dans la salle d'interrogatoire. La nonchalance de St. Clair cachait une fureur glacée.

— Tu la protèges ? Après un seul jour de mariage ? C'est bon signe, St. Clair. Peut-être que, sous la bonne influence de la baronne, tu parviendras bientôt à te protéger toi-même.

Les années passées au château à se préoccuper du sort des poulets et des prisonniers n'avaient pas affûté l'instinct de survie de St. Clair.

— Et toi, tu me protèges, répondit St. Clair. Sauf que tu as attendu des jours pour me prévenir de la présence d'Anduvoir devant ma porte. On se demande pourquoi.

Michael hésita.

— Je voulais que tu aies une journée entière avec elle, afin que tu saches ce que pourrait être ta vie dans un monde meilleur. Le jour de tes noces ne devait pas être gâché par l'ombre d'Anduvoir.

Dans le jardin, Milly dit quelque chose qui fit rire Baumgartner aux éclats, un son chaleureux et inattendu.

— J'avais oublié que Baum pouvait rire, observa Michael. Mais les Allemands ont souvent un tempérament joyeux et ils n'ont pas peur de rire d'euxmêmes.

— Comme les Écossais.

St. Clair commença à beurrer un autre scone, Michael ayant réduit le premier en miettes.

— Tu sais, j'ai perdu l'habitude de penser en français. Je l'utilise encore pour jurer, surtout en présence d'une dame, mais mon imagination parle désormais anglais.

Michael ne répondit pas. St. Clair lui tendit le scone sans s'embarrasser cette fois d'une petite assiette.

— Michael, tu me mens. Tu prétends avoir voulu m'accorder un vrai jour de mariage, alors que tu as mis une femme innocente en danger. Il va falloir me trouver une meilleure raison que ta sensibilité.

— Je n'en veux plus, dit Michael en refusant le scone. Trop de raisins. Je tenais vraiment à ce que vous ayez une belle journée de noces – ou nuit de noces. Je pensais qu'elle méritait bien ça.

St. Clair mordit dans le scone.

— Effectivement, nous avons apprécié notre journée, et je t'en remercie. Ne devrais-tu pas me présenter ta démission, Michael ? Partir pour le Nord pour retrouver toutes ces sœurs et ces hommes de ton clan qui s'inquiètent pour ta santé ? Tu devrais au moins prendre un congé pour l'été, tu ne penses pas ?

Plutôt que de se mettre à briser de la porcelaine, Michael ressortit sa flasque, se souvenant trop tard qu'elle était vide.

— Tu veux me renvoyer parce que tu crains pour ma sécurité ou parce que tu ne me fais plus confiance ?

— Pourquoi m'as-tu caché la présence d'Anduvoir ? Je peux comprendre que tu n'aies pas été sûr de l'avoir reconnu, ou que tu aies refusé de croire qu'il était de retour, mais tu savais qu'on pourrait utiliser ma femme contre moi, ce qui ne serait pas arrivé si elle était restée la dame de compagnie de ma tante.

— Tu as toujours su identifier et manipuler tes ennemis, St. Clair, mais tu as beaucoup moins d'expérience avec tes alliés. Je n'irai pas dans le Nord avant que cette affaire de duel avec MacHugh soit réglée, et peut-être même pas ensuite.

La baronne, ravissante dans une robe verte bordée de liserés violets, raccompagnait Baumgartner vers la terrasse. Michael fit semblant de contempler ce charmant tableau pendant que St. Clair l'observait.

— S'il arrive malheur à mon épouse par ta faute, Michael, je te tuerai sans hésiter. C'est une promesse. Tu peux transmettre cette information à quiconque elle intéressera, car j'espère que cette personne te protège également.

Michael ne répondit pas. Protester aurait été mentir à un homme qui lui avait sauvé la vie à plusieurs reprises, mais confirmer son observation serait revenu à avouer que son employeur n'avait pas l'exclusivité de sa loyauté.

# 14

— On dirait que M. Brodie vous a contrarié.

Sebastian envisagea d'éluder la question. Milly n'étant pas une cavalière expérimentée, elle était trop occupée à guider son cheval pour soumettre son mari à un nouvel interrogatoire.

— C'est ma tante qui m'a contrarié, répondit-il. Elle m'a envoyé non pas un mais deux espions dès le lendemain de notre mariage. S'imaginait-elle que nous ne saurions pas nous débrouiller seuls pour notre nuit de noces ?

Milly lissa la crinière de sa monture. Sebastian lui avait donné Folly, une ravissante petite jument arabe alezane dont la démarche régulière compensait une fâcheuse tendance à flirter avec tous les mâles, même avec les hongres d'un certain âge.

— Votre tante a l'habitude de s'inquiéter pour vous, Sebastian. Elle ne va pas cesser simplement parce que vous avez désormais une épouse.

— Non, elle vous a simplement ajoutée à la liste des gens pour qui elle s'inquiète. Je suppose que le professeur vous a soumise à un interrogatoire ?

Il se pencha en avant pour éviter une branche basse. Milly et sa jument étant plus petites, elles passèrent sans encombre.

— Le professeur s'est montré charmant. Il a obtenu ses réponses sans avoir à poser de questions délicates.

Saviez-vous qu'il avait autrefois demandé sa main à votre tante ?

Des réponses à quelles questions ?

— Non, je l'ignorais. Comment êtes-vous parvenue à lui soutirer cette information ?

La jument tenta de mordiller l'épaule de Fable.

— Vilaine ! la gronda Milly. Je lui ai simplement posé la question. Je lui ai demandé si, maintenant que j'avais pris la place de la dame la plus préoccupée par votre bien-être, lady Frederica autoriserait quelqu'un à s'occuper d'elle.

Le pauvre Fable fit une embardée, plus déconcerté qu'agacé par les avances de la jument.

— Et ? demanda Sebastian en tapotant l'encolure de son hongre.

— Il m'a dit qu'il occupait déjà ce poste, avec bonheur. Ils vous aiment, Sebastian. Je crois que vous ne vous en rendez pas compte.

— Je sais qu'ils m'aiment. Le soutien de ma tante était parfois tout ce qui me permettait de tenir bon lorsque j'étais en France. Elle trouvait des moyens de me faire parvenir des lettres, des nouvelles de la maison ou quelques petits souvenirs. Je lui dois énormément.

Pour la première fois, alors qu'il chevauchait aux côtés de sa femme, Sebastian reconnut en lui-même que sa dette envers sa tante était également un fardeau.

*T'es-tu jamais demandé ce que ce serait de vivre en paix ?*

Milly tira sur ses rênes afin de retenir Folly, qui cherchait de nouveau à attirer l'attention de Fable.

— Elle aussi, elle vous doit beaucoup, déclarat-elle. Votre tante est l'une de ces femmes qui considèrent un cercle à broder comme une chaîne. Elle a besoin de diriger, d'être impliquée dans des affaires importantes, d'être stimulée par des sujets plus inté-

280

ressants que les commérages et la mode. Si elle avait été mariée à un vicaire, elle aurait dirigé la paroisse. Si elle avait été un homme, elle se serait engagée dans l'armée.

— Et elle m'est redevable pour cela ?

— Votre exil en France lui a permis de gérer la baronnie, lui a donné un défi à relever à une époque de sa vie où son veuvage aurait pu la faire sombrer dans le désespoir et l'ennui. Lady Frederica le comprend et vous en est reconnaissante. Un autre neveu aurait confié ses affaires à des administrateurs plutôt que de laisser une dame vieillissante prendre des décisions importantes.

Ses affaires avaient été gérées par des hommes de loi jusqu'à sa majorité, mais Frederica avait guidé ces derniers.

— Je n'ai jamais pensé une seule fois, dans aucune langue, que le temps passé dans le pays de ma mère était un exil.

— Je ne vois pas pourquoi, répliqua-t-elle. Si vous aviez été le fils d'un duc, quelqu'un aurait négocié votre retour. Des Français se sont retrouvés coincés en Angleterre aussi. Mais les Français sont plus pragmatiques.

Fable s'arrêta sans que Sebastian le lui ait demandé.

— Êtes-vous en train de dire que ma tante m'a délibérément laissé en France ?

Une fois cette pensée entrée dans son esprit, elle s'y installa avec la lourdeur et la froideur d'une possibilité hideuse.

— Bien sûr que non. Je dis simplement que votre tante s'est épanouie en relevant les défis créés par votre absence. Je suis sûre qu'elle priait pour votre sécurité tous les soirs. Les pouvoirs d'une femme sont toujours limités comparés à ceux d'un homme… Devrait-il vraiment manger cette plante ?

Fable avait profité de la pause pour arracher une bouchée de feuilles dans un buisson. Sebastian ignorait le nom anglais de la plante, mais il savait qu'elle n'était pas nocive.

— Non, pas vraiment, répondit-il. La compagnie de votre jument le trouble. Allez, hue !

Il éperonna sa monture tout en demandant :

— Quelles questions le professeur vous a-t-il posées ?

Bien qu'elle manquât d'expérience à cheval, Milly savait laisser sa jument tranquille quand elle se comportait bien. Un jour, elle ferait une excellente cavalière, si elle le désirait. Ses chevaux lui feraient confiance et prendraient soin d'elle comme d'un membre de leur troupeau.

— J'ai répondu au professeur que je ne regrettais pas de vous avoir accepté comme mari et que je voyais se profiler de nombreuses années de bonheur à vos côtés. Je lui ai assuré que la manière dont vous me traitiez était tout ce dont une jeune épouse pouvait rêver.

Il lui avait demandé une simple rose, et elle lui envoyait tout un bouquet à la figure.

— Vous auriez pu simplement lui répondre que vous étiez satisfaite.

— Je ne suis pas satisfaite. La satisfaction est pour les enfants, les personnes âgées et ceux qui l'ont méritée. Lorsque notre nursery sera remplie d'enfants heureux et en bonne santé, qu'ils sauront tous parfaitement lire et écrire, alors je serai satisfaite. Quand je pourrai me blottir dans un fauteuil de la bibliothèque avec un roman de Mme Radcliffe, je serai satisfaite. Lorsque vous ne soupçonnerez plus tout un chacun d'avoir des intentions malveillantes, je serai satisfaite.

Et chacune des roses de Milly avait des épines…

— Les gens ont souvent des intentions malveillantes, moi compris.

À présent, il devait envisager la possibilité que sa tante l'ait laissé en France pour des raisons inconnues.

— Vous ne m'avez toujours pas dit pourquoi M. Brodie vous avait contrarié, demanda-t-elle.

La jument avait repris ses avances sans espoir, mais Fable était désormais plus occupé à repérer d'autres buissons interdits.

— Qu'est-ce qui vous fait croire qu'il m'a contrarié ?

— Vous buviez du thé. Votre tante m'a dit que vous aviez cela en horreur. En outre, M. Brodie avait l'air d'un écolier pris en faute obligé de recopier des passages de la Bible et privé de pudding.

Ou d'un sergent envoyé en manœuvre alors qu'on lui avait promis une permission.

— J'aime le thé, notamment le thé fort avec une pointe de thé vert de Chine dans le mélange. Il m'arrive également de le parfumer à la bergamote, un raffinement que m'a appris un Italien qui s'était arrêté au château alors qu'il faisait route vers une cathédrale papiste dans le nord de l'Espagne.

Ils arrivaient au début de l'allée de chênes qui menait au vieux moulin, le lieu où, pour Sebastian, leur mariage avait vraiment commencé.

— Vous aimez le thé, mais vous vous privez du plaisir d'en boire, conclut Milly. Cela n'a aucun sens. Le thé n'est pas un vice ni, pour un pair anglais, une extravagance.

— Éviter le thé est une habitude que j'entretiens depuis si longtemps que cela ne me coûte plus. Le thé est anglais, le café français. Dans la mesure où, pour survivre, je devais devenir français, j'ai pris soin de dédaigner le thé.

Milly arrêta sa jument et contempla l'allée de chênes. La vue était belle, bucolique et si typiquement anglaise que Sebastian eut un pincement au cœur.

— J'espère que, dorénavant, au lieu de chercher à devenir français ou anglais, tous vos efforts se concentreront sur le fait d'être mon époux, Sebastian, baron de St. Clair.

— Si nous rendions une visite au moulin ? proposa-t-il.

Il en avait envie, voulait s'assurer qu'il était toujours là et disponible pour un petit interlude, si son épouse était d'humeur.

— Non. Je garde un merveilleux souvenir de ce moulin, mais j'aimerais voir d'autres lieux que vous fréquentiez enfant, afin de nous y créer d'autres merveilleux souvenirs.

— Madame, cette propriété recouvre des milliers d'hectares, et le sourire que je vois sur votre visage ne saurait être décrit que comme « coquin ». Je ne suis qu'un homme et n'ai plus la vigueur de la première jeunesse. Je vous suggère de modérer vos ambitions.

Son sourire était également enchanteur. Sebastian se demanda dans combien d'endroits ils pourraient se créer de merveilleux souvenirs avant le mardi suivant. Trop peu, hélas.

Folly fouetta sa croupe de sa queue pour chasser une mouche, effrayant Fable, qui fit une nouvelle embardée.

— Et je vous suggère de cesser de ridiculiser mes ambitions et de nous trouver une nouvelle destination, rétorqua Milly. Qu'y a-t-il dans cette direction ?

Elle pointa sa cravache vers une colline parsemée de moutons à l'est.

— Une ruine. Certains affirment que c'était une tour de guet pour repérer les Romains, les Vikings et autres envahisseurs. D'autres disent que c'était une sorte de lieu de culte druidique transformé en étable. Cela ressemble un peu à un cercle de pierres que les dieux auraient renversé.

— Vous y jouiez enfant ?

— Toujours.

Il y avait imaginé des centurions loin de chez eux, de braves guerriers musclés aux barbes brunes rêvant avec nostalgie à leurs piazzas spacieuses et à leurs côtes méditerranéennes baignées de soleil.

— Dans ce cas, c'est là que nous allons, déclara-t-elle. Mais… Sebastian ?

— Oui, ma chère ?

Il avait failli dire « mon amour ». Il attendit sa réponse tandis qu'ils orientaient leurs montures vers la colline, tournant le dos au moulin.

— Je n'ai toujours pas entièrement confiance en M. Brodie, même si je l'aime bien.

Sebastian se souvint que sa baronne s'était approprié une place dans son lit en dépit de ses cauchemars. Milly St. Clair n'avait pas froid aux yeux, et il ne l'en aimait que plus.

— Je connais Michael depuis des années et, pendant bon nombre d'entre elles, il fut mon seul ami.

Mais était-ce un allié ? L'avait-il jamais été ?

— C'est un homme bien, mais, parfois, les hommes bien ne choisissent pas la voie qu'ils doivent emprunter.

— Comme c'est joliment dit !

Parfois, les hommes bien ne pouvaient même pas choisir le pays où ils vivaient et pour lequel ils se battaient.

— Pourquoi vous méfiez-vous de lui, Milly ?

— Je ne sais pas trop. Il m'a prévenue que toute femme à laquelle vous vous attacheriez pourrait vous mettre en danger, comme un talon d'Achille.

Michael, Michael, Michael… Mais, en vérité, Sebastian approuvait sa démarche.

— Il était sincère, Milly. Vous savez que je me suis battu en duel. Tous mes ennemis ne sont pas aussi

285

honorables que les officiers anglais qui m'ont défié au pistolet.

Folly, croyant sans doute qu'ils rentraient au manoir, accéléra le pas.

— Il ne sera plus question de pistolets à l'aube, Sebastian. Vous avez un héritier à concevoir et une épouse qui sait à peine lire un menu. Lady Frederica n'est plus toute jeune et, en outre, la guerre est terminée.

Il esquissa un sourire docile.

— Plus de pistolets, entendu.

Ce qui laissait les épées, les poings, les couteaux, les fouets...

— Ne vous moquez pas, Sebastian. Je me suis réveillée ce matin en découvrant que j'étais une baronne. Cela ne faisait pas partie de mes plans, et ma seule consolation, c'est de m'être réveillée à vos côtés.

Elle s'était surtout réveillée sous lui. Et lui en elle. À trois reprises.

— Pas de pistolets, Milly. Je vous donne ma parole. Et ne vous inquiétez pas au sujet de Michael. Nous nous entendons très bien, en partie parce que sa mère était irlandaise et son père écossais. Nous sommes tous les deux des chiens bâtards.

— Cela explique pourquoi il roule parfois les R.

Michael aurait été effaré s'il avait su qu'elle l'avait remarqué. Elle lisait avec peine, mais elle avait une ouïe parfaite.

— Avez-vous remarqué autre chose chez lui qui vous mette mal à l'aise ? demanda-t-il.

Elle tripota ses rênes, cajola son cheval, regarda autour d'elle comme si elle se demandait comment ils étaient arrivés là.

— Oui, répondit-elle, lui transmettant avec cette seule syllabe sa réticence à trouver un défaut à l'ami de son mari. Il a déserté l'armée anglaise alors qu'il était officier et que la victoire semblait promise à l'Angleterre. Qu'est-ce qui l'empêchera de déserter votre cause tôt ou tard ?

*Si ce n'est déjà fait.*

— Si cela peut vous réconforter, Michael nous quittera bientôt pour rendre visite à sa famille dans le Nord. Si nous laissions nos chevaux se dégourdir les jambes ?

Si Michael ne souhaitait pas voir sa famille, Sebastian se retrouverait face à un dilemme : valait-il mieux savoir où il se trouvait exactement, quand il entrait et sortait ? Ou était-il préférable de ne plus l'avoir sous son toit, libre de manigancer Dieu savait quoi, et pour le compte de Dieu savait quel gouvernement ou clan ?

La jument de Milly s'élança au petit galop et Sebastian la suivit, admirant le derrière de son épouse et l'intrépidité avec laquelle elle laissait sa monture fendre l'air à travers la campagne.

Au cours de l'une de leurs leçons d'écriture, le professeur avait expliqué à Milly que l'anglais était une langue riche, qui ne se débarrassait pas de l'ancien en faveur du nouveau, mais augmentait sans cesse sa panoplie de mots. Les Romains étaient venus et repartis, et une grande partie de leur langue avait été ajoutée à cette panoplie. Il en avait été de même avec les Anglo-Saxons, les Jutes, les Vikings et les Normands. Par conséquent, tout concept nécessitant d'être exprimé dans la langue anglaise pouvait prendre une variété de formes.

Ainsi, un mari pouvait être un époux ou un conjoint. Un chien, selon l'égard qu'on lui portait, pouvait être un canidé, un limier, un animal de compagnie ou un bâtard.

De toutes les expressions disponibles pour décrire sa situation conjugale, celle qui lui paraissait la plus appropriée était « tomber amoureuse ».

Oui, elle était tombée amoureuse de son mari. Il ne l'avait pas voulu – leur union était un accord pragmatique né du sens de l'honneur de Sebastian et de l'absence d'alternative de Milly –, mais il n'en était pas moins responsable.

Après avoir fait l'amour dans les ruines, ils s'étaient endormis dans les bras l'un de l'autre, parlant, s'embrassant, se caressant et parlant encore.

Sebastian avait été physiquement malade la première fois qu'il avait torturé Mercie avec un couteau. La deuxième fois également.

Il n'avait pu assister aux funérailles de sa grand-mère car son commandant, l'infâme Anduvoir, avait menacé de faire une inspection du château.

Il avait envisagé d'émigrer en Amérique plutôt que d'assumer ses devoirs de baron. Seule son inquiétude pour sa tante l'en avait empêché.

Avec chaque confession, Milly devenait un peu plus la femme de Sebastian et était plus impressionnée par l'homme qu'elle avait épousé. Et cela ne faisait que renforcer sa détermination à connaître avec lui le bonheur qui lui était dû.

— Vous voyez ce champ ? demanda-t-elle en le désignant de sa cravache. C'est là que vous devriez essayer la lavande. Il est bien drainé, très ensoleillé, protégé par la colline et exposé au sud.

Fable s'approcha d'un pas nonchalant, indifférent aux cravaches, aux juments et autres sources d'agacement.

— Cette zone a toujours été utilisée comme pâturage, observa-t-il. Elle doit être caillouteuse.

— Toute l'Angleterre est caillouteuse, rétorqua Milly. Sauf les zones qui sont marécageuses, ce qui n'est pas le cas ici. Enlevez les moutons après la moisson, marnez-le bien, puis labourez-en une partie ce printemps et regardez comment les lavandes se comportent.

Il n'écarta pas sa suggestion d'emblée, comme l'auraient fait la plupart des hommes. Il tapota l'encolure de Fable, où les avances affectueuses de Folly avaient laissé une traînée de bave verte, puis lança un regard en direction du manoir.

— Si nous plantons de la lavande ici, la brise poussera le parfum vers la maison, et nous pourrons voir tout le champ depuis l'aile droite.

Milly se tut, impressionnée par la rapidité avec laquelle son esprit d'officier cernait tous les détails.

— Il nous faudra un séchoir, ajouta-t-il tandis qu'ils s'avançaient dans l'allée qui longeait le pâturage. Une structure en bois, car la pierre attire le froid et l'humidité.

Son poste de commandement en France avait été un amoncellement de pierres.

— Une petite structure pour commencer, confirma Milly. Vous pourrez l'agrandir à mesure que la taille des récoltes augmentera.

— Nous aurons le temps d'en construire une avant le prochain été.

L'allée s'élargit. C'était également l'une des voies principales vers le village. Milly écoutait son mari réfléchir à voix haute, savourant le son de sa voix et appréciant la rigueur de ses plans. Il lui faisait l'amour avec la même concentration, la même intensité.

— Vous faites très anglais, savez-vous ? déclara-t-elle.

Ce n'était qu'une observation innocente, peut-être même un compliment, mais Sebastian arrêta soudain son cheval.

— Pourquoi, il m'arrive de ne pas faire anglais ?

Elle chercha des exemples dans sa mémoire.

— Vous vous souvenez du jour où vous m'avez surprise dans le salon de musique et que les roses se trouvaient dans le mauvais vase ?

À son regard, elle comprit qu'il savait précisément à quelle scène elle faisait allusion.

— Vous avez réarrangé les fleurs, poursuivit-elle. Vous avez fait un bouquet très anglais, parfaitement symétrique, chaque tige à sa place, mais votre voix avait un accent... continental.

— Vous voulez dire que je parlais comme un Français, dit-il sans la moindre expression sur le visage. Quels autres moments avez-vous en tête ?

Elle aurait voulu lui dire que cela n'avait aucune importance, mais, de toute évidence, cela en avait pour lui.

— Lorsque nous nous sommes promenés dans le parc et que vous m'avez interrogée au sujet d'Alcorn.

À cette occasion, il ne s'était pas seulement comporté en Français, mais également en commandant de garnison.

Sebastian se redressa sur sa selle comme s'il voulait voir plus loin.

— Et quand nous sommes allés à Chelsea ? demanda-t-il.

— Non, là, vous étiez anglais. Vous embrassez et vous flirtez comme un Anglais.

Son sourire... Oh, elle vivait pour ce sourire. Heureux, polisson, content de lui et tellement masculin !

— Comment pouvez-vous le savoir ? demanda-t-il.

— Je suis une baronne anglaise, ne l'oubliez pas, mariée à un pair du royaume et bientôt mère du prochain baron de St. Clair. Je sais reconnaître un baiser anglais quand mon mari m'en donne un.

Ou des dizaines. Milly éperonna sa jument, préférant ne pas s'attarder sur ce sujet au milieu d'une allée.

— Bientôt mère du prochain baron de St. Clair ? Nous ne sommes mariés que depuis quelques jours, madame. Sauriez-vous quelque chose que vous auriez omis de dire à votre époux anglais ?

— Je sais que nous avons des relations conjugales à un rythme qui ne peut que donner des résultats, compte tenu que nous sommes tous les deux en excellente santé. Planterez-vous de la lavande ?

Ils se demandèrent s'ils pourraient bouturer suffisamment de plantes avec ce qui restait de la culture en cours, et si ces boutures pourraient être conservées pendant l'hiver dans la petite ferme expérimentale de Chelsea. Pendant qu'ils discutaient, Milly s'efforçait de ne pas fixer les lèvres de son mari, ses mains autour des rênes ou les muscles de ses cuisses.

— Nous ne sommes pas les seuls à profiter de cette belle journée, observa-t-elle.

Un autre couple à cheval approchait. Le gentleman montait un grand alezan racé, la dame une jolie jument pommelée. Deux jeunes mastiffs gambadaient à leurs côtés.

L'attitude de Sebastian changea, mais Milly n'aurait su dire en quoi. Fable le sentit également et cessa d'essayer d'attraper du feuillage au bord du chemin.

— Milly, je ne peux promettre que...

— St. Clair, déclara le duc de Mercie en effleurant le bord de son chapeau. Madame. Bonjour.

Le duc avait arrêté sa monture, tout comme sa compagne. Il y eut un silence (c'était là l'homme dont les silences avaient été plus solides que les murs en granit d'une garnison), puis Milly comprit que ce n'était pas un signe d'agressivité, mais de courtoisie.

— Sebastian, je crois que monsieur le duc attend que tu fasses les présentations.

Après une autre pause infinitésimale, le temps que les paroles de Milly pénètrent la bulle de tension qui l'entourait, Sebastian déclara :

— Je vous demande pardon, monsieur le duc, madame la duchesse. Permettez-moi de vous présenter mon épouse, la baronne de St. Clair.

Milly fut ravie de constater qu'il s'exprimait comme un parfait Anglais.

— Nous visitons une propriété que Mercie a héritée d'un cousin, expliqua la duchesse. Nous allons faire démolir le petit manoir, et je tenais à voir ça.

C'était une petite femme blonde qui regardait son mari probablement comme Milly regardait le sien.

Quelques minutes plus tard, les hommes chevauchaient devant, les chiens avaient disparu derrière les haies, et Milly se retrouva à faire la conversation avec... une duchesse.

— Vous voulez assister à la démolition du bâtiment, madame ? demanda-t-elle.

Peut-être les duchesses étaient-elles sujettes à l'excentricité ? On entendait beaucoup d'histoires sur la consanguinité dans l'aristocratie.

— Je veux que Mercie le fasse voler en éclats. J'ai été mariée au précédent propriétaire du manoir avant que Mercie ne m'épouse, et ce ne furent pas des années heureuses.

Chacun arrivait-il donc à l'âge adulte avec un fardeau de mauvais souvenirs ?

— Dans ce cas, vous devriez programmer la démolition de nuit, madame. L'explosion sera comme un feu d'artifice. En outre, le terrain étant plus humide la nuit, il y aura moins de risques qu'un incendie se propage.

— Quelle excellente idée !

Elles parcoururent le joli chemin de campagne en silence pendant quelques minutes, puis la duchesse déclara :

— J'ai voulu haïr votre mari, savez-vous ? Je lui souhaitais une mort lente, douloureuse. Plusieurs morts, même.

La duchesse n'était pas excentrique, mais féroce.

— Vous avez changé d'opinion au sujet de St. Clair ?

— J'y songe. Mercie semble le respecter, ce qui dépasse mon entendement, mais je ne veux pas le harceler avec mes questions. Je sais que, quels qu'aient été leurs griefs, Mercie considère qu'ils sont quittes. Il y a eu un duel... ou plutôt, un projet de duel, mais ils sont arrivés à un accord.

La duchesse se tut, une habitude qu'elle avait peut-être apprise de son bel époux, ou des années difficiles de son premier mariage.

— Je sais que Sebastian s'est battu en duel, déclara Milly, mais il m'a promis que tout cela était derrière lui. Il n'a pas d'héritier, voyez-vous, et j'ai encore beaucoup à apprendre pour devenir une baronne digne de lui.

Devant eux, Sebastian pointait l'index vers le champ bien drainé exposé au sud, et le duc semblait lui faire des suggestions.

— Je crois que vous l'êtes déjà, répondit la duchesse. Vous l'aimez sincèrement, n'est-ce pas ?

Elle paraissait perplexe.

— Je suis folle de lui, madame. Sebastian a enduré de nombreuses épreuves, sans aucun allié pour le soutenir, et il continue à subir les conséquences de décisions qui n'étaient pas les siennes. Il n'a pas besoin qu'on le défende, mais il mérite d'être aimé.

La duchesse fit ployer sa cravache entre ses mains.

— Il a torturé mon mari, parmi d'autres. Si vous pouviez voir...

— Je peux voir, madame. Je vois que les choix qu'a faits Sebastian le hantent. Je vois aussi que tous les hommes qu'il a torturés sont à présent en sécurité sur le sol anglais mais continuent à nourrir des griefs avec plus de soin que vous n'en apporterez à l'héritier de monsieur le duc.

Il devait être écrit dans quelque manuel de savoir-vivre, en lettres fleuries et dans une prose très alambiquée, qu'on n'interrompait pas une duchesse. Celle de Mercie ne devait pas l'avoir lu, car elle adressa à Milly un sourire complice et parfaitement amical. Elle cessa également de torturer sa cravache.

— Vous êtes bien fougueuse, baronne. On croirait entendre mon mari. Je ne peux aimer l'homme que vous avez épousé, je ne le comprends pas, mais vous me plaisez. Je suis également heureuse qu'il se soit marié. Pour le bien de tous, il faut à un moment donné laisser le passé reposer en paix.

— Merci, madame. Je commence à me demander si quelqu'un connaît Sebastian, ou si toute l'Angleterre préfère haïr l'homme qu'elle a décrété qu'il était.

— Vous, vous ne le haïssez pas, et il a renoncé aux duels pour vous. Il doit donc vous tenir en très haute estime.

Effectivement.

— Il m'a également épousée alors que rien ne l'y obligeait, répondit Milly. Votre jument est-elle arabe, madame ? Elle a des yeux magnifiques.

Elles parcourent encore quelques centaines de mètres en parlant de tout et de rien, puis la duchesse rappela à son mari qu'ils avaient promis de retrouver leur fille pour le thé. Le duc et la duchesse prirent congé et s'engagèrent dans une allée ombragée. Mercie appela ses chiens, qui réapparurent en courant, la langue pendante.

Assis sur Fable, Sebastian était aussi immobile qu'une statue.

— Mercie a baptisé un de ses chiens Crétin.

Milly ne pouvait comprendre la signification de cette observation.

— C'est ce qu'il semblerait. Je n'ai pas entendu le nom de l'autre.

Sebastian tourna la tête vers elle.

— La duchesse s'est-elle montrée correcte avec vous ?

— Très amicale, même.

Ainsi que très franche. Cependant, elle n'avait pas invité Milly à lui rendre visite. Mais, bien sûr, une baronne débutante qui rencontrait une duchesse au détour d'un chemin ne pouvait prétendre à un sauf-conduit pour la haute société locale.

Sebastian suivit des yeux le couple jusqu'à ce qu'il disparaisse derrière un tournant.

— Mercie a offert de me prêter ses serres, déclara-t-il. Il a dit que sa mère raffolait des roses et que les bâtiments sont désormais presque vides. Son épouse, la nouvelle duchesse, aime aussi le jardinage.

Il s'interrompit, fixant toujours le bout de l'allée.

— Sebastian ?

— Oui, mon cœur.

Que c'était doux à entendre !

— La prochaine étape est de leur envoyer un grand bouquet de roses de nos jardins. Les blanches qui ont un parfum extraordinaire. Votre jardinier saura les-quelles.

— Ma mère les a apportées de France.

— Raison de plus.

— Vous les avez appelés « nos » jardins, dit-il avec un sourire. Le duc a demandé si vous aimeriez rendre visite à son épouse. Il dit qu'elle n'était pas autorisée à avoir des amies lors de son premier mariage et qu'elle ne sait pas encore comment s'en faire.

— Dois-je me lier d'amitié avec une duchesse esseulée sans votre aide, moi qui ignore encore comment une baronne doit se comporter ?

— Vous vous débrouillerez fort bien toute seule. Mercie me tolérerait probablement à petites doses devant un verre de brandy, mais je doute que la duchesse apprécie ma présence.

Ils reprirent leur route en silence pendant que Milly imaginait la morne Milly Danforth de Chelsea, ancienne parente pauvre, dame de compagnie et piètre écolière, prenant le thé avec une duchesse.

Une duchesse féroce et une baronne fougueuse. Elles s'entendraient comme cul et chemise.

— Mercie a changé de comportement à mon égard, dit soudain Sebastian.

— C'est peut-être que le mariage lui fait du bien. La duchesse est très protectrice avec lui.

— Le mariage me fait du bien, marmonna Sebastian.

Il lança des regards autour de lui comme s'il espérait que cet aveu était sorti de la bouche d'un des moutons.

— On est en droit de se le demander, St. Clair.

Il ne lui avait pas juré un amour éternel, mais, comme l'avait dit la duchesse, il ne fallait pas harceler son mari de questions.

— Être marié avec vous me fait du bien, répéta-t-il plus clairement cette fois. Je pensais qu'en tant que mari, je ne serais pas une bonne affaire, mais il semblerait que je ne m'en sorte pas trop mal, non ?

Il jeta un regard derrière lui, dans la direction d'où le duc était venu. Le duc qui avait suggéré que leurs épouses se fréquentent.

— Je ne vous décrirais pas comme une « bonne affaire », déclara-t-elle.

Ses paroles eurent l'effet escompté : elle avait capté son attention.

— Comme mari, vous êtes un vrai trésor.

Puis, parce qu'il avait soudain pris un air timide et charmant, elle trouva le courage d'ajouter :

— J'adore être votre baronne.

La ruine apparut au loin, offrant de nombreux recoins intimes à l'abri des regards parmi les pierres chauffées par le soleil.

— Mercie ne me regarde plus comme s'il ne voyait que le couteau dans ma main, observa Sebastian.

— Un jour, j'espère que vous parviendrez à vous voir aussi clairement, tel que je vous vois.

— St. Clair n'est pas aussi facile à haïr que je l'aurais aimé, déclara Gillian, duchesse de Mercie, dès qu'ils furent hors de vue.

— Vos conclusions me laissent pantois, ma chère. Vous lui avez à peine parlé, si ce n'est pour lui dire : « Bonjour, milord. » C'est une impression, ou ces chiens ont encore grandi ?

— Et ils continueront à grandir pendant encore six mois.

Si le duc espérait détourner son attention, il devrait se montrer plus subtil.

— Si vous n'étiez pas intervenu, je ne sais pas ce qui m'aurait retenue de demander à St. Clair comment il parvenait à dormir la nuit après les atrocités qu'il vous a fait subir, ou comment il pouvait respirer après toutes les souffrances infligées à des officiers défendant les intérêts de sa terre natale.

Christian Severn en savait long sur le silence, mais Gilly savait avec certitude qu'il ne l'utiliserait jamais comme une arme contre elle ou leurs enfants. Néanmoins, il choisissait soigneusement ses mots, ce qui prenait parfois un certain temps.

— J'ai suggéré à St. Clair que la baronne et vous fassiez plus ample connaissance.

— Elle m'est sympathique, certes, mais pourquoi avoir ouvert une porte ? Ils sont entichés l'un de l'autre. Partout où elle ira, St. Clair la suivra.

— Il ne suivra pas sa baronne s'il est mort. St. Clair a encore été provoqué en duel, et celui qui l'a défié cette fois est particulièrement dangereux. Ce n'est pas un petit freluquet qui bombe le torse quand il a bu un verre de trop. Ils se rencontreront au même endroit où j'ai rencontré St. Clair. Ils ne se donneront même pas la peine d'être discrets.

Ce n'étaient pas tous les maris qui auraient confié cette information à leur épouse.

— Vous vous sentez responsable.

Le sens des responsabilités de Christian était inscrit dans ses os, inébranlable et, de l'avis de Gilly, pas entièrement rationnel.

— Expliquez-moi pourquoi, soupira-t-elle, avant que je n'aie une migraine à force d'essayer de sonder les profondeurs abyssales qui passent pour le raisonnement masculin.

Devant eux, les chiens flairèrent une odeur fascinante et détalèrent dans le sous-bois en aboyant.

— J'ai été le premier à le provoquer, lui rappela Christian. Je l'ai défié à son propre club, entouré de témoins.

Gilly retint fermement sa jument qui voulait suivre les chiens.

— Oui, mais vous vous êtes ensuite tous deux désistés.

Christian émit un sifflement strident pour rappeler les chiens, faisant peur aux chevaux et sursauter Gilly. Les mastiffs n'apparurent pas pour autant.

— Ces gentlemen du beau monde ignorent que St. Clair et moi avons conclu un arrangement. Avant que je le provoque, St. Clair était retourné à la vie civile comme chacun d'entre nous et vivait tranquillement.

Après avoir vainement observé le sous-bois, il ajouta à voix basse :

— Wellington m'a interdit d'intervenir.

— Wellington n'est plus votre officier supérieur, Christian. Si vous souhaitez intervenir, vous avez pleinement le droit de lui demander pourquoi il a pris cette affaire en main. Que fabriquent donc ces maudites bêtes ?

— Elles sont en train de semer le chaos, sans doute. À cette époque de l'année, de nombreuses espèces ont des petits.

Les mastiffs étaient énormes et encore trop jeunes pour montrer de la retenue devant les faons, les lapereaux, les renardeaux cachés dans les buissons, tous impuissants et sans méfiance, un peu comme la toute nouvelle baronne de St. Clair.

— Lady St. Clair croit son mari à l'abri des gentlemen honorables qui souhaitent lui faire sauter la cervelle, déclara Gilly. Elle se trompe, ce qui me contrarie fortement. Elle m'a dit qu'elle l'aimait sincèrement, Christian.

— Et il est fou d'elle, même si je doute qu'il s'en rende compte. Il m'a dit que « sa » Milly aimait jardiner… Mais vous avez raison. Je pourrais demander plus de détails à Wellington, bien qu'il n'aime pas qu'on se mêle de ses affaires.

Un bruissement dans le feuillage leur indiqua que les mastiffs avaient entendu l'appel de leur maître.

— Pensez à cela, Christian : la baronne de St. Clair prendra très mal de se retrouver veuve une semaine après avoir prononcé ses vœux. Les dégâts provoqués par Bonaparte paraîtront dérisoires comparés à la colère de cette femme s'il arrive malheur à son baron, surtout si ceux qui auraient pu l'aider sont restés les bras croisés.

— Vous ne l'aimez même pas !

Les deux chiens émergèrent d'une haie à quelques mètres d'eux.

— C'est vrai, convint Gilly. Mais je vous aime et vous vous sentez responsable. Vous devrez donc déranger ce cher Arthur, quoi qu'il vous en coûte. D'ailleurs, vous n'avez pas encore refusé sa dernière invitation.

Le duc prit un air de martyr.

— Encore une réunion d'anciens camarades à Apsley House ?

Gilly lui indiqua la date et lui confirma qu'il n'avait aucun autre engagement ce jour-là.

— Vous voyez devant vous un homme résigné, madame. Certaines questions ne peuvent se régler par courrier. D'où vient cette odeur ?

Lorsque les chiens se rapprochèrent en remuant la queue, Gilly sentit à son tour la puanteur douceâtre.

— De quelque chose de très mort, répondit-elle. Et vos chiens se sont roulés dedans.

— Mes chiens ?

— C'est vous qui les avez amenés à la maison.

Ils se chamaillèrent comme deux enfants durant tout le trajet, puis, lorsqu'ils furent rentrés, Gilly rédigea un billet pour accepter l'invitation de Wellington, l'écriture du duc étant illisible. Mercie grommela, se plaignit, tergiversa, mit à rude épreuve les nerfs de la duchesse (dont il récompensa cependant généreusement la patience), mais il finit par signer le billet.

# 15

— Je ne comprends vraiment pas ça.

Henri affichait un air perplexe tout en examinant la table striée de graffitis. Dans un coin, un philosophe aviné avait ciselé : « Aux chiottes les Français ! »

— Elle l'a épousé ! répéta Upton. Elle a épousé un foutu baron, elle qui est pratiquement une simple d'esprit.

Upton paraissait plus sidéré qu'offensé, comme si les barons ne pouvaient s'accoupler avec des simples d'esprit. D'après ce que Henri en savait, les facultés intellectuelles étaient la dernière chose qu'un lord titré recherchait quand il choisissait une épouse.

— Je croyais que les femmes devaient obtenir l'autorisation de leur parent le plus proche pour se marier dans ce pays si civilisé. Encore un peu de bière ?

Naturellement, les femmes de France ne toléraient plus qu'on se mêle ainsi de leurs choix, ce qui était heureux car il restait fort peu d'hommes français pour le faire.

— Volontiers. Milly est adulte. Il était même temps qu'elle se case. Mais Mme Upton est très contrariée, c'est moi qui vous le dis !

Ce qui expliquait qu'il se soit réfugié dans cette taverne.

Henri leva la main pour faire signe à la serveuse.

— Votre dame n'est donc pas contente d'avoir une baronne dans la famille ?

Il était temps que ce gros plein de soupe cesse de s'apitoyer sur lui-même et que Henri le pousse à agir. Upton passa l'index sur le bord de sa chope puis se lécha le doigt.

— Dans n'importe quel autre cas, ç'aurait été une aubaine, mais il a fallu que Milly aille épouser le baron traître. C'est une tout autre histoire.

— Ah.

Upton était relativement sobre (cet individu pouvait engloutir des quantités prodigieuses de bière). Il était également sournois, quoique pas particulièrement malin. Cette seule syllabe, prononcée sur un ton mi-compréhensif, mi-compatissant, suffit à provoquer son agacement.

— Quoi ? Je ne suis pas d'humeur à déchiffrer vos subtilités, monsieur. Les contrariétés de Mme Upton sont de nature à mettre en péril la paix d'un homme.

— Ces dames ne font jamais de bons stratèges.

Henri s'interrompit pendant que la serveuse remplissait la chope d'Upton, puis l'arrêta avant qu'elle ne remplisse la sienne. Il ne pouvait souiller davantage son palais avec de la bière anglaise.

— Elles s'y entendent néanmoins pour priver leurs maris de leur plaisir conjugal. Mon épouse est la seule femme à avoir trois enfants et à être encore presque vierge.

Mme Upton semblait être redoutable même quand elle n'était pas contrariée.

— Vous devez être le plus malin dans cette affaire et féliciter Millicent pour ses noces, suggéra prudemment Henri.

Il marchait sur des œufs. Upton pouvait être guidé, mais non forcé.

— La féliciter ? Vous voulez dire, lui envoyer une lettre avec tout le tralala ? Elle sait à peine lire !

— C'est une baronne, à présent. Elle aura un secrétaire ou une dame de compagnie pour s'occuper de sa correspondance.

Henri y comptait bien.

— Ce serait plutôt à Mme Upton de lui écrire, et elle préférerait traverser la Manche à la nage dans son corset plutôt que de féliciter Milly. Les revenus de la petite représentaient la moitié de nos moyens de...

Upton s'interrompit judicieusement pour boire une gorgée, mais il avait confirmé l'une des théories préférées de Henri sur le comportement humain : tout revenait à une question d'argent. Les motivations de Henri lui-même répondaient en partie à des préoccupations pécuniaires, bien qu'il eût aussi à cœur l'intérêt de la France – sa patrie ne serait pas lésée s'il parvenait à ses fins... du moins, pas trop.

— Savez-vous pourquoi le baron est devenu un traître ?

— Non, pas la moindre idée.

Fort heureusement, il ne venait pas à l'esprit d'Upton de se demander comment Henri le savait.

— L'Angleterre l'a abandonné. Cela m'a toujours laissé perplexe, car vous autres Anglais prenez la succession de vos titres très au sérieux. St. Clair est le dernier de sa lignée. S'il avait été tué ou condamné pour haute trahison, ses biens seraient revenus à la Couronne. Il était autrefois très fortuné, alors que la Couronne l'est beaucoup moins, mmm ?

Les dettes contractées par le Régent et certains membres de sa fratrie auraient provoqué une révolution dans n'importe quel autre pays, surtout quand on savait qu'en Angleterre l'homme du peuple pouvait se retrouver en prison pour une dette mineure.

Upton but une autre gorgée et rota. Puis il entra enfin dans le vif du sujet.

— Milly est la baronne traîtresse, à présent. Ce n'est pas bon, même pour elle.

Que de compassion pour une femme qui n'avait sans doute été qu'une bonne à tout faire dans la maison Upton ! Elle remercierait probablement Henri de ses efforts avant que l'affaire ne soit terminée.

— Vous devez donc la prévenir.

Cette fois, Upton mordit à l'hameçon.

— La prévenir de quoi ? Elle ne peut pas ignorer le passé de St. Clair. Même si elle ne sait pas lire le journal, elle aura entendu les commérages dans sa propre maison. La tante reçoit beaucoup, et vous pouvez parier que Milly en a eu plein les oreilles à force de suivre la vieille dans le beau monde.

De sa chevalière, Henri suivit les lettres gravées sur la table.

— Votre chère cousine connaît le passé de son époux, mais il faut la prévenir de son avenir.

— Je ne suis pas une foutue diseuse de bonne aventure, grogna Upton. Que voulez-vous dire ? Et parlez clairement, car je dois retourner auprès de Mme Upton avant l'heure du dîner.

Un autre rot suivit, plus musical cette fois. Le pet ne tarderait pas. Henri parla donc on ne peut plus clairement.

— Même mes compatriotes savent que St. Clair a été provoqué en duel plusieurs fois et qu'il en est toujours sorti indemne. Un autre duel approche et, cette fois, l'homme qu'il affrontera est connu pour ne faire aucun quartier. Il se pourrait que, mardi à la même heure, votre cousine soit veuve.

— Ces aristos et leurs foutus duels…

— Même un baron traître veille à assurer l'avenir de sa baronne au cas où il viendrait à disparaître.

Henri eut un bref élan de pitié pour cette Millicent. Il ne l'avait pas vue de près, mais Upton la lui avait décrite comme quelconque, peu intelligente, illettrée et plus toute jeune. Elle était donc idéalement placée pour fermer les yeux sur les nombreux défauts de St. Clair. Quant à ce dernier, il ne pouvait se permettre d'être regardant non plus. Tant qu'elle était fertile, elle faisait une épouse parfaite.

— Vous voulez dire qu'elle héritera d'un pactole s'il est tué ?

— C'est probable, mais personne ne l'a prévenue de la prochaine folie de son mari. Si c'est son adversaire qui meurt, St. Clair pourrait être accusé de meurtre, et sa dame voudra prendre ses distances avec lui pour ne pas être entraînée dans le scandale.

Plus important encore, si cela se produisait, Mme Upton serait doublement contrariée.

— Mardi, vous dites ?

— Je le tiens de source sûre. Votre Milly n'a personne d'autre que vous pour lui expliquer l'étendue de l'erreur qu'elle a commise en se mariant.

Upton s'inclina légèrement sur sa chaise et, comme prévu, lâcha un vent. Il garda son regard fixé sur la table, laissant à Henri tout loisir d'observer les pensées s'enchaîner dans les profondeurs boueuses de son esprit et aboutir à une décision.

— Je vais lui envoyer un message, conclut-il. Milly verra bien qui sont ses vrais amis. Mme Upton n'a jamais compris cette fille. Milly n'est pas totalement stupide, du moins quand il s'agit de questions de bon sens.

— Elle appréciera votre honnêteté et, si son baron est tué, elle saura vers qui se tourner dans son chagrin.

Henri ne s'attendait pas que St. Clair se laisse enfoncer le crâne au cours d'un combat à mains nues. Il était grand, rapide, en forme et difficile à tuer. Henri en savait quelque chose, ayant essayé à plusieurs reprises de le supprimer : devant une cour martiale, par l'intermédiaire d'une putain sans le sou et directement.

Néanmoins, St. Clair devait mourir avant que certaines décisions de Henri soient révélées au grand jour. La brute écossaise s'en chargerait peut-être, mais Henri ne pouvait compter sur elle, surtout quand le champ d'honneur s'était déjà montré si complaisant avec St. Clair par le passé.

— Milly n'est pas ici, déclara Upton avec un geste vague vers l'hôtel particulier des St. Clair. Elle est partie dans le Surrey avec son baron. Elle doit être en train de distribuer des ordres aux femmes de chambre et aux laquais, ou de se pavaner avec les bijoux des St. Clair en rêvant à de nouvelles robes.

— Dans ce cas, écrivez-lui dans le Surrey.

C'était là la contribution essentielle d'Upton à son jeu : faire revenir la baronne en ville, où Henri pourrait mettre le grappin sur elle, et ce, avant la prochaine réunion des officiers de Wellington. Un Français seul débarquant dans le Surrey se serait fait remarquer, et St. Clair aurait été rapidement informé de sa venue.

Il y eut une nouvelle flatulence, puis Upton déclara :

— Mmmoui… Je suppose que je pourrais le faire.

— Si elle était ma cousine, je me sentirais tenu par l'honneur de lui dire la vérité. On aurait cru que St. Clair en aurait eu assez de tuer ses compatriotes pendant qu'il servait le Corse.

C'était beaucoup exagérer les états de service du baron, mais peu importait.

Upton grimaça, engloutit le reste de sa bière, puis se leva.

— Je n'ai jamais fui devant mes responsabilités quand il s'agissait de Milly. Cette petite ne nous a causé que des soucis.

Henri se leva à son tour et lui donna une tape virile sur l'épaule.

— Elle ne connaît pas sa chance d'avoir une famille aussi dévouée que la vôtre.

Henri ajouta un grand sourire pour la forme. Upton parut légèrement déconcerté, mit son chapeau, puis se dirigea vers la porte en marmonnant quelque chose au sujet de « mardi prochain » et de « satanées bonnes femmes ».

Le pied d'un homme était fort intéressant et étonnamment chatouilleux. En moins d'une semaine, Milly et son mari avaient pris l'habitude de s'enfermer dans la bibliothèque après le dîner. Sebastian lui faisait la lecture, la tête ou les pieds posés sur ses genoux.

Lorsqu'elle en avait assez de caresser ses oreilles ou d'examiner ses orteils (le deuxième orteil de Sebastian était plus long que tous les autres, sur les deux pieds), il lui tendait le livre, et elle s'efforçait de lire à voix haute du Wordsworth ou du Byron.

Sebastian était avec elle d'une patience infinie, la corrigeant toujours sans jamais la gronder. Il affirmait qu'elle progressait, et elle devait reconnaître qu'il avait raison. Une fois, il lui avait demandé si elle reconnaissait la forme des mots sans pouvoir en réciter chaque lettre et sa question lui avait été très utile.

Mais à présent, Sebastian était parti pour Londres, la laissant seule pour la nuit, à errer comme une âme en peine. Elle devait être complètement folle de lui, car même ses pieds lui manquaient. Quand elle eut assez tourné en rond, elle se rendit dans la bibliothèque pour déchiffrer une pile de courrier.

— Tu n'es pas Peter, tu ne ronronnes même pas, dit-elle au chat roux et noir enroulé sur la chaise opposée.

Le chat formait un ovale parfait sur le coussin, sa chaise orientée vers le feu.

— Sebastian a rendez-vous avec ses avocats demain. Il devrait être rentré avant le coucher du soleil. J'aurais aimé l'accompagner.

Mais il avait décidé de se rendre en ville à cheval et de nuit, en profitant du clair de lune, afin d'aller plus vite. Les talents équestres de Milly n'étaient pas encore à la hauteur d'un galop nocturne jusqu'à Londres.

À moins que son assurance de baronne ne lui ait fait défaut. Sebastian l'avait conduite dans leur chambre après le dîner et lui avait fait l'amour, lentement, silencieusement. Puis il avait baisé son front et avait enfilé sa tenue de cheval pendant que Milly l'observait et s'efforçait de ne pas se sentir abandonnée.

— Faire confiance à quelqu'un est compliqué, expliqua-t-elle au chat. Et difficile. Lire est difficile également, mais ce n'est plus impossible comme autrefois. Veux-tu que je te lise mes lettres ?

L'extrémité de la queue du chat remua une fois.

— Ah, merci pour tes encouragements.

Milly saisit la première lettre, une simple feuille de papier pliée en deux qui portait, contre toute attente, l'écriture maladroite et désordonnée d'Alcorn.

— Des félicitations, sans doute, ainsi qu'une réprimande ou deux.

Milly brisa le cachet en se demandant pourquoi, s'il s'agissait bien de félicitations, Frieda ne s'en était pas chargée elle-même. Après tout, elle avait une fille, une enfant enjouée qui, un jour, aurait peut-être besoin d'une tante titrée.

Elle lut la lettre en silence. Quand elle eut fini, elle relut le message, mot après mot, pour s'assurer qu'elle en avait bien compris le sens. Puis, au grand déplaisir du chat, elle renversa la tête en arrière et se mit à hurler.

— Foutue pluie !

Et foutu café. Le personnel de l'hôtel particulier, se fiant à ses habitudes, ne lui avait préparé que du café, alors qu'un bon thé chaud aurait été bien plus apaisant pour son estomac.

Michael arrêta son cheval.

— Ce n'est pas la première fois que tu te bats en duel sous la pluie.

— Oui, mais c'est la première fois sans pistolets, répondit Sebastian. Un terrain glissant n'a pas grande importance quand tu sais que ta poudre est sèche et que tout ce que tu as à faire est de tirer dans les buissons.

— Dans ce cas, change le choix des armes.

— Nous n'avons apporté ni pistolets ni épées. Ce sera donc aux poings. Si je survis, rappelle-moi d'ordonner aux cuisines qu'on jette tout le café du garde-manger.

Michael sauta à terre et remonta ses étriers.

— D'ordinaire, tu n'es pas aussi nerveux avant une rencontre à l'aube.

— Je ne suis pas nerveux, mais frustré.

Sebastian descendit de Fable à son tour. Chevaucher jusqu'à Londres, se retourner dans son lit toute la nuit, puis se lever avant les premières lueurs d'une journée froide et humide n'était pas bon pour ses articulations – un autre legs du château.

— Pourquoi es-tu frustré ?

— À cause de cette histoire avec MacHugh. Elle ne résoudra rien. S'il ne parvient pas à me tuer, une demi-douzaine d'autres suivront.

— Je croyais que MacHugh ne voulait pas te tuer.

— Pas vraiment, mais s'il y parvient, je n'aurai pas à subir les séquelles de toutes les blessures et mutilations qu'il compte m'infliger. Dis bien à ses témoins qu'il ne doit pas y avoir de coups sous la ceinture.

— J'espère que toutes tes affaires sont en ordre, parce que tel que je te vois là, tu pars perdant.

Ils se turent en voyant MacHugh et ses témoins s'avancer dans la clairière. Comble de l'ironie, c'était à cet endroit même que le duc de Mercie avait choisi d'épargner la vie de Sebastian.

— Je vais saluer mes confrères, annonça Michael en attachant leurs chevaux à un tronc d'arbre.

Il s'apprêtait à traverser la clairière pour aller discuter avec les témoins de MacHugh, tous en kilt, quand Sebastian le retint par le bras.

— Dis à Milly que je suis désolé.

L'air habituellement irrité de Michael s'assombrit encore.

— De quoi ?

— De ne pas lui avoir dit...

Les mots moururent dans sa gorge, lui paraissant stupides et impuissants. Toute sa vie lui paraissait soudain stupide.

— Tu ne lui as pas dit qu'elle risquait de se coucher veuve ce soir ?

— Je ne lui ai pas dit que je l'aimais.

Il ne lui avait pas dit qu'elle méritait beaucoup mieux qu'un baron traître. En fait, il y avait tant d'autres choses qu'il aurait voulu lui dire, et qui semblaient à présent bien plus importantes que de laisser MacHugh soigner son orgueil blessé.

— Si tu l'aimes, envoie ce MacHugh rouler dans la boue et emmène ton épouse visiter le continent, répliqua Michael. Fais-lui au moins quelques bébés avant de la laisser veuve, afin qu'elle n'ait pas à vivre de la charité de la Couronne.

Milly ne manquerait de rien grâce à la fortune privée de Sebastian, bien que ce fût un piètre réconfort.

— Va t'entretenir avec les témoins de MacHugh. Plus on attendra, plus le terrain deviendra boueux.

Une réalité qu'un homme intelligent devait garder à l'esprit quand il mentait à sa femme.

MacHugh buvait le contenu d'une flasque en argent, ses témoins tournant le dos à Sebastian. Tandis que ce dernier se débarrassait de sa cravate et de sa veste, les paroles de Mercie lui revinrent à l'esprit : MacHugh était un bon pugiliste, mais il était trop sûr de lui. Il utilisait trop sa droite et négligeait sa défense.

C'était plus ou moins ce que le duc avait dit. Milly se serait souvenue de ses paroles exactes. Il ôta sa chemise, puis ses bottes et ses bas. Le sol était froid et glissant sous ses pieds. Il lui faudrait également veiller à ne pas marcher sur un caillou ou une racine au mauvais moment.

Pendant que Michael parlait avec la brute en kilt qui tenait le cheval de MacHugh, Sebastian se concentra sur la douleur sourde qui le tenaillait depuis qu'il avait quitté St. Clair Manor la veille au soir.

Depuis qu'il avait quitté Milly.

À sa frustration (les sbires de Wellington le laisseraient-ils tranquille un jour ?) s'ajoutait un désespoir teinté de nostalgie, un sentiment qui l'avait tenaillé durant des années au château, le prenant à la gorge au point de l'étrangler avec chaque gorgée de café noir et amer qu'il avalait.

Ce sentiment s'était encore accentué maintenant que, comme le lui avait rappelé Michael, il pouvait rêver d'une vie paisible qui incluait une épouse et des enfants.

— MacHugh est prêt, déclara Michael en revenant.

Il saisit les bottes de Sebastian et les plaça sous des branches afin de les protéger de la pluie.

— Tu lui as présenté mes excuses ?

— J'ai essayé. Rien à faire.

Sebastian retourna sa chevalière sur son doigt.

— Tu as des conseils à me donner ? demanda-t-il.

— Reste en vie. Tu es la dernière excuse qu'il me reste pour ne pas rentrer en Écosse.

Sebastian s'efforça de se détendre en dépit du froid et de l'humidité.

— Je ferai mon possible pour t'être agréable. Tu crois que l'un de ces deux mastodontes en jupe est médecin ?

— Oui, le plus petit. MacHugh considère que, par égard pour ta veuve, il se doit de nettoyer ton cadavre avant de te renvoyer à elle.

— Quelle touchante attention ! Finissons-en.

Ils s'avancèrent dans la clairière, et MacHugh lança sa flasque à l'un de ses témoins.

— Tu le diras à Milly ?

— Oui, bon sang !

Sebastian étudia le terrain. Le côté gauche de la clairière remontait légèrement, et la terre devait y être moins spongieuse. Des pierres affleuraient sur la droite. Il valait mieux ne pas tomber dessus, mais il pourrait manœuvrer son adversaire dans cette direction.

— Bonjour, milord ! s'exclama MacHugh en fanfaronnant. Brodie me dit qu'on ne doit pas se donner de coups de pied dans les couilles, ce qui, contrairement aux rumeurs, suggère que vous en avez une paire.

Ce devait être ce qui passait pour des amabilités chez les MacHugh.

— Vous ne devez pas me mordre non plus, répondit Sebastian. Ma chair de traître pourrait empoisonner même un grand gaillard comme vous.

Tout affrontement présentait un aspect psychologique. Sebastian avait laissé son accent français percer dans ses mots pour provoquer MacHugh.

— Merci de me le rappeler, répondit celui-ci. Messieurs ?

Les témoins délimitèrent une sorte de cercle pendant que Sebastian atteignait mentalement le détachement qu'il avait porté tel un linceul pendant cinq ans. MacHugh ne voulait pas le tuer, mais quelqu'un d'autre s'efforçait de l'éliminer. Lorsqu'il en aurait terminé avec cette brute, il avait la ferme intention de découvrir de qui il s'agissait.

— Ralentissez un peu, milady, haleta le palefrenier. On n'y voit presque rien.

— On n'arrivera jamais à temps si l'on attend qu'il fasse plus clair, répondit Milly en jetant son bonnet trempé dans un buisson. Pourquoi faut-il que cette forêt soit si vaste ?

Elle regarda autour d'elle, essayant de comparer les lieux à la description de la duchesse de Mercie. La clairière ne pouvait être bien loin, mais avait-elle dit qu'elle se trouvait sur la droite de la butte ou sur la gauche ?

Un cheval hennit parmi les arbres sur sa gauche.

— Par là, dit Milly en se remettant à courir.

Ses bottines glissèrent, et elle faillit s'étaler dans la boue. Le palefrenier, prudent, la suivait d'un pas plus lent.

Heureusement que Fable était blanc. Sans sa robe immaculée qui paraissait lumineuse à travers le feuillage mouillé, Milly aurait raté la clairière. Elle dévala un talus en se retenant à des branches, puis s'arrêta net.

Michael Brodie se tenait sur le côté de la clairière, l'air accablé. Deux hommes en kilt arboraient la même expression. Au centre, Sebastian et un inconnu, tous deux torse nu, se martelaient de coups.

Ou, plutôt, l'homme en kilt martelait Sebastian, qui bondissait de côté, faisait des feintes, esquivait.

— Battez-vous, nom d'un chien, St. Clair !

— J'avais drogué votre boisson, vous n'aviez aucune chance, répliqua Sebastian en haletant.

Un coup atteignit sa joue. Il l'avait vu venir, mais le son du poing contre la chair retourna les tripes de Milly.

— J'ai la ferme intention de vous tuer et je ne... Bon sang de bonsoir !

L'Écossais venait d'apercevoir Milly. Il recula précipitamment, s'éloignant de Sebastian et laissant retomber ses poings.

— Laissez mon mari tranquille ! Espèce de... de... de boucher !

Milly se dirigea vers l'Écossais et planta ses poings sur ses hanches.

— Que dirait votre femme de votre comportement imbécile ? Sait-elle que vous êtes là, à moitié nu sous la pluie, à essayer de tuer un homme qui n'était pour rien dans votre capture ?

— Milly...

Elle pivota vers son mari.

— Taisez-vous, s'il vous plaît, milord. Cet homme me doit une réponse.

Elle se tourna de nouveau vers l'Écossais, préférant ne plus voir la joue rouge et enflée de Sebastian.

— Elle est folle ? demanda l'Écossais d'un air consterné.

— Je ne suis pas folle, je suis mariée à l'homme le plus incorrigible du royaume. Un homme qui ne vous a pas capturé, n'est-ce pas ?

L'adversaire de Sebastian la regarda comme si elle était pire que folle... comme si elle disait peut-être la vérité.

— Non, mais on m'a livré à lui le lendemain.

— Est-ce sa faute ? Si vous étiez tombé sur un officier français en civil, vous lui auriez souhaité le bonjour et vous auriez poursuivi votre chemin en sifflotant, peut-être ?

— Là n'est pas la question, répondit l'Écossais en s'écartant encore. St. Clair a tout raconté à un autre officier en s'en vantant, et ça, je ne peux le tolér...

— Un autre officier, répéta Milly. Sans doute surpris avec sa culotte autour des chevilles pendant qu'il entreprenait une jeune Française. Un autre officier que St. Clair n'a pas capturé, qu'il n'a pas dépouillé de son uniforme et dont il n'a pas demandé à avoir la garde.

— Milly, je vous en prie.

Elle s'interdit de regarder Sebastian. Si elle le faisait, elle se mettrait à pleurer et se jetterait contre son torse nu et trempé.

— Rentrez chez vous, monsieur, ordonna-t-elle au boucher. Si je ne m'abuse, la même arrogance qui vous a poussé à vous promener derrière les lignes ennemies sans votre uniforme est la cause de cette folie aujourd'hui.

Elle gâcha l'effet de sa pique en écartant une mèche de cheveux mouillés qui lui tombait devant les yeux.

— St. Clair, je n'ai jamais voulu la faire pleurer, déclara la brute. On avait dit pas de coups en dessous de la ceinture, mais ça...

Le misérable implorait pratiquement Sebastian. Ce dernier posa une main sur l'épaule de Milly.

— MacHugh, peut-être voyez-vous maintenant combien il serait futile de tenter de résoudre nos différends par d'autres pugilats. Je suis navré que vous ayez été offensé, mais je n'ai jamais soufflé un mot à quiconque de ce qui s'était passé entre nous dans le mess du château. Certes, je ne suis pas fier des tactiques que j'ai employées. Cependant, ce que vous m'avez révélé a épargné aux deux camps une escarmouche inutile et sanglante juste avant la trêve d'hiver.

MacHugh se frotta le menton, une proéminence osseuse qui semblait pouvoir supporter un coup de sabot d'un cheval de trait sans grand dommage.

— C'est tout ?

— Rien de plus, confirma Sebastian. Je vous en donne ma parole.

Les larmes coulaient le long des joues de Milly. La colère de MacHugh n'était rien comparée à la sienne, sa seule consolation étant que Sebastian était toujours vivant pour essuyer les feux de sa fureur.

Une seconde main se posa sur son autre épaule. Elle se libéra brusquement.

— Votre épouse est très protectrice, observa MacHugh. La raclée qu'elle va vous donner sera un châtiment bien pire que ce que j'aurais pu vous infliger.

— Sans nul doute, répondit Sebastian.

Il devait posséder encore un peu de bon sens, car il semblait le penser réellement.

— Je voulais...

MacHugh hésita, puis reprit en regardant Milly :

— Je voulais que vous connaissiez le désespoir d'avoir perdu, St. Clair. D'avoir perdu son honneur, son esprit, sa petite contribution à la guerre. Et tout ça pour rien. Ça vous hante.

Milly écarta de nouveau ses cheveux et s'efforça de réprimer son envie de frapper. Frapper l'Écossais, Sebastian ou Michael, qui essayait de ne pas paraître inquiet tandis que la pluie dégoulinait des bords de son chapeau.

— Oui, répondit doucement Sebastian. Cela vous hante à chaque instant du jour et de la nuit.

MacHugh se tourna vers l'un de ses témoins.

— Ewan ! Ma flasque.

Une flasque en argent vola dans les airs, et MacHugh l'attrapa au vol d'une main gigantesque. Il but une gorgée puis la tendit, non pas à Sebastian mais à Milly.

— Toutes mes excuses, madame. Ce n'était qu'un léger malentendu. Aucun mal n'a été fait. Un petit remontant vous protégera du froid.

Milly avait envie de lui jeter sa flasque à la figure, de hurler et de faire peur aux chevaux. Toutefois, une petite gorgée de whisky éliminerait la menace que représentait MacHugh pour Sebastian.

— Nous commettons tous des erreurs, répondit-elle. Certaines plus graves que d'autres.

L'expression de l'Écossais comportait une pointe d'humour. Milly se fichait qu'il soit amusé, voire impressionné, ou même qu'il plaigne Sebastian d'avoir si mal choisi son épouse.

— Bonne journée, St. Clair.

Puis MacHugh s'inclina devant Milly.

— Et bonne chance à vous, madame.

Il s'éloigna, lui laissant la flasque et la tentation de la lui lancer dans le dos.

— Ne faites pas ça, murmura Sebastian en la lui prenant.

Il se tenait juste derrière elle. Elle sentait la chaleur de son corps et son parfum de santal par-dessus les odeurs de terre mouillée et de végétation.

Il la prit par les épaules, la fit pivoter vers lui et la serra contre son torse.

— Dites quelque chose.

Elle posa le front sur sa poitrine nue et tuméfiée, les émotions et les mots s'emmêlant dans sa gorge.

*Comment as-tu pu ?*

*Pourquoi ?*

*Comment pourrais-je jamais te faire confiance ?*

— Ramenez-moi à la maison.

Sebastian sortit de la clairière à moitié nu, ruisselant et sans chaussures, mais il s'en moquait. Il grimpa dans la voiture de Milly et s'assit en face d'elle, qui était aussi trempée que lui.

— Qui vous a prévenue ?

Elle gardait le visage tourné vers la fenêtre et, comme elle ne portait pas de bonnet, son profil lui dit tout ce qu'il voulait savoir. Peu importait quelle âme charitable et malavisée l'avait informée du duel ; Sebastian le lui avait caché.

— Alcorn, répondit-elle. Il voulait me montrer à quel point j'avais été sotte d'épouser un homme qui, apparemment, se bat en duel pour son plaisir. Je suis censée lui demander son aide. Il espère que notre mariage pourra être annulé.

Sebastian aurait été moins inquiet si elle avait fulminé, crié, tempêté, mais elle était terriblement calme. En outre, elle ne pleurait plus.

— Vous êtes en colère.

— Je suis déçue. Mais cela me passera. J'ai déjà surmonté des épreuves similaires par le passé.

L'idée qu'il puisse avoir des points communs avec les parents ou l'ex-fiancé qui l'avaient si mal traitée piqua Sebastian au vif.

— Il vous arrive de mentir vous aussi, Milly St. Clair.

— Si votre tante m'avait posé la question, je lui aurais répondu que j'avais des difficultés à lire. Elle ne m'a rien demandé et n'avait pas inclus le fait de savoir lire et écrire dans les qualifications qu'elle recherchait chez une dame de compagnie. Vous avez mal ?

Sa question le décontenança, car sa froideur le blessait beaucoup plus que les coups de MacHugh.

— Votre mâchoire, votre torse... Vous êtes couvert d'ecchymoses. Cela doit être douloureux.

Puisqu'elle avait attiré l'attention sur ses blessures, Sebastian en fit rapidement l'inventaire.

— Rien de grave, répondit-il. MacHugh ne m'avait pas encore vraiment attaqué, il testait mes réactions.

— C'est une chance. Pourquoi ne répondiez-vous pas à ses coups ?

— Lorsqu'ils me provoquent en duel, je n'oppose aucune résistance. C'est ce qu'ils veulent : me voir aussi impuissants qu'ils l'étaient.

Elle tourna enfin son regard vers lui... et il aurait préféré qu'elle s'en abstienne. Ce n'était pas de l'indignation qu'il voyait dans ses yeux, mais quelque chose qui ressemblait à de la pitié.

— Vous êtes un idiot.

— Je suis un idiot qui a survécu à cinq duels en moins d'un an.

— Quand vous choisissez de ne pas rendre les coups, vous n'êtes pas impuissant, Sebastian. Vous contrôlez la situation autant que lorsque vous étiez dans cette terrible forteresse française, sinon plus. Ce qu'ils recherchent, c'est une chance de vous affronter sur un pied d'égalité. Vous avez raison en disant qu'ils ne veulent pas seulement vous tuer. Ils veulent vous tuer honorablement, ce que vous leur refusez.

Elle le plongeait dans la confusion, avec sa philosophie.

— Milly, rien de tout cela n'a plus d'importance. Ce qui compte, c'est que je vous dois des excuses et que je vous aime.

Il avait froid et contrôlait ses frissons par la seule force de sa volonté, s'interdisant de prendre le plaid sur la banquette et de le draper autour de ses épaules.

— De quoi voulez-vous vous excuser ?

*Les femmes !* Quelle que soit sa réponse, elle ne conviendrait pas.

— De ne pas vous avoir dit que je devais rencontrer MacHugh, même si je n'ai pas besoin de votre permission pour défendre mon honneur.

Le calme de Milly passa de froid à glacial, laissant deviner que la réponse de Sebastian n'était pas seulement mauvaise mais désastreuse. Il vint s'asseoir à ses côtés et glissa un bras autour de ses épaules, mais, lorsqu'il déposa un baiser sur sa joue, sa peau était aussi froide que la sienne.

— Cela aurait-il changé quelque chose que vous soyez au courant du duel ? demanda-t-il.

— On est censé confier ses problèmes à ses amis.

Sous son bras, Sebastian la sentait retenir ses larmes et devenir plus déterminée à chaque instant.

— Vous n'auriez pas essayé de m'arrêter ? Vous ne m'auriez pas fermé la porte de votre chambre jusqu'à ce que j'accepte d'abandonner mon honneur à vos pieds ? Vous n'auriez pas boudé, broyé du noir, me donnant une raison de plus de m'inquiéter ?

Elle se détendit, lui faisant comprendre qu'il se trompait du tout au tout, ce qu'il avait su au moment même où les mots sortaient de sa bouche. Il mentait en laissant entendre que l'inquiétude de Milly était pour lui un fardeau. Il chérissait son attitude protectrice comme une lumière au cœur d'un long hiver rigoureux.

Elle frissonna, peut-être de froid, peut-être de désespoir.

— Je ne vous aurais pas fermé la porte de ma chambre, Sebastian. Si j'avais su votre vie en danger, je vous aurais fait l'amour encore plus.

# 16

— J'ai demandé qu'on vous prépare un bain, annonça Sebastian. Il ne faudrait pas qu'après avoir risqué votre peau sur le champ d'honneur, vous tombiez malade.

Milly détourna le regard tandis qu'il ôtait sa culotte mouillée. Il avait la peau hérissée de chair de poule, parsemée d'ecchymoses et s'inquiétait qu'elle attrape froid.

— Vous ne trouvez pas un peu hypocrite de craindre pour ma santé, mon époux, alors que vous me refusez le privilège de m'inquiéter de la vôtre ?

Nu comme un ver, Sebastian s'accroupit devant le poêle, ajouta du charbon, attisa énergiquement le feu avec le soufflet puis se redressa et se tourna vers elle. Ses cheveux étaient emmêlés et sa mâchoire légèrement enflée d'un côté.

Il arborait également un début d'érection, ce qui paraissait impossible.

— Laissez-moi vous aider à ôter cette robe.

Milly se tourna. Dans sa hâte à quitter St. Clair Manor, elle avait attrapé la première robe qui lui tombait sous la main, une qui se boutonnait dans le dos. Une des femmes de chambre avait dû l'aider.

— Vous devriez prendre votre bain en premier, Sebastian.

— Cessez de bouger.

Ses doigts devaient être gourds, ou il n'était pas pressé. Il l'avait déjà aidée à se déshabiller auparavant, et cela ne lui avait jamais pris aussi longtemps.

Elle s'écarta dès qu'elle sentit le dos de sa robe se relâcher.

— Merci.

— Vous allez prendre votre bain en corset ?

— Peut-être. C'est dire à quel point je suis contrariée.

Elle aurait voulu rester courtoise, mais les mots lui avaient échappé.

— Dans ce cas, criez-moi dessus, jurez, cassez quelque chose, laissez toute la maison vous entendre, mais ne me tenez pas à l'écart ainsi.

— Dénouez mes lacets, s'il vous plaît.

Elle se tint immobile pendant que Sebastian se débattait avec des nœuds que l'eau avait resserrés. Perdant patience, il sortit un couteau d'elle ne savait où et trancha les lacets. Même lorsque son corset s'ouvrit, Milly continua de se sentir oppressée.

Elle ramassa ses vêtements humides.

— C'est vous qui m'avez tenue à l'écart, Sebastian, déclara-t-elle sans se tourner vers lui. À plus d'un égard.

— Je voulais vous protéger. Vous protéger de tout ceci...

Elle fouilla dans sa garde-robe et en sortit son unique robe de chambre – à St. Clair Manor, elle avait utilisé une de celles de Sebastian. Puis elle se réfugia derrière le paravent. Ainsi cachée, elle ôta sa chemise, démêla ses cheveux tressés et tenta de se ressaisir.

Lorsqu'elle réapparut, Sebastian avait lui aussi enfilé une robe de chambre, et une baignoire fumante attendait devant le feu.

— Vous d'abord, dit-elle.

Elle ne voulait ni ne pouvait se dévêtir devant lui.

— Mes pieds sont sales. Après vous.

Il semblait prêt à se chamailler avec elle, afin qu'ils puissent se disputer à propos d'autre chose que du fait qu'il lui avait menti et avait laissé une brute écossaise le rouer de coups.

C'était sa conscience qui aurait dû le troubler plutôt que ses pieds.

— Asseyez-vous près de la cheminée, ordonna-t-elle en prenant une serviette sur la pile préparée près de la baignoire.

À sa surprise, il obéit. Elle versa de l'eau chaude dans une bassine, y trempa le linge, l'essora et s'agenouilla devant son mari.

Ses pieds étaient glacés, naturellement. Elle commença par le droit, enroulant la flanelle mouillée autour des orteils qui lui avaient tant manqué la veille.

— Vous avez une grande entaille, observa-t-elle en faisant courir un doigt le long de sa voûte plantaire.

— Je ne la sens pas. Vous n'avez pas besoin de faire ça.

Elle déroula la serviette et essuya les espaces maculés de boue entre ses orteils.

— Pourquoi m'avoir dit que vous ne vous battriez plus en duel alors que vous saviez qu'il vous en restait au moins un ?

Sebastian ferma les yeux et grimaça comme si elle lui fouettait les plantes de pied plutôt que de les laver.

— J'ai dit qu'il ne serait plus question de pistolets à l'aube, et c'était la vérité. En tant que partie offensée, j'ai le choix des armes et j'éviterai les pistolets, dorénavant.

Milly rinça la serviette dans la bassine, salissant l'eau.

— Vous avez donc menti par omission. Je vous assure que ça n'atténue en rien mon sentiment de trahison. Pourquoi avoir fait cela ?

— La plupart des gentlemen n'importunent pas leurs épouses avec ce genre d'information.

Ses talons étaient calleux, ce qu'elle avait déjà remarqué dans la bibliothèque.

— Vous n'êtes pas la plupart des gentlemen, Sebastian. Dites-moi pourquoi vous m'avez menti, je vous prie. Vous pensiez que je vous quitterais ?

Lui aurait-elle manqué ou aurait-il été soulagé par son absence ? C'était un mari malgré lui, en dépit de ses efforts enthousiastes pour produire un héritier.

Aussi enthousiastes que les siens.

— Je voulais vous épargner, vous éviter de vous retourner dans votre lit toute la nuit, de prier vainement, de vous étrangler avec votre thé du matin en attendant des nouvelles. Demandez à ma tante si c'est agréable, car elle a subi cette épreuve trop souvent l'année dernière.

Milly posa son pied propre sur ses genoux pour le sécher.

— Vous voulez me faire croire que vous m'avez menti pour m'épargner, Sebastian. Mais, tout à l'heure, vous m'avez rappelé que j'avais menti moi aussi. Donnez-moi votre autre pied.

— Vous étiez aux abois, dit Sebastian en s'exécutant. Vous aviez besoin d'un emploi afin d'échapper aux manigances de vos cousins. Je peux le comprendre.

Milly s'attaqua au pied gauche qui, heureusement, était indemne.

— Vous comprenez également que ce n'est pas la même chose de mentir au sujet d'un combat mortel que de mentir au sujet d'une incapacité à lire et à écrire, n'est-ce pas ? Vous m'avez fait une fausse promesse, puis vous m'avez trompée encore sur la nature de vos affaires en ville. Si Alcorn ne m'avait pas envoyé cette lettre, si je n'avais pas réussi à arracher le lieu du duel au duc et à la duchesse, si la lune n'avait pas été pleine...

Elle frottait toujours son pied alors qu'il ne restait plus une trace de boue.

— Je me suis excusé, Milly, mais je ne contrôle pas ceux qui me provoquent en duel. Comment vous faire comprendre que ces hommes ne cesseront jamais de vouloir récupérer leur honneur par le seul moyen qu'il leur reste ? Il y en a un que j'ai battu, un autre que j'ai privé d'eau, MacHugh que j'ai drogué, un autre encore qui est resté enchaîné seul...

Elle fit taire cette énumération en enroulant ses bras autour de la taille de son mari.

— Vous ne les avez pas capturés, vous ne leur avez pas arraché leur uniforme. La guerre est terminée depuis un certain temps. Tous ces officiers ont été libérés, mais vous êtes encore emprisonné dans cette maudite garnison. Savez-vous qu'un coup dans la poitrine peut faire cesser le cœur de battre ?

Il la tint contre lui pendant qu'elle attendait qu'il lui dise quelque chose, n'importe quoi pourvu que ce soit vrai – qu'il n'avait jamais voulu l'épouser, qu'il était las de vivre, qu'il avait d'autres duels prévus pour la semaine suivante.

Elle sentit ses lèvres effleurer son front.

— L'eau refroidit, mon épouse.

Milly se releva et essora la serviette trempée avec plus de force que nécessaire.

— Aviez-vous vraiment un rendez-vous avec vos avocats ?

— Oui, bien sûr.

Il avait programmé ce rendez-vous parce que les meilleurs mensonges sont enveloppés dans de petites vérités. Il ôta la serviette enroulée autour de son pied droit et la plia avec un soin exagéré afin qu'elle ne voie pas ses yeux.

— Je dois les rencontrer moi aussi, dit Milly en se dirigeant vers la porte. Votre présence ne sera pas nécessaire.

Il se leva, pâle, en colère, blessé et... si beau.

— Emmenez le professeur avec vous, ou Michael. Ne tentez pas de déchiffrer seule des documents juridiques et ne signez rien dont vous ne soyez absolument sûre.

— J'emmènerai tante Frederica. Vous feriez bien de prendre votre bain pendant que l'eau est encore chaude.

Milly avait souvent connu l'épuisement spirituel, quand elle ne pouvait affronter un jour de plus dans la salle de classe, quand Frieda était d'humeur particulièrement lunatique, quand Marcus avait succombé à une mort stupide et que personne ne lui avait rien dit jusqu'après le dîner.

L'épuisement spirituel se soignait avec le temps, de bons amis, quelques paroles réconfortantes et du repos. Alors qu'elle s'endormait dans le lit qu'elle n'avait encore pas partagé avec son mari, elle pria pour que l'épuisement du cœur puisse se soigner aussi.

Elle se réveilla en sentant Sebastian grimper dans le lit à ses côtés (une réponse à ses prières ?). Il l'enlaça, son odeur et le contact de sa peau lui offrant au moins un réconfort physique.

— Vous dormez ?

Comme elle détestait l'hésitation dans sa voix ! Elle le détestait presque lui aussi pour avoir risqué la mort sans rien lui dire. Elle se serra contre lui.

— Ne tentez pas de me raisonner, Sebastian.

— Je vous aime.

Quel genre d'amour était-ce, s'il ne lui faisait pas confiance, s'il tenait à rester seul avec ses peurs et ses fardeaux ?

— Nous avons besoin de sagesse, Sebastian, pas de belles paroles.

Ils avaient également besoin de patience et de compassion, entre autres choses. Milly voulait désespérément lui retourner ses belles paroles, lui expliquer que sa colère était l'expression d'innombrables terreurs.

La terreur d'avoir failli le perdre à cause d'une brute écossaise orgueilleuse et musclée.

La terreur de ne pouvoir faire confiance à son mari, ni maintenant ni jamais.

La terreur qu'il affronte de nouveau la mort le lendemain, uniquement parce que les circonstances l'avaient placé dans une situation où chaque choix se payait au prix fort.

Elle embrassa son front, comme il avait embrassé le sien la veille avant de partir pour Londres.

Il embrassa sa bouche, humblement, si tant est qu'un homme pût embrasser humblement.

— Vous me terrifiez, murmura-t-elle en l'embrassant à son tour. Je me retrouve entraînée dans une guerre où tout le monde est prisonnier et où les combats ne cessent jamais.

Sebastian roula sur elle, exactement là où la part la plus triste et désemparée de son être le voulait, exactement là où il n'avait pas le droit d'être.

— Je vous en prie, Milly.

Il aurait pu la convaincre par la force, la raison, les arguments juridiques, les promesses de richesse, mais il la touchait à peine. Il se tenait en suspens au-dessus d'elle, prêt à être banni du lit et de leur mariage.

Elle connut alors l'honneur douteux d'avoir brisé un homme fort et sut que la supplique de Sebastian, demandant sa compréhension, son pardon, plus de temps… la brisait elle aussi.

Elle ne pouvait le laisser s'emprisonner lui-même dans cette guerre interminable sans un allié.

— Vous m'appartenez, Sebastian.

Certes, elle était blessée, en colère et perdue, mais elle voulait l'entendre le lui dire.

— Je vous appartiens, corps et âme, répondit-il. Et pour toujours.

Milly le poussa, le faisant retomber sur le dos, avant de l'enfourcher, ressentant le besoin de le punir de baisers sévères, qui devinrent tendres, puis passionnés.

— Sebastian, cela ne veut pas dire que...

Il la fit taire en l'embrassant, puis roula de nouveau en l'entraînant avec lui et se retrouva sur elle, placé entre ses cuisses offertes.

— Nous en reparlerons, dit-il. Plus tard. Je comprends. Nous discuterons autant que vous voudrez.

Il s'enfonça en elle d'un seul coup de reins désespéré. Milly abandonna toute philosophie, toute stratégie, toute pensée. Elle déversa sa rage et sa peur dans l'union de leurs corps, tout comme son besoin de le protéger et son impuissance à se protéger elle-même.

Il était impitoyable, provoquant son plaisir dans un mélange de volupté et de tourments qui lui donna envie de le torturer à son tour. Jamais désaccord conjugal ne fut plus intimement exprimé, jusqu'à ce que Milly comprenne qu'il avait besoin de sa capitulation, comme elle avait besoin de la sienne.

Ils étaient alliés et non prisonniers. Elle s'abandonna à la jouissance, subissant extase après extase, jusqu'à ce que Sebastian s'effondre en tremblant dans ses bras et que le silence règne de nouveau sur le champ de bataille.

— Elles sont parties depuis des heures.

Une fois de plus, Michael exprimait à voix haute l'inquiétude que ressentait Sebastian.

Baumgartner fit tourner sa plume entre ses doigts.

— En général, les avocats ne pèchent pas par excès d'efficacité. St. Clair, vous devriez rendre une petite visite à MacHugh.

Sebastian cessa de fixer la cheminée de la bibliothèque pour regarder le professeur. Plaisantait-il ?

— Pourquoi ?

— Parce que MacHugh n'est pas une tête brûlée, répondit Michael depuis son perchoir sur le rebord de la fenêtre. Ce n'est pas un jeune bleu excité et prétentieux. Quelqu'un l'a poussé à te provoquer, lui mentant avec suffisamment de conviction pour qu'il prenne le risque de mettre sa vie en jeu au cas où tu aurais choisi le pistolet ou l'épée.

On avait menti à MacHugh, comme Sebastian avait menti à sa femme pour des raisons qu'il n'était plus tout à fait sûr de comprendre.

— Quelqu'un veut ma mort, répondit-il. Et mon épouse erre dans la City avec Giles et tante Frederica comme unique protection.

Le professeur laissa tomber sa plume sur le buvard.

— St. Clair, écoutez donc Michael. Ce qu'il dit tient debout. Parlez aux officiers qui vous ont provoqué en duel. Vous trouverez peut-être une piste.

Une piste qui pouvait mener à Michael, ou à Wellington en personne, auquel cas la seule solution pour prolonger sa vie sur terre serait sans doute d'émigrer en Patagonie.

— Mercie pourrait être derrière tout ça, déclara Sebastian en se levant. Mon instinct n'est pas infaillible.

— Ton instinct est parfait, marmonna Michael. Il ne t'a jamais trompé.

Ce qui signifiait ? Sebastian ne parvenait pas à déchiffrer l'expression de Michael. Celui-ci regardait par la fenêtre, encore une fois.

— Dans ce cas, quand Milly rentrera, dites-lui de ne pas m'attendre pour le dîner. Je me rends chez MacHugh.

Le professeur et Michael échangèrent un regard qui n'échappa pas à Sebastian.

— Je devrais probablement vous accompagner... déclara le professeur.

Michael lâcha soudain un juron gaélique particulièrement corsé que Sebastian n'avait pas entendu dans sa bouche depuis plus d'un an.

— C'est lui ! s'exclama Michael en sautant du rebord. C'est Anduvoir, j'en suis sûr.

Sebastian et Baumgartner le rejoignirent devant la fenêtre.

— Cet homme qui sort de la taverne, là-bas, à l'angle. Celui qui porte un chapeau penché du mauvais côté.

— Il est trop loin pour que je puisse en être sûr, déclara Sebastian. Mais c'est possible.

Les poils sur ses bras et sa nuque s'étaient hérissés.

Anduvoir s'enorgueillissait de son talent pour se créer des personnages à l'aide de talonnettes, de costumes et de maquillage, mais il y avait dans l'arrogance de sa démarche, dans l'angle de son chapeau et les mouvements de sa canne une note distinctement française.

— C'est bien lui, confirma Micheal. Je reconnais l'allure crâne de cette sale ordure.

Il avait déjà bondi vers la porte.

— Michael ! lança Sebastian.

Brodie s'arrêta, l'air impatient.

— Ne te fais pas repérer, reprit Sebastian. Si c'est vraiment lui, il trame un mauvais coup, et ses jeux malsains finissent toujours très mal pour ceux qui le méritent le moins.

— Il ne me verra pas.

Sur ce, Michael disparut.

— Fais attention, ajouta néanmoins Sebastian. Pour l'amour de Dieu, mon ami, fais attention à toi.

Le professeur était toujours près de la fenêtre, caché de la rue par les ombres des rideaux.

— Brodie peut prendre soin de lui, mais vous rendez-vous compte que les femmes sont dans les rues sans nous, dans la même ville où rôde Anduvoir ?

Le ventre de Sebastian se noua.

— Anduvoir est devenu riche et a été promu plus d'une fois grâce à moi. Il n'a aucune raison de m'en vouloir.

Ses paroles sonnaient comme des vœux pieux.

— Anduvoir en veut à toutes les créatures de la terre, rétorqua Baumgartner. C'est une excroissance putride sur le visage de l'humanité. Je suis sûr que les Français ne sourcilleront pas si on retrouve sa dépouille sur un tas de fumier.

— Moi, si. J'ai servi la France durant cinq ans sans tuer un seul homme. Mon épouse ne serait pas contente si je devenais à présent un assassin.

Le haussement d'épaules du professeur faisait plus français que germain.

— Il suffit de ne pas lui dire. Lady Frederica et moi avons compris depuis longtemps que la discrétion n'est pas seulement un signe de prudence ; c'est également parfois un acte de bonté.

En dépit du pragmatisme de ses propos, il ne paraissait pas à son aise. Tant mieux.

— Si je me lançais à la poursuite d'Anduvoir, je le dirais à ma femme. Elle voudrait le savoir et préférerait mes tristes vérités à une bonté qui ne servirait que moi-même.

Elle mériterait de le savoir parce qu'elle était parfaitement loyale envers lui et parce que Sebastian ne pouvait se permettre cette lâcheté à son égard. Il espérait seulement avoir une chance de le lui expliquer.

— Michael file Anduvoir, observa Baumgartner à voix basse.

En contrebas, alors qu'Anduvoir tournait au coin d'une rue, un grand gaillard dans un manteau miteux apparut derrière lui. Il s'arrêta pour acheter un petit bouquet à une jeune vendeuse de fleurs, un accessoire qu'il pourrait tenir devant son visage en cas de besoin. Il salua la fleuriste en portant la main à son chapeau bosselé, puis disparut à son tour.

— Où est ma femme ?

Au ton de Sebastian, lady Frederica comprit qu'elle n'avait plus affaire à son neveu charmant et toujours vaguement amusé, mais à un homme tourmenté.

— Je n'en ai pas la moindre idée, répondit-elle en ôtant ses gants. Elle m'a déposée devant l'écurie puis a demandé au cocher de la conduire ailleurs. J'espère ne plus avoir à traiter avec un autre notaire avant longtemps !

Plutôt que d'affronter d'autres questions auxquelles elle n'avait pas de réponses, elle fila vers l'escalier.

— Venez avec moi dans le salon de musique, ordonna Sebastian d'une voix cinglante. Et n'espérez pas vous en sortir en prétextant une migraine ou quelque autre artifice féminin. Anduvoir est ici.

Frederica se figea, une main sur le pommeau de la rampe.

— Anduvoir est ici, à Londres ?

— Michael l'a aperçu et le suit en ce moment même. Le professeur est descendu boire quelques pintes dans la taverne dans l'espoir d'en apprendre plus. Vous, suivez-moi.

Il tourna les talons avec une précision militaire, sans attendre que Frederica ait recouvré ses esprits. Plus que les troupes anglaises, plus que l'hiver dans les Pyrénées, plus que Wellington lui-même, elle avait toujours redouté que Henri Anduvoir tue son neveu.

Elle le suivit donc dans la bibliothèque, la tête haute.

— Comment sais-tu qu'il s'agit d'Anduvoir ? On voit plein de Français dans les rues de Londres ces temps-ci.

Sebastian s'arrêta devant un tableau de chiots se disputant un fouet de chasse.

— Michael en est certain, et moi aussi.

Il passa un doigt sur le cadre, comme s'il cherchait de la poussière.

— Quelqu'un devrait avertir Wellington, ajouta-t-il.

— Tu veux prévenir Arthur ?

— Henri est une plaie dont la dangerosité transcende les frontières. Grâce à moi, c'est une plaie riche et très respectée dans certaines sphères de la société française. Que s'est-il passé chez le notaire ?

— Je ne sais pas, répondit Frederica en s'asseyant dans le fauteuil de Sebastian derrière le bureau.

Il était toujours prudent d'avoir un mur derrière soi. En outre, sa position derrière le bureau offrait une vue d'ensemble de la pièce et procurait une certaine protection au cas où quelqu'un ferait irruption dans la bibliothèque.

— Je suis à bout de patience, ma tante. Ma femme est peut-être en train de me fuir et risque de tomber entre les griffes d'Anduvoir. Savez-vous ce qu'il ferait à une femme aussi volontaire que Milly ? Elle n'a pas d'alliés, pas de refuge, personne en qui elle estime pouvoir...

— ... avoir confiance, acheva Frederica pour lui. Tu sais ce que c'est.

Effectivement, c'était une situation qu'il ne connaissait que trop bien. Frederica avait une forte envie de se soûler et d'aller donner à monsieur le duc de Wellington la volée de bois vert qu'il méritait.

— Où est ma femme ? répéta Sebastian.

— Je suppose que John, le cocher, nous le dira quand il rentrera. Milly s'est enfermée avec ce petit notaire poussiéreux qui travaillait pour ses tantes pendant que je me tournais les pouces dans la salle d'attente et qu'un groupe de gamins déguisés en clercs m'ignoraient superbement.

— Vous ne lui avez lu aucun document ?

— Non, pas un seul. Elle est restée avec son notaire pendant des heures. Je n'ai pas besoin de te rappeler qu'elle était épuisée avant même que nous partions pour la City. Je suis sûre qu'elle avait des papiers dans son réticule quand nous sommes sorties.

Sebastian était lui aussi épuisé.

— Vous allez rendre quelques visites, annonça-t-il. Vous commencerez dès aujourd'hui par MacHugh.

Il lui cita plusieurs autres noms, tous des anciens prisonniers qui l'avaient provoqué en duel.

— Je veux bien demander à ces messieurs qui les a incités à commettre un tel geste de bravoure, mais ne crains-tu pas qu'ils ne pensent que tu te caches dans mes jupes ?

— Je me cache dans vos jupes, ma tante. Je suis même prêt à me promener en robe dans St. James Street si cela fait revenir Milly saine et sauve. Mais je ne peux pas quitter la maison jusqu'à ce qu'on l'ait retrouvée. Si elle rentre et me trouve parti...

— Tu crains qu'elle ne fasse ses malles et ne disparaisse définitivement.

De longues années plus tôt, Frederica avait été la confidente de Sebastian, une parente plus âgée et inoffensive à laquelle un garçon pouvait confier ses rêves et ses angoisses. Ce jeune homme était mort, comme bien des braves soldats de Wellington, et Frederica ne savait si la faute en incombait au duc, aux Français ou à elle-même.

— C'est précisément ce que je redoute, ma tante. Que Milly me quitte et qu'elle tente de faire son chemin seule, sans argent, sans savoir bien lire, sans amis... alors que mes ennemis, à qui j'ai beaucoup appris sur la torture et les interrogatoires, l'attendent tapis dans l'ombre. Comment une femme qui sait à peine lire les signes dans la rue pourrait-elle être en sécurité ?

— Le notaire l'a très bien reçue, avec force courbettes et bonnes manières. Il ne l'a pas traitée comme une pauvresse importune.

Que Frederica en soit réduite à offrir les bonnes manières d'un notaire comme réconfort en disait long sur la gravité de la situation.

La porte s'ouvrit brusquement, et Michael entra avec l'air d'un conducteur de bestiaux des Midlands qui vient de livrer ses bêtes mais n'a pas encore bu son salaire.

— C'est bien Anduvoir, annonça-t-il. Je l'ai suivi jusqu'à son logement à Bloomsbury. Il voyage sous un faux nom.

Le chat de Milly entra derrière lui et avança dans la pièce d'un pas régalien.

Sebastian jura en anglais et en français.

— Milly n'est pas encore revenue, dit-il. Ma tante, demandez à un laquais d'aller chercher le professeur. Nous devons mettre un plan sur pied, et vous avez des visites à faire.

Il la traitait comme une jeune recrue qu'on envoyait porter des messages au mess des officiers, sa punition pour avoir échoué lamentablement dans sa mission chez le notaire. Frederica prit le chat dans ses bras.

— Je serai prête à partir dans moins d'une demi-heure, Sebastian, et je te trouverai des réponses, tu peux compter sur moi.

Elle lui devait bien quelques réponses, mais pas toutes.

Elle déposa Peter dans les bras de son neveu et ne put s'empêcher de lancer une dernière pique pour sa défense.

— Ce que tu ressens à présent, l'angoisse, la crainte que tout ce que tu pourrais tenter pour améliorer la situation risque de l'aggraver, c'est ce que j'ai éprouvé durant toutes ces années, pour toi, et tu es revenu entier. Souviens-t'en.

L'espace d'un instant, il resta perplexe.

— La voiture est de retour, annonça Michael, de nouveau posté devant la fenêtre. Je ne vois pas la baronne en descendre.

Frederica sortit pour accomplir sa mission. Elle avait eu l'occasion de dire un dernier mot, ce qui était tout ce à quoi un condamné avait droit.


Sebastian regarda sa tante sortir et serra contre lui le chat de Milly comme si cette maudite bestiole pouvait lui apporter du réconfort.

— Ma tante croit-elle que je ne me suis pas inquiété pour elle ? Que je n'ai pas craint tous les jours que les Français ne l'enlèvent pour me jouer un mauvais tour ? Que je ne dévorais pas la moindre de ses lettres ? Ne sait-elle donc pas que je l'aime ?

Michael gratta le menton du chat, qui se mit aussitôt à ronronner.

— Dois-je également avouer tes sentiments à lady Frederica après qu'Anduvoir aura récompensé tes efforts en te tuant ?

— Va te faire voir !

Sebastian se reprit et avoua :

— J'ai dit à Milly que je l'aimais, mais j'ai tout gâché.

La pitié dans le regard de Michael était douloureuse à voir.

— Comment un homme peut-il gâcher les choses
en disant à la femme qui l'aime qu'il l'aime aussi ?

— J'ai utilisé mes mots comme une arme. Je me
suis laissé guider par le mauvais instinct.

— La vérité peut être une arme puissante.

— La vérité d'un mari, peut-être, pas celle d'un
inquisiteur. Un inquisiteur utilise la menace, la mani-
pulation, la peur et de faux espoirs.

— Tu n'as jamais utilisé de faux espoirs.

Ils discutaient du passé, d'un passé sordide, pendant qu'Anduvoir rôdait dans Mayfair et que Milly
était sans protection.

— Laisse tomber, Michael. Je descends interroger
John. Demande au professeur de m'attendre.

Michael comprit qu'il ne voulait pas qu'il assiste à
sa discussion avec le cocher. Son employeur doutait
de sa loyauté. Avoir attiré son attention sur Anduvoir
pouvait être une manière convaincante de détourner
ses soupçons.

Sebastian lui tendit le chat et descendit à l'écurie.

Il fut déçu.

— Elle est descendue à un poste de fiacres à
Picadilly, milord, déclara John. Il y avait toute une
file de voitures qui attendaient. Depuis Picadilly, on
peut aller n'importe où dans Londres, milord. Y compris à King's Cross.

D'où les fiacres prenaient la grande route qui des-
servait les villes du Nord.

Sebastian aurait voulu lui tordre le cou.

— Elle ne vous a pas dit où elle allait ? Elle est
simplement descendue de voiture et vous a dit de la
laisser là ?

— Elle m'a dit de ne pas m'inquiéter et de rentrer
droit à la maison, milord.

Que le cocher ne s'inquiète pas ! C'était la meilleure ! La peur qui comprimait la poitrine de Sebastian augmenta d'un cran. Quelle que fût la décision que Milly avait prise, elle paraissait sûre d'elle.

— Le poste de fiacres était orienté dans quelle direction ?

— Vers le nord.

— Ce n'était pas vers le nord.

Giles, le plus imposant des laquais de Sebastian, se dandinait d'un pied sur l'autre.

— Dis donc, toi, fit le cocher avec énervement. De quel droit tu interromps tes supérieurs ? On demande la permission avant de parler, jeune homme. Monsieur le baron ne t'a rien demandé...

— Pourquoi dites-vous qu'il n'était pas tourné vers le nord ? demanda Sebastian à Giles.

— Nous avons dû faire demi-tour, et j'ai vu milady traverser la rue et héler un fiacre se dirigeant vers l'est. Je l'ai entendue dire au cocher de la conduire à Chelsea. Elle portait une petite sacoche. Je lui ai fait signe de la main, et elle m'a répondu.

Une femme démoralisée ne saluait pas de la main ses domestiques de l'autre côté d'une voie publique encombrée. La tension de Sebastian se relâcha légèrement.

— Tu es sûr qu'elle a dit Chelsea ?

— Oui, milord. Même que le cocher a lancé : « Va pour Chelsea ! » Il voulait sans doute que ses collègues sachent qu'il avait trouvé une bonne course.

Milly avait été heureuse et en sécurité à Chelsea ; elle y avait eu des alliés. Naturellement, elle voulait retrouver cet environnement familier et y puiser un réconfort que son mariage ne pouvait lui offrir.

— Merci, Giles. Viens avec moi, s'il te plaît.

Tout en marchant dans l'allée, il examina les options qui s'offraient à lui. Sa première impulsion était d'aller chercher son épouse et de la ramener comme il l'aurait fait avec un prisonnier évadé. Elle était sa femme, sa place était avec lui. Elle lui appartenait, comme il lui appartenait. Mais cette réaction avait des relents nauséabonds d'autoritarisme et de possessivité.

Sa deuxième impulsion était de jeter une selle sur le dos de Fable et de galoper jusqu'à Chelsea tel un désespéré.

— Madame la baronne paraissait-elle contrariée, Giles ?

— Non, milord. Fatiguée, oui, mais pas contrariée. J'ai six sœurs, et je peux vous dire que milady n'était pas en colère. Pourtant, ces avocats ont l'art de vous faire sortir de vos gonds.

— Décris-moi sa sacoche.

Sebastian ne l'écouta que d'une oreille, car il avait déjà reconnu le petit sac de voyage que Milly avait pris dans sa garde-robe. Il l'avait emporté en France quand il était enfant et l'avait rapporté en Angleterre adulte. Il était usé, robuste, rangé avec des sachets de lavande à l'intérieur lorsqu'il ne servait pas.

Une troisième option se fraya un chemin dans son esprit : une punition à la hauteur de son crime, ou une pénitence bien méritée. Il devait faire exactement ce qu'il s'était attendu que son épouse fasse si elle avait su qu'il partait pour un duel à l'aube.

Il devait rester à la maison et ne rien faire, hormis se ronger les sangs et se fier à la chance et au jugement de sa femme.

# 17

Sans les gens qu'elle avait aimés, le cottage n'était plus qu'une coquille vide. Milly n'avait même plus de chat à qui faire cette confidence. Malgré son peu d'appétit, elle se préparait un dîner de pain et de fromage quand on frappa à la porte de la cuisine.

— Sebastian !

S'il était venu la chercher, Milly était déterminée à régler certaines questions avant d'accepter de retourner chez lui. Elle nettoya les miettes sur la table, remit un peu d'ordre dans sa coiffure et alla ouvrir.

— Milady, la salua Giles.

Il plongea dans une profonde courbette, un geste incongru dans la mesure où il ne portait pas une livrée de laquais mais un costume d'ouvrier en toile grossière.

— Bonsoir, Giles. Quelque chose ne va pas ?

Il se redressa en souriant.

— C'est justement la question que je dois vous poser, milady. Lord St. Clair m'a envoyé m'assurer que vous n'aviez besoin de rien.

Elle avait besoin de la confiance de son mari, de sommeil et de courage. Elle lança un regard pardessus l'épaule de Giles, espérant à moitié apercevoir la voiture des St. Clair dans l'allée.

— On ne m'a pas envoyé vous ramener à moins que vous n'ayez envie d'être ramenée, milady. Le dogcart attend au coin de la rue.

— Vous n'êtes pas venu me ramener à la maison ? répéta-t-elle.

De toute manière, elle n'aurait autorisé personne d'autre que son mari à l'escorter.

— Pas si vous n'en avez pas envie, milady, mais je dois vous donner ceci.

Il souleva un panier en osier familier.

— Déposez-le sur le comptoir, s'il vous plaît.

Elle contempla le panier suffisamment longtemps pour être sûre qu'il ne contenait pas Peter, ce qui était plutôt rassurant.

— Dans quel état était le baron quand vous l'avez quitté, Giles ?

— Il était sens dessus dessous, milady. Personne ne l'a jamais vu comme ça. Ses cheveux pointent dans toutes les directions. Il ne tient pas en place et il fait très anglais.

Juste ciel !

— Et il jure beaucoup, ajouta Giles. En anglais et en français.

Les remords entamèrent quelque peu la détermination de Milly.

— La taverne un peu plus bas dans la rue sert une délicieuse bière d'été, Giles. Cela vous ennuierait-il d'aller boire une pinte puis de revenir un peu plus tard ?

Il s'inclina de nouveau.

— Je ne refuse jamais une bonne bière, milady.

Lorsqu'il fut parti, Milly rangea le pain et le fromage, puis regarda le panier. Il commençait à faire sombre ; la lune serait levée dans moins de deux heures. Elle pourrait retourner à Mayfair en sécurité avec Giles... s'il le fallait.

Elle ouvrit le panier et en sortit un livre. Le titre n'était pas facile, mais elle reconnut un M majuscule et continua d'étudier la couverture jusqu'à ce qu'elle ait identifié tous les mots, comme elle avait déchiffré chaque terme de l'acte de vente qu'elle avait signé plus tôt dans la journée.

Lorsqu'elle se rendit compte qu'elle tenait un exemplaire des *Mystères d'Udolphe* d'Ann Radcliffe, une douleur sourde lui noua la gorge. Une lettre tomba des pages du livre, portant l'écriture fluide de Sebastian.

Alors qu'elle déchiffrait, trébuchait sur les mots, avançait en tâtonnant dans la lecture de la lettre de son mari, Milly se mit à pleurer.

*Ma chère Milly,*

*J'ai trahi votre confiance et je ne peux que m'en excuser. L'habitude de protéger ceux qui me sont chers ne date pas d'hier et, parfois, elle fut mon seul soutien, mon principe directeur. J'ai l'immense chance d'avoir une épouse pleine de ressource, forte, capable de se protéger mieux que la plupart des gens et de prendre ses propres décisions. Je m'en rends compte à présent.*

*J'espère que vous déciderez de reprendre votre place à mes côtés et vous promets du fond du cœur que je ne présumerai plus de votre indulgence, du moins en ce qui concerne mon passé.*

*Plus de duels, Milly, je le jure, ni à l'épée, ni au pistolet, ni aux poings, ni au fouet, ni au couteau… C'est terminé. Plus de mensonges pour m'épargner des explications difficiles. Plus de secrets sous prétexte de protéger les autres. Je dois considérer que j'ai payé ma dette envers mon passé si je ne veux pas, comme vous le dites, la laisser me voler mon avenir, surtout mon avenir avec vous.*

*J'attends votre réponse, mais vous encourage à prendre votre temps. Votre réponse est de la plus*

*haute importance à mes yeux, et je serai aussi*
*patient qu'il le faudra.*

*J'ai découvert que mes ennemis se trouvaient à*
*Londres, d'anciennes connaissances capables de s'en*
*prendre à tous ceux que j'aime afin de m'anéantir.*
*Soyez prudente, mon amour. J'ai déjà détruit votre*
*estime pour moi avec mes folies, ne laissez pas mes*
*ennemis vous détruire également.*

*Votre époux qui vous aime,*

*Sebastian*

Milly portait une vieille robe repêchée dans une malle du grenier sur laquelle Alcorn et Frieda n'avaient pas encore mis la main. Assise aux côtés de Giles dans sa tenue d'ouvrier, elle formait avec lui un couple comme un autre, se rendant en ville dans son dog-cart pour rendre visite à des parents ou faire des emplettes.

Elle avait attendu toute une matinée et une partie de l'après-midi, comme l'avait suggéré (et non ordonné) Sebastian. À présent, son unique recours était de retourner auprès de son mari.

Elle était encore en colère contre lui. Une lettre déchirante ne réparait pas un mariage. Elle comprenait mieux à présent l'intérêt de deux chambres séparées, même si cette perspective lui serrait le cœur.

— La circulation est impossible, grogna Giles. Quand on voit ça, on regrette la vie au village.

— Préféreriez-vous travailler à St. Clair Manor, Giles ?

Les oreilles de Giles rougirent.

— Bah, la ville, ce n'est pas si mal, milady.

Milly se souvint de son béguin pour l'une des femmes de chambre et constata avec satisfaction qu'être la baronne de Sebastian requérait d'autres compétences que de savoir lire un menu ou de se disputer avec son époux. Deux domestiques pouvaient aussi facilement changer de maison qu'un seul, à condition que la jeune femme soit d'accord.

Tandis que la voiture bringuebalait de Knightsbridge aux alentours ombragés de Hyde Park, Milly se répéta qu'elle ne rentrait pas à Londres pour pardonner et oublier. Elle rentrait pour écouter et être écoutée.

Ce qui ne suffirait peut-être pas.

— Mayfair est le quartier de Londres où les rues sont les plus larges et, pourtant, c'est le plus encombré. C'est à n'y rien comprendre, grommela Giles.

— Nous serons bientôt arrivés, dit Milly.

Une part d'elle-même avait hâte de retrouver Sebastian, l'autre part redoutait leur confrontation.

Giles ralentit pour laisser passer une charrette qui traversait un carrefour et observa :

— C'est bizarre. Que fait lady Frederica dehors sans le professeur ?

Occupée à imaginer le discours qu'elle tiendrait à son époux, Milly s'arracha à ses pensées et suivit du regard la direction que Giles indiquait avec son fouet. Effectivement, lady Frederica marchait au bras d'un inconnu, ou plutôt...

L'homme était corpulent, bien vêtu et traînait pratiquement lady Frederica par le coude. Le couple se trouvant de l'autre côté de la rue, Milly n'osa pas crier pour appeler la tante de Sebastian.

Elle aurait pu agiter la main pour attirer son attention, mais quelque chose la retint. Un frisson glacé parcourut son échine, le même qu'elle avait ressenti en lisant le message d'Alcorn. Les ennemis de Sebastian erraient dans Londres et utiliseraient tous les moyens pour l'atteindre.

— On dirait qu'il presse une arme contre son flanc, Giles. Lady Frederica est en danger. St. Clair m'a prévenue que...

— Dans ce cas, il vaudrait mieux qu'on aille chercher de l'aide, coupa Giles en faisant claquer ses rênes.

— Non, attendez ! Cet homme va disparaître avec lady Frederica, et nous ne la retrouverons jamais. Arrêtez la voiture dès que vous pourrez, puis courez prévenir lord St. Clair.

Giles se renfrogna.

— Milord ne va pas aimer ça, milady. Il va me congédier dare-dare.

— Milord n'aimera pas que sa tante soit emmenée en France, ou au ministère de la Guerre ou Dieu sait où cet homme l'entraîne. Je suis la baronne de St. Clair et je vous ordonne de m'obéir.

Giles ne ralentit toujours pas.

— Je vous en prie, Giles. Je serai prudente. Vêtue comme je suis, je ne suis qu'une villageoise parmi d'autres vaquant à ses occupations. Personne ne prêtera attention à cette voiture.

Plus loin, l'homme fit tourner lady Frederica dans une rue transversale.

— Je dois les suivre. Je ne ferai rien d'autre, je vous l'assure. Dites-le à lord St. Clair.

Giles lui tendit les rênes.

— J'espère que vous me donnerez une bonne lettre de recommandation quand il me renverra.

— Elle sera dithyrambique, et il ne vous renverra pas.

Giles sauta de la voiture avant même que le cheval ne se soit arrêté et s'élança au pas de course vers l'hôtel particulier des St. Clair. Milly fit claquer sa langue et s'efforça de se comporter comme si elle avait toujours conduit seule un dog-cart dans les rues de Mayfair.

Toutefois, à mesure qu'elle suivait tante Frederica et son mystérieux compagnon, le public dans les rues se fit plus populaire et les maisons moins cossues.

Bientôt, elle n'eut plus aucune idée de l'endroit où elle se trouvait.

— Décrivez-moi l'homme qui accompagnait ma tante.

En constatant l'effet de son ton de capitaine de la garde sur le malheureux laquais, Sebastian s'efforça de recouvrer son sang-froid.

— Ton emploi n'est pas en danger, Giles, mais ma tante et très probablement mon épouse le sont. Comment cet homme était-il vêtu ?

Sebastian voulait des réponses avant le retour de Michael et du professeur.

— Il était bien habillé, milord. Haut-de-forme, beau manteau, mais, comme ils nous tournaient le dos, je n'ai pas vu s'il portait une montre de gousset. En revanche, il avait une canne.

Une canne-épée sans doute, ou avec un pommeau lesté. Les vieux os se brisaient facilement.

— Rien d'autre ? Il y a forcément un détail qui a attiré votre attention pour que vous les remarquiez dans la rue.

Giles fronça les sourcils.

— Il marchait bizarrement. Comme une femme qui essaie d'attirer l'attention d'un homme.

Plus qu'une tenue, plus qu'un accent, plus que n'importe quel autre détail, cette observation confirmait que Frederica était tombée entre les griffes d'Anduvoir.

— Et ma baronne, que porte-t-elle ?

Giles lui décrivit la vieille robe marron démodée de Milly, une tenue qui serait passée inaperçue n'importe où à Londres, sauf à Mayfair. Pendant qu'il écoutait la description du laquais, Sebastian s'efforçait de réfléchir froidement, de se baser sur des faits plutôt que sur des émotions.

La décision de Milly de suivre Anduvoir reposait sur la même logique qu'avait suivie Michael le jour précédent. Ce qui n'empêchait pas Sebastian d'avoir envie de l'étrangler. Elle n'avait pas conscience de la dangerosité de l'individu qu'elle suivait.

— La baronne est-elle rentrée ?

Le professeur se tenait sur le seuil du salon de musique, calme mais alerte tel un vieux limier flairant un danger.

— Non, répondit Sebastian. Giles, tu peux disposer. Ne dis rien à personne, y compris à...

Michael apparut derrière le professeur.

— J'ai vu Giles rentrer à pied, mais ce n'est pas sa journée de repos.

Cela ressemblait plus à une accusation qu'à une observation.

Giles s'éclipsa sur la pointe des pieds, laissant un silence dans son sillage. Michael avait déserté son unité de Highlanders pour rejoindre Sebastian au château. Aucun homme sensé n'aurait épousé la cause française alors que l'offensive anglaise à travers l'Espagne semblait promise à la victoire.

Sebastian n'avait plus le temps de rassembler des informations, de réfléchir ni d'user de faux-fuyants.

— Michael, soit tu es mon ami, soit tu es un traître.

— Je suis ton ami.

Il lui offrait une réponse immédiate, assurée, exactement comme l'aurait fait un traître. En revanche, son expression n'était pas indignée mais compréhensive.

— Nous pouvons débattre de ma loyauté jusqu'à ce soir, Sebastian, ou nous pouvons résoudre le problème qui te rend si furieux que tu serais capable de tuer à mains nues.

Sebastian examina ses mains, qui s'étaient refermées en poings. Souvent, le matin, Michael et lui chevauchaient jusqu'aux confins du parc, traversant des centaines d'arpents. Michael avait eu d'innombrables occasions de tuer le baron traître, si son intention avait été aussi simple.

— Anduvoir détient ma tante, et Milly les suit. Il me faut une carte de Bloomsbury.

— Donnez-moi cinq minutes, dit le professeur. La bibliothèque est pleine d'atlas.

Michael souleva Peter, qui ne semblait pas avoir d'états d'âme concernant sa loyauté.

— Je ne suis pas ton ennemi, St. Clair. Je l'ai peut-être été à un moment, mais...

Le chat bondit de ses bras, atterrit sur le tapis avec un bruit sourd et vint se frotter contre les bottes de Sebastian.

— Tu avais besoin d'avoir au moins un ami, poursuivit Michael. Un homme peut endurer beaucoup de choses s'il a un véritable ami. N'étant ni français ni anglais, cela semblait me qualifier pour le poste.

Ce qui laissait en suspens la question de savoir qui était le véritable ami de Michael, car Sebastian ne pouvait se considérer comme tel.

Un ami était quelqu'un à qui on confiait ses peines et ses fardeaux.

— Ma tante m'a dit que c'était le capitaine Anderson qui avait incité MacHugh et Pierpont à me provoquer en duel, déclara Sebastian en soulevant Peter à son tour. Je suppose que les autres admettront également qu'il est à l'origine de leur regain d'indignation patriotique.

— Anderson est un clown, répondit Michael. Un pion. Il joue très bien le rôle de la dignité militaire offensée, mais soyons sérieux ! Il a passé moins de quinze jours au château... Ce chat t'apprécie.

Cela semblait laisser Michael perplexe. Mais le chat n'était ni anglais ni français non plus. Il ronronnait tout en frottant son crâne contre le menton de Sebastian.

— Peter est un défenseur des femmes. Son affection est précieuse. Si nous allions voir où en est le professeur ?

Quinze minutes plus tard, Sebastian avait enfin trouvé la carte dans un vieil atlas cadastral. Michael indiqua la rue où logeait Anduvoir. Elle avait changé de nom depuis que la carte avait été établie.

— Le bâtiment où il habite doit être une pension, expliqua-t-il. Il a deux entrées principales, devant et derrière. Ce devait être autrefois la demeure d'une famille aisée. La maison fait trois étages. Il y a une taverne sur la droite et une librairie sur la gauche.

Sebastian referma l'atlas.

— Il nous reste une heure de lumière du jour, en espérant qu'il a bien conduit ma tante chez lui.

Cela leur laissait juste le temps d'arriver sur place. Sebastian maudit la pendule en silence. Milly n'était toujours pas rentrée.

— Je dois sauver ma tante, mais il me faut d'abord retrouver ma femme.

Que Dieu lui vienne en aide s'il devait en choisir une à protéger en priorité !

— Ils étaient à pied, souligna le professeur. S'il avait voulu quitter la ville, Anduvoir aurait sauté dans le premier fiacre.

Quelque part dans la maison, une porte claqua.

*Milly. Faites que ce soit Milly !*

L'instant suivant, elle fit irruption dans la bibliothèque, sans bonnet ni gants.

— Sebastian ! Dieu soit loué, vous êtes là ! Il y a un homme, un Français, qui a enlevé tante Frederica. Vous devez m'écouter !

350

Le chat bondit sur le bureau juste au moment où elle se jetait dans les bras de son mari. Michael referma la porte, et le professeur se laissa tomber dans un fauteuil.

— Ne vous inquiétez pas, dit Sebastian.

Maintenant qu'il serrait sa femme contre lui, il était certain que tout irait bien.

— Nous savons qui il est, reprit-il. Nous savons également ce qu'il a dans la tête. Nous sortirons ma tante de là avant que la lune se lève.

Milly s'écarta juste assez pour qu'il lise le désespoir dans ses yeux.

— Non, Sebastian. Quoi que vous fassiez, ne volez pas au secours de votre tante. C'est exactement ce qu'il attend. C'est vous qu'il veut, et il est décidé à vous supprimer.

— Oui, je sais.

Sebastian paraissait presque amusé. Milly l'aurait martelé de coups si elle ne s'était pas accrochée à lui de toutes ses forces, respirant son parfum de santal et l'embrassant au point de l'étouffer.

— Dois-je sonner pour qu'on apporte du thé ? demanda Michael.

— Non ! s'écrièrent Sebastian et Milly en chœur.

— Nous n'avons pas le temps, reprit Milly. Cet homme, ce Français, il veut que vous alliez chercher tante Frederica. C'était moi qu'il guettait, mais elle est sortie cueillir des roses et...

Le plan d'Anduvoir était suffisamment malin pour fonctionner.

Sebastian embrassa la tempe de Milly, un geste tendre et apaisant.

— Asseyons-nous un moment, proposa-t-il.

— J'ai besoin de bouger, Sebastian. De casser quelque chose. Cet homme est abominable. Même tante Frederica paraissait plus effrayée qu'énervée à côté de lui.

Milly sentit plutôt qu'elle ne vit le regard qu'échangèrent les hommes en entendant son commentaire.

— Anduvoir vous a-t-il vue, Milly ?

En dépit de son ton calme, Milly perçut l'angoisse de Sebastian sous sa question.

— Non. Je l'ai entendu se vanter dans sa chambre. Celle-ci se trouve à l'arrière d'une petite maison, à treize rues d'ici. La fenêtre était ouverte.

Être assise aux côtés de Sebastian, sentir sa présence solide contre elle était exactement ce dont Milly avait besoin. Il lui donnait la force de puiser dans l'excellente mémoire qu'elle avait développée au cours de centaines d'heures de classe et de longues soirées auprès du feu avec ses tantes.

— Je l'ai entendu expliquer son plan à tante Frederica. Sans doute cherchait-il à l'impressionner ou à l'intimider. Il a placé des messages pour vous un peu partout dans Londres, vous envoyant dans une sorte de jeu de piste pour retrouver votre tante. Il a payé des gens qui nieront que vous êtes venu chercher ces messages, dont le premier sera livré ici même.

— Il nous a espionnés, déclara Michael. Bon sang, j'aurais dû...

— Michael.

Sebastian n'avait pas haussé le ton ni même utilisé une inflexion autoritaire, mais Michael se tut aussitôt, laissant Milly poursuivre :

— Le but de ce manège est que vous soyez occupé toute la soirée sans pouvoir justifier où vous étiez, pendant qu'Anduvoir assassinera le duc de Wellington, un meurtre qui vous sera ensuite attribué. Il utilisera une sorte de poison afin que le duc s'effondre devant un groupe de ses anciens officiers lors d'un dîner. Anduvoir possède de nombreux échantillons de votre écriture, Sebastian, et il paraissait... *joyeux* à l'idée que vous soyez pendu pour meurtre.

— Et quel meurtre ! murmura le professeur. Les Français ne sont pas assez fous pour déclencher un scandale d'une telle ampleur.

— Il nous reste donc à découvrir ce que cherche réellement Anduvoir, comment l'arrêter et récupérer ma tante.

Milly sentit un changement en lui. Il était toujours calme, mais son corps tout entier se préparait déjà à la bataille.

Il se leva, aida Milly à en faire autant et glissa un bras autour de sa taille.

— Je vais me présenter en personne à la petite fête de Wellington.

— Ils te tueront, dit Michael. Si tu débarques sans être invité au milieu d'eux, ils te tomberont dessus comme une meute de chiens. Or, ils seront tous armés dans leurs tenues d'apparat et bien éméchés. Même Wellington ne pourra les arrêter.

Sebastian posa le menton sur le crâne de Milly tandis qu'elle s'accrochait à lui.

— Je suis épuisé, Michael. J'en ai assez de me défendre seul contre tous pour avoir fait ce que je pouvais faire de mieux à l'époque. Je vais me rendre à cette réunion. Ma présence à la table de Wellington est l'unique moyen de me disculper. Sans compter que je pourrai peut-être sauver la vie du duc.

Michael et le professeur tentèrent de le dissuader, discutant, jurant, discutant encore. Toutefois, le plan de Sebastian tenait debout.

Lorsqu'il fut décidé que Michael, le professeur et Giles iraient chercher Frederica dès que la nuit serait tombée, Milly se retrouva seule avec son mari.

— Vous êtes bien silencieuse, lui dit Sebastian en la conduisant vers le bureau.

Il s'y adossa, plaçant Milly entre ses jambes.

— Parlez-moi, l'implora-t-il.

— Je veux vous accompagner.

Il l'embrassa, et son baiser, doux, tendre, rempli de regret lui apprit que son idée saugrenue ne pouvait faire partie de son plan.

— Moins vous serez associée à moi pour le moment, mieux ce sera pour vous. Lorsque tout cela sera terminé, je vous suggère de vous retirer à St. Clair Manor et de jouir de la vie de baronne. Vous serez riche, vous savez, et peu importe ce que fera la Couronne de la succession, vous pourrez toujours occuper la maison de la douairière.

— Je ne veux pas de votre fortune, Sebastian. En outre, il se trouve que j'ai de l'argent moi aussi. Je veux vieillir avec vous, donner des noms à nos enfants, et...

Un autre baiser l'interrompit.

— Je sais, Milly. J'aurais aimé... Je ne voulais pas que vous me haïssiez. Je ne voulais pas que mes ennuis deviennent les vôtres. Je ne voulais pas vous laisser seule.

Le regret dans sa voix était sincère et déchirant. Milly aurait voulu le secouer pour le faire taire avant qu'il ne lui brise le cœur.

— Je vous aime, Sebastian. Je t'aime.

Elle ne regrettait pas ses mots, seules les circonstances dans lesquelles elle les prononçait.

— Je t'aime parce que tu ne me caches pas cette terrible affaire, que tu ne me mets pas à l'écart comme si j'avais un petit pois en guise de cervelle. Je t'aime parce que tu pourrais jeter tes vêtements et les bijoux de famille dans une malle et prendre la fuite, mais que tu ne le fais pas parce que cela signifierait que cet affreux Français a gagné alors que tu t'es tant et si bien battu.

Il l'écarta de lui et la dévisagea un long moment avec une expression étrange que Milly ne lui avait encore jamais vue.

— Tu comprends ?

— Je ne supporte pas que tu te retrouves dans cette situation, mais oui, je comprends. As-tu tes couteaux ?

— Je ne quitterai pas la maison sans eux.

— Je vais t'aider à te préparer. Il faut que tu aies l'air d'un baron quand tu te présenteras à cette fête, Sebastian, d'un vrai baron anglais.

Il la tint encore un instant au cours duquel Milly repoussa son envie de fuir avec lui, de l'envoyer dans son club ou de l'enfermer à double tour dans sa chambre jusqu'à ce que cette folie soit passée.

Sauf que cela ne conduirait qu'à d'autres folies, d'autres duels, d'autres affreux Français, d'autres guerres contre l'honneur de Sebastian et son droit à vieillir en paix.

— Viens, dit-elle en le prenant par la main. Pas de ton eau de Cologne luxueuse ce soir non plus. Tu empesteras la lotion capillaire et la respectabilité anglaise, et tu forceras ces hommes à t'écouter.

Elle pourrait se torturer avec son flacon d'eau de Cologne pendant toutes les années de son veuvage s'ils le tuaient au lieu de l'écouter.


— Vous n'avez pas de carton d'invitation, monsieur.

Le personnel de Wellington était redoutable, mais pas autant que la détermination de Sebastian.

— Je l'ai oublié chez moi, avec ma patience. Où est monsieur le duc ?

Son ton sembla convaincre le majordome que, en dépit de l'absence d'uniforme, il avait affaire à un officier qui avait l'habitude d'être obéi.

— Monsieur le duc est dans les cuisines. Il surveille les derniers prépara...

— Courez lui dire qu'il ne doit goûter aucun plat, surtout s'il y a des champignons !

Le majordome, un homme trapu qui aurait pu passer pour un sergent d'artillerie en livrée, cligna des yeux.

— Faites vite ! La vie de votre maître en dépend.

Au lieu de s'attarder dans le vestibule, Sebastian contourna le domestique interloqué et courut vers l'escalier. Un esclandre à l'étage sortirait le nez légendaire du duc de sa soupière plus rapidement que les courbettes et les balbutiements de son majordome.

— Mais, monsieur ! Vous n'avez pas d'invita…

— Allez chercher le duc ! cria Sebastian par-dessus son épaule.

Il ne connaissait pas le plan d'Apsley House, mais, se guidant aux bruits de fête, il trouva facilement la salle à manger. Il ralentit pour adopter une démarche digne, nonchalante.

Et il s'efforça de ne pas penser à Milly qui l'avait accompagné jusqu'à la porte et lui avait donné un baiser « pour lui porter chance ». Elle ne lui avait pas interdit de tenter cette folie. Si elle l'avait fait, il n'était pas certain qu'il aurait pu lui désobéir.

Il récita une brève prière pour le bien-être de son épouse et entra dans la salle à manger d'apparat du duc de Wellington.

— Sapristi !

— Ça alors, St. Clair !

— Girard, vous voulez dire.

Les conversations se turent, et Sebastian salua les convives d'un signe de tête.

— Bonsoir, messieurs. Ne vous interrompez pas pour moi.

Le son d'une épée sortant de son fourreau résonna dans le silence. Sebastian remarqua que des mets avaient déjà été servis, parmi lesquels plusieurs plats de champignons sautés.

— St. Clair.

Le duc de Mercie lui fit signe depuis sa place au bout de la table. Il paraissait détendu en dépit de son regard noir.

— Vous feriez mieux de partir. Ce genre de réunion n'est pas pour vous.

Mercie étant une personnalité de haut rang, les autres suivaient peut-être son exemple. Il avait également la présence d'esprit de rester assis plutôt que de se ruer sur Sebastian.

— Au contraire, riposta un autre en tirant son épée à son tour. C'est un accueil qu'on aurait dû lui réserver il y a des mois, dans une ruelle obscure remplie d'ordures.

Mercie lança un regard vers la porte, suggérant qu'il y avait peut-être des laquais attendant dans le couloir.

Sebastian haussa la voix pour se faire entendre par-dessus le grondement général.

— Capitaine Anderson, puisqu'on parle d'ordures... Vous avez récemment tenu compagnie à mon ancien officier supérieur. Vous le connaissez peut-être simplement sous le nom de Henri, de Henri Montresslor ou encore de Henri Archambault. Pour moi et certains de vos camarades ici présents, il était simplement Henri Anduvoir.

Anderson se retourna, le dos contre le buffet.

— Je ne connais pas de Henri Anduvoir.

Il vida son verre d'une traite pendant que le silence retombait de nouveau dans la salle.

— Un petit homme dégarni et bedonnant. Il a flatté votre ego et vous a raconté un ramassis de mensonges crédibles sans vous apporter la moindre preuve de son rang ou de son autorité. Il vous a probablement dit qu'il représentait l'ensemble de la nation française, sans montrer pour appuyer ses dires le moindre ordre, lettre ou confirmation. À votre place, je ne mangerais pas ces champignons, Dirks. Ils risquent de vous donner des douleurs abdominales permanentes.

Dirks reposa le champignon et s'essuya les doigts.

— C'est vous qui mentez, aboya Anderson.

Mercie posa son verre et se leva.

— Anderson, vous devriez réfléchir à ce que vous dites.

— Je suis en mission ! protesta Anderson. St. Clair est une honte pour deux nations souveraines.

L'assemblée semblait partager cette opinion, et d'autres épées apparurent. Mercie articula le mot « Partez » en fixant Sebastian, mais ce dernier n'allait pas tourner le dos à une foule en colère.

— J'ai rencontré cet Anduvoir. À mon grand regret.

Celui qui avait parlé était un grand homme mince en uniforme de capitaine.

— Bonsoir, monsieur Pixler, dit Sebastian.

— Vous dites que cet Anduvoir est à Londres ? demanda Pixler.

— Dans ce cas, on le tuera aussi, lança quelqu'un.

— Pas avant de m'avoir écouté, rétorqua Sebastian. Vous êtes manipulés par un Français qui ne sert que ses propres intérêts malsains. Anderson vous incite à me provoquer en duel en croyant obéir à des ordres obscurs, et vous risquez votre vie pour régler un compte que le duc de Wellington a définitivement clos à Waterloo.

— C'est votre compte qui sera bientôt clos ! lança Anderson dans un ricanement.

Tous les hommes approuvèrent. Mercie poussa un soupir résigné.

Sebastian s'apprêtait à sortir son couteau quand un bruit de bouteille brisée contre le bord de la table galvanisa la vingtaine de braves autour de lui.

— Messieurs, ce n'est pas un combat loyal ! observa vainement Mercie.

— Parce que St. Clair a été loyal envers nous, peut-être ? rétorqua Anderson en brandissant une épée qui paraissait plus fonctionnelle que décorative. J'ai subi ses attentions pendant deux semaines et j'ai de la chance de parvenir encore à dormir le soir.

Il y eut un soudain changement dans la salle, et Sebastian perçut un mouvement derrière lui.

— Il semblerait que vous n'ayez pas passé toutes vos nuits à dormir, Anderson, déclara Wellington. Et que votre épouse doive être félicitée. Messieurs, rasseyez-vous.

Pour la première fois dans sa longue carrière, le duc de Wellington ne fut pas immédiatement obéi. Personne ne recula, personne ne rengaina son épée.

— Il nous a laissé trop de cauchemars, monsieur le duc, déclara Pierpont.

Les hommes avancèrent encore d'un pas vers Sebastian.

— Envisagez-vous de désobéir à un ordre direct, capitaine ?

Un silence pesant s'abattit sur la salle. Ces hommes n'étaient plus sous les ordres de Wellington, mais ils étaient ses invités et avaient servi sous son commandement, certains durant presque toute leur vie d'adulte.

Néanmoins, aucun d'eux n'était prêt à baisser son arme.

# 18

Un fracas retentit de l'autre côté de la pièce, où une seconde porte donnait sur les salons attenants. Toutes les têtes se tournèrent vers un vase en porcelaine en miettes sur le sol.

— Si vous n'écoutez pas monsieur le duc, vous m'écouterez !

— Encore elle ! dit une voix. Vous aviez pourtant dit qu'elle n'était pas folle.

Milly s'avança vers les officiers. Elle portait une magnifique cape en velours vert. Sa chevelure rousse retombait en une cascade soigneusement arrangée. Des bijoux étincelaient à son cou, autour de ses poignets, au bout de ses oreilles.

— Madame la baronne.

Wellington lui fit un baisemain, et une gêne palpable emplit la pièce. Une dame s'était invitée à une exécution sommaire, ce qui, pour tous les officiers présents, était inacceptable.

Milly adressa une petite révérence au duc, puis se tourna de nouveau vers l'assistance.

— Quand un enfant est surpris en train de faire une bêtise, il en rejette invariablement la faute sur sa gouvernante, sa mère, son chiot, et rarement sur son propre manque de jugement. Vous reprochez à St. Clair votre emprisonnement, alors que je m'échine à répéter qu'il n'a capturé aucun de vous. Il ne vous a pas ôté vos uniformes. Il n'a entraîné aucun de vous dans un de ces ridicules duels et, si vous persistez dans vos sottises, j'en informerai vos épouses.

Les épées s'abaissèrent. Les hommes dans la pièce fuyaient son regard.

— Ma chère baronne, intervint Wellington, autoriserez-vous un vieux soldat à prendre la parole ?

Milly hocha la tête d'un air régalien. Sebastian se retenait d'embrasser son épouse et de l'entraîner dans le recoin le plus proche pour la mettre à l'abri.

Wellington s'avança à la tête de la table.

— Messieurs, vous avez entendu la baronne. À présent, faites-moi l'honneur de m'écouter à mon tour.

Il saisit une assiette de champignons sautés avec l'intention manifeste d'en goûter un.

— Non ! s'écria Sebastian.

Milly lui lança un regard consterné, suggérant que même les exécutions sommaires requéraient un minimum d'étiquette.

— Ne touchez pas à ces champignons, monsieur le duc. Anduvoir est connu pour utiliser des poisons.

Wellington contempla le hors-d'œuvre dans sa main.

— Comment le savez-vous ?

— Il a tenté de m'empoisonner peu avant la chute de Toulouse.

— Oh, St. Clair, ton propre supérieur ! s'exclama Milly, indignée. Mais pourquoi ?

Elle se rapprocha de lui et lui prit la main – la gauche, car il avait besoin de la droite pour saisir son couteau s'il devait la défendre.

Wellington reposa le champignon dans le plat et s'essuya les doigts avec une serviette en lin.

— Je peux peut-être vous éclairer sur ce sujet. Mes officiers auront-ils l'amabilité de rengainer leurs armes ?

Cette fois, ils s'exécutèrent. Mercie se rassit. Près du buffet, il y eut des cliquetis de cristal, comme si quelqu'un remplissait des verres.

— C'est Pixler qui nous a dit où vous trouver, reprit Wellington en s'adressant à Sebastian. Votre tante savait que vous étiez quelque part dans le sud de la France, mais vous avez toujours pris soin de ne pas mentionner votre emplacement exact dans vos lettres.

— Pour des raisons évidentes, répondit Sebastian.

— Bien sûr. Vous ne pouviez prendre le risque que l'on importune votre tante en tentant de lui extorquer des informations. Nous autres gentlemen devons choisir entre notre devoir envers les êtres qui nous sont chers et notre devoir envers la Couronne. Inutile de placer nos dames dans une position aussi inconfortable... et pourtant, je l'ai fait. Quelqu'un peut-il apporter des chaises pour nos invités ?

La courtoisie du duc, qui décrivait Sebastian comme son « invité », fit retentir une sonnette d'alarme dans l'esprit de ce dernier.

— Nous resterons debout, répondit Milly. De toute manière, nous n'allons pas nous attarder.

Cette fois, Sebastian ne résista pas : il l'embrassa sur la bouche.

— Vous disiez, monsieur le duc ?

— Que Pixler nous a révélé votre emplacement. Nous avons également appris que ce garçon serait mort sans votre intervention. Il avait été sévèrement battu, certes, mais il nous a dit que c'était surtout à la demande d'Anduvoir. Puis la demande de rançon est arrivée.

Sebastian comprit trop tard où le duc voulait en venir.

— Il y a eu de nombreuses demandes de rançon officieuses, monsieur le duc. Les Français avaient sérieusement besoin d'argent, contrairement à leurs affirmations.

— En effet, mais plusieurs officiers dont les familles n'avaient pas de quoi payer ont vu leur mère ou leur épouse développer un goût immodéré pour le whist, notamment en jouant avec votre tante. Il semblerait que lady Frederica ait connu une prodigieuse période de malchance contre la mère de Pixler, et j'ai comme l'impression que vous n'y êtes pas étranger.

— Comment l'avez-vous appris ?

Personne n'était censé le savoir, hormis Frederica et le professeur. D'ailleurs, personne ne l'aurait cru.

— Je ne m'en suis rendu compte qu'après que cela s'est reproduit trois ou quatre fois. Puis j'ai remarqué d'autres coïncidences. Personne n'est mort entre vos mains, St. Clair. Certains n'ont même pas été battus, et pourtant, vous avez la réputation de savoir arracher des larmes à un homme et lui extorquer tous ses secrets.

— Au moins un secret à chaque homme, précisa Sebastian. Il me fallait présenter chaque fois au moins une information à mes supérieurs, expliqua-t-il. Autrement, quelqu'un d'autre, quelqu'un de pire, m'aurait remplacé.

— En effet, vous avez soutiré au moins une information à chaque officier suffisamment sot pour s'être laissé prendre derrière les lignes ennemies sans son uniforme. Puis vous avez trouvé le moyen de nous les renvoyer plus ou moins entiers. Il y a ceux dont vous avez payé la rançon avec vos propres fonds, d'autres que vous êtes parvenus à glisser dans un échange de prisonniers clandestin, d'autres encore qui se sont évadés après que votre interrogatoire avait porté ses fruits et qui, étrangement, n'ont jamais été repris.

Le duc semblait étudier un verre à demi rempli d'un bordeaux d'une belle couleur rubis. On n'entendait plus dans la pièce que Milly qui reniflait dans le mouchoir de Sebastian.

— Tous les officiers que vous avez interrogés sont rentrés chez eux, reprit Wellington. Même Mercie, dont le cas était complexe. J'en ai conclu que vous étiez un bien plus grand atout pour l'Angleterre dans votre garnison française que vous ne l'auriez été n'importe où ailleurs.

— Personne d'autre…

Sebastian s'interrompit, ne sachant s'il devait être reconnaissant au duc ou furieux contre lui.

— Personne d'autre n'a compris ce que vous faisiez ? Votre tante s'en est doutée et m'a imploré de vous sortir d'une situation qui était difficile et dangereuse pour vous. Vous étiez et êtes un pair du royaume, le baron de St. Clair, un homme servant dans une zone de guerre, sans héritier mâle. Si quelqu'un devait être rapatrié sain et sauf, c'était bien vous.

— Exactement, déclara Milly. Et pourtant, vous l'avez abandonné sur cette horrible pile de rochers, sans allié, sans soutien. Vous avez laissé ces imbéciles le provoquer en duel les uns après les autres. Comment avez-vous pu ?

Elle faisait écho aux questions que se posait Sebastian, son incrédulité cédant rapidement le pas à la colère.

— Lady Frederica et moi-même sommes parvenus à un compromis, répondit Wellington. Je vous ai envoyé un ange gardien, si l'on peut dire, qui devait vous sauver si votre vie était en danger. Dans son premier message, Brodie m'a informé que votre vie était mise quotidiennement en péril par votre propre officier supérieur, par l'avancée anglaise, pas cette situation impossible qui exigeait de vous que vous torturiez vos compatriotes afin qu'ils restent sous votre garde. Il m'a demandé la permission de vous extirper du château. J'en ai discuté avec votre tante.

La pièce était plus silencieuse qu'un cimetière au cœur d'une nuit d'hiver.

— Vous avez forcé une vieille dame à choisir entre son seul parent masculin encore en vie et la sécurité des officiers retenus prisonniers dans ma garnison, comprit Sebastian.

Il avait parlé lentement et clairement, comme si chacune de ses paroles condamnait le duc.

— Ma tante a choisi l'Angleterre et je suis resté dans cette garnison, torturant des hommes aux côtés desquels j'aurais dû servir, ruinant ma famille et détruisant ma raison, pendant qu'une vieille dame se retrouvait seule pour administrer des domaines à l'abandon.

Si Milly n'avait pas sangloté contre lui, Sebastian aurait pu étrangler Wellington. Un régiment entier n'aurait pu le retenir. Il l'aurait étranglé pour Frederica, pour Milly, pour lui-même et pour les hommes qui l'avaient défié, car ils avaient mis leur vie en danger autant que la sienne.

Il songeait à ce que Frederica avait enduré, au choix impossible qu'elle avait dû faire, tout comme lui.

Mercie se leva.

— Vous avez été trahi.

Il lança un regard à la ronde, mettant les autres au défi de le contredire, puis il leva son verre en direction de Sebastian.

— Vous n'êtes pas un traître à la patrie, c'est l'Angleterre qui vous a trahi.

Les uns après les autres, les officiers autour de la table se levèrent et le saluèrent. Puis ce fut au tour du duc de Wellington.

— Je vous salue, baron de St. Clair, pour votre aide dans la capture de Henri Anduvoir, un criminel recherché par les autorités françaises pour avoir détourné des fonds dus à la République comme butin de guerre. Des sommes substantielles, apparemment.

Il s'interrompit pour boire une gorgée de bordeaux, puis reprit :

— Les Français nous ont demandé notre aide, ce qui a dû sérieusement écorner leur fierté. Anduvoir était à Londres pour vous faire supprimer, afin de cacher le fait qu'il s'était approprié les sommes que vous lui aviez remises pour qu'il les livre à ses supérieurs. Il comptait également fabriquer des preuves afin de faire croire que vous aviez volé l'argent. J'espère que vous considérerez le différend entre vous et la Couronne comme définitivement réglé. L'Angleterre vous est redevable, St. Clair.

— Vous avez donc arrêté Anduvoir ? demanda Sebastian.

— Brodie nous a envoyé l'adresse par messager plus tôt dans la journée et a exigé mon aide pour assurer la sécurité de lady Frederica. Il semblerait qu'un certain Français ait tenté d'empêcher les hommes du roi de faire leur devoir. Une erreur stupide de sa part. Stupide et mortelle.

Un chœur d'approbations s'éleva, mais il sonnait creux aux oreilles de Sebastian. La seule chose tangible pour lui en ce moment était la présence de la femme qui s'accrochait toujours à lui.

— St. Clair, vous et votre épouse nous ferez-vous l'honneur de partager notre repas ? demanda Wellington.

Le duc lui tendait un rameau d'olivier. Si les officiers semblaient disposer à laisser le passé reposer en paix, le geste de Wellington était un signe de pardon. D'approbation, même, de la part du sujet le plus respecté du royaume. Peut-être était-ce la réponse à des prières que Sebastian n'avait pas osé s'avouer durant des années. Pourtant, elle ne lui importait plus.

— Je ne crois pas, répondit Milly. St. Clair, je suis épuisée. Tu veux bien me raccompagner à la maison ?

Sebastian n'adressa pas un regard à Wellington, ni à Mercie ni à quiconque aurait jugé bon d'exprimer son opinion.

— Bien sûr, ma chère. La journée a été particulièrement éprouvante.

Elle lui prit le bras, mais ils ne purent s'enfuir avant que Mercie (un homme qui ne cachait pas ses opinions) ne déclenche une salve d'applaudissements à laquelle même Wellington participa.

Milly s'efforça de desserrer sa main agrippée à celle de Sebastian.

— Dis-moi que tu n'es pas sur le point de dévaler cette rue en t'arrachant les cheveux et en hurlant des obscénités en français.

— Pas le moins du monde.

Il marchait tranquillement à ses côtés, tandis que Milly refrénait les impulsions qu'elle venait de décrire. Elle parvint à garder le silence pendant une vingtaine de pas.

— Sebastian, comment te sens-tu ?

Il embrassa sa main.

— Fort bien.

Cette fois, elle tint dix pas.

— Parle-moi, car je crois que je vais devenir folle.

Au milieu de la rue, entre les voitures élégantes qui emmenaient leurs occupants vers les distractions de la soirée, il s'arrêta et la prit dans ses bras.

— Je sors de nouveau du château, mais, cette fois, j'emporte mon cœur, mon âme et mon avenir avec moi. Il me faudra un peu de temps pour m'y habituer.

Milly sentit le parfum du petit bouquet de lavande qu'elle avait glissé dans sa boutonnière quelques heures plus tôt.

— Tu emmèneras ta baronne avec toi ?

Il laissa retomber ses bras et se remit à marcher sans même lui prendre la main.

— Que racontes-tu, mon épouse ? Nous sommes mariés. J'envisageais de déménager en Patagonie avec toi.

— Sebastian, je t'ai abandonné. J'ai acheté mon propre établissement à Chelsea par mesure de sécurité, au cas où nous ne pourrions résoudre nos difficultés. Je suis pire que Wellington qui, lui, au moins, essayait de remporter une guerre.

Sebastian s'arrêta enfin.

— Tu ne m'as pas abandonné, tu m'as mis à l'écart, de la même manière que je t'avais mise à l'écart. Nous en avons terminé avec ces bêtises. Tu as lu ma lettre ?

Elle la connaissait par cœur.

— Oui. Elle était très joliment écrite.

Il parut perplexe.

— Tu es rentrée à la maison parce que ma lettre était jolie ? Je t'ai dévoilé mon âme, t'ai révélé mes sentiments les plus sincères, les plus profonds...

Elle lui prit la main avant qu'il ne se remette à marcher.

— Ta lettre était très bien, mais c'est le livre qui m'a convaincue.

Sebastian la laissa l'entraîner vers la maison.

— Tu m'es revenue pour Mme Radcliffe ?

— Je suis revenue parce que mon cœur et mon âme t'appartiennent, et parce que ta seule faute est d'avoir été trop protecteur à mon égard et que je suis coupable du même crime. Je ne pouvais te laisser affronter seul les ennemis dont tu m'as parlé dans ta lettre, et je ne me le serais jamais pardonné si j'avais ajouté à tes soucis alors qu'ils rôdaient dans Londres.

Il glissa son bras sous le sien, comme un galant chevalier servant, ou comme un homme voulant empêcher une femme de fuir.

— C'est Mme Radcliffe qui te l'a dit ?

— Oui.

Sebastian avait plus de patience que son épouse, car il la laissa marcher à ses côtés en silence jusqu'à ce qu'ils soient arrivés devant leur hôtel particulier.

— Nous avons tous les romans de Mme Radcliffe dans la bibliothèque, tu sais, dit-il alors qu'ils grimpaient les marches du perron.

En observant son expression à la lueur de l'applique au-dessus de la porte, elle comprit qu'il s'agissait d'une question.

— Je lis mal, répondit-elle. Et je lirai toujours mal. Cela n'a pas d'importance pour toi, comme ton passé militaire n'en a pas pour moi, quoique tout ce qui te préoccupe me préoccupe aussi. J'ai toujours rêvé de me blottir devant un bon feu par un après-midi pluvieux, de boire du thé tout en savourant un beau récit d'amour et d'aventures.

— C'est ce que je veux pour toi, que ce soit à Chelsea ou à Mayfair. J'espère que tu le sais.

— C'était un rêve idiot, dit-elle en caressant son bouquet. Plus que tout, je veux un récit d'amour et d'aventures avec toi. Tu me feras la lecture, Sebastian. Tu aideras nos enfants s'ils peinent à lire. Tu protégeras mon cœur et me laisseras protéger le tien. J'irai en Patagonie avec toi, bien sûr, si c'est ton rêve.

Il descendit d'une marche et la prit dans ses bras.

— Je t'aime et je t'aimerai toujours.

Milly enroula ses bras autour de son cou.

— Et je t'aime aussi.

Elle n'aurait su dire combien de temps ils restèrent sur ce perron, à s'embrasser langoureusement. Lorsque la porte s'ouvrit, Michael se tenait sur le seuil, la lumière du vestibule transformant ses cheveux blonds en halo.

— Je ne sais pas ce que signifie cette histoire de Patagonie, mais lady Frederica est dans le salon de musique et menace de partir pour le continent. Même le professeur ne parvient pas à l'en dissuader.

Sebastian ne pouvait affronter Frederica sans renforts. Tenant fermement Milly contre lui, il se dirigea vers le salon de musique.

— Je m'occuperai de toi plus tard, lança-t-il à Michael par-dessus son épaule.

Michael, ce sot, fit un salut militaire et les suivit.

— Sebastian, ne sois pas trop dur avec ta tante. Elle est âgée et plus sensible qu'il n'y paraît. Quant à toi...

— Chut, fit Sebastian en tenant la porte à sa baronne. Je m'en occupe.

Lady Frederica était assise au milieu du canapé, le professeur montant la garde près du piano.

— Elle croit que vous allez la jeter à la porte, annonça-t-il avec un fort accent allemand.

— Pour quel motif ? Conduite inconvenante ?

Frederica releva brusquement la tête.

— Je vais partir. Inutile d'en faire tout un plat. Il me faut juste quelques jours pour faire mes adieux.

Elle se leva d'un bond. Baumgartner paraissait de plus en plus désemparé.

— Où irez-vous ? demanda Sebastian. En France ?

— Je déteste la France et, pendant que nous y sommes, je déteste aussi l'Angleterre.

Elle marcha vers la fenêtre, puis revint sur ses pas.

— Wellington m'a laissée choisir, comprends-tu ? Que devais-je faire ? Si tu étais rentré, tu aurais voulu t'engager, et puis...

— Et puis je me serais demandé si je n'avais pas tué mon cousin Luc, ou rendue veuve ma cousine Lisbette. Peut-être que si l'invasion de la France avait réussi, j'aurais vu mes hommes brûler le domaine de mon grand-père ou piller ses vignobles. Un beau spectacle !

Frederica cessa de tourner en rond dans la pièce et fit mine d'inspecter un bouquet de roses rouge sang tandis que ses yeux s'emplissaient d'années de chagrin.

— Ou tu aurais pu rester ici, apaisant les craintes d'une vieille dame, haïssant ton devoir envers ton titre, t'inquiétant pour la famille de ta mère. Ici, tu n'avais que moi. Là-bas, tu avais des tantes, des oncles, des cousins, des grands-parents. Sais-tu combien de lettres j'ai commencé pour te demander de rentrer ?

— Trop.

— *Liebchen*, murmura Baumgartner. Tout cela ne sert à rien.

— Nous ferons le tour des cours des Teutons, tiens ! Ces Prussiens sont charmants, et mon allemand est passable.

— Je ne vous laisserai pas nous quitter à présent, ma tante, sauf si vous avez vraiment envie de prendre l'air ou, disons, d'entreprendre un voyage de noces.

Milly paraissait inquiète, et Sebastian commençait à prendre peur car ses paroles ne semblaient avoir aucun effet.

— Je suppose que je pourrais tolérer l'Italie pour y passer l'hiver, déclara Frederica aux roses. Les domestiques italiens sont insolents. Je m'entendrai probablement très bien avec eux.

Sebastian s'approcha de la fenêtre et prit doucement sa tante par les épaules.

— Vous n'irez nulle part où vous n'avez pas envie d'aller, ma tante.

Elle paraissait soudain si frêle, si vieille, si incertaine.

— J'irai où bon me semble, jeune homme. Cela dit, quand ton unique parent anglais te laisse seul face à la torture et à la trahison sur une pile de rochers glacés, alors qu'il aurait pu te ramener à la maison et obtenir ton pardon, tu es en droit de grogner et de bouder.

Sebastian l'enveloppa de ses bras, l'étreignant prudemment, comme un enfant tiendrait un petit oiseau se cognant contre une vitre.

— Je grognerai et bouderai indéfiniment si vous m'abandonnez à présent.

De près, Frederica sentait les roses.

— Mon pauvre garçon, tu ne comprends donc rien ? Je t'ai laissé là-bas, en France. Toi, le fils unique de mon frère. Puis, quand tu as commencé ces dangereuses affaires de rançons, j'ai su que tu ne rentrerais jamais, alors que tous ces autres garçons, ces misérables, arrogants garçons *anglais*...

Milly tendit un mouchoir froissé à Frederica tandis que Sebastian fermait les yeux et déglutissait pour faire passer le nœud dans sa gorge.

— Je suis un garçon anglais parfois terriblement arrogant. Vous n'avez qu'à poser la question à ma femme. Et je suis rentré à la maison sain et sauf. Cessez cette comédie, ma tante, et n'essayez pas de me manipuler avec vos larmes.

Ses insultes eurent plus d'effet que le mouchoir. Elle se dégagea de ses bras et glissa vers le canapé.

— Explique-toi, Sebastian. Cette conversation commence à m'ennuyer.

Le professeur s'assit à sa gauche, Milly prenant place de l'autre côté. Michael, lui, faisait mine de remettre de l'ordre dans une pile de partitions.

— J'ignorais que Michael servait un maître anglais, déclara Sebastian. Je n'ai rien soupçonné jusqu'à récemment. Il me demandait régulièrement si je songeais à rentrer en Angleterre, me laissant entendre que c'était possible. Il était très insistant, je vous l'assure. Je lui énumérais tout ce qui s'y opposait et, chaque fois, il trouvait une solution. Il parlait de pardon, d'échanges informels de prisonniers, d'arrangements diplomatiques, d'impunité, de toutes sortes de baguettes magiques qu'il ne doutait pas de pouvoir agiter pour me faire sortir de là. Je ne l'ai jamais pris au sérieux.

Michael s'éloigna du piano.

— J'ai essayé, milady, dit-il d'un air stoïque. J'ai tout fait. St. Clair refusait de quitter le château, alors que je savais qu'en faisant appel à Wellington il n'y aurait aucun problème. C'est que le vieux Hookey croit à la pairie. Il croit aussi à l'honneur de St. Clair, ce qui est plus regrettable. J'ai bien failli enlever St. Clair de force, non pas pour son bien, mais pour épargner ma santé mentale.

Tandis que Michael prouvait son aptitude à inventer des fictions, des mouchoirs passaient de main en main. Le professeur glissa le sien entre celles de Milly, tandis que Frederica lissait le monogramme sur celui de Sebastian.

Sebastian pouvait voir que Milly était soulagée et heureuse. Elle souriait à travers ses larmes.

Il lui vint soudain à l'esprit que les femmes enceintes pleuraient pour un oui ou pour un non.

— Vous voyez, ma tante : Wellington a placé la décision entre vos mains. Michael l'a placée ensuite à de nombreuses reprises entre les miennes, et j'en suis arrivé à la même conclusion que vous. Si vous quittez ma maison, j'espère que ce sera parce que le professeur se sera enfin décidé à faire de vous une femme honorable, ou parce que vous aurez une soudaine envie de choucroute et de forêts de pins.

Frederica regarda les roses, les partitions empilées par Michael, le petit carré de lin sur ses genoux, puis, furtivement, le professeur.

— Je déteste la choucroute, maugréa-t-elle. Et si nous en avons enfin terminé avec cette discussion, j'autoriserai le professeur à me raccompagner jusqu'à mon boudoir.

Elle quitta le champ de bataille au bras du professeur, ce qui signifiait que Sebastian pouvait enfin s'asseoir auprès de son épouse.

— Tu ne devrais pas être en train de caresser un chat ? demanda-t-il à Michael. Ou peut-être d'organiser ton voyage en Écosse ?

— Lorsque le cercueil d'Anduvoir sera dans le bateau en partance pour Calais, je rentrerai chez moi.

Sebastian embrassa sa femme sur la joue, en partie parce qu'il le fallait et en partie parce qu'il espérait que cela ferait fuir Michael.

— N'as-tu pas une épouse ou une fiancée cachée dans les Highlands ?

— J'ai un peu des deux, en vérité, répondit Michael sans bouger du tabouret de piano.

— Les deux ? s'étonna Milly.

— Nous faisons les choses différemment en Écosse.

— Et depuis combien d'années n'as-tu pas vu cette femme ? demanda Sebastian.

Michael se leva. Son expression n'était pas celle d'un homme s'attendant à des retrouvailles romantiques.

— Si je t'avais offert, ne serait-ce qu'une fois, de te sortir de cette maudite pile de rochers, serais-tu venu ?

Des doigts fleurant bon la lavande se posèrent sur les lèvres de Sebastian.

— Ne réponds pas, lui dit Milly. Il ne te l'a pas proposé, et vous avez été tous deux très bons avec cette pauvre Frederica.

Michael s'inclina.

— Si vous voulez bien m'excuser, j'ai un chat à aller caresser.

Il sortit en refermant doucement la porte derrière lui. Bien qu'il se fût efforcé de le cacher, il avait un sourire au coin des lèvres.

Milly se lova contre Sebastian. S'il avait su ronronner, il ne s'en serait pas privé.

— Une femme ou une fiancée ? Cela paraît compliqué, observa-t-il. Je me demande si je devrais être flatté qu'il ait préféré ma compagnie à la sienne.

— Il te manquera. Nous lui rendrons visite plus tard. Tu avais un allié que tu ne comprenais pas, et Michael était encore plus seul que tu ne l'étais.

Oui, ce pauvre Michael, un ange gardien sans plus personne à garder.

— Je sais, j'ai envers lui une dette immense que je ne pourrai jamais rembourser, et patati et patata. Pour le moment, j'en ai ma claque du devoir, de l'honneur, des dettes et des tromperies. Puis-je lire un peu de Mme Radcliffe à mon épouse ?

La réponse de Milly tarda tant qu'il crut qu'elle s'était endormie.

— Mme Radcliffe peut attendre, dit-elle enfin en l'embrassant sur le coin de la bouche. Je pense que nous pourrions consacrer la soirée à une autre activité.

Hélas pour Mme Radcliffe, au cours des années qui suivirent, lorsque le baron proposa de faire la lecture à sa femme, celle-ci déclina souvent son offre, lui préférant cette autre activité. Pendant que Mme Radcliffe était négligée, la nursery des St. Clair se remplissait, et la quiétude de la maison était perturbée par les rires d'enfants et les nombreuses autres joies d'une paix durable et méritée... quoique bruyante.

POUR elle

Si vous souhaitez être informée en avant-première
de nos parutions et tout savoir sur vos autrices préférées,
retrouvez-nous ici :

**www.jailu.com**

Abonnez-vous à notre newsletter
et rejoignez-nous sur Facebook !

11405

*Composition*
FACOMPO

*Achevé d'imprimer en Italie*
*par* GRAFICA VENETA
*le 5 mai 2024*

Dépôt légal : juin 2024
EAN 9782290399637
OTP L21EPSN002610-621530

ÉDITIONS J'AI LU
82, rue Saint-Lazare, 75009 Paris

*Diffusion France et étranger : Flammarion*